热流

Reliu

李铁 · 著

大连出版社
DALIAN PUBLISHING HOUSE

© 李铁 2018

图书在版编目（CIP）数据

热流 / 李铁著. —大连：大连出版社，2018.1（2024.8重印）
ISBN 978-7-5505-1260-3

Ⅰ.①热… Ⅱ.①李… Ⅲ.①长篇小说—中国—当代
Ⅳ.①I247.5

中国版本图书馆CIP数据核字(2017)第241607号

策划编辑：张　波
责任编辑：张　波　王海波
封面设计：张　金
版式设计：张　波
责任校对：刘丽君　乔　丽
责任印制：徐丽红

出版发行者：大连出版社
地址：大连市西岗区东北路161号
邮编：116016
电话：0411-83620245 / 83620573
传真：0411-83610391
网址：http://www.dlmpm.com
邮箱：dlcbs@dlmpm.com
印刷者：天津旭丰源印刷有限公司

幅面尺寸：170mm×230mm
印　　张：20.5
字　　数：316千字
出版时间：2018年1月第1版
印刷时间：2024年8月第2次印刷
书　　号：ISBN 978-7-5505-1260-3
定　　价：68.00元

目　录

上　部

下　部

上　部

第一章

烤土豆

开始于上个世纪六十年代初。

对于自己的故事，陈铁花总会这样界定它的开始。多年来，她一直认为开始是可以选择的，而结束则由天定。她把自己的开始从变了颜色的陈年老账中分拣出来，如同从装满旧衣服的箱子里翻找一件她也许并不怎么喜欢，却对她有着某种特殊意义的衣服。她的心情是复杂的，她把它在阳光里抖一抖，晒一晒，在纷飞的尘埃中，她会与许多不想忘的或者想忘的事情不期而遇。

陈铁花少女时代常用一把木制的梳子梳头，木梳很精致，虽然掉了几个齿，还有几个齿已经松动，但对于那个时代的一个乡下女孩子来说，拥有这样一把木梳已经是件很奢侈的事了。闲着时，陈铁花就搬个小凳坐在院子里梳头。陈铁花的发质极好，头发又黑又粗，不像其他乡下女孩子那样，头发是枯黄的，如秋后的干草。陈铁花的发质与她的营养状况反差甚大，吃粗米野菜，平时难见荤腥，身体已瘦如柳枝，可她的头发却异常茁壮，像吸饱了养料和雨露，尤其用木梳蘸了水梳头，头发显得又黑又粗又滑又亮，在一群女孩子中十分显眼。没有特别的事情要做，陈铁花一般是不蘸水梳头的，蘸水梳头了，就预示着她将刻意去做一件事情。把自己的优势尽显出来，是一种心机，也是一种隆重。

开始不是在村子，而是在厂子的独身宿舍，拥有四张床位的房间此时只有陈铁花一个人在。阳光很盛的时候，陈铁花就开始梳头了。她把一盆清水摆在镜子前的小木桌上，面对镜子，用心爱的木梳在盆里蘸一下水，然后梳一下头。长长的头发被她梳得根根如丝，如水线般倾泻而下，阳光一照，能成功地反出光来。当然她的头发是不能披散在肩上的，那个年代不时兴披肩发，时兴的是齐耳短发，城市、农村的大姑娘、小媳妇大都剪成这种发式。陈铁花没赶时髦剪短发，她梳成的最终发式是两条乌黑锃亮的大辫子，辫子编得整齐而繁复，如一件艺术品。

　　然后，陈铁花换上了那件她钟爱的缀满小碎花的红棉袄。那件棉袄是母亲为她缝制的，面料是土改时分到的一块花布，质地极好，据说是地主的儿子从某个大城市买回来给自己媳妇用的。厂子里的女职工大都穿蓝黑色调的衣服，远看分不清谁是谁，尽管时髦，可陈铁花还是不喜欢，她觉得女孩子就应该穿得醒目。红棉袄虽然有些土气，但与劳动布的工装裤搭配，就土洋结合，就不同凡响了。红棉袄长及髋部，布制的花形长纽，立领，陈铁花穿在身上觉得自己瞬间就亮堂起来了。这是一种奇特的感觉，就像在一间漆黑的屋子里，你突然点燃了一盏灯，在渐渐清晰的视线里，你看见自己的影子好像不属于自己，在亮光中漂亮地摇曳。

　　陈铁花走出独身宿舍，从身边经过的人都用一种好奇的目光看她，她全然不顾，只管往前走。陈铁花要去的地方是厂院后面的大田地，从宿舍走到那里需要二十几分钟。她穿过高高矮矮的建筑和熟悉或不熟悉的厂人，踏上刚刚苏醒或者说尚未完全苏醒的地头。地上还铺着一层薄薄的积雪，由于出现融化的迹象，积雪已是百孔千疮，似乎有许多浑浊的液体正在努力渗透，颜色也没有冬天的白。即便如此，穿红棉袄的陈铁花还是很显眼，回头望，她好像能看见自己踩过的雪地上有一道若有若无的红色痕迹。

　　在这一大片田地的尽头是一座土丘似的村庄，叫长门村，陈铁花的家就在那里。刚落成不久的发电厂占了长门村的田地，每家每户便有了一个进厂的指标。陈铁花的指标是与哥哥竞争得到的，父亲本来已决定把指标给儿子，但陈铁花坚持不懈的哭声起了扭转乾坤的作用，最终父亲还是把指标给了她。

农民进厂，和原有的职工待遇是不一样的，他们大都被分配干一些边缘性的工作，比如陈铁花，就只能在清扫队里做一个毫无技术含量的清洁工。陈铁花一直固执地认为，清洁工算不得真正的工人，只有能接触到发电用的机器的人，那才算真正的工人呢！

陈铁花的身后是发电厂，对这一大片陌生而又奇怪的建筑物，陈铁花很长时间都没有找到一个恰当的比喻，直到后来她有了女儿，女儿有了一副积木玩具，她才蓦然觉得用积木来形容这些建筑还是比较贴切的。如果大地是一张偌大的桌子，那些高的矮的粗的细的圆的方的东西组成的建筑物，不就是人为堆起的积木吗？

陈铁花在一棵大槐树下停住脚步，回身，这样她的背后就是长门村了，前方则是发电厂。没进厂的时候，陈铁花总爱在傍晚跑到地头来，眺望那些建筑，眺望的过程其实就是光线转暗的过程。夕阳西下，一种无法克制的躁动，在黑暗来临之前盈满了她的身体。

对于这一天的陈铁花，光线转暗的过程也是等待的过程，等待一个人隆重出场。这个人叫施其山，是厂里的一个技术员，比陈铁花大不了几岁，人精瘦，脸苍白，肩膀很突兀地支撑着衣服，好像只有骨头没有肉，用力一推就能散架一般。陈铁花是在厂房里打扫卫生时认识他的，他在检查一个阀门时晕倒了，陈铁花赶上前去扶他坐起来，掐了他的人中穴，他才慢慢缓过来。陈铁花问他为什么会晕倒，他说是饿的，每天的定量只够吃饱一顿饭，分开三顿吃，吃的就都是没多少米粒的稀粥，间歇性晕倒也就是常有的事了。陈铁花一般在厂里的食堂吃两顿饭，实在饿得不行，就回家再补上一顿饭。家里虽然吃的是用秫秸磨成的粉面，但毕竟还能填饱肚子，何况长门村和长门厂近如一家，从宿舍到厂房和从宿舍到村子，距离不相上下。陈铁花心软，想帮他，又不知怎么帮他。两个人熟悉以后，陈铁花还真帮过他多次，在食堂吃午饭时，陈铁花悄悄挨近他，不管他同意还是不同意，硬把自己饭盒里的饭拨给他一半。周围的人起哄似的笑，施其山红了脸，吃也不是，不吃也不是。

这次约会是陈铁花发起的。没下班的时候，陈铁花找到施其山，说晚上请他一起吃好东西。施其山问是什么好东西，陈铁花没告诉他，说你去了自然就知道了。当时施其山瞅她的眼神很特别，应该属于含情脉脉的那种，当时陈铁花没觉得有什么，若干年后回忆，这眼神才日渐珍贵起来。

陈铁花蹲下身，用手扒开树下的浮雪，露出一米见方的地皮后，又找来一些干树枝，手脚并用地折断，堆起一个柴堆。用火柴点燃了，柴堆便发出毕毕剥剥的响声，冒出一朵朵令人欢欣鼓舞的火苗，一缕浓烟像竿子一样竖立起来，慢慢扭过头，朝着电厂的方向飘过去。这个时候，施其山像被这缕浓烟牵着，一点点地从电厂那边晃过来，走到近前，冲着火堆对陈铁花说，你是在搞篝火晚会吧！

陈铁花说，就算是吧。

施其山说，你说过要请我吃好东西。

陈铁花说，嗯。

陈铁花从身后拽出一个小布包，撂在地上，小心地打开。呈现在眼前的居然是十几个黑不溜秋的土豆，土豆有小孩拳头那么大，但每一个都有着令人眼睛一亮的能力。陈铁花看见施其山的眼睛睁得又大又亮，饥荒年月，土豆抵得上金子。她还看见施其山使劲地吸了吸鼻子，脸上浮现出灿烂的表情，好像成功地吸到了土豆的香味，可生土豆是不会有任何味道的。

施其山说，果然是好东西！

施其山像陈铁花一样蹲下身，拿起两个土豆就要往火堆里扔，被陈铁花给挡住了。陈铁花说，时候没到，你把土豆扔进去，土豆就不是土豆了，会变成硬邦邦的焦炭。施其山不好意思地笑了笑，说你从哪儿弄来这么多土豆，现在这可是金贵的东西。陈铁花说是从家里拿来的，平时舍不得吃，是藏着的。施其山说那今天为啥舍得拿出来，陈铁花没吭声。施其山隔着火苗看着陈铁花被映红的脸，似乎明白了什么，脸也一下子红了起来。

火渐渐熄了，熄火的过程中两个人都耐心地沉默着。火堆变成灰堆时，陈铁花才把土豆倒进灰堆，用一根木棍一个一个把它们捅进灰堆的深处。做完了，陈铁花朝施其山笑了笑说，我们要耐心等一阵，等焖熟了，我

们就可以吃了。陈铁花说到这里，发现施其山的注意力似乎并没有在灰堆上，而是在她的身上，他盯着她，他的眼神是虚的，近乎迷离了。这种眼神令陈铁花十分受用，她觉得这种眼神就像味道一样，既可以品尝又可以笼罩，如果不是出于礼貌，她真想闭上眼睛，全身放松，至少在这一刻什么都不想。

但很快还是陈铁花自己打破了沉默，她说，还是说点儿话吧。施其山说，说什么呢？是说心里话，还是说客气话？陈铁花说，话还分两种，你们城里人真复杂。

施其山说，我先说客气话吧，感谢你多次帮我，我真的很感谢，我都不知道该怎么感谢了。

陈铁花说，这些话我不想听，还是说别的吧。

施其山说，那就说心里话，从我认识你那天起，我就觉得我们之间会发生什么。

陈铁花说，发生什么？

施其山说，你说能发生什么？

陈铁花说，你说什么呀？！

陈铁花的脸热辣起来，她虽然阅历浅，又没读过多少书，但高超的悟性是与生俱来的。施其山的话令她有些猝不及防，她的第一反应就是伸出手去，冲着烟雾中施其山的胸脯狠狠捅了一下。

蹲着的施其山被捅坐在地上，他龇牙咧嘴，用一种并不擅长的油腔滑调说，我问过你的，是你让我说我才说的，你咋还打我？陈铁花有些不好意思，红着脸向施其山伸过手去。

你还要打我？施其山说。

谁还要打你，我是要拉你起来。陈铁花说。

面对伸到眼前的一只女孩的手，施其山犹豫了一下，但还是把它握住了。陈铁花第一次用力，没有把他拉起来，就有些慌神。第二次用力，觉得施其山的力量比她大得多，就愈加心慌，一股异常的感觉瞬间漫过全身，令她几乎头晕目眩。第三次用力，她已经相当虚弱了，非但没有拉起施其山，反而被施其山拉坐下来。两个人握着手，面对面坐了足有一分钟，陈铁花终于被羞耻心艰难地战胜，用猛劲推开施其山，嘭的一声跳起来。

　　施其山讪讪地从地上爬起。四目相对，两个人都有些羞赧。陈铁花弓身用木棍拨灰，找出已经焖熟的土豆。她伸手拿起一个，闭上眼睛，鼓起腮帮吹土豆上的灰，当土豆露出本色，她才把它递给施其山。施其山说，你先吃。陈铁花说，还是你先吃。施其山迟疑片刻，还是接过土豆，皮都不剥张嘴就吃。还很烫的土豆在他的嘴里冒着热气，一股强大的香味以迅雷不及掩耳之势笼罩了他，并且像灰堆冒出的余烟，经久不散。

　　陈铁花只吃了三个土豆，其余的土豆全被施其山吃了。吃完了，施其山的脸沾满了黑灰，笑起来一口白牙，显得十分生动。陈铁花问他，好吃吗？施其山说，好吃，只是吃了你这么些好东西，亏欠你太多了。陈铁花说，互相帮助嘛，谈什么亏欠。施其山面露难色说，我们之间总是你在帮我，我却什么也帮不了你，惭愧。陈铁花低下头说，你想帮我的话，就帮我当工人吧。

　　你已经是工人了。施其山说。

　　清扫工算不得真正的工人，我想当像你一样的，能拿着锤子、扳子在厂房里干活的工人。陈铁花说。

　　我也只是个工人，我哪有能力帮你调动工作呀？施其山说。

　　你是真正的工人，总有办法接近能调工作的人吧？陈铁花说。

　　让我好好想一想。施其山说。

　　此时天色已经暗下来了，灰堆里的烟好像都变成了墨汁，抹到了天空上，灰堆反而冒不出一丁点儿的烟了。施其山做思考状，好一阵没吱声。不过陈铁花并不沮丧，她对眼前这个年轻人充满了信心。往回走的时候，陈铁花的心是鼓胀的，毫无失落感。

木　梳

　　陈铁花长着一张小圆脸，年纪大了的时候变成一张大圆脸。长着小圆脸时，陈铁花的面相应该说是相当可人的，配上一双圆溜溜会说话的眼睛，给人一种聪明伶俐的感觉。陈铁花最初进厂时两腮还有两片高原红，不到一年光景，就成功地褪去了脸上这两片乡下痕迹，和其他城里来的女工没什么两样了。陈铁花很在乎脸上的东西，褪红成功的背后其实暗含着许多旁人无法知道的努力和恒心。一年来，她一直尽量避开外面超强的阳光，大多时间都在厂房或者宿舍里待着。她也说不上是个太爱美的女孩子，她之所以这样做，其实是潜意识里有一股力量在作祟：别的方面还比不上其他的女工，至少在脸上，她要先向厂里的"先进水平"看齐。

　　陈铁花的身材不高，但在那个年代，她这种身材也并不怎么显矮。她当然很瘦，但因为有大框架的髋部，肥大的工装裤在臀部也紧绷绷的，使其透出一股鲜活的健康的饱满的气息。陈铁花的眸子和头发一样，都很亮，是引人关注的部分，与你交谈时两眼定定地看着你，一定会使你断定她是个精明执着、无意间便能给你以压力的那种女性。

　　陈铁花能够住上独身宿舍，也是经过了一番努力的。同室的其他三个女工都是城里人，而且家都离得很远，其中有两个是外地人，另一个虽家住本市，但距长门仍有着四十余里的路途。起初，管宿舍的人坚决不同意陈铁花入住，说她家住长门村，与厂子太近了，宿舍房间又这么紧张，怎么能让她来住！陈铁花说，我要住宿舍是有充足理由的，我不是为自己，而是为了厂子。我是打扫卫生的，住在厂里就可以随时打扫，永保厂子清洁，因此，我住宿舍就比谁住宿舍都更为重要。管宿舍的说她强词夺理，不予理会。她急了，提高嗓门和人争吵，把人家也惹急了，斥责道，你不就是一个清扫工吗，有啥重要的？陈铁花抓住他这句话不依不饶说，清扫工咋了？革命工作，人人平等，没有高低贵贱之分。你这么说不是在侮辱我，而是在侮辱革命工作。

就在那人的办公室，陈铁花一把拽住那人的胳膊，硬要拉他去找厂长理论。那人自知理亏，又怕惹厂长不高兴，只好无奈地点头同意。陈铁花变厉色为笑脸，冲那人调皮地一笑，胜利而归。

陈铁花入住的是四人间，虽然室内简陋得不能再简陋，但对陈铁花来说，这就是天堂了。室内的设施、面积对她来说都不是重要的，重要的是她住进了厂子，离开了村子，至少在形式上她是真正脱离了村子的厂人了。她对铺着草垫子的木床感到十分新鲜，热炕躺惯了，这冰凉的木床并没有给她带来丝毫的不适。

陈铁花对同寝室的三个女工是敬畏的，虽然她们也大不了她几岁，但她们都是生产一线的职工，工作是与发电联系在一起的，这就足够令她羡慕的了。床是上下铺，陈铁花住在东铺的下面，住在她对面下铺的是一个叫章玉闻的女孩子，梳时髦的短发，鬓角的头发顺在耳后，腮帮和脖子都特别白，看上去十分干净。章玉闻是大连人，说话语速快，又很爱说话，每晚睡前总是跟人一顿痛说，然后便夸张地笑。在长门厂，似乎只有陈铁花的笑能与她匹敌。她的笑声永远是高音区的、连续的，"呵呵……"，颇富感染力。陈铁花的笑则是突发式的，笑前往往没有预兆，突然爆发，"哈哈……"，极具震撼力。住在章玉闻上铺的是一个叫王丽华的女孩子，她来自东北牡丹江，人长得短小粗壮，说话声音却相当好听，吐字清楚，又是标准的普通话。她平常话不多，但话匣子打开也是个人来疯。她喜欢和章玉闻抬杠，说急了，还会和章玉闻你一把我一把地扭成一团。陈铁花也喜欢和她们俩抬杠，她认为争论是一种幸福，任何不佳的情绪，在互不相让的争论中都会轻易地化为灰烬。

只有睡陈铁花上铺的女孩子莫静是个异类，她是个文静的女孩子，话不多，语音柔柔的，有点儿像她家附近的流水。她是厂里少有的江南人，是标准的秦淮美女，人生得白皙清秀自不必说，陈铁花最诧异的是她打扮自己的能力。一件很肥大的工作服，经她用剪子和针线那么一改，就变得合体秀气了。同是短发，她把刘海弄出了小弯，味道就与众不同了，在一群同是短发

的女性当中就显得很华丽、很时髦。莫静当然也说普通话，是那种南方的普通话，很好听也很好笑。

莫静的梳子是用牛角做的，做工精巧，打磨得光可鉴人，据她自己讲，她这把梳子是从上海买的。按理说，陈铁花的木梳是没法和人家的相比的，但陈铁花梳头的时候，她的木梳还是令莫静眼睛一亮。顺着那道亮光，陈铁花不失时机地问，你看我的木梳怎么样？莫静用极少用的惊叹语气"啊"了一声，说你的木梳的确很高级，用料是一种特殊的木头，非常稀有。它虽然旧了，但你看它的纹理却更清晰了，而且它摸着硬，梳在头上的感觉却是软软的、滑滑的，你说是不是？陈铁花说一点儿没错，梳在头上的感觉还真和你说的一样。

出于好奇，陈铁花曾建议两个人分别用对方的梳子梳一回头。莫静的牛角梳好是好，可陈铁花用起来还是觉得有些别扭，怎么梳怎么不如自己的木梳顺手。莫静也是，她虽然对陈铁花的木梳赞不绝口，可用起来也显得不是那么回事，彼此都有点儿像穿别人的衣服。

莫静很羡慕陈铁花的头发，说它们又粗又亮，几乎不像是真的。莫静的头发有些发黄，要不是抹了头油，又在额头处烫了小弯，她的发质就有可能影响到整体形象。陈铁花很在意莫静的品评，这对提高自己的自信心有利。女孩子嘛，都是善于比较的。与同寝室的三个女孩子相比，出身、工种等几个重要指标陈铁花都明显处于劣势，说一点儿不自卑那是骗人的。莫静的夸奖至少使她意识到，自己在某个方面也是拥有一定优势的。这优势来自不可改变的自然条件，与工种等可以改变的条件相比，这优势应该是更珍贵的。当然，仅仅发质好是算不得什么的，发质不过是一个引子，一个启发，只要她敢于寻找，善于寻找，比发质重要的优势便会突破司空见惯的外壳，勇敢而又生动地显现出来。

我还有啥优势呢？陈铁花暗问自己。一时答不出她也不急，她想，只要有意识地寻找，就可以了。

对于调工种，陈铁花用了一番苦心，同寝室的三个人也曾被她纳入目标，但很快又被她给否掉了。都是女孩子，一个"求"字，就把自己的位置降低了，她想和她们平等相处，就断然不能求她们。她曾一度认为男性和女性是两条互不相干的河流，她不想惊扰自己所处的河流，而在另一条河流掀些波澜是无所谓的，正因为如此，她才把目标锁定在施其山身上。

当然，还有一个最重要的原因，那就是施其山的哥哥施玄山是汽机分厂的主任。

这一天，施其山来宿舍找陈铁花。此时天已经晚了，宿舍里亮起了灯光，陈铁花脱了裤子，把腿捂在被里正和几个女孩子闲聊。开门的是王丽华，她和章玉闻与施其山都在一个班组，见了施其山，还以为是来找她的。王丽华故意板起脸说，有啥话不能班里讲，还到宿舍找我？施其山说，我不是来找你，我是来找陈铁花的。王丽华的脸唰的一下红了，尴尬地用鼻子哼了一声，歪过头来冲陈铁花说，找你的。

陈铁花急忙穿上裤子，走出房间来见施其山。两个人离房间的门远了一些，陈铁花才开口问道，找到能帮我的人了吗？

施其山摇了摇头。

陈铁花脱口而出，那么你哥呢？施其山愣了一下，问，你也知道我哥？陈铁花自觉失言，不好意思地咧了咧嘴说，我也是才听说。施其山沉默了一会儿才又说，我的确找过我哥，把你的情况跟他都讲了，可他说清扫工都是当地农民，学技术悟性差，是当不好检修工的。

他小瞧人。陈铁花说。

你也别生气，咱再慢慢想办法。施其山说。

冲他这句话，我也一定要找他论论理，明天我就找他。陈铁花说。

施其山劝她别莽撞。她说，这不是调不调工作的问题，工作可以不调，但我不想让人瞧不起，我明天一定要找他。施其山说，明天他哪有工夫见你？他要主持全分厂的手锤比赛呢。陈铁花说，我到赛场找他那不更方便吗？施其山苦着脸说，你这么一找他，他一定以为是我让你找的，你不知道，他对我可凶了。陈铁花斜了施其山一眼，嗔道，瞧你那点儿出息，连自己的哥哥

都怕，好了，我不找就是了。

第二天上班后，陈铁花以最快的速度打扫完她分管的地段，然后放下拖布，从裤兜里摸出木梳梳了梳头，就径直奔赛场去了。所谓的赛场就设在主厂房外的侧面，几百人围成了一个半圆形，直线的一面就是厂房的一面墙，墙上悬挂着一条巨大的横幅，上书几个大字：汽机分厂手锤比赛。下面的空地上摆放着一溜长桌，桌上每隔一米就安置着一把老虎钳，桌子下面堆放着一捆粗粗细细的钢筋。技术比赛是那个时代的热门活动，陈铁花进厂还不到一年，就已经旁观了好几次类似的比赛。她喜欢这种比赛，看着新奇、刺激，对比赛的赢家更是羡慕得不得了，觉得那才是出人头地了。本来陈铁花是想躲开施其山的，但一进赛场，还是很快就被施其山看见了，他从人堆里挤过来，紧张地问她怎么来了。陈铁花仰着脸说，谁规定不准我来了？施其山压低声音说，别给我难堪就行。陈铁花扑哧一笑，说，我只是来看比赛，不是来找你哥的。施其山还是有些不放心，他就站在陈铁花身边，做出一副随时拉住她的架势。

比赛的主持人是汽机分厂主任，也就是施其山的哥哥施玄山。这是一个年轻干部，有着一张和施其山一样俊秀白净的脸膛，虽然也穿着工作服，但他的工作服干净得几乎过分了，好像是刚刚洗过，没有一点儿污渍，手都没摸过似的。他讲起话来严肃认真，声音和他的形象有些不相称，是老练成熟的那一种，很容易就能营造出一种不怒自威的氛围来。他一声令下，比赛就开始了。上场参赛的选手每五个人为一组，这五个人打完手锤了，另外的五个人再上。打手锤是钳工的基本功，也是以钳工为基础的电厂检修工的基本功。手锤泛指小型的锤子，是与十八磅或二十磅大锤相对而言的。打手锤就是用手锤打钢筋，把八号或十号的钢筋卡在老虎钳上，用左手握住扁铲将其逼住，右手挥舞手锤，使劲地打。这两种钢筋，高手只需五六锤便可打断，但一般的钳工，则需打到十锤左右才可能打断。上场参赛的选手水平有高有低，高手打得漂亮，能赢得一阵阵掌声；差手表现得五花八门，更具观赏性，往往能引起一阵又一阵的欢笑。陈铁花觉得最有意思的还是看那些女工比赛，别看她们一个个穿着像模像样的工作服，剪着飒爽而又时髦的短发，打起手锤来却大都显得格外笨拙，女性的弱点都暴露出来了。有的锤头打到握着扁铲的左手，疼得一跳三尺高，一迭声地惨叫。有的用力过猛，手锤脱手，差点儿砸着一边的观战者。与陈铁花同寝室的章玉闻和王丽华也参赛了，两个人虽没太大的失误，但十多锤也打不断钢筋，成绩平平，看得眼热的陈铁花一颗心一点一点地膨胀起来，一种跃跃欲试的冲动几乎冲破了躯壳。陈铁花想，打手锤需要力气，但作用于手锤上的力气毕竟有限，女性的力气也应该是够用的，也就是说，打手锤更需要的是技巧和灵性。陈铁花觉得自己天生就不缺少这两样东西。

　　陈铁花想往前再挤一挤，刚一用劲，就被施其山给拽住了胳膊。由于这只手是插在裤兜里的，而且握在木梳上，经施其山这么一拽，手从裤兜里被拽出来，木梳也就被带了出来，啪的一声掉到地上。陈铁花赶紧俯首拾起，见木梳折断了一个齿，就怒目圆睁，冲施其山发火道，你赔我木梳！施其山说，那我下班就给你买一把去。陈铁花转念就改变了主意，说，我不要你赔我木梳了，我要你赔我别的东西。

　　施其山问，啥东西？

　　手锤，你给我弄一把手锤吧。

　　你要手锤干什么？

　　你别管我干什么，给弄还是不给弄？

　　施其山犹豫了一下，还是答应了。

火红年代

　　那是个崇尚技术的时代，各类技术比赛在工厂里是家常便饭，隔不了多少日子，就会有一场比赛，每一场比赛几乎都能造就出几个惹人注目的角色，这些角色就是厂里的明星。后来缺乏作为的，明星就成流星了，光彩不了多

久就会暗淡下去。只有屡次在不同的比赛上创造佳绩，并且能够在生产中起大作用的人，才有可能成为恒星，长时间受到人们的瞩目和追捧。

技术比赛很像现在流行的选秀节目，吸引着观众，吸引着想一夜成名的年轻人。

当年的陈铁花就是那种充满激情的年轻人，单薄的身体里总是有一股很难控制的东西在蠢蠢欲动。对技术比赛，陈铁花十分上心，只要听到厂里有比赛的消息，她宁可不去看难得一见的电影，也要跑到厂里凑这份热闹。她对那些披红戴花的技术状元们羡慕至极，众星捧月，那是何等荣耀。陈铁花潜藏的激情就像是锅里煮沸的水，随时都有可能突破锅盖冲出去。

对那些大大小小比赛的状元们，厂里并没有给予什么物质奖励，所给予的更多的是精神奖励，比如给披红戴花，比如颁发给纸做的奖状，还比如人们的口碑传颂等。但这丝毫不影响人们对比赛的重视和对状元的羡慕。

又一次比赛开始了。对其他人来说，这可能就是一次很平常的比赛，但对陈铁花来说，却是一次至关重要的比赛，它是初出茅庐，它是石破天惊，它将是一个传奇故事的开始。

比赛场地依然是在厂房的侧面，依然是几百号人围成一个半圆形，依然有夸张的条幅悬挂在墙上。陈铁花还是抓紧时间，提前完成了清扫任务，然后便快速赶到比赛现场。这一次是男女分开赛的，先是男工比赛，男工完事，女工再上场。当一些女工丑态百出时，陈铁花实在按捺不住自己了，她挤出人群，在一大片惊讶好奇的目光中，走到主持人的跟前，轻声说了一句，让我也打几锤吧。

主持人还是施其山的哥哥施玄山，他歪着头打量陈铁花，目光特别在她的那两条辫子上停留了一会儿。他的确听弟弟施其山提起过陈铁花，但却对不上号；他在厂房里也与陈铁花碰过面，印象也不是太深，只恍惚记得她是个清扫工。施玄山觉得挺有意思，顺嘴问道，你说什么？

让我也打几锤吧。陈铁花又说。

陈铁花的声音提高了许多，第一次说时她还有些胆怯和害羞，但第二次说时胆怯与害羞已经不翼而飞。其实陈铁花心里明白，她本能地提高声音纯粹是焦虑使然，她真怕人家不让她打，如果那样的话，她的苦心也就白费了。

你是清扫工？施玄山问。

陈铁花点了点头。施玄山突然想起了什么，问，其山提的那个人就是你吧？陈铁花又点了点头。施玄山的目光往人群中一扫，一下子罩住了施其山。陈铁花这时也看到了人群中的施其山，她很心疼施其山的窘迫，就把自己的声音又放大了一些，冲着施玄山的耳朵嚷道，你到底让不让我打？

我们这是分厂内比赛，外单位的人是不许参加的。施玄山说着撇了撇嘴，又说，这打手锤可不比扫地，是技术活，是手艺，你能行吗？

不行我就不要求打了。陈铁花说。

手艺不是吹的，是练的，既然你非要打，就让你打几下吧。施玄山说。

施玄山说罢，顺手摸了一把手锤递给陈铁花。陈铁花接锤在手，走到案子边自己选了把扁铲，然后就在一大片好奇的目光中走近了一把老虎钳，用扁铲逼住钢筋，右手在空中甩出一道半圆形的弧线，锤头结结实实地打在了扁铲上。一下、两下……八下，十号的钢筋被打断了。上过场的女工打钢筋的最好成绩不过十二下，而她只打了八下。静场片刻，四周爆发出一片欢呼声。

施玄山也震惊了，张了好一会儿嘴才说出话来。他说，好样的，真是好样的。陈铁花丢下手锤，冲着施玄山说，既然你说我是好样的，就别让我干清扫工了，调我到汽机分厂干检修工吧！施玄山摇着头说，你打手锤虽然很厉害，但你可能不知道，一个检修工要掌握的技术多着呢，光会打手锤是不行的。陈铁花说，我可以学嘛。施玄山又摇着头说，我只管汽机分厂，从清扫队调人得经过人事科，我没办法的。说完硬让陈铁花回到了人堆里。比赛继续进行，又上场的几个女工依然成绩平平，没有一个是在十锤之内把钢筋打断的。因为陈铁花不是本分厂职工，女工"手锤状元"的称号当然也就不能颁给她了。

散场的时候，章玉闻和王丽华一人抓住陈铁花的一只胳膊，问她是什么时候学会打手锤的。陈铁花说，是干清扫的活后，一个人偷偷躲在厂房没人

15

处练的。章玉闻说，我们都参加过钳工训练班，也没练得这么厉害，你到底是怎么练的？陈铁花说，很简单，牙一咬，不怕往手上打，就练成了。两个女孩都吐出舌头，啧啧称奇。

当天下班的路上，施其山赶上往宿舍走的陈铁花，埋怨道，你怎么这样大胆呀，说上场就上场了，瞧我哥哥一下就把你给猜出来了。陈铁花斜了他一眼说，你既然向你哥哥推荐了我，就别怕你哥哥认出我来。施其山说，当着那么多人的面，我多难为情呀！陈铁花笑道，你这人真有意思，你是男的，我是女的，男的总该比女的脸皮厚吧，我都不怕难为情，你怕啥？施其山想了想，也觉得陈铁花说得不无道理，就不吭声了。

陈铁花转守为攻，要施其山再给她弄一把锉刀来。施其山说，你学会了打手锤，又惦记着学锉刀了？陈铁花说，钳工的基本功嘛，我当然想学一学了。施其山说，用锉刀可不比打手锤，打手锤要股狠劲，不怕皮肉之苦就学得快；用锉刀使的是巧劲，要守规则，得言传身教才行，自己不得要领，很难学成的。陈铁花说，那你就教我嘛。施其山说，虽然我在班组里，但我是技术员，很少干活，所以只会一点点。陈铁花说，那就教一点点。施其山笑道，不拜师就学艺，便宜死你了。陈铁花嘬起嘴巴，说，你还想叫我拜你为师呀。施其山连忙说不敢，他的眼珠转了转，又说，不过，你总得给我点儿好处吧，烤土豆的味道真是不错！陈铁花出手打了他一下，说，你还真贪心。好，咱们一言为定，你教我学锉刀，我还请你吃土豆。

说归说，后来陈铁花再请施其山吃烤土豆时，被施其山坚定地拒绝了——困难时期，土豆是金贵的东西，他一个男子汉，怎能总是去占人家的便宜！不吃土豆，但锉刀还是要教的。一把一尺来长的锉刀，左手握住前尖，右手握住刀柄，锉刀面摆得越平越好。锉东西的时候，要前腿弓，后腿蹬，锉刀面保持水平往前推。其实，施其山所能教给陈铁花的也只有这些，半个小时就够了，半个小时以后，全是陈铁花自己在悟。陈铁花一直认为自己在学手艺上有过人的天赋。比如学锉刀，她按着施其山教给她的要领去练，一个小时后就已经像模像样了。考核钳工时有一道作业，是做四方套，考核的就是使用锉刀的能力和水平。陈铁花练锉刀，其实就是在反复地做着一个四方套。在厂房里清扫时她曾见过别人做四方套，把其程序默记下来，照葫芦画瓢就是了。看着别人做容易，自己做却是意想不到地难，同是一把锉刀，锉出来的平面差距太大了。陈铁花也遇到了这样的问题，施其山没有能力帮助她解决，她就壮起胆子去找一些老师傅请教，往往人家一两句话就点醒了她，而她自己操作时则又会陷入一团云雾之中。

一天晚上，躺在床上的章玉闻提起了手锤比赛的事。她说，铁花你这人做事真是出人意料，我们分厂比赛，你居然敢去参赛，我们从没见你打过手锤，你却一出手打得比谁都好，我真不敢想，你以后还会做多少出人意料的事。同样躺在床上的王丽华接茬说，下周分厂还要搞锉刀和刮瓦比赛，铁花你还去参加吗？陈铁花精神一振，她练锉刀就是为了参赛的，她当然会去了。她参加比赛可不单单是为了出名，而是想引起某些人的关注，答应她调进生产班组去。

你到底敢不敢去呀？王丽华又问。

我也说不准。陈铁花用很平静的口气说，赶上了，我兴许就上去比画比画。

你这一比画，保准又会出人意料。章玉闻说。

陈铁花没吭声，她用被子把头蒙住，她知道自己得好好想一想这件事情。

几天以后，汽机分厂果然又举行了锉刀比赛，但陈铁花并没有上场。没有把握夺魁，她怎么能轻易上场呢？

泥鳅钻豆腐

有个星期天，汽机分厂组织义务劳动，陈铁花也参加了。她那天穿了一件肥大的毫不起眼的工作服，但她的出现还是很快吸引了众多的眼球。施玄山一半好奇一半无奈地对她说，你这个丫头真缠人，咋就盯住了我们分厂？

因为你们分厂太有吸引力了。陈铁花说。

是吗，我们怎么没觉得呢？有个工人说。

那是因为你们身在福中不知福。陈铁花说。

施玄山用一只手指着陈铁花跟身边的人说，瞧瞧，人家在教育你们呢！周围的人都好奇地看陈铁花，然后配合着施玄山哈哈地笑。陈铁花尽量不去理会他们，她也不必听从施玄山的指挥，哪些活适合自己，就挑哪些活干。

关于义务劳动，有过工厂经验的上了些年纪的人，大都会有一些深刻的记忆。上个世纪五六十年代，劳动光荣，不要报酬的劳动当然也就更光荣。没有谁不想光荣，也没有谁不愿意参加义务劳动。那个时期，正是吃不饱饭的日子，消耗体力就更会饿肚子，但大家似乎都顾不上这些，都十分踊跃地参加义务劳动。义务劳动也不是自发的，是有组织的，组织者大都是各个单位的党团组织，时间大都选在周末下班以后，或是周日的上午。干活不可能不累，但大家都是从心里往外想干活，再累的活也就不觉得累了。那时候的年轻人不喜欢谈钱，谈钱可耻，谈奉献才是光荣的，干起活来你争我赶，气氛相当火爆。

这一次是为厂里的附属砖厂干活，干的活是脱坯。砖厂生产出的红砖是为扩建电厂用的，厂子建得越大，厂人越光荣，没理由不特别卖力气。男工们大都选择用铁锹和泥，这一带土质黏度大，搅拌起来十分费力，一锹插进黄泥里，力气小的都难拔出来。女工们大都蹲在地上脱坯，把坯模子搁在地上，把和好的泥填进去，抹平，再把模子提起来，再搁到地上，再填泥脱下一块。章玉闻招呼陈铁花和她一起蹲下来脱坯，陈铁花没过去，而是凑向男工们聚集的地方。和泥需要的力气大，但也并非只有男人才能胜任，女人只要豁出力气，也是可以胜任的。毛主席都说妇女能顶半边天，男工能干的，女工也一定能干。陈铁花坚定地这样认为，所以摆出的架势也十分坚定。

陈铁花没带铁锹，她在偌大的场地上找了一圈也没找到，就走到施其山跟前，伸手把他的铁锹抢了过来。施其山本想再夺回来，但有那么多人在场，又不好意思了，显得十分尴尬。周围的人一齐起哄，说施其山怕老婆。施其山红了脸，争辩道，你们瞎说什么，我们又不是夫妻，谈什么怕老婆？有人说，现在不是夫妻，不证明以后不是夫妻，怕未来的老婆，更没出息！

陈铁花不理会他们，只顾奔一个最大的泥堆走去，以一种不可阻挡之势插入了男工们的中间。一锹插进泥堆，她本想把一满锹的黄泥翻过来，可黄泥又黏又沉，第一锹没有成功。身边的男工就笑，说男女有别，男的就该干男的该干的活，女的就该干女的该干的活，这满锹黄泥你是翻不过来的。陈铁花不服气，瞪了那人一眼说，我翻不起来，你翻翻试试。那人一锹下去，本也想翻满满一锹泥以显示自己的力气，可铁锹被黄泥粘住，怎么翻也翻不起来，无奈只好退而求其次，翻了半锹黄泥。陈铁花不屑地笑道，看见了吧，这不是性别的问题，而是黄泥太黏的问题，这样用锹和，费力不讨好。那人抬杠道，不用锹和用什么和，总不能用人和吧。陈铁花说，你说对了，这样的泥就是得用人和。

陈铁花说罢撂下铁锹，蹲下身脱了自己的一双布鞋，又脱袜子，露出一双白嫩嫩的大姑娘脚来。在一大片惊讶的目光中，她又挽了裤脚，然后一大步跨进了泥堆，又踩又跳，开始用脚和泥。虽然是春天，积雪已经融化，但脚踩在泥里还是刺骨地凉。陈铁花不管不顾，踩脚的速度越来越快，有人喊她出来她也不理。时间久了，脚也不觉凉了，反而有一种火烧火燎的灼热感，挺舒服的。陈铁花是长门本地人，对当地的土质十分了解，她家盖房子时她的父亲和哥哥就是用这种办法和泥的。这种办法显然比用锹和泥效率要高得多，连施玄山都看直眼了，连说好办法。在陈铁花的带动下，很多男工脱了鞋和袜子向泥里迈。大家在泥堆里又蹦又跳，场面十分壮观。

用脚和泥加快了脱坯的速度，也使陈铁花顺理成章地成为焦点人物。工间休息的时候，施玄山不无感慨地说，如果咱们分厂的女工都像陈铁花这样，我这个主任就好当了。陈铁花在不远处听到了这句话，她本想凑过去接茬说，既然如此，何不把我调过来。她还没来得及说，话题就被别人给岔过去了。那个人说，要是这些黄泥都是肥肉就好了，立即就有人接过这个话题说，别

说是肥肉，就是肥猪趴在这儿，让咱看看摸摸，也够解馋的。饥荒年月，吃的诱惑是胜过一切的，大家七嘴八舌扯起吃的话题，陈铁花就是再有本事，也不会引起大家注意了。

有个叫尤大海的人话不多，但只要一开口，总会把很多人给吸引过来。尤大海说，要讲吃肉，猪肉是不入流的，驴肉才真正好吃，有句话不是这样说嘛，"天上的龙肉，地上的驴肉"，下酒菜呀，酱驴肉是最好的。

有人发表不同意见，说吃肉下酒，最好的不是地上走的，而是天上飞的，"宁吃飞禽一两，不吃走兽半斤"嘛。天鹅肉没吃过，不知好吃不好吃，麻雀可是吃过的，那么一个不起眼的小家伙，烤熟了吃起来真是要多香有多香呀！又有人发表不同意见说，最好吃的肉不是天上飞的，而是水里游的，鱼的肉才真正好吃，不是有句古诗说"江上往来人，但爱鲈鱼美"吗？那红烧鲈鱼才是世上最美味的食物。

周围的人都瞪大了眼睛，说话的人声音是兴奋的、喜气洋洋的，肉呀，鸟呀，鱼呀，真是美好得不能再美好的词语了，它们在一群被饥饿围困的人之中焕发出诱人的光芒。想象中的香味由大脑直抵舌头、鼻尖，有一些人甚至流出了可爱的涎水。

好一阵没说话的施玄山又开口了，他说，要讲吃鱼，我看不是那些有名的大鱼好吃，而是一种很小的很不起眼的鱼才算得上真正好吃，这种鱼叫泥鳅，专门生活在河边的淤泥里。

这种黑不溜秋的浑身都是泥的鱼怎么能好吃呀？有人说。

炖着吃，施玄山很认真地说，把抓来的泥鳅放在水盆里养上两天，泥鳅就会吐尽肚子里的泥，再把它洗干净候着，用油爆锅，添水，把切成块的豆腐下锅，然后倒入泥鳅，等水一热，那泥鳅就会乱钻一气，结果都会钻进豆腐里。这道菜就叫泥鳅钻豆腐，吃起来豆腐里有鱼，鱼里有豆腐，味道美极了。

就在大家都听得直了眼的时候，施玄山突然站了起来，刚才脸上的憧憬一扫而光，他很用力地大吼了一声，别精神会餐了，都干活吧！众人这才无奈地站起身，带着一脸的失落干活去了。陈铁花本想跟施玄山再提一提调工种的事，但想了想，什么话也没说。

话虽然没讲，行动上却是紧锣密鼓。第二天晚上，施玄山刚刚下班回家，就见陈铁花和一个乡下小伙子走进院子。陈铁花说，施主任，这是我哥哥石头。石头没有说话，将一桶欢蹦乱跳的泥鳅往地上一摆，转身就走了。施玄山瞪大了眼睛惊呼道，这么多的泥鳅你是从哪儿弄来的？这是什么年月呀，莫非你是大富翁不成？陈铁花笑道，我不是富翁，我只是一名想当真正工人的清扫工，如果施主任你调我进汽机分厂，我保管你天天有泥鳅吃。施玄山连连摆手，说，不成不成，我是党员干部，不能收受贿赂。陈铁花敛起笑容说，施主任你怎么能这样讲话，照你这么说，我不成了行贿者？告诉你吧，长门村西边有一条小河，叫夹板河，虽然水不多，里面也没什么大鱼，但河边的淤泥里却生长着数不清的泥鳅。我们这一带村人不吃泥鳅，宁可吃树皮树叶，秫秸都磨成粉吃了，也没人敢吃泥鳅。施玄山的眼睛渐渐地亮起来，在这样的日子里，这样的消息无疑是天上掉馅饼，自己家的粮道通了不说，简直就要过上资产阶级的日子了。

也许是泥鳅太诱人了，施玄山没有再提贿赂的事，而是一个劲地表示感谢，并留陈铁花一起吃晚饭。施玄山还把弟弟施其山叫来一起吃，泥鳅钻豆腐是他亲自下厨做的，一桌人都说好吃，施玄山和弟弟施其山还喝了酒。正是从这一天开始，每天黄昏施玄山家便举家出动，来到夹板河边捕泥鳅。也正是从这一天开始，施家的餐桌上发生了翻天覆地的变化，不单多了泥鳅钻豆腐，还多了许多以泥鳅为原料的菜肴，比如炸泥鳅、炒泥鳅、酱泥鳅和咸泥鳅等。只是这样的日子太短暂了，施玄山捕泥鳅的事很快被其他厂人察觉了，一传十，十传百，捕泥鳅的队伍日益壮大，没用多长时间，因干旱而越来越消瘦的夹板河里，就再难觅见泥鳅的踪影了。

第一代厂长

泥鳅吃光了，但陈铁花的情还是要领的。施玄山为此专门去了一趟人事科，可是人事科科长老罗没给他面子，说，让被占了地的农民进厂，就已经算很照顾他们了，当初定的原则，就是只能让他们干二三线的活，怎么能打破规矩说让他们进一线就进一线呢？口子一开，他们不都得要求进一线呀？施玄山赔着笑脸说，具体事情具体对待嘛，这陈铁花不可多得，非常适合做检修工，不然我也不会亲自来找你。见老罗还不开面，施玄山也火了，收起笑脸嚷道，你这是歧视人家是农民出身，弄不好，要影响工农关系的！再说了，谁不是农民出身呀，难道你天生就是一个城市人，就是工厂里的干部吗？老罗也不让步，他说，我不跟你吵，你吵得再欢，这个口子也是不能开的。

那个年代不像现在，同级别的干部都是嘻嘻哈哈的关系，那个年代就是那个年代，人家不讲情面，你什么办法都没有。施玄山无奈，只好悻悻地离开人事科。他原本是想回汽机分厂的，可在办公楼的走廊里迎面碰见了厂长邵振军。施玄山心中一动，何不把这事跟厂长说一说呢？于是他抢步上前，拦住了邵振军。

邵厂长，我有事跟您请示。

有事到办公室讲。

施玄山发现邵振军的神情阴郁，眉头拧成了个疙瘩，心里就咯噔一下，觉得自己可能没遇到讲事情的好时机。但话既出口，是无法收回的，只能硬着头皮跟在他身后走。邵振军是四川人，身材不高，但胸脯拔得挺挺的。施玄山虽然身材高大，但在邵振军身后走，他总觉得自己还没有人家高。

上了一层楼，就来到了邵振军的办公室。进屋后，邵振军自己坐到办公桌后面，也不管施玄山，自己点了一支烟就狠狠地吸。施玄山怯怯地站在门口，觉得这种姿势不合适，就又向前迈了两步，试探着说，是这样的，有一个清扫工姑娘，叫陈铁花，思想过硬，检修工的基本功比我们真正的检修工还好，我们分厂现在就缺这样的人才，能不能把她调到我们分厂呢？

那有什么不能，调过来就是了。邵振军说。

施玄山愣在那里，他没想到事情竟会如此顺利，连第二句话都没费，事情已经办完了。他惊讶而又感激地看着邵振军，几乎不知说什么才好。邵振军也不容他再说什么，说，没别的事你就走吧。施玄山迟疑着转过身去，有些不情愿的样子，心想，就这么一句话，还不如在走廊说了，何苦还被叫进办公室呢？走到外面，施玄山苦笑了一下，想，这就是邵振军的风格，如果不是这样，他也就不是邵振军了。

施玄山出去后，邵振军吸烟的速度更快了，片刻就吸光了一支烟。他扔掉烟头，又点了一支，依然狠狠地吸。他虽然是个少言寡语的人，但也不至于对部下如此吝啬语言。这一次，施玄山的确是撞到了枪口上，正赶上他心里不爽，当然也就公事公办，不想多费口舌。邵振军刚刚在楼下总务科的办公室里开了个小会，议题是职工的生活问题。灾荒年月，全国到处都有饿死人的事情发生，长门厂虽然还没有被饿死的，但病倒的却不断出现。电厂是国家建设的重点项目，职工都病倒了可怎么能行？！邵振军曾授意总务科出去搞些粮食，可出去了两拨人，都无功而返。粮食是国家统购统销，弄不来也在情理之中，问题是总务科科长对职工的情况并不十分了解，回答他提出的问题时总是支支吾吾，这是他绝对不能容忍的。他很严厉地对总务科科长说，我下次再问你类似情况，你若还是这样回答，这个科长你就别当了。散会后，办公室主任刘斌又给他添了一次堵。刘斌凑到他跟前，压低声音对他说，邵厂长，机关党支部委托我在全厂女职工中给您物色一个对象，也就是帮您找一个爱人，我已经初步把目标锁定，这个人是——话没说完，邵振军就翻脸了，他说，现在是什么时候了，大家都在勒紧裤腰带过日子，我还找什么爱人，选妃呀？你这不是叫我犯错误吗？简直是变着法整我！看刘斌一脸无辜的表情，他拂袖就走，在走廊里遇见了施玄山。

邵振军是长门厂的头号人物，对他的履历，厂里很多人都津津乐道，以讲他的故事为荣。都知道他是四川梅县人，军人出身，转业的时候已官至师

政委。邵振军不是那种大老粗，参军之前是读过书的，也正因为有些文化，才被派到科技含量很高的发电企业来。当时，东北的工业正蓬勃发展，缺电的问题十分严重，国家提出的口号是，要在东北建一座具有世界先进水平的大型火力发电厂，它的装机容量最初是全国第一，五年后将达到亚洲第一。就国家那时的经济情况，能定下如此宏伟的目标，是需要何等的雄心壮志呀！邵振军是主动要求到这个厂来的，当时上级有关部门可考虑的人选肯定不止一个，但最终确定的人选还是邵振军。对此，邵振军的自豪感是不用说的，这种自豪感绝不亚于战争年代接受一项艰巨的战斗任务。初来时，这里还是长门村的一大片农田，他的职务不过是筹委会副主任，他是亲眼看着高高矮矮粗粗细细的建筑一点点地生长起来，直到建设电厂的电建单位撤离，电厂真正投产，他才被正式任命为长门厂的党委书记兼厂长。虽然长门厂已经是全国最大的发电厂，但要成为亚洲最大乃至世界最大，还有相当艰难的路要走。邵振军知道自己任重道远，也知道这个目标很可能是海市蜃楼，但他表面上从来没有露出过哪怕是一丝丝的不自信，他在人前永远是挺着胸脯，一副胸有成竹的样子。

事实上，邵振军也的确是个乐观主义者，对于海市蜃楼的比喻，他很快在内心里做出了相当真诚的自我批评：做什么事，首先得自信，这样才能够放开手脚大胆去做，这种怀疑态度是要不得的。邵振军虽然是电力生产的门外汉，但内行们没一个敢轻视他，这绝不仅仅因为他是大权在握的第一把手，更缘于对他人格、能力和工作作风的尊重和信赖。职工们都认为他是个知人善任的好官，只要是被他发现并认可的有能力者，他都能够委以重任。比如对孟良林的重用，就是一个具有说服力的例子。孟良林原是东北一个著名的资本家的儿子，他留过洋，归国后曾在日本人的电厂里做过技术人员，后来又在自己家的电厂里主管技术工作。新中国成立前夕，他的父母和兄长都去了国外，只有他没有走。有人说他是自愿留下参加新中国建设的，也有人说他是因事迟走一步，等要走时已经晚了，解放军已经包围了那座城市，他走不脱了，他的留下是无奈之举。不管哪种说法是真的，邵振军并不在乎，他只在乎孟良林此时是不是想为国家效力，孟良林的表态是肯定的，这就够了，就可以重用了。孟良林也没有辜负邵振军的信任，建厂时配合苏联专家解决了不少技术上的难题。苏联专家撤走后，孟良林被任命为长门厂的总工程师，承担起指挥全厂生产的任务，干得相当出色。职工们都知道，没有邵振军，就没有新的孟良林，也就没有长门厂稳步发展的局面。

　　邵振军是在部队里成的亲，爱人是师卫生队的护士，结婚十多年一直没有生育。战争年代，行房和吃饭一样没规律，有一顿没一顿的，都以为没怀孩子是很正常的事，可新中国成立了，安稳了，可以有规律地行房了，老婆的肚子却依然没有动静。于是寻医问药，弄来很多偏方吃，几年过去，依然没见结果。一日，老婆突然眼一黑，什么也看不见了，几天过去才恢复了视力，但人却一病不起，得的是肾衰竭，没几个月就去了。有人说这是吃了太多偏方的缘故，药的毒性大，伤了肾脏。邵振军悔断了肠子，要知如此，干什么非得要孩子，没有孩子不一样过得很快乐吗？

　　邵振军就这样过上了鳏夫的日子，大家都很关心他的再婚问题。他正值盛年，说不寂寞那显然是骗人，但谈及再婚，他却还是没有做好准备。他为工作成天忙得脚打后脑勺，这种忙是可以与那种寂寞相抗衡的。

　　不知吸了多少支烟，邵振军的情绪才算稳定下来。刚才开会的事淡了，施玄山刚才说的事就浓重起来。一个普通工人调个工种是小菜一碟，是不需要他这个厂长拍板的，杀鸡用牛刀，有点儿小看他这个全国最大的发电厂的第一把手了。但换句话说，既然用了牛刀，就说明了这只鸡的分量。邵振军觉得自己正面临两个重要的问题，一个是技术问题，一个是人才问题。在他看来，人才问题是应该在技术问题之上的，有了人才，人才就会去解决技术问题，技术问题也就不算问题了。在邵振军当厂长的年代，工人中的技术尖子是大人才，怀揣某些绝技的工人技术权威是厂子的宝贝，待遇不会比工程师低。邵振军突然就有了一种想进一步过问这件事的冲动。

　　第二天一上班，邵振军就换上工作服，戴上安全帽，去了汽机分厂。邵振军推开施玄山办公室的门时，把正在换工作服的施玄山吓了一跳。他一边

继续把剩下的一只胳膊伸进袖子里，一边冲着邵振军说，邵厂长你来怎么也不先打个招呼，我好去迎接你呀。邵振军用鼻子哼了一声，摆摆手说，我又不是不知道路，用得着你接吗？施玄山穿好衣服，连忙抓暖壶去给邵振军倒水。邵振军又摆摆手说，算了，大清早的，谁喝水呀？有事说事，别整没用的。

施玄山放下暖壶，显得有些不知所措。看着他这个样子，邵振军就笑了，本来是自己来找人家的，事情应该由自己讲，怎么反倒叫人家先讲了？邵振军一笑，施玄山也就跟着他笑，气氛变得轻松起来。

邵振军说，你昨天讲的那个清扫工叫什么名字？

施玄山说，叫陈铁花。

邵振军说，你说她的技术比一些检修工都过硬？

施玄山说，是呀，有一次手锤比赛，她轻轻松松就把我们那些女工都给赢了。

邵振军说，这样的人才早该调到一线岗位去，以后我们的用人制度要再灵活一些，要让我们所有的职工都人尽其才。

施玄山点头称是。邵振军又说，我想见一见这个陈铁花。施玄山说，她还在清扫队呢！邵振军埋怨道，咋还不叫她过来？施玄山说，还没来得及嘛。邵振军说，你们这些人，就是缺少雷厉风行的作风，赶紧叫她过来。施玄山摸起电话打给清扫队，郑重地向清扫队的头儿传达邵振军的指示，并叫陈铁花立即赶来报到。邵振军又问他打算分陈铁花到哪个班组，施玄山说，这样的人才当然是要到本体班了。邵振军说，好，以后类似的事情就这么办。

没用多长时间，陈铁花就风风火火地赶到了。她的外表似乎与其他女工并没有什么区别，都穿着肥肥大大的工作服，头发全部压在工作帽里。邵振军是个粗中有细的人，他还是很容易地察觉到了陈铁花的与众不同之处，那就是她的神态。陈铁花的皮肤虽然已不像乡下女孩那般粗糙，但神态中流露出的气息依然是乡村的，是没有经过修饰和过滤的，属于纯天然的那种。邵振军一直觉得这种气息是值得珍惜的，越是工业化、城市化了，这种气息就越珍贵。

邵厂长很重视你呀！施玄山说。

听说你的手艺不错。邵振军说。

粗的会一点儿，细的还得学习。陈铁花羞红着脸说。

什么叫粗的？什么叫细的？邵振军说。

粗的就是打手锤、用锉刀，细的我也说不明白。

我看看你打手锤好不好？邵振军说。

好！陈铁花回答得十分爽快。邵振军叫施玄山找个地方。施玄山走在前面，把两个人带到外面的一个装有老虎钳的案子跟前。施玄山亲自在老虎钳上卡了一根钢筋，然后将一把手锤递到陈铁花的手里，加重语气说，你能调到汽机分厂全靠邵厂长的英明决策，你可要拿出真本事，别让领导失望呀！陈铁花很认真地点了点头，一副凝重的神色走近案子，左手用扁铲逼住钢筋，右手抡出了漂亮的弧形。陈铁花不是一个容易怯场的人，相反，她天生就有一种表演才能，越是人多的场合，越是有重要人物在场，她的情绪就越亢奋，发挥也就越出色。陈铁花舞动手锤，带起一股风来，她只用了六下，就把钢筋打断了。这个成绩在男工中也算上乘，邵振军和施玄山齐声喝彩。接着是用锉刀，陈铁花把一块方形铁卡在老虎钳上，右腿弓，左腿蹬，一把大锉平推了一阵，然后收了架势让人看。邵振军和施玄山探过脑袋，看过之后都不住地点头，连声说好。

第二章

长　门

长门村的名字由来已久，没有人能讲出它的出处。"长门"这个词很容易令人想起西汉时期的长门宫，或者司马相如的《长门赋》，但谁都知道，它们与长门村是没有任何关系的。长门村就是长门村，长门村是没有人细究这个问题的。从外地潮水般涌来的几千电厂人也没有谁细究这个问题，长门嘛，一个地名而已。

建厂之初，因为厂名，邵振军曾和一些人有过争论。发电厂虽然是部属企业，但按惯例，厂名一般都会与所在的城市名连在一起，比如沈阳发电厂、抚顺发电厂等。起厂名的时候，很多人建议，在发电厂的前面冠以本市的名字，这样做顺理成章嘛。邵振军说，冠什么市名，我看就叫长门发电厂好了。有人反对道，这长门只是个村子，用一个村子的名字命名我们的厂子，岂不小瞧了我们？邵振军说，用市名命名，就不小瞧我们了？有人赶紧接茬说，那就用省名来冠。邵振军说，我们是全国最大的发电厂，我们的理想是亚洲最大，甚至是世界最大，用省名命名难道就不是小瞧我们了？我看叫长门发电厂就没有什么市呀省呀的限制。长门是什么？除了这方圆百里，谁还知道有个长门村呀？长门发电厂要多大有多大，这才是大名字。争论来争论去，最终连有关部门都妥协了。

完全是邵振军的坚持，才使长门发电厂的名字确定下来。

发电厂占地数里，是个真正的庞然大物，能够带这样一个厂，绝不比带一个整编师逊色。邵振军对生产是外行，但他好学，经常领上一个内行在厂里走来走去，让这个内行为他讲解厂里的生产流程。那是一个外行领导内行的时代，计划经济用不着闯市场，也用不着搞营销，大家一门心思把生产搞好就行了。邵振军是上级派来的领导，一般这种领导抓一抓政治、管一管人头就可以了，但他显然不满足于此，他要管的事具体着呢！不懂怎么办？就得不耻下问。邵振军请教最多的人就是总工程师孟良林。有一次，两个人走遍了厂子的各个角落，一路上邵振军的问题不断，这些问题在孟良林看来几乎都是些小儿科，不回答不行，回答吧，又觉得简直是在作践自己的智商，于是，脸上就难免有所流露。邵振军当然有所察觉，他并没有生孟良林的气，而是直言不讳地把话说穿了。他说，你别不耐烦，跟我走，你就要像跟一个前来参观的小学生一样，要用最通俗的话把事情讲清楚，别怕掉价。经他这么一说，孟良林反倒不好意思了，于是也就端正心态，讲解得愈发认真了。

电是这样发出来的：煤矿把煤运到咱厂的煤场，也就是燃料分厂，再由燃料分厂把煤细加工，通过输送皮带把煤运至锅炉分厂的炉膛里，煤燃烧后把从供水分厂抽来的水加热成高温高压的蒸汽，再把这些蒸汽输送到汽机分厂的汽轮机里，推动汽轮机的转子转动，从而带动发电机转动……孟良林说。

电力生产的原料主要是煤和水，咱们厂现有容量为五万千瓦的发电机十台，每天耗煤七千吨左右，如果以后装机容量能达到一百二十万千瓦，那么每天耗煤就将达到一万多吨。孟良林又说。

数量惊人呀！邵振军说。

这是没有办法的事，能量转换嘛！孟良林说。

什么叫没有办法，我看以后一定会有办法。邵振军不服气地说，难道没有煤，没有水，就不能发电了？总有一天用空气也能发电。

孟良林苦笑着，没有吭声。

邵振军说这句话的时候是真诚的，是充满了革命的乐观主义精神的。在他看来，只要横下一条心，艰苦奋斗，就没有不能实现的理想。看着一火车

又一火车的煤转眼之间变成熊熊烈焰，他是心疼的，他总想不明白，为什么能量是需要转换的，难道就没有一种能量不是从另一种能量转换来的吗？想到这里，邵振军情不自禁地对孟良林说，你们要多动脑筋，多想办法，想一想是否能用别的办法发电。

这怎么动脑筋？这是不需要动脑筋的问题。孟良林说。

邵振军自觉失言，不禁哑然失笑。

当前的问题是怎么样平稳运行，安全生产，多发电。孟良林苦着脸说，东北工业的规模越来越大，缺电的问题已经很严重了，说心里话，我还真担心咱们的能力。

是设备的能力，还是人的能力？邵振军问。

都有。孟良林说。

长门厂的设备主要是从苏联引进的，有些设备存在着先天不足，刚刚安装时全靠苏联专家撑着，一些缺欠被合理地掩盖了。苏联专家撤走后，问题渐渐暴露出来。对这些设备，越是明白人就越是信心不足，反而是不太明白的人，才会充满信心地面对。此时，孟良林和邵振军恰好代表了这两种人。

还有一个人经常陪着邵振军在厂里走，他就是厂办主任刘斌。刘斌也是从部队转业来的，在部队时一直在师部机关里工作，很会配合领导，往往领导想做还没有做的事，他抢先一步就给做了，所以深受领导的信任和好评。邵振军也不例外地信任刘斌，觉得他是个人才。刘斌也不负重托，把他该办的事情办得井井有条。他是党办主任和厂办主任一肩挑，杂事多，每天风风火火，小旋风似的。他想领导之所想，急领导之所急，领导满意了，他也就开心了。对邵振军的婚姻问题，刘斌非常上心，觉得这是他分内的事。

有一天，刘斌主动要求陪着邵振军走一走。以往两个人走，总是刘斌跟在邵振军的身后，邵振军往哪里走，他就跟着往哪里走。但这一次刘斌变得很主动，他一路在前，有意把邵振军引到了化学分厂的附近。

邵厂长，咱们进去讨口水喝吧。刘斌说。

好吧，我正好嗓子有些干了。邵振军说。

　　两个人没有去分厂办公室，而是去了化验室。看见他们在走廊里走，所有房间里的化验员都探出脑袋，好奇地朝他们望着，叽叽喳喳地议论。有个头儿模样的年龄稍大一些的女化验员一溜小跑迎出来，铺着一脸的热情说，欢迎厂领导来视察。邵振军知道她是化验班的班长，就冲她摆摆手说，不是来视察的，是来讨口水喝的。那女班长赶紧把他们往一间屋子里让。这是一间大化验室，满屋都是瓶瓶罐罐，里面只有一个穿白大褂的年轻女化验员。刘斌冲女班长使了个眼色，那女班长便拉过那个年轻的化验员，给邵振军介绍道，她叫莫静，江苏人，是刚刚毕业的大学生呢！

　　莫静冲着邵振军微笑了一下，一句话也没说，但邵振军却意外地有了一种被电击的感觉。这个莫静身材修长，不像一般的南国女孩那样矮小，她的皮肤是纯江南的，又白嫩又细腻，她的五官也是纯江南的，清秀得不得了，虽然举止端正，但眉眼之间却难掩一股妖媚之气。邵振军愣怔片刻，一种男人猝然见了漂亮女孩的麻酥酥的感觉瞬间涌遍全身。

　　入厂多长时间了？邵振军问。

　　不到一年。莫静说。

　　习惯东北的气候吗？邵振军又问。

　　不习惯也得习惯。莫静说。

　　东北的气候，她当然是不习惯的，不过为了国家建设，她可一点儿怨言都没有呀！刘斌说。

　　邵振军点了点头，他发现莫静并不是一个善于言谈的女孩，问一句答一句，她似乎不会多讲什么。她的目光也似乎一直在躲闪，而且额头上那一缕弯曲的刘海湿漉漉的，鼻子上也沁出了一层细细的汗珠，看来的确是紧张了。邵振军不禁也摸了把自己的脸，自己的脸上也是湿漉漉的，居然也出了汗。

　　那女班长递上了两杯清茶，邵振军也没落座，站着把一杯茶喝光了，撂了茶杯就告辞。刘斌匆匆跟出来，走到外面没人处时，做出一副特殊的表情，轻声问道，邵厂长，您看怎么样？

　　什么怎么样？邵振军说。

莫静这女孩子呀。刘斌说。

漂亮，我真没想到咱厂还有这么漂亮的女孩子。邵振军说。

我们给您物色的那个对象，就是她。刘斌说。

邵振军停住脚步，他瞪大眼睛发了一阵呆，然后摇摇头说，乱弹琴，你看我这模样，和她在一起般配吗？刘斌笑道，怎么不般配？自古就是美女配英雄嘛！邵振军狠狠瞪了他一眼，说，那是封建思想，我们不讲那个，现在形势严峻，咋能只顾着自己幸福，你说是不是？刘斌迟疑了一下，还是说，是。

铁　花

汽机分厂是发电厂最重要的分厂之一，本体班则是汽机分厂最重要的班组。陈铁花被分到本体班，也就是进入了长门厂最重要的部门。那是个重视生产一线的年代，在生产一线工作是很光荣的，来自乡村的陈铁花一下子觉得自己高大了许多，再看昨天还在一起的那些清扫队的伙伴，就不由自主地觉得自己和他们不是一个档次了。

到底是生产一线，连氛围也是不同的。人们的说话声显得底气十足，几句话过后，就都人来疯了，吵吵嚷嚷，嬉笑怒骂，说出口的是荤的素的都有，喧笑声几乎敢和厂房里的噪声比高下。最初，陈铁花也有些许的不适应，有的男工把话说得太露骨时，她的脸就会热，会红，不由自主地扭过脸去。但她并不反感，相反觉得这才是大工人的气派，不适应也就成了幸福的不适应。

班组里男多女少，在这里做女工，时时会有一种众星捧月的感觉。当然，女工们更愿意和同性扎堆聊天，东家长西家短的，更随意，更舒适。加上陈铁花，本体班一共才六个女工，这六个人中有三个是三十岁以上的妇女，只有章玉闻、王丽华和陈铁花是姑娘，而且又住在同一宿舍，自然接触得多一些。章玉闻和王丽华偏爱织毛衣，章玉闻喜欢用竹针，王丽华喜欢用钩针，只要没活干的时候，两个人就会跑回休息室，一边聊天，一边编织。陈铁花对编织不感兴趣，和她们待在一起的时间就很有限，也就很难把关系发展到如她俩一样好的程度。

　　和男工的关系发展得却很迅速，不出几日，陈铁花就和男工们熟络起来。见了人家面，她会嘻嘻哈哈地打招呼；人家在一起说话，她也能见缝插针地掺和；人家说荤话，她也逐渐适应了，坦然地附和人家笑。对陈铁花的到来，大家都是持欢迎态度的，尤其是男工们，都喜欢她这种自来熟的性格，没有谁给她冷脸子吃。班长崔大力不止一次当众夸她，说她才真正具备检修工的性格。王丽华抬杠道，班长你真喜新厌旧，难道我们就没有检修工的性格了？众人大笑。有个叫洪天良的小伙子更是直言不讳，他说，我就喜欢陈铁花这种性格，不单适合做检修工，还适合做老婆。立即有人警告他道，别瞎说，人家可是施其山的对象呀！一大片目光横扫向施其山，施其山的脸立马红了。

　　对陈铁花的到来，施其山的表现是个例外，大概所有男工中，表现得最不热情的就是他了。陈铁花能到本体班，是有他的努力在里面的，可不知为什么，一旦和陈铁花同在一个班组了，低头不见抬头见，反而觉得有些别扭，举手投足都添了一分拘谨，反倒没有偶尔见一面自在。陈铁花虽没觉得有什么别扭，但在众人面前，和他讲话也会节制一些，反不如和其他的男工说的话多。陈铁花想，这也许是特殊关系才有的特殊表现吧。

　　施其山是汽机分厂的技术员，在班组里的地位仅次于班长，但权力却比班长小得多。班长是班组的行政首脑，什么都管的，技术员却只能管技术方面的事情。这技术方面也是有限制的，不是什么技术都能管，比如工人的技术，即俗话说的手艺，技术员就管不着。技术员只负责画画图纸，填填表格，管设备方面的技术，位列第二完全是因为当时对技术工作者的重视。想把自己当官看，那就摆错了位置。施其山把自己的位置摆得很正，他处处尊重班长，尊重所有的检修工，把自己是施玄山弟弟这个优势隐藏得很深。因为年轻，他就几乎叫所有的人为"师傅"，什么张师傅、李师傅的，叫得别人舒服，他也就落得一个好人缘。

陈铁花是在调入本体班后才认识到施其山的了不起，排行第二，怎么说也应该算作一个人物。以往和他交往，陈铁花只是把他看作一个真正的工人，或者说把他看作分厂主任的弟弟而已，并没有把他看得太高，更不清楚技术员职位的高低，甚至连他是读过大学的都不知道。此时，一想到自己和一个大学生有着特殊的关系，陈铁花就觉得自己也是了不起的。有一次，王丽华在宿舍里问她，是不是真的在和施其山搞对象？陈铁花以"嗯"作答，态度是肯定的。王丽华说，他那么好的条件，你和他搞对象，不觉得有压力吗？陈铁花眉毛紧蹙，反问道，你是说我配不上他吗？王丽华说，我不是这个意思，只是随便问问。看着王丽华窘迫了，陈铁花暗自好笑，撇了撇嘴说，和我搞对象，他应该有压力才对。

嘴上这么说，完全是在抵抗王丽华，她觉得王丽华问这句话时是不怀好意的。陈铁花看似大大咧咧，其实心是细的，感觉是敏感的，王丽华的话中之话她岂能听不出来。她是受不得委屈的那种人，有了想法总是不吐不快。但是，王丽华的问话对她还是起到了一种提醒作用，她知道自己必须以客观的眼光审视与施其山的关系了。

这之前，陈铁花和施其山的关系是模糊的，最多算是暧昧，从最初的同情、好感过渡到求助、利用，她一直没敢把自己与施其山定位为对象关系。当别人开始以这种关系来看待他们时，她才不得不也这么看待。这么一看待，王丽华所提过的那个问题就真的成了一个问题，开始困扰她了。

陈铁花想找一个人商量一下。她并不是一个拿不定主意的女孩，相反，她是一个太能拿定主意的女孩了，只要主意拿定，是十头牛也拉不动的。可是，就这件事而言，找人商量一下还是必要的，最起码能给自己一个交代。可是找谁呢？父母和哥哥都是循规蹈矩的人，他们的想法不用问都猜得出来。在厂里，她的接触面狭窄，几乎没有几个真正能说心里话的人。陈铁花思来想去，最后把目标锁定在同寝室的莫静身上。

那天晚上，章玉闻和王丽华都出去了，房间里只剩下陈铁花和莫静两个人。当时刚刚吃过饭，莫静正用一把大号的搪瓷缸烫裤子。那时候中国人普遍还没有用上电熨斗，宿舍里又没有火炉，传统的烙铁用不了，这种用茶缸做熨斗的办法就显得极为聪明和实用。把裤子展开铺在床上，再往茶缸里倒上开水，推着茶缸在裤子上游走，走过之处便平展得十分理想。莫静干这件事的时候，身上披着细碎的光斑，因为灯泡安得太高，屋子里又拉了一根绳子，绳子上挂满了几个姑娘洗过的衣服，灯光透过这些长长短短的衣服照下来，本很刺眼的光线反而给人一种意外的柔和与舒适之感。

由于莫静住的是上铺，就只能借陈铁花的床熨衣服，陈铁花则坐在对面章玉闻的床上梳头。晚上虽然不出去，但解开辫子后梳梳头，对陈铁花来说还是十分必要的。这种毫无功利心理的梳头是有一搭没一搭的，占着手就行，梳好梳赖都无所谓。梳着梳着，陈铁花就把脑袋朝前一探，轻声说，莫静，我想问你一个事。

说呗。莫静说。

文化程度有差异，对一对男女来说重要吗？陈铁花问。

你为什么问这个问题？莫静说。

我搞对象了。陈铁花说到这里，脸似乎红了一下，但瞬间就恢复了常态，接着说，可他是大学毕业，我才是初中生，你说我该咋办？

你想怎么办呢？莫静说。

我不知道该咋办，所以才问你呀。陈铁花说。

要我看，文化差异太重要了，这关系到你们是否有共同语言。一对没有共同语言的夫妻，是很难和谐相处的。莫静说。

你这么说的意思是，我们俩不能搞对象了？陈铁花说。

我可没这么说，我只是说，文化差异很重要。莫静说。

这还不是一个意思嘛！陈铁花说。

这不是一个意思。莫静一本正经地说，重要是重要，但如果两个人真的相爱，外在条件是可以转化的。

这么说，我们俩可以搞对象了？陈铁花说。

你说话怎么总是这么绝对？我既没说你们可以搞，也没说你们不可以搞，

我只是说一说自己的看法而已。莫静说。

这就是你们文化人说话的方式，两头堵。陈铁花说。

莫静又埋头烫起裤子，不多说话了。陈铁花也没有过多地问她，有她这几句话，足够了。尽管她没有给出肯定的回答，但和她聊过了，也就算对自己有了一个交代。与其说她是在问莫静，不如说是在问自己更贴切，莫静的肯定或否定都不重要，重要的是问过了，接下来所做的决定就是慎重的了——都和贴心的人商量过了，这决定怎么能是不慎重的呢！

陈铁花缩回脑袋，继续默默地梳头。在这个宿舍里，她最羡慕的人就是莫静，莫静的容貌、身材、文化、时髦，甚至那种特有的忧郁气质，都是她羡慕的原因。陈铁花最初也是羡慕过章玉闻和王丽华的，后来同在一个班组，肩膀一边齐了，也就没了羡慕，等看到她俩糟糕的手艺，简直就是瞧不起她俩了。瞧不起她俩了，莫静的分量也就在心里重上一些。

第二天，陈铁花主动约了施其山，还是晚饭后，还是厂房后面的大田地里。此时的大地已经完全苏醒，被村人翻过的黄土又松又软，有的垄沟已经长出了嫩绿而孱弱的小苗。都说这一年会云开雾散，一改灾年颓势，可是整个春季，也没下一场像样的预兆丰年的喜雨。当然，这并不是陈铁花此时最关心的问题，她虽然也吃不饱肚子，但强大的精神力量已经把吃饭问题挤到了次要位置，主要问题反而是看不见、摸不着的纯精神上的问题了。

施其山说，还请我吃烤土豆吗？

陈铁花说，美的你，我可没土豆烤了。

施其山蹲在地上抓了一把土，捧到鼻子前闻了闻，说，好像有股香味。陈铁花问，你是不是饿急了，连土都觉得香？施其山说，今晚我没少吃，我不饿，只是到了这个地方，就忍不住想起那烤土豆的香味。他说着调皮地一笑，问，你家今年还种土豆吗？陈铁花说，当然种了。施其山说，种就好，到了秋天咱还在这儿烤着吃。陈铁花觉得他孩子气十足，忍不住嘎的一声笑了，把施其山吓了一跳。

陈铁花收住笑，凑近施其山，压低声音问，我到本体班，你到底高兴不高兴？施其山将身体挪开一点儿说，也高兴，也不高兴。陈铁花问，啥意思？施其山低下头说，没别的意思，就是有点儿不好意思。陈铁花拍了一下他的肩头，放开声音说，我们又没干啥埋汰事，有啥不好意思呀？说到这里蓦然想起了这次约会的主题，就又放低声音说，周末晚上我们一起去看一场电影，你好意思去吗？

施其山凝视着陈铁花的脸，想了想后，很认真地点了点头。

俱乐部

那个年代，每一家有一定规模的工厂都会建有自己的俱乐部。长门厂也不例外，活跃职工文化生活，没有俱乐部是不行的。

在厂区的一大片建筑中，俱乐部应该算是出类拔萃的，因为它的娱乐功能，建设它的时候就顺理成章地加入了一些艺术想象。建筑风格总体上是俄式的，据说是有苏联专家参加设计的。外墙是清一色的天然大理石的颜色，这颜色就带着一种高贵。正门有高大的门柱，从门柱下经过，人便会不由自主生出一种进入殿堂的感觉。为了能在门前站一站，常有乡下人跋涉数公里赶来，冲着大门惊呼，这就是宫殿吧？俱乐部也叫礼堂，其实主体就是一个电影院，平日开大会就成了会场，有新片子来，演电影时就成了电影院。

一般情况下，周末的晚上总会演电影的，一有新电影要演，俱乐部门前便成了十分热闹的所在。看电影是需要门票的，长门厂有那么多职工，都来看是容不下的，于是，弄票就成了一件可以彰显才能的事情。某某亲朋好友来访，弄几张电影票来招待，会显得格外热情和隆重。附近的村人若想弄一张电影票，则更是一件难得没边的事情，不托厂里的人，你永远也没办法弄到一张电影票。

施其山托哥哥施玄山弄到了两张电影票，施玄山是分厂主任，面子当然是比一般人的大。电影是周末晚七点开演，票子却早早就拿到手了。在班组

里，趁着没人注意的时候，施其山偷偷把一张票塞给了陈铁花，然后两个人意味深长地对了一下眼神，许多话就都不用说了。

在那个年代，一对未婚男女一起去看一场电影，几乎就是在进行一个仪式，一个确定恋爱关系的仪式。不是这种关系的男女，是断然不能一起结伴去看电影的，那要是让人看见，绝对会解释不清的。陈铁花和施其山要一起去看电影，其实就是在承认并且宣布他们的关系。尽管在这之前，关于他们的关系已经有了一些舆论，但那都是捕风捉影，算不得真的，真的是需要一点儿隆重的，陈铁花需要的正是这种隆重。

周末终于到了，吃罢晚饭，陈铁花回宿舍很认真地梳了头发，她对着镜子打开辫子，然后把心爱的木梳蘸了水，用湿木梳梳头。快梳完的时候，木梳又掉了一个齿，陈铁花心疼得轻呼了一声，把这个齿顺着窗户扔了出去，然后把辫子编好，这才穿上衣服走出宿舍。

到了俱乐部门口，离电影开演还有将近一个小时呢。俱乐部的大门紧闭，门前却已经聚了许多人，有的是手里拿着票迫不及待地想入场的，有的是还没有电影票等着买退票的。这些想买退票的，见有人过来就会探过脑袋问上一句，卖票吗？大多数人的回答会令他们失望。一票难求，谁会轻易卖掉好不容易弄到手的电影票呢？

陈铁花独自在俱乐部的门口闲转。来这里的人虽大都是厂里的，但厂太大，她认识的人还是少数。面对陌生的面孔，陈铁花觉得很自在，觉得自己的恋爱真的成了一件隐秘的事情，这种感觉助长了心里的甜蜜，脸上就不自觉地露出了一丝微笑。也是凑巧，这丝笑容刚好被从身边经过的一个人给逮住了，那个人对陈铁花说，啥事这么高兴，一个人偷着乐呀？

陈铁花扭过头，发现和她说话的竟然是厂长邵振军，她免不了兴奋一下子，赶紧作答，等着看电影，当然高兴了。邵振军的身后还跟着厂办主任刘斌，走到大门口时，刘斌抢步上前，叫过看门人耳语了几句，看门人就把门开了一条缝，邵振军向陈铁花挥挥手说，一起进去吧。陈铁花迟疑了一下，跟在他们身后入了场。

里面亮着灯，台子上的白色银幕使礼堂显得十分肃穆，由于座位还是空的，几个人的脚步声显得十分夸张。邵振军和刘斌坐在十排中间的位置，陈铁花的座号是十五排的，位置也不错，也是中间，这样，邵振军和刘斌的后脑勺便有意无意地成了她的目标。过不多久，就开始正式入场了，人们一股一股地拥进来，裹挟着一股热浪，礼堂里顿时就温度升高，有些烤人的脸。这股热浪把施其山也裹了进来，他找到座位，很惊讶地看着陈铁花说，你怎么进来得这么早？陈铁花用下巴向前一指，低声说，借邵厂长的光了。施其山吐了一下舌头，敛了声息坐下来。陈铁花这时才发现刘斌离开了邵振军，坐到别处去了。此时整个礼堂差不多快被坐满了，只有邵振军身边的座位还空着。

灯光熄灭，电影开演。在微弱的光线里，陈铁花依然看得见那个空着的座位。这个座位会是谁的呢？电影票这么金贵，他怎么会姗姗来迟？由于空座位的困扰，陈铁花分神了，直到施其山用胳膊轻轻地碰她一下，她才注意到身边的施其山，进而意识到这场电影对他们俩的特殊意义。于是，她立即把注意力撤回，集中到施其山的身上。

陈铁花说，你知道吗，我没多少文化。

施其山说，我知道。

陈铁花说，你不嫌弃？

施其山说，我凭什么嫌弃，你也是工人了。

陈铁花说，可你是知识分子。

施其山说，知识分子怎么了，高工人一头呀？

陈铁花说，那我倒不觉得，不过就是把这两种人放在一块儿，有点儿不搭。

施其山说，这我倒不觉得。

沉默了一会儿，施其山把一只手搭在了陈铁花的手上，陈铁花本能地想躲开，但不知为什么，这只手经施其山一握，她就一点儿力气也没有了，手软软的，任由施其山摆布。手也成了一个按钮，施其山一按，一股电流一样的东西经由这只手涌向了全身，使她的身体产生了痉挛。她想闭上眼睛，但

还是努力没有闭上，而是把眼睛睁得愈加大，直直地盯着银幕。就在这个时候，前面有人穿过一排座位，坐到了邵振军旁边的空位上。这是个女的，是个年轻俊俏的身影，怎么看都十分熟悉。是她，怎么会是她呢？陈铁花身上的电流突然中断，尽管手还被施其山紧紧握着，但她的注意力已经完全与之分离。她的眼睛都瞪圆了，因为坐在邵振军身边的人不是别人，正是同寝室的莫静。

接下来，陈铁花发现邵振军扭过头和莫静说话，莫静目不斜视，那颗头始终没有向邵振军这边歪一歪。这真是一件蹊跷的事情，莫静怎么会和邵振军一起看电影呢？莫非他们的关系也是……陈铁花突然觉得这是一件不容置疑的事情了，一男一女一起看电影，这只能是在宣布一件事情。可是，莫静才二十出头，邵振军已经四十多岁了呀！

陈铁花把自己的发现告诉了施其山。施其山也很吃惊，他居然收回自己的手，和陈铁花一样，全神贯注地盯住前面的两个脑袋。

电影散场后，陈铁花和莫静脚前脚后回到宿舍。莫静要往上铺爬的时候，陈铁花轻声问道，你也去看电影了？莫静怔了一下，瞪大眼睛看了看陈铁花，没有吭声，继续往上爬。等她坐到铺上，陈铁花又说，我也看电影去了，是和施其山一起去的。另外两张铺上的章玉闻和王丽华就齐声嚷道，铁花搞对象了，你比我们都小，真是后来居上呀！陈铁花没有理她俩，还是问莫静，你和谁去的，是不是也搞对象了？莫静拉下脸来，气呼呼地说，你别瞎说好不好，我是自己去的。陈铁花见状不好再问下去，笑了笑，也就不多想这件事了。

事实上，陈铁花也没有时间多想这件事情，她还有很多牵扯切身利益的事情要去做。对陈铁花来说，恋爱是一件大事，工作更是一件大事。刚进班组，要跟师傅学徒，班长崔大力给她指派的师傅是一个中年汉子，叫柳非，因为人太瘦，大家都叫他柳腰儿。柳非是六级检修工，手艺应该算上乘，更重要的是人老实，人品让人放心，据说把他推进女澡堂，他也不会东张西望的。女徒弟跟他学徒，省心，免得闹出绯闻来。陈铁花暗自征求施其山的意见。施其山说，你跟他学徒是最佳选择，从目前看，咱班还没有一个人比他的人品还好。陈铁花听了觉得十分别扭，学徒是学技术，学手艺，怎么能和人品挂钩呢？

　　在那个年代，师徒关系是一种很亲密的关系。一日为师，终身为父，过年过节，徒弟是要提着礼物到师傅家问安的。陈铁花拜过师后，赶上的第一个节日就是五一劳动节。这是个工人阶级的节日，工厂里都重视得不得了，劳动模范们在俱乐部里披红戴花，受到厂里的表彰。柳非不是劳模，汽机分厂的劳模是崔大力。崔大力虽然才三十岁出头，却已经是本体班的班长，并且还是个八级工。工人的技术等级共分八级，八级工，到头了，是最高级别的工人。陈铁花有心拜崔大力这样的人为师，但既然安排了柳非，陈铁花也不好推辞。节日前夕，厂里给每个职工发了一张电影票，有些徒弟把自己的票送给了师傅，以表孝敬，好让师傅师母一道去看场电影。施其山也劝陈铁花把票送给柳非。陈铁花捏着电影票，颠儿颠儿地去检修现场找柳非，可找了一圈也没找到，却看见施玄山陪着一个人这儿走走，那儿看看。那个人的派头比施玄山还大，他虽然也穿着工作服，但扣子没扣，敞着怀，露出并不怎么白的白衬衣，走路背着手，嘴里不住地说着什么。陈铁花知道他叫尤大海，也是个八级工，本来关系在本体班，但却从来不到本体班上班，而是到分厂去上班。分厂专门给他配了一间屋子，说办公室不像办公室，因为屋子里有一张单人床和一些乱七八糟的东西；说休息室也不像休息室，休息室里哪有干活的案子和各种工具呢？尤大海是工人中真正的高手。崔大力厉害吧，见了尤大海就像见了爹，因为尤大海就是他的师傅。

　　尤大海停住脚步盯住陈铁花，陈铁花也盯住了尤大海。这时候，一个令陈铁花自己都意想不到的主意突然出现了，陈铁花递过自己手里的电影票，对尤大海说，尤师傅，五一节，送您一张电影票。

　　尤大海接过电影票，毫不客气地塞进自己的口袋。

权威传奇

对于尤大海这个人，陈铁花有着刻骨铭心的记忆。在还没有跟他说过话的时候，有关他的事情陈铁花就已经有耳闻了。尤大海来自一家老牌发电厂，是工人中的技术权威，发电厂所有的设备，他均熟悉得如同左手摸右手，没有什么活能难倒他，也没有谁能比他手艺更高。据说尤大海有三大绝技——刮瓦、找动静平衡、直轴，都是与电力生产有密切联系的活。这三大绝技中，尤以直轴为最。电力系统的直轴，直的是汽轮机的大轴。大轴直径都在一米左右，所谓的弯曲，也只是弯了毫厘，别看只弯了几毫米，直不过来这轴就废了。那大轴都是进口的，是整个发电设备中最最金贵的设备，轴都废了，机组也相当于废了，是了不得的事情。直轴在这个行当里居于工人技术金字塔的塔尖，工程技术人员水平再高，面对弯曲的大轴也是无能为力，全得靠工人中的能工巧匠来对付。尤大海就是这样的能工巧匠。在当时的整个东北电力系统中，直轴的高手不过区区三位，而尤大海则是这三人之首，他的大名曾在系统内被盛传很久。

陈铁花刚刚调入本体班，就有幸目睹了一次直轴。那场面要多壮观有多壮观，现场是被刻意布置过的，有彩旗，有标语，也有观众。为了表示重视，厂里的各级领导都到场助威。直轴需要的人手不少，有助手、起重工、记录员等，但决定性作用只在一个人身上。一切就绪，尤大海才在众人的簇拥之下出场。他面无表情，严肃得很，凝重得很，大家都跟着严肃、凝重，没有一个人讲话，现场只有远处传来的其他机组的运行声，算作伴奏了。直轴开始，尤大海并不亲自动手，他一只手背在身后，一只手指指点点，真正干活的大都是助手。但众人的目光却全在尤大海身上，那一大片热辣辣的目光足以把一个本不发光的物体照得璀璨无比。

电力系统的直轴与其他系统的直轴是不一样的。其他系统的直轴直的都是小轴，把轴撂在平台上，几锤震下去，轴就直过来了。电力系统的直轴是不用锤子的，靠的是轴体温度的变化，然后用天车吊起大轴翻几个身，再辅以千斤顶等设备，轴就直过来了。看似简单，实则复杂，加温的火候讲究得很，是只可意会，无法言传的。整个直轴过程大家都闭着嘴，只有直轴成功的一刹那，众人才猛地张大嘴，欢呼雀跃，尤大海几乎被这欢呼声抬起来，抛向空中。

直轴的场面令陈铁花震撼、着迷。

据说，当初尤大海并不想调到长门厂，原来那家厂给他的待遇不低，在那儿人气又高，觉得没必要再到一个新地方去。他肯来完全是邵振军求贤若渴，像刘备三顾茅庐一般，是三顾而得。第一次，邵振军去那家厂，找的是厂长。厂长当然不愿意放尤大海这样的能人走，邵振军就上纲上线，用大话威胁人家，说，你的厂不过是个老厂，发展前景是可想而知的，而长门厂就不同了，长门厂是新厂，是新中国建设的全国第一大发电厂，而且不久就会是亚洲第一大，甚至世界第一大。这是为国争光的事情，为了建设这个第一大厂，我们谁也没有理由不为它开绿灯。现在这个大厂需要人才，你有理由不放吗？全国一盘棋，耽误了国家的建设规划，就是政治问题了，你说是不是？那个厂长当然不能说不是，但他还是为自己找了个搪塞的理由，他说，我不敢不放人，这是真的，但最终结果还得看人家自己，看人家愿走不愿走。就这样，尤大海被请进了厂长室，来和邵振军见面。邵振军问他愿不愿意去长门厂，他毫不犹豫地回答，不愿意。邵振军问为什么，尤大海说，我这人天生是个井底之蛙，看的就是这么大个天，换个地方，我水土不服。说罢也不容邵振军再问，转身就出了厂长室，搞得邵振军十分尴尬，也十分狼狈。

第二次，邵振军直接去了尤大海所在的班组，那家老厂的本体班。当时尤大海是本体班的班长，邵振军走进班组时，他们正在开班会。邵振军不动声色地坐到工人当中，极有耐心地等着尤大海把会开完。众人散去，屋子里只剩下他们两个人，尤大海说，你何苦呢？我不想去就是不想去。邵振军没有接他的话茬，而是说起尤大海调到长门厂的待遇问题，当说到像他这种人当班长是浪费人才时，尤大海笑道，我天生不是个当官的料，

当个班长我都觉得累。邵振军说，我并不是想让你当官，而是想让你更大程度地发挥技术专长，学有所用。当班长得抓管理，这是耗费心血的事，必然影响你练手艺。如果你调到长门厂，我什么都不让你当，平常你也什么都不用干，需要你的时候你再上场，你看好不好？尤大海有些感动了，这样宽松的待遇，说明人家是真的器重，可是……尤大海最终还是咬了咬牙，拒绝前往。

第三次，邵振军去了尤大海的家。他是拎着一篮子水果去的，当时尤大海一家正在吃晚饭。尤大海好酒，每晚都会喝上几杯。邵振军见他喝酒，也不用让，一屁股坐到他的对面，接过他老婆递过的一杯酒，一饮而尽，然后呷了一下嘴，盯着尤大海说，等你到了长门厂，我包了你的酒，怎么样？尤大海说，邵厂长，你这是何苦呀？邵振军说，千军易得，一将难求，我是个军人，我知道人才的重要，你就算帮我个忙好不好？尤大海说，我能帮什么忙呀？邵振军说，你应该知道，长门厂是全国第一，可党和人民并不满足，我更是不满足，我的理想是把它建成亚洲第一，以后还要争取成为世界第一，我需要你这种能人帮我呀！只要你能去，你尽可以提条件。话说到这份上，不容尤大海不动心。他摇摇头，喃喃说，邵厂长，你可能不知道，我的名声不太好。邵振军说，什么名声？你的名声不错呀！尤大海低下头说，我是指生活方面。邵振军哈哈大笑，说，只要政治上没问题，一切都好商量。就在饭桌上，这件事终于得以敲定。

尤大海调到长门厂后，邵振军果不食言，什么具体工作也没给他分。他每天到汽机分厂专门分给他的那个屋子里上班，几乎没人管他，他优哉游哉，成了长门厂一名特殊的工人。

尤大海出名一靠手艺，二靠花边新闻，是口口相传的那种新闻，有些像现在明星的绯闻。不管是在原来的老厂，还是在长门厂，有关他的传闻总会像厂院里那根大烟筒冒出的青烟，丝丝缕缕，连绵不断。有一个经典段子，说的是还在老厂时，有一次汽轮机的大轴弯了，厂长出面叫他直轴，他却推说自己病了，不能胜任这项艰巨的任务。厂长急得火上房，一时不知如何是好。有人给厂长出主意，说叫厂办的漂亮女文书出面去请，保准能让尤大海带病直轴。厂长说，这好吗，这不是拿人家女孩子做交易吗？那人说，这也是没有办法的办法，舍不得孩子套不到狼，为了生产，只能让她做一点儿牺牲了。厂长犹豫了一番，也只好同意了，派那女文书去请，果然马到成功，尤大海拖着病体乐呵呵地来到了直轴现场。尤大海占没占到女文书的便宜，不得而知，但这件事就像一个标签，被人们用嘴牢牢地贴在了尤大海的背上。

对调尤大海来长门厂，厂里是有一些争议的，有的说他名声不好，人品值得怀疑，调他来得不偿失。邵振军批驳道，他的技术无人能比，这是事实，厂里奇缺的就是这种人才。有毛病不怕，怕的是我们没有接受他的勇气，只要加以引导、教育，相信他是能改好的。能改造一个人，也是一件功德无量的事情嘛！邵振军把引导尤大海的任务交给了施玄山，可施玄山的任务完成得并不理想，往往不是他引导尤大海，而是尤大海把他臭骂一顿。

邵振军要把尤大海的手艺发扬光大，劝他多带几个徒弟，被尤大海拒绝了。尤大海说，徒弟不在多而在精，你就是带一百个徒弟，能够把手艺学到家的也不会超过三个，所以我这辈子带徒弟最多三个。尤大海后来真的只带了三个徒弟。崔大力是他在老厂时带的，尤大海调过来时崔大力也跟着调过来了。调过来时，崔大力已经是七级工了，到了新厂又长了一级，因为技术出众，还当上了重要班组的班长。第二个徒弟是在长门厂收的，是本体班的年轻人洪天良，小伙子体格棒，人又机灵，对干活摸门儿，尤大海一眼就把他相中了。

尤大海是个长相很特别的中年人，理着平头，上班下班总穿着工作服，脚蹬一双大头鞋。他长脸，环眼，不苟言笑，生就了一副凶相，令人很难接近。当然他也不是总不笑，遇见顺眼的女人，他也会笑的，一双环眼也会泛出些温柔的光来。尤大海在家是独子，未满二十岁家里就给娶了亲。他十几岁入厂当学徒，由于聪明好学，二十六岁那年就被评为八级工，工资比白发苍苍的快退休的老师傅还高，厉害到家了。当时一般的家庭都是两间平房，

可他家却是四间，因为给厂里做过突出贡献，待遇上也就格外优厚。他老婆爱干净，四间房都收拾得一尘不染，炕上铺的，柜上盖的，皆鲜亮规整。只是房子大，显得有些寂静，并且寂静得近乎萧条了。为什么？因为没有孩子。也不是不想要孩子，尤大海一身绝技，传给儿女总比传给外人强，可老婆的肚子偏偏不争气，任凭他怎么努力，始终没有隆起的迹象。两口子吵架时，尤大海就气急败坏地嚷，猪狗都能下崽，有能耐你也给我下个看看！刚才还英勇无比的老婆顿时像泄了气的皮球，瘪了，蔫了。

尤大海夫妇并没有去过正规医院检查，尤大海抱怨老婆不能生育，老婆就默默承受，别人也就顺理成章地认为他老婆没用。对此，陈铁花一直有不同的看法，从认识尤大海的那一天起，她就固执地认为毛病一定出在尤大海身上：那么好色的一个人，不让你生养是老天对你的惩罚。

六十年代初的爱情

有那么一段时间，陈铁花发现莫静的脸色极为不好，问她怎么了，她也不答。有好几个晚上，莫静回来得很晚，宿舍都熄灯了，她就摸着黑进屋，摸着黑爬上床脱衣服，躺下后很久睡不着。很重的翻身声也影响了陈铁花的睡眠。

有一天晚上，章玉闻和王丽华都出去了，宿舍里只剩下她们两个人。陈铁花凑到莫静跟前，很认真地盯住她的脸，问，你是不是恋爱了？

莫静摇了摇头说，你别瞎猜。陈铁花说，我不是瞎猜，我看得出你一定是恋爱了。莫静叹了口气，苦笑道，如果这也叫恋爱，那恋爱也就没什么可向往的了。说罢，她躲开陈铁花，面向窗外开始发呆。陈铁花不依不饶，赶紧跟了过去，站到她的身后。

这么说，你还是恋爱了？陈铁花说。

不是恋爱，是搞对象。莫静说。

这有区别吗？陈铁花说。

当然有区别，区别还大着呢！莫静说。

莫静终于向陈铁花敞开了心扉，说出了真话。也许是在心里憋得太久了，不吐出来她很难受，而陈铁花正好为她提供了一吐为快的机会。这机会充满善意，像一种温和的光线，恰到好处地笼罩下来。

莫静说，厂办主任做媒，给我介绍的对象是邵厂长。

陈铁花惊讶地"哇"了一声。

莫静说，邵厂长比我大了二十岁，而且还是二婚。

陈铁花说，做了他的女人，你就是长门厂最惹眼的女人了。

莫静说，我不稀罕。

陈铁花说，年龄是最大的障碍吧？

莫静说，对我来说，年龄倒不是主要问题。

陈铁花问，那主要问题是啥？

莫静说，主要问题是，我很难让自己爱上他。

陈铁花说，那就跟人直说呗，难道人家还能强迫你不成？

莫静说，刘主任跟我谈话，说要把这件事当成一个政治任务来完成，组织上是经过慎重考虑才选择我的。换句话说，解决了邵厂长的婚姻问题，也就是对长门厂做出贡献了。

陈铁花说，所以，你才很为难是吧？

莫静沉默了，她转过身来，出去打了盆水，俯下身去把脸浸在水里，慢慢地洗，然后又出去把水倒掉。回到屋里的时候，她的脸湿乎乎的，说不上是水还是眼泪。陈铁花不知该再说些什么，气氛变得有些窘迫，就下意识地拿出木梳开始梳头，一下，一下，很有节奏。寂静的房间把木梳与头发的摩擦声无限放大，唰唰唰，有点儿像机器运行的声音。

莫静爬上自己的上铺后，率先开口说，我挺羡慕你的。陈铁花愣了一下，停止了梳头，问，我有什么可羡慕的？莫静轻声说，我羡慕你和施其山的关系，你们是自己相识相恋的，是真正的自由恋爱，应该是恋爱的最高境界了。

是吗？我怎么没觉得。陈铁花说。

正因为你浑然不觉，才是一种境界。莫静说。

你们这些读书人想得太深，我觉得还是把事情看简单一点儿为好。陈铁花说。

也许是吧。莫静说。

她俩的谈话因为章玉闻和王丽华的归来而终止，等两个人再谈这个问题，已经是十几天后的另一个晚上了。那是一个月明星稀的晚上，空气里充满了因长期干旱而无处不在的干燥的气味。本体班加班，午夜时分收工，陈铁花由施其山护送回宿舍，在宿舍的大门外两个人分手。陈铁花没有急于进去，她的目光穿过宿舍门口的一排树木，她本想目送施其山走远，但树荫下的一个人影吸引了她，使她的目光一经触碰就粘上了。这是一个令人感到疑惑的身影，刚才还是一个，倏忽之间却分离成两个，过一会儿，又变成了一个。那显然是一对男女，他们躲在两排树木的中间，以为枝繁叶茂的大树会成功地掩护他们，所以搂在一起旁若无人，忘情地亲。那个年代，看见一对男女拥抱接吻是件既尴尬又刺激的事情，陈铁花本想躲开，但这个念头很快就被另一个念头给覆盖了，强大的好奇心轻易地占了上风。她耐住性子继续看下去，待一个又变成两个的时候，她终于看清了女的是谁。这一看令她不禁大吃一惊，因为女的不是别人，正是莫静。

陈铁花极力想看清男的是谁，但没有成功，他在他们分开之后就掉头走开了。莫静一个人往宿舍大门这边走，她的迎面而来对那个男的起到了保护作用。陈铁花没有躲开，她就站在那儿等着莫静走到跟前，劈头就问，那男的是邵厂长吗？莫静迟疑了一下，摇了摇头。陈铁花问，你和邵厂长吹了？莫静还是摇了摇头。陈铁花惊呼道，你和邵厂长没吹，就又开始和别人搞上了？莫静低下头说，别瞎说，他就是邵厂长。陈铁花这才释然而笑，嗔怪道，是就是呗，还吞吞吐吐干啥？莫静没再说话，进了宿舍。

对莫静其人，陈铁花是怀着好奇的态度的，这完全源于两个人身上的反差，毕竟两个人不一样的地方太多了。但接触多了，观察多了，陈铁花还是惊讶地找到了她们的相似之处，那就是她们的身上都带有一种古怪的气质。莫静外表娇弱清纯，文静寡言，但骨子里却是个充满激情、向往的人，外表与内心的反差，造就了她令人捉摸不定的性格和脾气。陈铁花泼辣热情，外表看似直率、简单，其实却是一个思想活跃分子，或者说是一个有着某种危险激情的人物。认识到两人共有的激情之后，陈铁花对莫静就产生了一种惺惺相惜的感情。

有一天，邵振军来到宿舍找莫静，厂长的到来令同寝室的其他三个女工都很紧张。莫静倒是很冷静，一副不卑不亢的样子。邵振军见了陈铁花，惊讶地说，想不到你们俩居然住一个屋子。陈铁花笑道，和厂长的女朋友住一个屋，我们都会沾光的。邵振军一本正经地说，我的理想就是创建世界一流的厂子，让我们所有的职工都光荣，走出去让人另眼相看。另外，我还要重申一点，在我们厂是人人平等的，厂长也不会有什么特权。章玉闻似乎很感动，颤抖着声音说，在邵厂长手下当工人真好。邵振军说，不是在我的手下当工人真好，而是在毛主席、在党的领导下当工人真好。三个女工都不住地点头称是，只有莫静表情淡然，毫无表示。

陈铁花说，说平等也平等，说不平等也不平等。就说搞对象，邵厂长能找全厂最漂亮的，别人能吗？

这句话出口，陈铁花自己十分吃惊，可以说这句话是不假思索地从潜意识里溜出来的，出口之后她有些后悔。邵振军愣了一下，然后咧咧嘴尴尬地笑了笑，说，意见提得好，我接受。其实不光我可以找漂亮的，别人也有这个权利。说句实话吧，我也觉得自己配不上莫静，我能配得上谁呢？

谁呀？章玉闻问。

我也不知道是谁。邵振军说。

邵振军说罢，哈哈大笑。

拜　师

事情是在汽机分厂举行的一次技术比武中开始的，比的是抢锤打螺丝。这抢锤打螺丝也是电厂检修工的一门硬功夫，锤是大锤，指的是十八磅以上的那种开山大锤；螺丝也是大号的螺丝，大小都跟倭瓜似的。汽轮机是庞大的设备，整个系统随处可见这种大螺丝，这些螺丝怎么紧，怎么松，是全得靠大锤来解决的。技术比武中的抢锤打螺丝，也是最具有观赏性的一个项目，大锤抢起来虎虎生风，能把人的眼睛看花。

工人进现场干活，按安全规程要求是必须穿好工作服、戴好安全帽的，但抢锤打螺丝比赛则有另外的规则，这规则虽算不得安全规程，却是人人认可、约定俗成的：只要是男工上场，就必须脱掉上衣，露出光溜溜的膀子来。这样，每个比赛者的体格就暴露在众人眼皮底下。这样做对上场者展示自己、增强信心、烘托氛围起到了很好的作用。抢锤打螺丝是硬功夫，像搏击一样是要靠力气的，当然也不全靠力气，技术成分也占着很大的比例。尤大海的大徒弟崔大力是抢锤高手，八锤左右就能打松大螺丝。一般人则需十二三锤，这都算好的成绩。这次比武，事情出在陈铁花的师傅柳非上场之后。柳非身体太瘦，打螺丝是他的弱项，他光着瘦骨嶙峋的膀子打了近二十锤，大螺丝仍纹丝未动。柳非的脸红了，身上的汗水像淋雨一样往下淌。就在这时候，陈铁花突然蹿了上去，一把抢过柳非手里的大锤，对他说，师傅你下去歇一歇，我来替你打。

柳非一脸的迷茫，一时不知如何是好。这是大家谁也没想到的情况，一时都不知该不该让陈铁花打。就在众人迟疑之时，陈铁花已经抢开了大锤。女工一般都参加手锤比赛，抢大锤不是女工干的活，所以参赛者里也就没有女工。陈铁花打螺丝，众人感到十分新鲜，都瞪大了眼睛看。令众人再次吃惊的是，陈铁花抢大锤的技法竟然十分娴熟，那把大锤从腰后抢出，画出一道漂亮的弧线，十分凶狠地砸到了卡在螺丝上的扳手上，只用了十二锤，螺丝就松动了。十二锤，在男工中也是不错的成绩。静场片刻，欢呼声骤起，陈铁花像个得胜的英雄一样，大摇大摆地走下了比武台。

这件事使陈铁花出了名，却使柳非颜面扫地，急火攻心，大病了一场。

施其山私下里问陈铁花，你真是神了，从没练过打大锤，哪儿来那么大的劲？陈铁花反问道，你怎么知道我没练过？进本体班后，我就开始偷偷练了。施其山说，可真有你的！转而又埋怨道，你冲上台的时候，就没替你师傅想一想脸面的问题？陈铁花说，我可没那么多心眼，见自己的师傅那么窝囊，一急，就冲上去了。

施其山不吭声了，心里却想，陈铁花做事实在令人难以捉摸，你说她欠考虑吧，可她偷偷练大锤，不就是在等这种一鸣惊人的机会吗？这几乎是一种蓄谋了。这个看似莽撞的姑娘，也许正是一个颇有心计的人呢！这样想后，施其山的心里就不是滋味了。

打这以后，柳非与陈铁花之间就存了芥蒂。虽然还在一起干活，但没有特别的事情，柳非从不主动跟陈铁花说话。陈铁花当然看得出来，她当时的感觉很特别，不是失望，也不是生气，而是一种抑制不住的激动。她知道，她要的机会来了。

有一天干完活，两个人往回走的路上，她挨近柳非说，柳师傅，你是不是不想带我这个徒弟了？

柳非说，这是你说的。

陈铁花说，不管是我说的还是你说的，到底对不对？

柳非说，就算对吧。

陈铁花得意地笑了，不再说什么。回到班组，她就找到崔大力，要求换一个师傅。崔大力说什么也不同意。她并不多说什么，起身就去了分厂办公室，找到了施玄山，说明了来由。

你已经跟柳非学徒，改拜别人，这不太好吧？施玄山说。

他也表态，不想带我这个徒弟了。陈铁花说。

拜师是班组的事，我不好插手。施玄山说。

我要拜的师傅特别，所以只能找你。陈铁花说。

这话怎么讲？施玄山说。

我这回要拜的师傅必须是全厂工人中手艺最高的，不受班组限制，所以只能靠大哥你来做主。陈铁花说。

施玄山被她气笑了，他也知道弟弟和她搞对象的事，刚才她叫的一声大哥，也宣告了这种关系的存在。平心而论，他是不赞成弟弟和陈铁花谈恋爱的，两个人的文化程度差异太大，条件是不对等的。他也不是看不起陈铁花，他其实是很喜欢这个犟劲十足、爱出风头的姑娘的。换一种角度看，他反而觉得，也许只有陈铁花这种人，最终才能够成为一个成功的人。陈铁花天生就是一个学手艺的料，不跟个好师傅，可能真的是亏待了她。想到这里，施玄山故意说，我凭什么就给你做主呀？

凭你是我哥哥，也不全凭你是我哥哥，还凭我要学最好的手艺，凭我几手锤能打断钢筋，十二锤能打松大螺丝。如果不跟最好的师傅，我就永远不拜师了。陈铁花说。

你叫我说你什么好呢？施玄山嘴上这么说，心里却已经被陈铁花这种劲头所感动。他缓和了一下口气说，要论手艺，当然是尤大海最高了，可他还没带过女徒弟，就是他想带，你敢跟他学吗？

他又不是老虎，我怎么就不敢跟他学？陈铁花说。

他是头犟驴。施玄山说。

我也不是省油的灯。陈铁花说。

你也该听说过吧，他有个致命的毛病——好色。施玄山板起脸，很认真地说，一个姑娘，跟他学手艺，会不清白的。

陈铁花也露出了些许为难的表情，至少在这一刻，她犹豫了。她的目光越过施玄山关切的目光，投到窗外花坛中那一簇粉红色的花朵上。那些花朵太漂亮了，在微风中簌簌颤动着，像是怕冷的样子。可陈铁花却在出汗，她的额头、鼻子乃至全身都沁出了细细的汗珠。施玄山饶有兴趣地盯住她的脸，他想陈铁花一定会退缩的，为了她自己，也为了施其山，她都有理由这么做。

但很快施玄山就知道自己错了，陈铁花没有考虑多久，就把目光移到他的脸上，用很坚定的口气说，就他了，我就跟尤大海学徒。

这不好吧？施玄山说。

这有什么不好？学徒只是学技术，学手艺，又不是学他好色。陈铁花说。

不是你学他好色，而是他会对你好色。施玄山说。

苍蝇不叮无缝的蛋，只要我不愿意，他敢？！陈铁花说。

可你，是不是还该考虑一下其山的感受。施玄山说。

不用考虑，他会支持我的。陈铁花说。

好，你，好。施玄山有些语无伦次，赌气似的说，既然你愿意，咱就这样定了。

就这样，戏剧性地，陈铁花成了尤大海的徒弟。

陈铁花跟尤大海学徒的消息一经传开，立即遭到很多人的反对。有好几个工友私下劝过她，说你一个黄花闺女，跟这样一个有名的色狼一起工作，你的名声不坏也坏了。要知道，那是一个把男女关系看得要多重要有多重要的年代。陈铁花听了这些劝说后，总是沉默无语，脸上挂着悲壮的表情。陈铁花知道自己的这种表情不是犹豫，而是一种无法诉说的顽固。

最反对这件事的当然是施其山，就在本体班的休息室里，两个人吵翻了。最初，屋子里只有他们俩，吵着吵着，进来别人了，他们也没避讳，显然情绪有些失控。

施其山说，你这么做，对柳师傅公平吗？

陈铁花说，是他主动不带我的，我只能另觅师傅。

施其山说，那么多可以做师傅的人你不找，为什么偏偏找尤大海？

陈铁花说，尤大海手艺最高，学手艺，当然找他最合适了。

施其山说，难道你不知道他是什么人吗？

陈铁花说，我知道他是什么人，可我学的是手艺，又不学他别的。

施其山说，一个姑娘，跟了他学徒，会清白吗？

陈铁花说，这要看你是不是相信我。

施其山说，你整天和这种人在一起，我又怎么能相信你呢？

话说到这份上，施其山觉得自己已经向陈铁花下了最后通牒。他看了一眼几个正瞪着惊讶的眼睛注视着他们的旁观者，用鼻子哼了一声，拂袖而去。陈铁花呆立不动，望着施其山的背影，心里涌起一种不祥的预感。她知道，如果她一意孤行，就很有可能失去这尚未开花的爱情。可是她能改变决定吗？如果能改变，她也就不会做这样的决定了。

抓革命、促生产

下雨了，持续的旱情终于得到了缓解。邵振军站在窗前，他看见厂院里的树木和厂房静立在淅淅沥沥的雨水中，积水已经淹没了花坛的外沿，水面浮着一层被打落的花瓣。天上乌云压得很低，与大烟筒冒出的黑烟融在一起，几乎分不出哪儿是云、哪儿是烟了。

但愿快些结束这饥荒年吧！邵振军暗自嘀咕道。

邵振军虽然是工厂的干部，农业生产不关他的事，但是粮食不足，全国人民就都吃不饱肚子，工人吃不饱，怎么能以最佳的状态去生产呢？因此他也不得不关心天气。全国一盘棋，工业农业，打断骨头连着筋。

过了一会儿，邵振军坐回到自己的办公桌边，拿起一份文件看了起来。文件的精神是抓革命、促生产，一方面要搞生产，一方面还要抓阶级斗争，天下还没有完全太平嘛！邵振军对政治不是太敏感，但他懂得服从，他是军人出身，以服从命令为天职。抓革命、促生产，革命要抓，生产也是要抓的，把长门厂建成世界一流了，革命也就抓上去了。

可是，怎么才能把长门厂建成世界一流呢？至少在眼下这还仅仅是一个口号。最实际的目标是亚洲第一，国家投资这个厂，就是要建成亚洲第一，这是一个可行的目标。以装机容量来说，长门厂已经和日本的某大型电站相差无几，差的是发电总量。长门厂的发电机组大都是苏联制造的，单机容量五万千瓦，但实际运行时不过带四万多的负荷。如果硬要发到五万，机组就得受损停机，后果不堪设想。怎么样才能让机组达标呢？邵振军为此伤透了脑筋，他想，只要上下一条心，不断改进设备，这个目标是一定会实现的。长门厂人应该有这个雄心壮志。

可是，谈何容易呀！邵振军点燃了一支香烟，恶狠狠地吸。

令人烦心的事不仅仅只有抓革命、促生产，还有个人的婚姻问题。一个四十好几的大男人，回到家面对的是空空的床铺、冰冷的厨房，不能不说是一种悲哀，每每这种时候，他都会真切地感到有一丝寒意和无法忽略的寂寞。有无数个晚上，面对已故妻子的相片，他都差点儿流出泪来。这样的一个硬汉，这样的一种感觉，令他自己都有些莫名其妙和不知所措。产生这种感觉有生理的原因，更多的则是心理的原因，他知道，他的确需要一个女人了。

邵振军放下文件，拿起电话，他本想拨化学分厂的号码找莫静，但不知为什么，拨出的号码竟然是刘斌的。他犹豫了一下，对着话筒说，刘斌，你到我这儿来。

时间不长，刘斌就匆匆赶到了。他气喘吁吁地说，邵厂长，您找我一定有什么急事吧？

也算不上什么急事。邵振军用双手揉着太阳穴说，就是和莫静的事。

进展顺利吧？刘斌的脸上掠过一丝神秘的神色，压低声音说，从各方面看，莫静都算得上咱厂最出色的姑娘。

我承认她很出色，可是找老婆，要两相情愿才行，我总觉得和她在一起挺别扭的。邵振军说。

是不是您不够主动？这种事男人可是要主动的。刘斌说。

人家对你不冷不热，你主动又有什么用？邵振军说。

看来，还是我工作做得不到位，我再去做一做她的思想工作。刘斌说。

这与工作无关。邵振军用埋怨的口气说，当初我就觉得我们不般配，现在虽然处上了，可是不咸不淡的，有什么快乐可言？

刘斌有些不自在，一时不知说什么好。

你说，她是不是有人了？邵振军说。

不能吧，事先我是做过调查的，她要是有人，我咋敢跟您提！刘斌说。

要不就是我的感觉出错了，我怎么看怎么觉得她爱的人不是我，而是另外一个什么人。邵振军说。

您多虑了，其实您大可不必这样。谈恋爱嘛，男人是要主动进攻的，要像攻克敌人的堡垒一样才行。刘斌说。

乱弹琴，这是一码事吗？邵振军说。

邵振军觉得和刘斌也谈不出什么子丑寅卯来，就毫不客气地下了逐客令，你回去吧，这个问题还是我自己解决。刘斌吐了一下舌头，知趣地退了出去。

对莫静，邵振军的感觉十分复杂。莫静年轻漂亮，又有文化，他当然是喜欢的，可不知为什么，他总是有些自卑。按理说，他是地市级干部，是大型企业的第一把手，虽然年龄大了点儿，可也应该是配得上莫静的。自卑有些与他的性格不符，究其原因，还是莫静对他的不冷不热造成的，这使他有一种自尊心受挫的感觉。也许放手，重新考虑新的人选才是明智的选择；也许像刘斌所说的，要更主动些，发一次狠，把莫静放倒拿下，也就万事大吉了。邵振军坐不住了，开始在屋子里来回走圈。

这天晚上，邵振军约了莫静在俱乐部门口见面。此时雨已经停了，只是天仍然阴着，六点多钟天就黑了。邵振军按时来到俱乐部门前，心里惴惴的，脸色很古怪。这天没有电影可放，俱乐部门前冷冷清清，邵振军点了支烟，一边吸烟一边等待。有个路过的职工认出他来，问他干什么呢。他苦笑了一下，说没什么事，就是想在这儿站一站。那个职工说，邵厂长在这儿肯定是有工作要做，您就尽管吩咐我吧。邵振军皱起眉头说，这又不是上班时间，有什么工作呀？你走吧，我个人有事，耽误了我的事你可要负责。那个职工这才被他吓走了。

约定时间已经过去了半个小时，莫静仍没有来。邵振军有些急躁，烟也抽了好几支，嘴都苦了。他把手里的大半支烟甩在地上，正要离开，却见宿舍那边慢悠悠晃过一个人来，他的焦躁一下子退潮了。

我还以为你不来了呢！邵振军说。

刘主任跟我说过，这也是工作，我怎么能不来呢？莫静说。

邵振军尴尬地笑了笑，他一时判断不出莫静是开玩笑，还是真的这么认为。他也不好说什么，就岔开话题说，我们到哪儿去？

莫静说，随你。

邵振军说，那就到我家坐坐吧。

莫静没有反对，这令邵振军的心里漫过一阵异样的感觉。走到住宅区也就十几分钟的路程，那时大家都住平房，厂长也不例外。有女人进了厂长的家，立即引起了坐在门口闲聊的邻居们的关注。邵振军没有理他们，掏钥匙开门，拉亮了电灯。

邵振军的家是三间正房，一间做厨房，一间做卧室，另一间就是书房了。莫静在屋子里东瞧瞧西望望，带着因陌生感产生的那种好奇。邵振军倒了一杯水给她，然后又找出一盒点心给她吃。点心是北京产的，是一个战友刚刚捎过来的，莫静用手捏了一块，轻轻地塞进嘴里慢慢地嚼。邵振军让莫静坐到炕沿，自己也挨着她坐下，由于挨得太近，一股女人的气息闻得很清晰。这是一种熟悉而又陌生的味道，它本来是很微弱的，但一经他的鼻子，就变得异常强大起来，迅速在他的身体里游走，声势浩大，夸张而变形。

莫静。邵振军轻呼了一声。莫静没有回应，依然慢慢地嚼。邵振军觉得身体里的东西几乎不可阻挡，他的手开始发抖，他盯着莫静那张嫩得几乎要渗出水来的脸，不由自主地产生了一种类似幻觉的感觉。他陡然出手搂住了她的肩头。莫静愣了一下，手里的一块点心掉在地上，她一把推开了邵振军。莫静的力量不可思议地大，军人出身的邵振军竟然被她推了个趔趄。

莫静！邵振军说。

莫静转身要走，邵振军追过去问，你不愿意？

莫静说，我不愿意。

邵振军说，你不是说过，这也是工作吗？

莫静说，我突然明白了，这不是工作。

莫静说罢已经奔出门去。外面不知什么时候又下雨了，邵振军满眼雨雾，他觉得一切都变得模糊不清了。

第 三 章

修长的手指

你的手指很漂亮。尤大海说。

陈铁花疑惑地看了看尤大海，又低头看了看自己的手，她并没觉得自己的手有什么特别之处。

瞧你的手指多长呀，简直是一双弹钢琴的手。尤大海说。

陈铁花又看了看自己的手，这回她发现了，自己的手指确实又细又长，这和她圆圆的脸蛋反差很大，以前她还从没注意过这个细节，别人也没有谁赞美过她的手，看来尤大海的确是独具慧眼。那么个凶巴巴的人，观察力居然如此敏锐，这不免令陈铁花有些惊讶。

尤大海也没有再多说什么，转身走了。

第一次跟尤大海干活，尤大海给陈铁花留下的印象并不是好色，而是凶恶。尤大海干活时面无表情，仔细看他，他的面部肌肉几乎是僵硬的，只有眼睛烁烁发光，死盯在机器上，从不腾眼看人。尤大海干活时的派头很大，自己从来不拿工具，总会有人像勤务兵似的跟在身后为他提着。他干活就像手术室里的主刀医生，手一伸，就有护士将器械一件一件地递过来。陈铁花是他的徒弟，当然有递工具的职责。尤大海说七寸活扳手，陈铁花就得把七寸活扳手递过去。尤大海说三寸梅花扳手，陈铁花就得把三寸梅花扳手递过去。有一次，尤大海要七寸活扳手，陈铁花错把三寸梅花扳手递了过去，尤大海看递错了扳手，头也不回，手一扬，就将递错的扳手甩了出去。要知道，他们干活的场地是十米平台呀！扳手画出一道优美的抛物线，落到地面时正好砸在一个工人的头上，幸好那个工人戴着安全帽，可也给砸进了医院。

事后，尤大海挨了厂里一个很重的处分。邵振军在干部会上拍着桌子说，我不管你是什么权威，出了人命，照样要枪毙你。

虽然没有出人命，这件事却给了陈铁花一个下马威，跟这样的师傅学徒，不加十二分的小心是不行的。

陈铁花私下偷偷问也在学徒的师兄洪天良，跟尤大海学徒最应该注意什么？洪天良说，首先人得机灵，记性好，悟性也得好，他讲技术就讲一遍，你要记住了，自己去琢磨，自己去练。说到这里，洪天良放低声音用一种特别的口气说，说心里话，我真不希望你成为尤师傅的徒弟，他那种人，对一个姑娘会不利的，不光施其山舍不得，连我都舍不得呀！说罢，占了多大便宜似的笑，气得陈铁花恶狠狠地骂了他一顿。

后来陈铁花回忆，自己最初的担心其实是多余的。在相当长的一段时间里，她与尤大海的关系是纯洁的，是纯粹的师徒关系。尤大海平时从不多讲话，他好像是一个不会聊闲天的人，很难见他说东家长西家短的话。跟女工们在一起，他还显得有些古板，别说扯荤话，就是家常话也是很少讲的。不过教徒弟时他并不吝啬语言，该讲的他一定要讲，并且是相当用心地讲。虽然只讲一遍，但讲得通俗易懂，讲完了，还会实际做一遍，是真正的理论联系实际。大多时候，他是两个徒弟一起教的，有一次崔大力也凑过来听，被他给撵走了。崔大力笑道，别忘了，我也是您的徒弟。尤大海说，你早出徒了，早自立门户了，都八级工了，还来学徒，道理上说不通。崔大力说，可我还没学会直大轴呢！尤大海说，人得懂得知足，太贪了，结果不会好的。师徒俩闹了个半红脸，不欢而散。

也有一对一的时候，陈铁花就吃了尤大海不少的小灶。尤大海教陈铁花在薄铁板上画展开图，教她用窍门记住厂房里那些数不清的管道和阀门，还教她在纵横交错的设备中查系统。陈铁花眼界大开，觉得做一名技术工人真

是一件不容易的事，绝非打打手锤、用用锉刀那么简单。

对尤大海的好色，陈铁花是用了心观察的，一段时间过去了，她想要的东西并没有出现，也就是说，她居然没有找到尤大海好色的证据。她也不是没有和尤大海单独在一起的时候，可尤大海似乎总是一本正经，像是有意在维护做师傅的尊严似的，总以一副凶相来撑住门面。不过，教手艺的时候，陈铁花觉得尤大海的凶会悄悄退潮，呈现出的是与长相不协调的专注与耐心，虽然不讲第二遍，但在第一遍里，他已经把该嚼的嚼个稀巴烂了。陈铁花觉得，听尤大海讲技术是一种很高级的享受，他的声音与动作相辅相成，如夏天的风吹过树叶，一种清爽、柔软、舒缓、舒适的东西，会在不经意间出现、流淌。

时间悄悄过去，陈铁花的技术一点一滴地积累着，但尤大海的好色却还没有表现。莫非那些传闻是子虚乌有？陈铁花陷入疑惑之中。

面对经常跟在尤大海屁股后面的陈铁花，施其山的感觉是别扭而又痛苦。经过一番激烈的思想斗争，他决定与陈铁花分手。他像放走一只误打误撞飞进屋来的小鸟，放弃了这段也许原本就不该属于他的恋情。仔细想一想，他与陈铁花之间并没有什么共同语言，在一起谈得最多的不过是吃。当然，在那个吃不饱肚子的年代，吃无疑是最重要的，可是，以吃为基础的爱情是真正的爱情吗？如果是，陈铁花为什么会毫不在乎他的感受，而他又为何会如此坚定地要放弃陈铁花呢？如果不是，他为什么会痛苦不堪，眼前总会有陈铁花的笑容萦绕呢？

不管是与不是，放弃是肯定的，为此施其山做出了巨大的努力，陈铁花几次主动找他，都被他用决绝的口气予以拒绝。

陈铁花到分厂办公室去找施玄山，说了她和施其山之间的危机。施玄山替弟弟着想，也替陈铁花着想，他说自己是做过工作的，一对男女走到一起不容易，说分就分了总是件令人惆怅的事情，可这又有什么办法呢？陈铁花看得出，别看施玄山是领导，可骨子里却是一个多愁善感的人，说这些话的时候神色是凝重的，偶尔还会加上一声叹息，低下头，用手扶一扶那副雅致得有些不合时宜的乳白色框架的眼镜。陈铁花说,按大哥你这么说,我们是没救了?施玄山说,也不是没救,如果你肯和尤大海解除师徒关系,其山还是会回到你身边的,可你能这么做吗?这似乎又是不可能的了。陈铁花觉得施玄山太啰唆,她没再多说什么,转身回了班组。

陈铁花的确是不能那么做的,如果能那么做,当初她也就不会费尽心机地拜师了。在陈铁花看来,她是没有错的,她是有充足的理由证明自己没有错的,错的是施其山的思想太狭隘,太容不得人,太小资产阶级了。不过这也没什么了不起的,她是新中国的女性,爱情不会是一个女人的全部,也就是说,在这个世界上,还会有许多比爱情更重要的东西。

打这以后,陈铁花没有再找施其山,就是碰了头,两个人也是谁也不理谁。大家也都认为,他们俩是真吹了。

没有了恋爱的禁锢,陈铁花对学手艺也就更加投入,更加心无挂碍。这段时间,除了早上她还梳一下头,平时几乎难得拿一下木梳,总是穿着松松垮垮的工作服,是真正的不修边幅了。学了很多,练了很多,但绝技还没触碰到,她当然是不甘心的。有一天,陈铁花提出要学尤大海的绝技,洪天良也在一旁添油加醋。尤大海板着脸问,你们真的要学?两个人异口同声,当然真的要学。尤大海说,既然如此,明天我就教你们刮瓦。

刮瓦是尤大海的三大绝技之一。所谓刮瓦,就是用刮刀刮轴瓦的里侧,这是一种全靠手工操作的工艺,别说是在上个世纪六十年代,就是到今天,工厂里的大型轴瓦也还是要靠人工来刮磨的。刮瓦的讲究大了,用力大小,吃刀深浅,刀痕的形状与刮磨的顺序,都是有着严格的要求的。刮得好,轴与轴瓦的配合效果也就好,运行时的摩擦力就小。刮瓦是检修工技能中的上乘手艺,能学刮瓦,陈铁花和洪天良都很兴奋。

第二天,陈铁花很早就到了班组,她换好了工作服,准备好了刮刀,离上班时间还有一个多小时呢!又过去了半个小时,洪天良才来,等他换好工作服、准备好刮刀了,其他工人才三三两两地来。崔大力疑惑地打量着他俩,问他们是不是有什么特殊的事。洪天良抢先回答说,当然有特殊的事了,尤

师傅今天要教我们刮瓦。崔大力皱起眉头说，今天恐怕不行，检修的活太多，你们俩都得跟大家去干活。陈铁花一听就急了，说，尤师傅好不容易才答应教我们刮瓦，他说话不能不算数呀！崔大力坐到班长该坐的那个大凳子上，盯着陈铁花说，我虽然只是你们的师兄，但有些话我还是要讲的，你们虽是尤师傅的徒弟，但你们也是本体班的一员，与学徒比起来，本体班的工作是更重要的。两个人都知道崔大力说得在理，就都苦了脸，一声不吭。

上班时间到，班前会正式开始。所谓班前会，就是班长给大家分配任务。崔大力刚讲了几句话，尤大海就进来了，坐在前排的几个人赶紧给尤大海让座，他也不推辞，挨着崔大力和施其山坐了下来。施其山看看陈铁花，又看看尤大海，气就不打一处来，他故意不理尤大海，歪着脑袋坐，给了尤大海半个脊梁骨。崔大力对师傅是不敢不恭敬的，他笑脸相迎，还递给尤大海一支烟。尤大海接过烟，点着了，眼睛并不瞧他，用低低的声音说，今天你师弟、师妹跟我学刮瓦，别给他们分配活了。崔大力迟疑了一下，赔着笑脸说，今天的活特别多，施主任特别交代过，谁都得上现场。尤大海这才歪过头来看了看崔大力，依然用低低的声音问，真的不行？崔大力支支吾吾，居然说不出话来。尤大海也不多等，站起身来叫上他的两个徒弟跟着他走。陈铁花吐了一下舌头，回头看了一眼可怜巴巴的崔大力，差点儿没笑出声来。

两个人随着尤大海走出班组，来到厂房外墙处的一块空地上，这里放置着几片废弃的大型轴瓦。尤大海坐在一片轴瓦前，手一伸，陈铁花赶紧将自己的刮刀递过去。尤大海双手执刀，刮了一阵后，手一扬，陈铁花又赶紧把刀接了过来。两个人凑到瓦前观瞧，见瓦片上刀痕清晰整齐，如一队队的大雁在展翅飞翔。这刮瓦的水平由刀痕就可看出，留在瓦上的刀痕以雁阵形为最佳，就是每刮一刀，刀痕都是一只飞翔的大雁。这些大雁要大小相当，间隔相等，横着看、竖着看都得是一排排的雁阵才行。

刮吧。尤大海说。

陈铁花和洪天良坐下来，每个人搂住一片瓦刮起来。陈铁花本想也刮出雁阵，但下刀后，刀痕却奇形怪状，像什么的都有。她偷眼看一下师兄洪天良，也和她一样，轴瓦上的刀痕混乱，很难看出阵形来。刮了一阵，陈铁花终于忍不住，停了手问尤大海，这刮瓦有窍门没有？

有。尤大海说。

那您快教给我们呀。陈铁花说。

窍门就是刮，不要有杂念，一门心思地刮下去，刮刮刮，时间越长越好，这就是窍门。尤大海说。

陈铁花苦了脸，洪天良也苦了脸。

尤大海凑近陈铁花，用手指着她的手说，你看看自己的手指吧。陈铁花低头看看自己的手，又抬头看看尤大海，不知他是什么意思。尤大海说，其实刮瓦和弹琴一样，都需要有一双灵巧的手，如果把我们的手艺看成是大老粗干的，那就大错特错了。你的手指修长，天资好得很，只要苦练，一定会成为刮瓦高手的。说罢他挺直身子，对他们俩说，你们一直在这儿刮到中午，吃过午饭后回来接着刮。

后来陈铁花回忆自己学手艺的经历时，觉得尤大海的话绝对是正确的，是至理名言。时间就是最好的窍门，你在一件事中用时最多，所悟出的道理也就最多。那些轻看了工人手艺的人，是怎么也练不出好手艺来的。

白 裙 子

莫静探亲回了一趟江苏，回来时穿来一条白裙子。裙子是纱料的，捏了许多皱褶，是那种很漂亮的百褶裙。当时长门厂还没有一个女性穿这种裙子，莫静穿着它在厂区里一走，几乎吸引了所有的目光。男人的目光热辣辣的，是艳羡、向往，还有那么一点点的色情；女人的目光复杂一些，除了惊奇、羡慕，还有一点点的嫉妒。人毕竟有爱美的天性，尤其是女性，爱美的天性是从骨子里渗出来的，简单划一的服装她们早就穿够了。以往的禁锢如堤坝，只能让欲望的水位越来越高，莫静的白裙子则是一把锋利的凿子，虽然只凿

出那么一个小小的缺口，大水却以不可阻挡之势汹涌而出。莫静穿得，我们为什么穿不得？不到一个月的工夫，长门厂的厂区就出现了第二条白裙子、第三条白裙子……

章玉闻也做了一条白裙子，也是百褶裙，那百褶拿捏得相当到位，据说是在大连的一家服装店做的。章玉闻穿上它请莫静品评，莫静说，你这条裙子的质量丝毫不比我那条差，面料都是纱的，做工都很讲究，尤其这一道道褶，比我的那条还漂亮。章玉闻听了很高兴，屋子里立即响起一串银铃般的笑声。

继章玉闻之后，王丽华和陈铁花也慷慨出手，各做了一条白裙子，只是面料不是纱的，也没有百褶。当地的服装店捏不好这种百褶，只好因陋就简了，不过穿上却是一样靓丽。陈铁花穿这条白裙子时，上身总会搭配一件同样是白色的衬衫，头绳却换成鲜红色的，白中红，是画龙点睛了，效果格外好。连莫静都说，陈铁花这么一打扮，脱胎换骨了，成了一个真正的女孩。

陈铁花说，不穿这身衣服，我就不是女孩了？

莫静说，我不是那个意思，我是说，你这么打扮，女孩的味道全出来了。

陈铁花说，没听说过，女孩还有味道。

莫静说，当然有味道了，只是以前那种味道不经意地被蒙住了。

陈铁花还是喜欢和莫静聊天。有一天晚上，她发现莫静的脸色很不好看，就问她怎么了。莫静摇摇头，什么也没说，爬到上铺老早就躺下了。直到章玉闻和王丽华出去串门，房间里只剩下她们两个人时，她才长叹了一口气，说，组织上批评我了。

为什么？陈铁花问。

说我不服从组织的安排，没有完成组织交给我的任务。莫静说。

什么任务？陈铁花问。

我和邵厂长吹了。莫静说。

吹就吹嘛，和组织有什么关系？陈铁花说。

因为这件事是组织上安排的。莫静说。

邵厂长是一厂之长，人又那么好，你为什么要和他吹？是因为年龄吗？陈铁花说。

不是。莫静说。

那为什么？陈铁花问。

因为爱情。莫静说。

爱情？陈铁花忍不住想笑，她觉得"爱情"这个词听着别扭，但莫静说起来却很顺嘴，而且说得一本正经。陈铁花一直觉得，所谓的爱情是文化人强加给一对男女的，两个人好就好嘛，不好就不好嘛，简单得很。爱情不过是人们用来粉饰或者敷衍的字眼，是不可靠的、虚无的东西。谁把它看得过重，谁就要受它的折磨和伤害。问题是，偏偏莫静就把它看得太重。

莫静告诉陈铁花，刘斌找她谈过话，对她表示了失望，他说在部队都是组织上给首长选对象，被选的女同志全都会积极配合，以大局为重。刘斌还言辞激烈地批评了她，说她资产阶级思想严重，个人主义思想也很严重，不懂得党的利益高于一切，要不是邵厂长对她很宽容，厂里一定会处理她的。最后，刘斌提起了白裙子，说，你穿的这条白裙子，就是资产阶级思想的大暴露，经你这么一穿，全厂出现了多少条白裙子？长门流行白裙子，是你的"功劳"呀！

白裙子与资产阶级思想有什么关系？瞎扣帽子。陈铁花说。

他说有关系，就有关系。莫静说。

陈铁花也爬上了她的上铺，搂住她的肩头安慰她说，你不用怕，刘斌要是再找你麻烦，你告诉我，我来和他评理。莫静说，你说不过他的。陈铁花说，那你可小看我了，别说是厂办主任，就是邵厂长本人，我也不惧他。莫静苦笑着，不多说话了。

关于流行白裙子的问题，厂团委专门组织青年职工做过一次大讨论，年轻的团委副书记葛洪波亲自主抓这件事。讨论的结果，当然是要抵制这种资产阶级倾向。这以后，厂区里穿白裙子的人果然少了许多。迫于压力，陈铁花也不穿白裙子上班了，只在晚上或周末属于自己的时间里穿。有一次跟尤

大海干活，尤大海居然问起了白裙子，说，你怎么不穿它来上班了？陈铁花说，抵制资产阶级思想嘛。尤大海嘴一撇说，扯淡，一条裙子就资产阶级了？女孩子嘛，就得穿得漂漂亮亮的。陈铁花笑道，想不到师傅是个有情调的人呀！尤大海得意地说，没有情调，就没有好手艺。手艺为什么叫手艺，就是因为它和艺术有着直接的关联，手艺就是手上的艺术。尤大海的论调令陈铁花感到十分新鲜。

随着时间的推移，陈铁花已经渐渐地淡忘了尤大海的好色，一种类似于好感的东西在慢慢地滋长，不声不响地影响着她。尤大海超凡的本领令她佩服得五体投地，近乎着迷。她固执地认为，尤大海会是自己人生道路上的一道亮光，有了这道亮光，她的前途会是一片光明。

但是，还是不可避免地出事了。那是一个很平常的并没有什么预兆的夜晚，两个徒弟随着尤大海加夜班，干完活时已是午夜时分。洪天良有事先走了，只剩下陈铁花和尤大海回到休息室。陈铁花先到水池边洗脸，由于干活时沾上了油污，她在脸上抹了很多肥皂，才算洗干净。她用毛巾擦了脸，顺手抓了一把木梳想梳下头时，身体却被人从后面给抱住了。

陈铁花奋力挣扎，同时清醒地认识到发生了什么。令她自己都有些奇怪的是，她并没怎么惊慌，或者说她对这件事已经有了必要的心理准备。当然，她也没有半推半就，她挣扎得很激烈，在彻底甩开尤大海的同时，她的右手奋力甩出，给了尤大海一记脆生生的耳光。这记耳光把尤大海给打愣了。

陈铁花用手撸了撸头发，歪着头看尤大海。她本想骂他一句"流氓"，但这个词始终没有出口，嘴边只是挤出一丝冷笑。

尤大海一边用手揉着热辣辣的脸，一边向门外张望，许久，才挤出一句话，要想学本领，就该懂得付出。

按常理，陈铁花是有足够的理由驳斥尤大海的，但实际上她并没有驳斥，而是顺着这句话的意思，用挑衅一样的口气说，你教我真本领了吗？

难道这些日子，我是在带你玩吗？尤大海说。

不错，你是教了我一些东西，但那算不得是真本领。陈铁花梗着脖子说，真本领你并没有教我。

啥真本领？尤大海说。

直大轴。陈铁花说。

尤大海沉默了，他拧起了眉头，突然觉得眼前这个姑娘十分陌生。按规矩，师傅带徒弟是可以留后手的，他教给徒弟的一些本事，是足以使他们成为同行业技术工人中的佼佼者的。比如他的大徒弟崔大力，出徒后技术等级直线上升，可以说已经是技压群雄了，但他并没有学到直大轴的本领。他的三大绝技，刮瓦、找平衡是可以教给徒弟的，唯独直大轴不能。这直汽轮机的大轴是他的看家本领，凭着这个本领，他不但可以在长门厂做大，还可以在全省甚至在全国电力系统检修行业中做大。那是一个崇尚技术的时代，也是手艺人还十分保守的时代，他怎么能把这个看家本领轻而易举地传授给别人呢？令他意外的是，年纪轻轻的陈铁花竟然会有如此大的野心。

尤大海苦笑了一声，面对着青春诱人的姑娘，他选择了退缩。也就是说，对自己手艺的维护，战胜了好色。他转过身去，默默地走了。

这件事让陈铁花的内心产生了强烈的震撼，其结果是，内心的天平开始发生倾斜。她下决心要学到一流的手艺，可是走正常的渠道难以达到目的，通过这件事，她不得不重新考虑一些问题，而这些问题一经考虑，便触目惊心。

在以后的一段时间里，陈铁花和尤大海相处得十分微妙。他们既迎合，又对抗。这迎合和对抗既是形式上的，又是心理上的。陈铁花这方面，正面临着有生以来最痛苦的抉择。她当然是反感尤大海的好色的，可尤大海高超的手艺又在诱惑着她，可以说，这诱惑是超过反感的。陈铁花清醒地知道，要想学到绝技，不付出高昂代价恐怕是不行的，这样的代价自己能够付出吗？那虽然是个崇尚技术的时代，但也是人们把女人的贞操看得比什么都重的时代。从后往前看，陈铁花几乎很难相信年轻的自己会有当初的选择，时过境迁，已经很难让自己的心境重回当年。当年就是当年，一切都来得顺理成章，

手艺以其强大的魔力最终战胜了宝贵的贞操，尽管她总是觉得悲壮。尤大海这方面，他的心理斗争似乎更加激烈，他既想得到几乎送到嘴边的肥肉，又怕失去赖以做大的本钱，这种简单而又复杂的矛盾心理，令他备受折磨。那段日子，他总是头昏脑涨，疲惫不堪，干活的时候也经常出错。

但是，事情还是发生了，一个有风的午后，陈铁花去找尤大海，临出门时，她用那把掉齿的木梳蘸了水，很认真地梳了头发，然后换上了那条白裙子。外面的风很大，北方的十月已经有些凉了，已经不适合穿裙子了，但她依然这么穿了。她的辫子被风吹得来回摇摆，裙子则干脆被风掀了起来，不时将她的小裤衩暴露在光天化日之下。她浑然不觉，走得昂首挺胸，尽管皮肉有些凉，心里头却涌动着一股无法遏制的热流。

风越刮越大，陈铁花走进工厂大门时几乎被吹变了形。她没有直接去班组，而是去了分厂拨给尤大海的那间办公室。说是办公室，它的位置却并不和分厂其他的办公室相连，它是一间独立的房子，位于厂院一个偏僻的角落。这是尤大海有意要的，他喜欢清净，说这里有利于练功，也有利于休息。里面的陈设更像个小作坊，桌子上有展开的图纸和零散的工具，地上也堆放着一些零件和工具，靠墙角的位置还放置着一张单人木床。陈铁花推门进去时，尤大海正在午睡，很重的开门声把他惊醒。他揉揉惺忪的睡眼，看见陈铁花的头发凌乱，穿得很少，白裙子很显眼，也很诡异。他的心一动，一翻身从床上爬了起来。接下来，不该发生的事情就这样发生了。

一个人的冬天

那个年代，东北的冬天要比现在冷得多。有人说，冬天是一样冷的，只因为那个年代的人营养状况不佳，身上的脂肪层薄，不扛冻，所以才觉得天格外冷。也有人说，那个年代的冬天的确是比现在冷一些——由于厄尔尼诺现象越来越严重，气温当然是在不断升高。

　　邵振军的三间屋子，只有卧室和书房安有暖气，厨房却没有。早晨一到厨房就像是进入了一个冰窖，身体不自觉就会缩紧。存有水的盆盆罐罐都结了冰，需拿到火上烤一烤才能融化。邵振军一般是不做饭的，他交了钱，一日三顿都去厂里的食堂吃。当然，有时嘴馋，他偶尔还会自己开一开伙，做几样爱吃的东西，喝上几两烧酒。这一年，全国的灾情已经好转，他喝点儿酒也不算什么奢侈之举了。

　　一个人的日子要快也快，要慢也慢。这么大的长门厂什么都要他管，已经是日理万机了，日子当然说过去就过去了。不过也有感觉相当慢的时候，比如一个人睡在冰冷的被窝里，某种东西悄然复苏膨胀之时，时间就很难打发。他当然会自然而然地想起女人，他的确很喜欢莫静，那么年轻，那么漂亮，那么能够引人遐想，他怎会不喜欢呢？但人家不喜欢他，又有什么用呢！和莫静告吹，他虽然心存遗憾，但并不觉得是件意外的事情，本来他们就不是一路人嘛！刘斌曾建议整治一下莫静，被他严词拒绝，公报私仇不是他的风格，况且他和莫静也算不上什么仇人，恋爱自由，人家不愿意是人家的自由，干涉不得的。尽管眼前还时不时会出现莫静的倩影，但是更多的时候，他会用转移法成功地把自己的注意力转移到另外的也许和自己是一路人的女人身上，比如陈铁花。

　　陈铁花的年龄也比自己小许多，但那时候部队里找对象流行这种找法，小得多的女人便于照顾领导。初见陈铁花的时候，他就被这个作风硬朗泼辣的女孩吸引了，但并没有上升到男人与女人间的那种吸引，况且他也听说过，她已经有对象了。陈铁花不是那种能让男人一见钟情的女孩，莫静才是那种能够勾人魂魄的女孩。和莫静吹了，邵振军才在不经意间想起了陈铁花。

　　邵振军曾和刘斌半明半暗地提起过陈铁花，精明过人的刘斌岂能不明白他的意思。有一天，刘斌脸色很不好看地来到他的办公室，用低沉的声音说，陈铁花这种人，您就不用考虑了，容我再给您物色一个合适的。

　　怎么就不能考虑了？邵振军说。

　　您应该知道的，她跟尤大海学徒了。刘斌说。

这有什么关系？邵振军说。

关系大了，尤大海的生活作风问题是人尽皆知的，他能放过跟他学徒的姑娘吗？我已经调查过了，据说陈铁花已经和他不明不白了。刘斌说。

没有足够的证据不要侮辱人家姑娘。邵振军说。

我问过汽机分厂的人，尤大海已经把直大轴的绝技传给了陈铁花。那尤大海视他的绝技如命，如果陈铁花不……他能把这绝技传给她？再说了，尤大海还有一个男徒弟，他为什么不教呢？刘斌说。

邵振军的头有些疼，他不相信事情会这样，但又没有理由推翻这种说法。不管怎么说，陈铁花的名声是坏了，作为一厂之长，他怎么能和坏了名声的女人成为夫妻呢？他用一只手揉着太阳穴，另一只手向刘斌摆了摆，刘斌赶紧知趣地退了出去。

在这个冬天，邵振军虽然有些寂寞，但总体来说，他依然是激情澎湃的。一个重大的决定就诞生在这个冬天，他要从这个冬天开始，带领长门厂向亚洲第一的目标冲击。

邵振军的雄心壮志得到了网局领导和部领导的支持，在上级有关部门的协调下，长门厂成立了厂技改领导办公室，邵振军亲任主任，总工程师孟良林和几位副厂长为副主任。各分厂则成立了技改小组，由分厂主任或支部书记担任组长。要想让每一台机组都达标，都带满负荷发电，必须要搞一场轰轰烈烈的技术革新。每一个零件、每一台辅机设备都达标了，全厂也就达标了，也就能成为亚洲第一。这也符合党中央的精神嘛！只是具体做起来，难度太大了。

再难也得做，邵振军是军人，他给自己下了死命令，也给全厂的职工下了死命令。在这个寒冷的冬天，长门厂是热火朝天的。

有一天，邵振军去汽机分厂检查工作，路过化学分厂的化验室时，他本想快速走过，可不知为什么，他的脚步反而变得更慢了。他不住地向那边张望，心里怪怪的，竟然有一丝冲动，想这一刻看见莫静就好了。他的表情由此变得十分古怪，脸上浮着一层暧昧的薄光。

终于走过了化验室，邵振军如释重负，他伸手按了按安全帽，顺势向前望去。高大的厂房在偌大的天空下有些显小，连成一片的玻璃窗被阳光照射，泛出不合时宜的幽光。厂房里的噪声由远处传来，有点儿像人的微鼾，令他生出一种恍然如梦的感觉。

远远地，看见施玄山早候在汽机分厂办公室的门口，邵振军加快脚步，与他一起进了厂房。厂房里的噪声震耳欲聋，几乎听不清彼此在说什么，只看到工人们都在不知疲倦地忙碌。邵振军不时停下来找一个工人问上几句，不管他们怎么回答，他都是欣慰的，或者说，他对问话的兴趣是远胜于对答案的兴趣。他清醒地知道，他的问话其实就是一种姿态，说明他这个厂长和工人是亲近的，这对他和工人们都很重要。

在厂房里转了一大圈，最后还是回到了施玄山的办公室。对施玄山，邵振军是破格重用的，当初提拔他当分厂主任，党委会上是有过争论的，完全是因邵振军态度坚决，才最终成为定论。施玄山是个年轻的知识分子，资历虽浅，学历和能力却都是难得的，不重用这样的人重用什么样的人呢？只是施玄山平时的穿戴太过讲究，有点儿小资情调，但这都是小问题，是可以慢慢教育的。

邵振军坐在了平日施玄山坐的那把椅子上。施玄山给他倒水的时候，他不禁歪着头打量了一下这个得力的部下，见施玄山虽然穿着工作服，给人的感觉仍然是小资的。他梳着锃亮的分头，工作服领口露出的白衬衫雪白雪白的，没有一点儿污垢。脚上也是锃亮，一双黑色的皮鞋款式相当时髦，在现场走了一圈，居然没有染上一点儿灰尘。记得好像有谁说过，衣服上的污垢越少，灵魂上的污垢就可能越多，邵振军忍不住笑着摇了摇头。

邵厂长您笑啥？施玄山问。

笑你。邵振军说。

我有啥可笑的？施玄山说。

瞧你皮鞋那么亮，你在厂房里是怎么走的？邵振军说。

正常走呗！施玄山说。

什么正常，只能说明你没干活。邵振军说。

邵厂长，您不能这么说，我鞋干净，说明咱们的厂房干净，咱们的生产环境好。一个企业是否优秀，环境也是可以说明问题的。施玄山说。

好了，咱先不谈这个。我问你，你们分厂的技改小组工作如何？邵振军说。

技改工作已经在全分厂展开了，我们每个班组都定了技改方案，我是组长，由我全面掌握。施玄山说。

技改小组里有尤大海吗？邵振军说。

怎能没他呢？他是工人中的权威，有些高难度的活还指望他干呢！施玄山说。

一提尤大海，邵振军的心里就有了一种异样的感觉。他接过施玄山递给他的水杯，狠狠喝了一口水，抬起头刚想说什么，一个小伙子裹着风闯了进来。施玄山向邵振军介绍道，他是施其山，本体班的技术员，也是我们分厂技改小组的成员。邵振军放下水杯，说，你没介绍全面吧，他还是你的弟弟，是吧？施玄山不好意思地笑了笑，说，举贤不避亲，其山是名牌大学的毕业生，是可以在技改工作中有作为的。邵振军说，听说他是陈铁花的对象？没等施玄山回答，施其山抢先说，我是来送本体班的技改方案的，没什么事我先走了。说罢放下一沓文件，也没理邵振军，转身就走了。

他是陈铁花的对象吗？邵振军又问。

吹了。施玄山说。

为啥？邵振军说。

因为陈铁花是尤大海的徒弟嘛！施玄山说。

你这个主任是怎么当的，怎么能让她跟尤大海学徒？好好一个姑娘，把名声都弄坏了。邵振军说。

一个愿学，一个愿教，我有什么办法。施玄山说。

别忘了你是主任，你不管这件事，你是失职的。邵振军说。

尤大海那么牛的人，我怎么管得了？况且，他是您费了九牛二虎之力才请来的呀！施玄山说。

话出口，施玄山自己都有些吃惊，他怎么能这样顶撞、抢白厂长呢！他吐了一下舌头，用怯怯的眼光看着邵振军。施玄山这句话显然触碰了邵振军的痛处，他拧起眉头恶狠狠地盯着施玄山，好半天没吭声。自己三顾而得的尤大海，竟然毁了一个好姑娘，而且这个姑娘是有可能成为自己老婆的。这么一想，他就有了如吞苍蝇的感觉。

邵厂长，对不起，我刚才说的话没别的意思。其实，尤大海的作用还是相当大的，比如这次技改，要是没他，恐怕是不成的。施玄山说。

邵振军又说了几句自己后来都记不起来的话，就告辞了。他本来还想说一说有关技改的事，但没了那份心情，想说也说不出了。

这天晚上，躺在冰凉的被窝里，邵振军无可奈何地失眠了。他想起了死去的老婆，要不是总吃药，她怎么能死得那么早？早知如此，还要什么孩子？如果说尤大海没孩子是老天惩罚他好色，那么他自己呢？他错在哪里？老天为什么要惩罚他呢？想完老婆又想莫静，对莫静，他有种从来没有过的感觉，那是种非常美妙的能令他浑身酥软的感觉。莫静是个高贵的女子，在他的眼里几乎是神圣不可侵犯的，她拒绝了他，他竟觉得这是一件自然而然的事。陈铁花呢？这个女孩只是一掠而过，想一想也就不想了。

木梳丢了

陈铁花学会了直大轴。

这是件大事情，无论是对陈铁花，还是对尤大海，还是对长门厂，都算得上是一件大事情。因为有了这个手艺，陈铁花的技术能力完全可以脱胎换骨，傲视同行。

但也如人们相传的那样，陈铁花的名声坏了。在长门厂，一些难听的议论随着她技术水平的增长而增长着。有人替陈铁花惋惜，说那么一个好姑娘，跟了尤大海真是可惜了，仅仅为学手艺，值得吗？也有人干脆把矛头直接指

向陈铁花，说这个姑娘也不是什么好货，对象都跟她吹了，就足以说明问题，而她主动找尤大海做徒弟，就是投怀送抱，她和尤大海的事情，谁主动的还真说不清呢！

那还是两性关系相当保守的时代，尽管陈铁花是一条道跑到黑的性格，但还是觉得自己肮脏透顶了。为了这件事，她把自己关起来，哭过，骂过，洗澡洗到皮肉破损、血迹斑斑。有相当长的一段时间，她出去见人，都是红着脸低着头的。事情过去好长时间后，她仍觉得这件事像一场噩梦。

随着名声变坏，陈铁花的处境显得越来越孤立。首先是施其山，为了躲开她，竟主动要求调离本体班，甚至调离汽机分厂。要不是他哥哥施玄山阻拦，他就去了厂生产技术科。那个年代大学生奇缺，他是各个科室抢着要的人呢！有好几次，陈铁花主动和施其山搭话，众目睽睽之下，他一声未答，像躲瘟疫似的赶紧躲开了她。其次是同班组的人，尤其是女工们不爱搭理她了，连同寝室的章玉闻和王丽华对她都敬而远之。对此，陈铁花有点儿失落，有点儿无助，有点儿疼痛，但却没有后悔，也不为所动，依然固执地一心跟尤大海学手艺，直到直轴的技艺娴熟。和尤大海断绝来往后，陈铁花躲在没人处大哭了一场，然后悄悄把那条染了血迹的白裙子扔进了垃圾箱。

又一个春天来临，树叶绿了，桃花开了，长门厂的大烟筒上黑烟滚滚，厂房后面松软的黑土地里挤出了嫩绿的小苗。这是一个至关重要的春天，从这个春天开始，全国人民已经开始吃饱肚子了。对于陈铁花来说，从这个春天开始，她将面临一个新的选择，那就是婚姻，它将是一个不可或缺的路标，在前面不远的路口等着她。也是从这个春天开始，长门厂大踏步地走上了发电机组的达标之路。

阳春三月，施其山结婚了，新娘当然不是陈铁花，而是本体班的女工王丽华。陈铁花不知道他们是怎么好上的，在她看来，他们的婚姻似乎没有任何预兆，没见他们怎么来往，婚礼的请柬就已经送到一些人的手里了。本体班的人都去参加婚礼了，陈铁花本想不去，但还是忍不住去了。六十年代的婚礼简单而又热闹，施玄山代表分厂讲了话，大家起哄要新人坦白恋爱经过，施其山只是笑，一个字都不讲，最后还是王丽华开了口。她说我们虽然文化程度不同，但却有共同语言，都对美好的未来充满信心。洪天良在人群中大喊道，别扯没用的，讲一讲你们是谁先追谁的吧！大家立即响应，都逼着她讲。王丽华红了脸，好半天才挤出一句，是我先追他的。周围立即炸开一片笑声。

找个空隙，陈铁花凑近施其山，压住复杂的心情说，祝贺你！施其山咧了咧嘴，低声说，我常想烤土豆的味道，真是香，怕是再也吃不到了。陈铁花说，灾年过去了，土豆多着呢，如果你想吃，我还请你。施其山摇摇头说，怕是烤不出当初的味道了。陈铁花一时语塞，沉默片刻，再想说什么的时候，王丽华挤过来，一把将施其山拉走了。

婚后，施其山就调出了本体班，调出了汽机分厂，到厂生产技术科去了。

随着年龄的增长，随着同龄人一个又一个结婚，陈铁花越来越感受到了一种压力，这压力有来自父母的，有来自外界的，也有来自自己心里的。这个春天，一向爱说爱笑的陈铁花变得有些沉默寡言，在宿舍里，有时居然还没有莫静说的话多。

父母一直在催陈铁花搞对象，但父母又爱莫能助，他们所能接触的都是村人，已经成为厂人的陈铁花，显然是不能找村人做丈夫的，这一点父母甚至比她还清楚。找工人，陈铁花的接触范围只是一个长门厂，可是她的名声坏了，已经没有一个小伙子肯追她了，甚至也没有一个热心的红娘给她牵线。陈铁花对此也发了愁。

有一天早晨，莫静在窗前梳头，陈铁花则坐在自己的床上梳头，晨光从玻璃窗射进来，晃得人有些睁不开眼睛。屋子里很静，这一年这个房间只剩下她们两个人居住了，王丽华率先结婚搬了出去，接着是章玉闻，也赶紧找了对象结婚搬出去了。两个人都专心梳头，好半天不说话。最后，还是陈铁花沉不住气，打破寂静开了口。

莫静，你想结婚吗？陈铁花说。

想。莫静说。

跟谁？陈铁花说。

我也不知道跟谁。莫静说。

追你的小伙子不是很多吗？陈铁花说。

可我一个也看不上。莫静说。

你究竟能看上什么样的？陈铁花说。

莫静不吭声了，放下自己那把牛角梳子，开始穿外衣。陈铁花也放下木梳，跟着她一起穿外衣。光线更加强烈，离上班时间越来越近了。就在要出门的时候，陈铁花突然又说，我总觉得你是在恋爱。莫静没接茬，继续要往外走。陈铁花又说，那晚和你拥抱的人一定不是邵厂长。莫静停下脚步，直愣愣地看着她，那双水汪汪的大眼睛里有一种茫然，也有一种尖锐。莫静终于开口说，你说得没错，那个人的确不是邵厂长。陈铁花说，那是谁？莫静摇摇头，走了。陈铁花想，这个女子不简单，她的想法不会和我一样的。

厂里的确有很多年轻人在追莫静，莫静长得好，是长门厂最出众的姑娘，没人追她才不正常呢！在这些追求者中，她究竟看上的是谁呢？她越不说，陈铁花就越好奇，观察了一段，发现莫静的确有些行踪诡秘，可那个人她却一直没有看见过正面。

陈铁花和莫静的关系一直不错，很多人不愿搭理陈铁花了，而莫静依然如故，和她相处融洽。两个人在很多事情上是彼此相帮的，莫静不会干粗活，打扫房间、搬搬东西的活就都由陈铁花承包了。两个人偶尔也在房间里开一下伙，主要工作也都由陈铁花来做，淘米做饭，洗菜下锅，都不用莫静下手，顶多让她打一打下手，递个刀、勺什么的。有一次，陈铁花从家里带来一只鸡，居然是活的，要当场杀给莫静看，吓得莫静一迭声叫苦。陈铁花威风凛凛地拎着那只鸡，将它的头后仰到极限，然后利落地拔去喉头上的羽毛，用一个男人刮胡子用的小小的薄刀片，只一下，那鸡叫也没叫，就一命呜呼了。陈铁花在电炉子上坐了一口小铁锅，把收拾好的鸡浸没在水中，再放些作料，就等着开锅了。陈铁花不会干细活，比如改一改工作服啦，补一补衬衣啦，全由莫静代劳。两个人也都很关心对方，只是彼此的婚姻问题都很棘手，也都帮不上对方。

替对方担心只能是一阵,过去了也就过去了,自己的事还担心不过来呢! 这年春天快要过去的时候,有人开始给陈铁花介绍对象了,第一个想帮她的人,居然是尤大海。

我用不着你操心。陈铁花说。

你是因为我才耽误了搞对象,我再没心没肺,也该替你着想一下。我是托外厂的朋友找的,据说这小伙子不错,是石油系统的一名技术尖子,年纪轻轻已经是四级工了。尤大海说。

八级工我也不干。陈铁花说。

为什么?尤大海说。

我不想让你做这个介绍人。陈铁花说。

你这是跟我较劲呢!我是占了你的便宜,可我也把直大轴的绝技教给你了,两下扯平了嘛!尤大海说。

还是相一相吧!尤大海又说。

不相。陈铁花说。

陈铁花不容尤大海多说,就躲开他了。其实,她并不十分反感尤大海,有的时候她竟然觉得尤大海是个不错的人,除了好色,没什么坏心眼。尤大海身上有一种很珍贵的东西,那是一种气场,看不见,摸不着,却又真真切切地存在,它有关手艺,有关执着,也有关一些说不清道不明的东西。但自己的贞操毕竟坏在他的手里,对象由他来介绍,陈铁花怎么想怎么也接受不了。

时隔不久,又有人给她介绍对象了,这个人是施玄山。陈铁花一直认为施玄山是个难得的好人,他没有因为她和施其山的关系破裂而责怪她、整治她,相反,在她最需要帮助的时候,向她伸出了援助之手。施玄山给陈铁花介绍的是个叫于志刚的小伙子,大陈铁花四岁,在当时算得上是大龄青年了,是铁合金厂的一名工人,人长得绝对说得过去,大身板,四方大脸,只是人有些蔫,在人堆里显得有些木讷。因为翻砂工技术含量低,在那个崇尚技术

的时代就显得很边缘，在一定程度上也影响了他的择偶。施玄山说，我觉得这个人老实厚道，挺适合做丈夫的，成家后你当家，他听你指挥，小日子过得不会错。陈铁花没有矜持，想都没想就同意见面了。

　　见面时间定在周末的下午。吃过中午饭，陈铁花把辫子散开，准备梳一梳头发，不管怎么说，这都是件大事，她没有不重视一些的理由。可当她找木梳的时候，那把她心爱的掉了几个齿的木梳却不见了，找遍了整个房间，也没有找到。早晨她还用它梳过头发，它能到哪里去呢？她不免焦躁，把被子和床垫都翻开了，还是没找到。无奈，她只好用了莫静的牛角梳草草地梳了头。

夜色温柔

　　回想自己的婚姻，陈铁花的感觉是迷茫的，说不上幸福，也说不上不幸福。世界上总有许多东西无法言说，也无法改变。

　　陈铁花和于志刚从确定关系到结婚，总共只花了三个月的时间，可以说是闪婚。新婚之夜，一对新人行过房后，陈铁花推说要上厕所，从床上爬起来，披了件衣服，独自一人来到了院子里。月色清凉，月光泻了一院子，连角落都照得清晰，回头看一看陌生的房子，陈铁花不无疑惑地想，这就是我的家吗？她无力回答，突感一阵迷眩，也就在这个时候，一个外形模糊、质感却非常真切的朋友蓦然出现在她的面前，与她做了一番无声的交谈。

　　朋友说，你本来是一个不错的姑娘，如果你选择另一条路，你会很幸福的。

　　陈铁花说，我能选择什么道路呢？

　　朋友说，如果你不和尤大海学徒，不和他纠缠不清，你的名声就不会坏，就会找到一个理想的新郎。

　　陈铁花说，我不也有新郎了吗？

　　朋友说，他是你真正喜欢的人吗？

　　陈铁花说，我真正喜欢的人是谁呢？

朋友说，这倒真是个难以回答的问题。

陈铁花说，我很累，我也懒得回答这样的问题。

朋友说，问题摆在面前，你是没办法回避的。

陈铁花说，都是为了学手艺嘛，手艺是一个工人的尊严呀！

朋友说，那么，一个人的尊严要不要了？

陈铁花没吭声。

朋友说，你首先是人，其次才是工人。

陈铁花说，不，我是人，也是工人，两者没有主次之分。

朋友说，这么做，值得吗？有的工人没有那么好的手艺，不照样活得挺滋润吗？

陈铁花说，人生一世，草木一秋，如果能做大树，我不想做小草。再说，学手艺也是为了国家建设。

朋友说，树大招风。

陈铁花说，我累了，我不想再谈了。

陈铁花闭上眼睛，觉得有泪水从眼角溢出来，她咬住下唇，努力不让自己发出抽泣之声。片刻，她突然冲着朋友怒吼道，你走吧，我用不着你管！朋友瞬间消失，接着，起风了，夜风如水，凉飕飕地漫到胸口，她打了个寒战，然后毅然回屋。

陈铁花婚后的生活平淡而又充实，由于不再和尤大海私下来往，人们对她的看法也逐渐趋于好转。陈铁花的性格也渐渐回归，开始不吝啬笑声了。本体班的休息室里常常爆炸般响起一阵大笑，那笑声来得快去得快，令人惊诧却又几近透明。这是一个令人难以捉摸的过程，也是一个几乎不留痕迹的过程，对于这种转变，人们和陈铁花自己一样，都是被动的，一切都是水到渠成。

婚后，陈铁花在形象上也有了明显的变化。首先是她把辫子剪了，和大多数女工一样，剪成了齐耳短发。剪发，对陈铁花来说也应该是件大事，她那么喜欢自己的头发，怎么说剪就剪了呢？身边很多人问她为什么会剪发，

仅仅因为成了别人的老婆？陈铁花笑道，我也不知道。这是她的真心话，剪发其实是一念之间的事，有那么一个毫无预兆的瞬间，这个念头说诞生就诞生了，心爱的木梳都丢了，还留这么长的头发做什么？她没再多想，走出家门就奔了一家理发店。

其次，陈铁花胖了，一是怀孕使然，二是国家经济好转，肚子能够吃得很饱了。陈铁花的身体属于给点儿阳光就灿烂的那种，不藏掖，能够充分体现社会主义的优越性。人一胖体形就变得笨拙，好在她的一张圆脸依然顺眼，能很好地调节人们的视觉。

对陈铁花的这种变化，丈夫于志刚显得有些麻木。陈铁花问他胖了是好看还是难看，他说，不好看也不难看，没说一样。陈铁花用一根手指狠狠戳了一下他的头，轻轻骂了他一句，笨蛋！

陈铁花依然时常去找莫静聊天。陈铁花一出嫁，宿舍那个房间就只剩下莫静一个人居住了。陈铁花来到宿舍仍和过去一样，视这里为家，她一仰身，仰面朝天往过去自己的那张床上一躺，就和莫静聊开了。

咱们宿舍这四个人，现在可就剩你一个了，赶紧找一个嫁了吧。陈铁花说。

如果嫁一个自己不喜欢的，还不如不嫁。莫静说。

你的个性就是太强了。陈铁花说。

陈铁花在莫静这里总是待到很晚，她说以后这间屋再进人，就没有这么方便了。莫静也没有什么朋友，陈铁花就是她最能说心里话的人了，她对陈铁花当然是持欢迎态度的。两个人在一起，话多的当然是陈铁花，她东家长西家短，聊什么都是好兴致。莫静本来话就不多，只有她感兴趣的话题，才会滔滔不绝。其实，莫静对话题是很挑剔的，扯闲篇不是她的爱好和特长，只有牵扯到爱情及一些带有浪漫色彩的话题，才可能触动她敏感的神经。但只要涉及自己的实际问题，比如正在和谁恋爱，她就又藏头避尾，闪烁其词了。有一天晚上，陈铁花谈兴很浓，嘴像连珠炮似的说个没完，有些坐立不安的莫静突然打断她的话，说，我晚上有点儿事，你先回去吧，明天再来好不好？陈铁花盯着她的眼睛问，是不是有约会？莫静点点头说，就算吧。陈铁花问，他是谁？莫静摇摇头说，你别问了，要是能告诉你，我不会不说的。陈铁花嘴一撇说，恋爱是件正大光明的事，至于躲躲闪闪吗？莫静沉下脸，不吭声了。

陈铁花走出宿舍大门的时候，本想躲在门口的大树背后看一看究竟谁会来找莫静，但这个念头很快就消失了，她实在没那么大的耐性等待，还是回家早早睡觉去吧。

翌日晚上，陈铁花又忍不住去找莫静，一进屋，她就扯开大嗓门问，昨天的约会怎么样？莫静说，别瞎说，小点儿声，让人听见不好。陈铁花说，搞对象谈恋爱，天经地义嘛，有什么好不好的。莫静说，我不跟你争论，今天我带你去串个门好不好？陈铁花笑道，你不是爱串门的人呀，我家你都不去，你能去谁家呀？莫静说，孟良林。陈铁花觉得意外，问，为什么？莫静说，我想叫你开开眼，让你看看什么是生活品位。陈铁花又问，你跟他熟吗？莫静没有正面回答，而是说，他的学问大，我只是偶尔去向他请教。陈铁花说，莫非你也和我一样，为了学手艺就……自觉失言，赶紧刹住闸。

陈铁花本来就喜欢串门，莫静主动张罗，她当然没有不去的理由。不大的长门，十几分钟也就到了，孟良林和他的老婆孟阿姨热情地接待了她们。叫孟阿姨，其实她才三十多岁，但不叫阿姨叫姐姐又有点儿不恭，就只好叫阿姨了。孟良林的儿子才三岁，长得白白净净，招人喜欢。莫静和陈铁花跟小孩子逗着玩了一会儿，才进屋落座。孟良林家是五间房子，比邵振军家还多两间。令陈铁花惊讶的不是房间多，而是陈设。与陈铁花的家比，或者与其他职工的家甚至邵振军的家相比，这里简直是另一个世界。有专门做客厅的房间，还有专门做餐厅的房间，当然还有卧室、书房。客厅里有黄色的藤椅，有玻璃茶几。藤椅产于南国，在东北是很少见的。餐厅里有条形的餐桌，不像普通家庭的餐桌是圆形的。隔开厨房和餐厅的居然不是砖墙而是落地的玻璃，透过擦得锃亮的玻璃，可以看见院子里的花草。书房也令陈铁花大开眼界，靠墙的都是紫檀色的书柜，里面摆满了砖头似的书籍和精巧的古玩，写字台上的台灯蒙着绿绸子灯罩，灯光梦幻般柔和。陈铁花想，这大概就是

资产阶级吧！

真是开眼呀！陈铁花说。

陈铁花和莫静在藤椅上落座，陈铁花的屁股是轻轻放下去的，她有些怕自己把它坐垮。这么一个藤条编制的东西，能结实吗？屁股坐实了，椅子却发出咯吱咯吱的声响，令人担心。阿姨给她俩沏了茶，陪她俩聊天。孟良林和她们打过招呼，就钻进书房看书去了。陈铁花说，孟总晚上在家还读书呀？阿姨说，厂里不正在技改嘛，他不忙是不行的。过了一会儿，孟良林又走了出来，对莫静说，有一张水系统图需要标注，我忙不过来，小莫你帮帮我怎么样？莫静说没问题，就跟着孟良林进了书房。书房的门始终开着，陈铁花和阿姨聊天的时候，是可以看见里面的一切的。

阿姨穿着浅黄色的条纹睡衣，这还是陈铁花第一次看见有人穿睡衣。要不是亲眼所见，她真不敢相信在这个住宅区居然会有这样一个家庭。聊了大约有两个小时，莫静才离开写字台，走出书房。告辞出来，陈铁花小声问道，你不会和孟总有什么问题吧？莫静举手打了她一下，嗔怪道，别瞎说，我们只是师生关系。

雄性的轴

陈铁花被一阵震耳的响声惊醒。她睁开眼睛，发现天还黑着，声音是从窗户那边传来的，有人正恶狠狠地在外面敲窗户。她怒吼一声，谁呀？外面答道，是我，大洪，六号机组出事故停机了，班长叫咱们都到现场去。陈铁花迷迷糊糊，本想骂洪天良两句，但一听出事故，怒气就倏地散了，一种莫名的兴奋袭上心头。她一骨碌从炕上爬起来，一边飞快地穿衣服，一边看了一眼柜子上的钟。屋子里黑漆漆的，奇怪的是，她居然很清楚地看到了指针，此时正是凌晨三点钟。

也被惊醒的于志刚打开电灯，他揉着惺忪的睡眼说，你是怀孕的人，动作要轻一点儿。陈铁花这才意识到自己的肚子，稍稍放慢速度，把衣服穿好。于志刚又说，你不去不行吗？陈铁花很坚决地说，不行，事故就是命令，大洪都通知我了，我怎么能不去呢？

陈铁花拿了个手电筒出了家门，圆形的亮光牵引着她飞快地走，只一瞬间，她又忘了自己是个孕妇。身边不断响起杂乱的脚步声，也就是说，在通向厂房的这条路上，人是越走越多的。陈铁花走在其中，有些焦虑，也有些兴奋。出了事故，国家财产就将受到损失，按理说，她焦虑是可以理解的，兴奋却是不应该的。她也知道这么一个理，可就是按捺不住这种心情，出事故了，就该是检修工大显身手的时候，她学手艺为的什么？就是为了这个时候嘛！

陈铁花赶到事故现场的时候，那里已经聚集了不少人，邵振军和孟良林都来了。施玄山在人群中找到崔大力说，现在还用不上这么多人，把你的人都叫回到班组待命吧。崔大力挠挠头皮，极不情愿地带上几十号人撤出了现场。

等大家真正干上活，已经是八点钟以后了。也就是说，那么早赶来，纯粹成了精神上的重视。八点钟，厂办会议室开了一个有关事故的会，邵振军亲自主持，有关人员四十多人参加，把小小的会议室挤得满满登登。

生产科科长首先通报事故调查情况：据目前的检查结果，事故是十分严重的，汽轮机的大轴受损弯曲了。会议室鸦雀无声，每一张脸都迅速蒙上了一层乌云，大轴弯曲属于重大事故，轻了可以校直，重了可就报废了。邵振军问，程度怎么样？能不能直过来？生产科科长说，万幸的是，弯曲程度并不太高，还是可以直的。邵振军长出一口气，生产科科长刚刚讲完，他就接过话茬说，技术改造已经搞了这么长时间，轮到动真格的怎么还不行呢？众人都瞪大眼睛看着他，没人敢吭声。邵振军接着说，这说明什么？说明我们的责任心不强，我们的技术水平还差得远呢！看来，技改工作要加快脚步了，再不能像小脚女人走路似的，慢慢腾腾的了。

谁还有要说的？邵振军问。

众人你看看我，我看看你，都没有要发言的意思。邵振军皱紧了眉头，只好亲自点将。他看了看身边的孟良林说，孟总工程师，你说说看法吧！孟良林迟疑片刻，清了一下嗓子，开始发言。

虽然事故原因还没有最终定性，但很明显，事故是机组达标试验的结果，我们是改进了设备，可它依然带不动我们指望它带的负荷。我们厂的机组这些年几乎都没带过满负荷，突然让它带了，它自然就受不了了，就像一个只能背一百斤行走的汉子，你非要他背一百五十斤行走，走不多远他就会摔倒的。孟良林说。

你的意思是，我们搞达标是错误的？邵振军问。

达标的目标没有错，错的是我们操之过急了。机器和人一样，是逼强不得的。所以，我建议，我们还是该量力而行，以前带多少负荷，以后还带多少吧。孟良林说。

这不行，这和多快好省地建设社会主义的精神是相违背的，呛了一口水，以后就不喝水了？知道我们的国家现在是多么缺电吗？有的工厂就因为缺电，不能让所有的机器都运转；有的建设项目也因为缺电，不能立即上马。我们许多城市和地区都在限时供电呢！邵振军说。

会场气氛有些紧张，孟良林和邵振军的脸色都相当难看。对邵振军的达标构想，孟良林一直是不太赞成的，但有上级领导的支持，有大多数职工的支持，邵振军的气势不可阻挡。孟良林提过几次反对意见，没被采纳，也就不提了，也全身心投入技改工作中来。对此，邵振军是满意的，没想到，出了事故，他竟又把以往的论调搬了出来。邵振军相当反感，提高声音说，什么困难也难不住我们共产党人！

我是党外人士，但我拥护党的领导，我也是以党和人民的利益为重来考虑问题的。从科学的眼光看，少发一些电是亏了，但能保持一个平稳的状态，那就是效益，就是划算的。孟良林说。

邵振军的脸色越来越难看，他没想到，在这次会议上，孟良林竟然把矛头指向了他。当初是他排除一切阻力硬把孟良林调过来的，谁会想到眼前出现这种局面呢！孟良林是发电生产方面的专家，他反对搞达标，这达标的困难就会更大。

刘斌挺身而出，开始向孟良林发难。刘斌说，你这种保守的思想要不得，这种思想是社会主义建设的敌人。当然了，你有这种思想也不奇怪，这说明你身上的资产阶级余毒还没有肃清。孟良林坐不住了，他站起身来冲着刘斌吼道，你不要上纲上线好不好？我是就事论事，谈的是生产。刘斌也站起身来说，生产离不开政治，思想问题不解决，生产就搞不上去。两个人把音量都放到最高的时候，邵振军猛地一拍桌子，一下子把他们都给镇住了。

邵振军说，都不要吵了，有不同意见可以以后交流，不要忘了摆在眼前的问题是大轴弯了，要尽快确定检修方案，让六号机组尽快恢复发电。

孟良林说，首先应该确定的是直大轴的人选。

邵振军说，施玄山，你说说，该由谁来直大轴？

施玄山说，当然是尤大海了。

邵振军说，看来，我费尽心机调来的人才要真正发挥作用了。

邵振军扭头看了看孟良林，目光中的意思既复杂又简单。孟良林没有接他的目光，把头低下了。

散会后，施玄山疾步往回赶，他本想去找尤大海，还没到地方呢，就被陈铁花拦住了去路。陈铁花挺着已经显怀的肚子，眼睛亮亮的，盯着他说，我等你好一阵了。施玄山说，有事快说，我还有很急的工作要做呢！陈铁花说，我找你也是为了工作，我是来请战的，我要直大轴。施玄山瞪大眼睛说，就你，直大轴？陈铁花梗着脖子说，我怎么了？你应该知道呀，咱厂不是只有尤大海一个人会直轴。施玄山说，我没说你不会直轴，但直轴太重要了，只能让最有把握的人去直。施玄山想绕开陈铁花走，他刚往左边挪一步，陈铁花也往左边挪了一步，把路又给堵上了。

你别争了，厂里已经决定了，由尤大海来直轴。施玄山说。

总让他一个人直，他要是死了呢？陈铁花说。

那时候就轮到你了，等着吧。施玄山说。

陈铁花气得狠狠地跺了一下脚，震得肚子剧烈地疼痛了一下，这才想起腹中胎儿。她知道争也没用，就瞪了施玄山一眼，赌气走了。施玄山也不想去找尤大海了，他冲着陈铁花的后背喊，你赶紧去叫尤大海，让他立即到我的办公室来。

陈铁花心情沮丧，但她还是按着施玄山的吩咐去了尤大海的那间屋子。她冲着正斜靠在小床上的尤大海嚷道，都什么时候了，全厂都沸腾了，你却躲在这儿享清净！尤大海斜了陈铁花一眼，懒洋洋地说，有福之人不用忙，没福之人跑断肠。陈铁花说，你说这话是什么意思？尤大海说，没什么意思，到时候你就明白了。陈铁花说，我可没工夫和你磨牙，施主任叫你去呢！尤大海一下子跳了起来，得意地说，是不是厂里把直轴的任务又交给我了？陈铁花用鼻子哼了一声，说，知道还问？尤大海围着陈铁花转了一圈，说，你是不是要求直轴去了，领导怎没把这活交给你呀？陈铁花没好气地说，有你在，轮得到我吗？尤大海哈哈大笑，笑够了，盯住陈铁花的眼睛说，陈铁花，我实话跟你说吧，你可以学刮瓦，可以学找平衡，唯独不该学直大轴。陈铁花问，为啥？尤大海说，设备也是有雌雄的，大轴就是雄性的，只能由男人来摆弄。自从有了发电厂，还没听说有女人直过大轴。

呸！陈铁花恶狠狠地吐了口吐沫，总有一天，我会直一根大轴给你看看。

工作与婚姻

因为六号机组的事故，刚刚开始的达标试验被迫停了下来。邵振军勇敢地承担了责任，在有网局领导参加的全厂干部会上，他做了检讨。说到动情处，他声泪俱下，一肚子的壮志未酬全涌出来了。

虽然暂时不搞达标了，不带满负荷了，但技改工作并没有停止。邵振军发誓要用两年时间，把所有的设备都改造到能够适应带满负荷的标准。他又一次把计划报到网局，经过激烈的争论，他的计划在网局的党委会上通过了。

　　大年三十，天下雪了，东北的冬天下雪是常事，但邵振军还是感觉这天的雪太大了，每朵雪花都有铜钱那么大。天也冷得出奇，呼出的哈气与冷空气相遇，仿佛能听到嘎巴嘎巴的冻结声，手在外面几秒钟，马上就冻得不听使唤了。这天上午，他带着厂党委的人走访了劳动模范和一些技术权威的家，孟良林的家当然也是要去的。对孟家的奢华，职工们是有很多议论的，因为孟良林是党外人士，邵振军对他一直是宽容的，从没对他的生活问题品头论足。邵振军也不止一次到过他家，甚至还在他家吃过一次饭，对他的生活也流露出过羡慕，但不知为什么，这天走访的时候，邵振军的心里却生出一种很难忍受的反感来。告辞出来后，邵振军把孟良林叫到没人处，低声说，生活上还是俭朴一些好，免得职工们在背后议论。孟良林的脸色立马难看起来，反驳说，别人是不应该干涉我的私生活的。邵振军说，什么私生活？我们是社会主义国家，别提资产阶级的那些论调了。

　　下午，邵振军去现场看望了节日里继续工作的职工们，直到快吃晚饭的时间，这一天的忙碌才算结束。他往家里走的时候，刘斌追上他说，邵厂长，要不您到我家吃饭吧。邵振军连连摆手说，那样你过不好年，我也过不好年，还是回自己家舒坦。刘斌做出一副很内疚的样子说，都怪我，选错了莫静这个对象，把您的大事都耽误了。邵振军说，事情都过去了，还提它做啥？！刘斌试探着说，我又给您物色了一个，是热工分厂的……邵振军打断他的话说，别物色了，搞了莫静这一个，我就感到累了，还是歇一歇再说吧。刘斌见状，当然不敢多说了。

　　晚上，雪越下越大，因为暖气烧得好，屋子里温暖如春。邵振军一个人听了一阵收音机，觉得有些饿了，就走到厨房找吃的。厨房和卧室温差太大了，锅灶凉得冰手，揭开锅盖，剩饭已经结了一层薄冰。无奈，他只好找了根香肠，回屋将就着吃。

　　这种时候，他是没法不想到女人的。凭他的身份，厂里本来要给他配保姆，被他拒绝了，他总觉得那样就和孟良林差不多了，不像一个共产党员了。天色渐渐暗下来，外面已经响起了零零星星的鞭炮声，他站到窗前想看一看

外面，但玻璃上的霜花太厚了，他什么也看不见。他坐回到床上，想了一会儿莫静，又想了想陈铁花，似觉不妥，就努力着不想，去想另外的什么女人。也许真的该听一听刘斌的了，找一个能过日子的人结婚，总比找个保姆要好得多。

这个人在哪里呢？邵振军长长地叹了口气。

伤感的情绪没有延续多久，他就又回到了亢奋的状态。这种状态的邵振军才是真正的邵振军。大年初五，很多职工提前上班了，为的是参加青工技术比武的表彰会。邵振军在大会上慷慨陈词，号召全体职工要多学习、多练功，要人人为长门厂的技改出力。邵振军讲完了，由孟良林宣布比武结果。当念到第一名是女工陈铁花时，邵振军的心猛地动了一下，心想这个丫头真是厉害，天生就是一个学手艺的料，如果不让她跟尤大海学徒，或许真是一件很遗憾的事呢！当初如果不是顾及她的名声，说不定她已经成为自己的老婆了……直到主持人请他给比武状元颁奖，他才回过神来，带着笑脸走到已经披红戴花的陈铁花跟前，和她热烈握手，把大红的奖状交到她的手上。

你好厉害！邵振军说。

陈铁花只嘿嘿地笑。

连男工都败给你，真是巾帼不让须眉了。邵振军说。

陈铁花还是嘿嘿地笑。

对大家说几句感言吧。邵振军说。

陈铁花这才收住笑，开口说，能得比武状元，我要感谢我师傅尤大海，没有他，我的手艺不会进步这么快。说罢，她飞快地扫了一眼台下的尤大海，尤大海一脸的得意，嘴咧得开了瓢。

颁奖结束后，本体班的一帮年轻人把陈铁花团团围住，嚷着要她请客。陈铁花是全厂的比武状元，按规定，是要涨两级工资的，也就是说，刚刚评上二级工的她已经一跃成为四级工了。这可是一般的工人四十几岁才有的级别，人们羡慕得眼睛都红了。

还是二级工的洪天良在一旁酸溜溜地说，我要是女的就好了，师傅也就能多教我点儿本领了。陈铁花听得不是滋味，分开人群走到洪天良跟前，厉声问道，你这话是什么意思？洪天良说，没啥意思，我就觉得自己是男的，亏得慌！陈铁花说，这和男女有啥关系？你要是不服气，咱们可以比试比试。洪天良说，你是装糊涂呀还是没听明白？我为什么比不过你，还不是因为我是男的。如果我是女的，我的本领一定会比现在强得多，这状元也就不会是你了。陈铁花说，你要是女的，这状元也不见得是你。两个人越说越激动，也越凑越近，几乎鼻尖挨鼻尖了。洪天良说，如果我是女的，也把衣服一脱，什么绝技学不到手呀！陈铁花甩手给了他一个耳光，要不是众人拉得快，两个人就扭打成一团了。

回到家，陈铁花的气还没消，她把奖状往炕上一撂，就一屁股坐到炕边上。由于没找正位置，她的屁股一下子坐在了才几个月的女儿的小脚上，女儿疼得哇的一下大哭起来。正忙着做饭的于志刚赶紧冲进屋来，把女儿抢在怀里。

你怎么不注意呀？于志刚一边颠着女儿在屋里来回走，一边埋怨。于志刚是不轻易埋怨人的，既然埋怨了，那说明对方一定是做得太过火了。陈铁花也心疼女儿，她跟在于志刚的身后走，探着脑袋逗女儿。女儿终于不哭了，她才向于志刚解释说，都是叫那个大洪给我气的，我当了状元，他嫉妒。你猜他跟我说些什么？他说他要是女的就好了，衣服一脱，尤大海也会多教他本事了。说到这里自觉失言，立即闭了嘴，她发现于志刚虽然不说话，但眼神直直的，脸憋得铁青。

这一天，于志刚一直保持着这种脸色，吃晚饭的时候一句话不说，只顾闷头吃饭。陈铁花见他不说话，自己也就不说话，反正她心正烦着呢！于志刚本来话就少，他不说话陈铁花也没觉得缺什么，她胡乱吃了饭，就去奶孩子。她一边奶一边想着夺状元的事。参赛的青工里不乏高手，比如这个可气的洪天良就是一把好手，要不是她表演了高难度的找平衡，是很难技压群芳的。虽同为尤大海的徒弟，真正学到三大绝技的却只有陈铁花一个人，据说崔大力学到了刮瓦和找平衡，而洪天良只学到了刮瓦。对尤大海的保守，洪

天良是不敢提意见的，就是不学绝技，他的手艺也已经达到傲视群雄的程度，只是跟陈铁花比，他的心里才会不平衡，才怨恨自己不是女人。洪天良的话还是刺激到了陈铁花，想一想自己做过的过格的事，一种负罪感令她的心隐隐作痛。

　　吃完饭的时候，于志刚终于忍无可忍开了口，说，我也听过一些流言，我只想问问你，那些话到底是不是真的？陈铁花迟疑一下，咬住牙说，不是真的。于志刚看她回答得十分坚决，也就不敢多问，出去洗碗去了。陈铁花清楚地知道，自己在这件事上撒谎是必要的，最起码这是善意的谎言，如果说出真相，对他们的婚姻只有坏处，不会有好处。

　　于志刚称得上是个模范丈夫，对于家里的活，他一直很主动。他干得多了，陈铁花自然就干得少了，久而久之，在家务活上也就养成了依赖性。只要有事，她就会毫不犹豫地把孩子交给于志刚，拔腿就走。

　　这天晚上，陈铁花又出了门，去找莫静。同龄的人都结婚了，莫静一个人住，家又在遥远的江苏，她一定是很寂寞的。东北的正月天冷得厉害，尤其到了晚上，温度就更加低，陈铁花穿得里三层、外三层，头上包着毛线编织的围巾，嘴和鼻子都蒙住了，只露出一双忽闪忽闪的眼睛。家属区的小道上灯光昏暗，很多人家已经熄了灯，早早钻进被窝充实业余生活了。外面几乎看不见行人，地上的积雪一副惨白相，和晚风一起给人一种更加冷的感觉。她拐过一条小道，能够看见宿舍那排房子的时候，加快了脚步。快进宿舍门时，冷不丁从一旁的大树下蹿出一个人来，把她吓了一跳。她停住脚步，这才看清来人是团委副书记葛洪波。

　　陈铁花同志，我想跟你说说话。葛洪波说。

　　陈铁花愣愣地看着他，不知道他要说什么，他的一双眼睛在暗光中闪烁，令人惊骇。

　　我有一件事想求你，是我个人的事，你知道的，我没有对象……葛洪波说。

　　可我已经结婚了。陈铁花说。

　　你别误会，我不是那个意思，我是想让你替我说句好话。葛洪波说。

跟谁说呀？陈铁花说。

莫静。葛洪波说。

莫静？陈铁花问。

葛洪波很认真地点了点头，脸上瞬间掠过一丝红晕。葛洪波是厂里知名度很高的年轻人，能当团委副书记当然不是平庸之辈。他还是个能言善辩之人，开会时不用讲稿，讲一两个小时还是意犹未尽。平时很难看见他有羞涩的表情，现在见他红了脸，陈铁花就知道他是真的喜欢上莫静了。也难怪，莫静是厂里公认的最漂亮的姑娘，英雄爱美女，也在情理之中嘛！陈铁花明知故问道，让我跟莫静说什么好话呀？葛洪波低下头说，我找过她，可她对我不冷不热，也许她不太了解我吧，其实我们还是很般配的。陈铁花也觉得他们挺般配，就点头同意替他说好话了。

陈铁花敲开了莫静宿舍的门，此时莫静已经脱了衣服准备睡觉了，她开门后想穿衣服，被陈铁花拦住了，就让陈铁花趴在被窝里和自己聊。陈铁花问她是不是还在恋爱，她点了点头后又摇了摇头，表情十分暧昧。陈铁花说，咱俩这么好的关系，你怎么不说实话呢？莫静说，这种事情，很难说清楚的。陈铁花说，我再问你一次，你究竟恋爱没恋爱？莫静这一回很肯定地摇了摇头。陈铁花说，既然如此，我给你介绍一个对象吧，他很优秀，是咱厂的团委副书记。莫静一下坐了起来，说，你别提他了，不可能的事。陈铁花问，为什么，他不是挺好的吗？莫静说，我对他没有感觉。陈铁花一把将莫静按回被窝，说，感觉是什么东西？太资产阶级了吧！大小姐，你已经不小了，再漂亮也该减减价了。莫静说，我就是不减，你能把我怎么着？陈铁花被她气笑了，说，我能把你怎么着？你不干，我又不能强迫你干，只是放弃葛洪波太可惜了。莫静说，宁缺毋滥，这就是我的恋爱原则。陈铁花说，读书人呀，实在难琢磨。

莫静岔开话题，祝贺陈铁花夺得了比武状元。陈铁花说，我就不瞒你了，我能夺这个状元全靠跟尤大海学徒，这是我用名声换来的状元，你说值得不值得？莫静说，我觉得不值得。陈铁花说，我也觉得你死守什么感觉，不赶

紧成家不值得。说到这里，陈铁花把脸挨近莫静的脸，低声问，你那个他到底是谁？

无可奉告！莫静说。

冷 水 沟

厂里从其他分厂抽调一批技术人员，充实到了汽机分厂，为的就是尽快搞达标。莫静因为是学热动的大学生，为了让她学有所用，邵振军一句话，把她也调到了汽机分厂。邵振军的意思是叫她做分厂里的专职技术员，但她不愿在分厂，自愿下到班组。施玄山问她想去哪个班组，她脱口说了本体班。就这样，莫静到本体班做了技术员。

陈铁花逗她，是不是投奔我来了？莫静说，也是，也不是。陈铁花问，怎么讲？莫静说，我当化验员好好的，本不想来汽机分厂，是厂里硬把我调来的，但到本体班我却是自愿的，和你在一起工作，能减少我的陌生感。陈铁花对莫静的到来十分兴奋，没事的时候就和她攀谈、疯笑。莫静嘴上与她搭讪，却常常心不在焉。相比之下，章玉闻对莫静的到来显得有些冷淡。住一个房间时，她就不喜欢莫静的性格，此时在同一个班组了，也是礼貌性地搭搭话而已，从不和她深谈。

到了本体班，莫静变得忧郁起来，本来她话就少，整天冷着脸，话就愈加少了。有人偷偷议论说，大姑娘寂寞，全是因为没有对象的原因。可有人发善心给她介绍，又无一例外地被她拒绝了。于是人们又偷偷议论，说她城府极深，谁也看不透她真正的心思是什么。

这一年春天，陈铁花入了党，还被评上了劳动模范，风光的日子到来了。这应该是陈铁花一生中最风光的一年。这一年里，她不但在政治上有所突破，还在生产中多次立功，多次被厂里委以重任。相比之下，莫静显得落寞多了，虽身为技术员，是班组的第二把手，但几乎没有谁把她当成二把手看待，技术上的事，也很少有人和她商量。该她管的，比如设备的图纸，她就管；不该她管的，她绝不多言多语。与班长崔大力的关系也是不冷不热，说话有一搭没一搭的，要不是有特殊情况，崔大力也不和她商量什么。大家扎堆说说笑笑，她就躲在一边，摆出一副事不关己之态。

陈铁花劝莫静随和一些，随境而安，要和大家打成一片嘛。莫静说，我最听不得的就是那些下流的荤话，你叫我和他们一起说那些话，还不如叫我去死。陈铁花说，别看他们嘴骚，其实心里都很敞亮。莫静变了声音说，你的意思是我的心里阴暗了？陈铁花说，瞧你说的，我能那么说你吗？这是你自己往自己的头上扣屎盆。陈铁花觉得莫静的性格变得越来越怪，而且易怒得很，和自己聊天，也会刁钻刻薄，容易动气。陈铁花想，自己是应该帮帮她了。

怎么帮呢？陈铁花心里一点儿谱也没有。她所能做的，只是主动多跟她说说话，以免她显得太孤立。

就在这一年的春天，莫静的名声开始变坏了。厂里不止一个人看见她曾和一个男人在厂房的“十四米处”约会。那是无事没人去的地方，横的竖的都是管道，而且光线昏暗。也正因为光线昏暗，才没看清那男的是谁。男的都穿着工作服，远看谁和谁都差不多。莫静就不一样了，她虽然也穿着工作服，但她的体形太与众不同，即使是宽大的工作服，也没法把她婀娜的体态成功掩盖。也是她太引人注意了，有她在，身边的人就不显眼了，就可以忽视了。对于这条消息，大家做了多种猜测，说什么的都有，但有一点是比较一致的，那就是他们不像搞对象。搞对象可以去俱乐部看电影，可以去街上散步，没必要往那种险要的地方钻。不是搞对象，一对男女躲到黑暗处又会干什么呢？这样推断下去的结果是很可怕的，陈铁花一听到这种议论，就立即告诉了莫静本人。

真的吗？陈铁花问。

真的又如何，假的又如何？莫静说。

那个人是谁？陈铁花说。

你别问了，我不会告诉你的。莫静说。

你可别乱来，还是好好找一个对象恋爱吧！陈铁花说。

谁能说我不是在恋爱呢？莫静说。

恋爱是光明正大的事，可你为什么不敢让人看见男的是谁？陈铁花说。

这是隐私，铁花，你别管了。莫静说。

我是为你好。陈铁花说。

为我好，你就别管了。莫静说。

有一天，章玉闻把陈铁花拉到没人的地方，一脸严肃地对她说，咱们得让莫静走正道呀！章玉闻在这一年进步也是奇快的，她和陈铁花一起入了党，还当上了本体班的党小组长，党内，她还是陈铁花的领导呢！

我们毕竟住过一个宿舍，不应该抛弃她。章玉闻说。

陈铁花没有吭声，不知为什么，她对章玉闻的这种关心有些反感，人家怎么了，不就是有过几次秘不告人的约会吗？因此就认为人家不走正道，这合适吗？

你知道不，那个男人是谁？章玉闻问。

不知道。陈铁花说。

他们好像不是正当地搞对象。章玉闻说。

没弄清真相之前，最好不要瞎说。陈铁花说。

我这可不是瞎说，我是代表党小组和你谈话。我想和你商量一下，对莫静我们要采取一些措施了。章玉闻说。

啥措施？陈铁花说。

盯梢。每天下班后，我们党小组几个人轮流盯着她，看她究竟和什么人来往。章玉闻说。

这不太好吧！陈铁花说。

我也知道这不太好，但为了挽救她，我们只能这样做。章玉闻说。

要做你去做，我可不做。陈铁花说。

别忘了你已经入党了。章玉闻说。

入党咋了？党员做事更得慎重。陈铁花说。

不容章玉闻再说什么，陈铁花转身躲开了她。陈铁花觉得章玉闻出此主意纯粹是为了自己进步，虽然陈铁花也想进步，但用这种方式进步，她怎么也做不到。

陈铁花会用什么方式进步呢？

这一年秋天，长门一带下了一场罕见的暴雨，电闪雷鸣，雨如瓢泼，仿佛把天下塌了。只几个小时，厂区里就水流成河，发狂的水流冲破了临时堆积的沙袋，涌进了厂房。就在雨下得最大的时候，好多厂人冲出屋子，连休息在家的人也赶到了厂房的各个门口，堆积沙袋，往外排水。这全是自发行为，爱厂如家嘛，主人翁的精神照耀着大家，几乎每一个人都是奋不顾身的。

雨停后，地上的水很快退却了，但厂房内走电缆的地沟里却灌满了水，只能放下去许多潜水泵排水。有几台潜水泵的胶皮管与泵体脱开，无法排水，施玄山就指挥大家用铁钩子去钩水里的潜水泵。由于沟内的水浑浊不堪，根本看不见潜水泵的具体位置，瞎钩了一阵也没钩上来，急得大家团团转。就在这时候，陈铁花挤上前来，话也没讲，扑通一声就跳下了水沟。水没了她的腰，她弯下身去摸潜水泵，整个人几乎都泡在了水里。东北的秋天已经很凉了，水里自然更凉，摸了几次，陈铁花的脸就冻成了铁青色。崔大力在上面喊，女工都下去了，咱们这些老爷们儿还愣着干什么？说罢纵身也跳了下去。紧跟着，洪天良等一些年轻人也跳了下去。这么多人用手摸，果然见效，几台脱开的潜水泵都被找到了，重新套好胶皮管，又投入水中作业。这些人爬上来时，脸都是铁青色的，浑身哆嗦不止。尤大海把自己的衣服脱下来，披在陈铁花的身上，却被陈铁花给甩开了。闻讯赶来的邵振军见状，也脱了外衣递给她，说，不会把我的衣服也甩开吧？陈铁花笑了，用手抓住衣服把自己紧紧裹住。一旁的尤大海紫了脸，躲开了。

正因为这次在冷水沟里着了凉，陈铁花坐下了腰疼的病根，并且再没有怀过孕。后来有人问她后悔吗，她笑了笑，很决绝地说，后悔我就不下去了，后悔我也就不是陈铁花了。

几天以后，陈铁花的事迹上了东北电力系统的报纸，文章里称陈铁花是"铁姑娘"。铁姑娘陈铁花一下子出名了，一提她，人们都竖大拇指，啧啧称赞。她在厂里做了事迹报告，连外厂也有人邀请她去做报告了。对此，陈铁花自己也有些措手不及，不知不觉，竟成先进人物了。

还铁姑娘呢，我早不是姑娘了。陈铁花说。

说你是姑娘，你就是姑娘，说你是娘儿们，你就是娘儿们。洪天良说。

同样的话，到你嘴里就变味。陈铁花说。

还是女的有优势，那天我也跳下水沟了，可成先进人物的却只有你一个人。洪天良说。

陈铁花的脸难看起来，她想都没想，出手就打了洪天良一拳。洪天良后退一步，瞪起眼睛说，你怎么老是打人，再打我就还手了！施玄山正好走过来，他冲洪天良说，你瞪啥眼睛？人家得状元你嫉妒，人家成了先进你还嫉妒，你说你五大三粗的，丢人不丢人呀！说罢不等他反驳，拉起陈铁花就走。走到没人处，他说，现在各个单位都在成立青年突击队，咱们分厂也该成立了，人不要多，二三十人就可以了。陈铁花说，好呀，我一定报名参加。施玄山说，你不但要参加，我还考虑让你当队长呢！陈铁花脱口说，我行吗？施玄山说，只要你努力去做，就没有不行的。陈铁花心里热乎乎的，她潜意识里的一些并不明朗的东西在瞬间迅速膨胀起来，变成了庞然大物。

你敢不敢当这个队长？施玄山说。

敢！陈铁花说。

第 四 章

舞　会

两年以后，长门厂又拉开了发电机组达标的序幕。从一号机组开始，全厂所有的机组将在一年内完成达标试验，实现满负荷发电，到时候，长门厂就将真的成为亚洲最大的发电厂了。厂里把这次搞达标命名为"大会战"，总策划和总组织者就是厂党委书记兼厂长邵振军，他的建议得到了网局和北京部领导的支持，大批新的材料和零部件源源不断地运抵长门。在这个不同凡响的春天，邵振军的脸上似乎总是汗津津的，闪着油光。他每天马不停蹄地忙，沈阳、北京，不知跑了多少趟，请愿、沟通、汇报、求助，是大会战必不可少的过程。还有开会，光是厂里，大会小会就数不胜数，各级党组织会、动员会、分析会、誓师会、技改会、后勤保障会等等，几乎会会少不了他。也不光是他，长门厂的所有职工从这个春天开始都像上足了发条的钟，一刻不停地忙碌起来。崔大力的本体班，创下了三天三夜不离开现场的纪录。而陈铁花率领的青年突击队，哪里有困难、哪里薄弱就往哪里上，几乎成了救火队。

要在每个周末开一场舞会的建议，是由总工程师孟良林提出来的。有人当即表示反对，说大会战这么忙，还开什么舞会？也有人说他是资产阶级思想的余毒在作怪，还想搞资产阶级的情调。谁也没想到，邵振军竟然采取支持的态度。他在党委会上说，谁也别上纲上线，舞会就是娱乐，就是业余文

化生活。我看搞一搞舞会不错，劳逸结合，适当放松一下，对大会战有利，不然大家会累趴下的。邵振军责成工会立即筹办，每个周末都要有一场舞会。

长门厂的职工来自五湖四海，当然不乏交际舞爱好者，听说要开舞会，很多人心向往之，跃跃欲试。周末的晚上，太阳刚刚落山，家属区的几条小径上就陆续出现了一些光鲜的男女。他们的打扮与平日有着明显的不同，衣服都是平日舍不得穿或没机会穿的，发型也是刻意修饰了的，都很打眼。陈铁花也来参加舞会了。她本来是不想来的，大会战那么忙，哪有闲心去跳舞？还是施玄山特意找了她，让她带头参加。施玄山说，你是突击队队长，厂里的活动你不去是不行的，再说工会也怕舞会男多女少，阴阳失调了，会影响效果的，所以你不但要去，还要做其他女工的工作，带动她们都去参加。等陈铁花同意了，施玄山放低声音说，也叫上莫静，别让她太孤单了。陈铁花点点头，觉得施玄山真是个心细的热心肠的人。

舞会开始前，已是工会主席的老罗请邵振军给大家讲话。邵振军站到前面说，我没什么可讲的，舞会就是娱乐，就是让大家心情好，心情好了，好更有精神参加大会战。说罢，他挥挥手，舞曲就响了起来。舞场设在俱乐部的一个偏厅里，场地不小，由于密封不严，漏风的地方太多，室内的温度就很低。东北的春天乍暖还寒，但谁也没觉得这里冷，脸上都红扑扑的，似挂着一层汗，泛着亮光。

起初，大家都有些拘谨，只几个人上场，有总工程师孟良林。令很多人意想不到的是，孟良林最先邀请的舞伴是莫静。孟良林是这次舞会上穿得最整齐、最讲究的男人，呢料的大衣，锃亮的分头，锃亮的皮鞋，跳舞时他把大衣脱了，只穿着一件毛衣。那件毛衣十分显眼，是驼色的，上面缀满了红色的方格。莫静是女人中最惹眼的，天生丽质，没法让人不注意她。况且她的穿戴也与众不同，裤子是瘦腿的，在当时，只有大上海的街上才有女孩穿这种裤子，在长门，绝对稀罕了。更抢眼的是她的发式，此时她已经不剪短发了，长发及肩，只用一根皮筋束住，前面头帘依然烫成了小弯。这是当时长门厂绝无仅有的发型，每个人见了都啧啧称奇，看直了眼睛。这两个人在一起跳舞，人们的感觉当然是很奇特的。

　　到第三支曲子的时候，人们已经逐渐放开，连邵振军也上场跳舞了，主动邀请他的是汽机分厂的党支部委员章玉闻。邵振军对章玉闻没什么感觉，对她的微笑也只是对舞伴的尊重而已。其实只要稍稍注意邵振军，就能发现他的视线常常越过舞伴的脸，投到跳舞的人群中去。他的确是在寻找着什么，能寻找什么呢？当然是一个人，那个人就是莫静。

　　邵振军对莫静此时的处境是清楚的，在长门厂，他和莫静是两个最惹人注目的单身男女。注意他是因为他是厂长，注意莫静的原因则要比他复杂一些。首先是她漂亮，其次是她仍旧是大姑娘，再有就是她的名声坏了，这一点最重要，一个坏了名声的未婚女性，是没有不叫人注意的理由的。对她的名声，邵振军极为痛心，但又爱莫能助。他在长门厂是说一不二的，但唯独这件事，他无能为力。说心里话，他是喜欢莫静的，长门厂这么多女职工，也只有莫静能够令他心旌摇曳。对有关莫静堕落的传闻，他是痛心的，可除了痛心，他毫无作为，也无法作为。

　　一曲终了，舞伴们倏然分开。又一曲奏响时，邵振军本想去邀请莫静，但他忍了忍，还是忍住了，转而去请陈铁花。

　　厂长，我不会跳呀！陈铁花说。

　　我也跳不好，我们正好搭档。邵振军说。

　　两个人的舞步虽都笨拙，但正如邵振军所说，他们配合得不错，笨也能笨到一个点上。他们一边跳，还一边说着话。

　　邵振军说，小陈，你会在大会战中发挥大作用的。

　　陈铁花说，我们青年突击队是招之即来，来之能战。

　　邵振军说，你要知道，达标需要的并不是蛮力，而是科技和手艺，你的手艺要派上用场了。

　　陈铁花说，学手艺为什么，还不就是等着这一天嘛！

　　邵振军说，你和莫静是好朋友吧？

　　陈铁花说，是。

邵振军说，其实她不是个坏人，就是性子太倔强，你要多帮助她。

陈铁花点了点头，觉得邵振军真是个宽宏大量的人，莫静那么对他，他不记仇，还在关心她。

邵振军说，这次达标，也要发挥莫静的作用，她是大学生，国家培养一个大学生不容易呀！

陈铁花又点了点头。

一曲终了，他们的谈话也就终止了，再响起曲子时，邀请陈铁花跳舞的是施玄山。他是交际舞高手，什么慢四、探戈、华尔兹，连恰恰这种拉丁舞他也会跳。据说上大学的时候，他曾是学校文艺队的成员，就是表演舞蹈的。陈铁花虽然不怎么会跳，但经他那么一拉一带，跳起来就也似模似样了。一边跳，施玄山一边对她说，你和莫静是好朋友，要坚定地站到她这一边，别和一些人似的，专挑她的毛病。陈铁花心想，今天这是什么日子，怎么舞伴都和她说起莫静，都叫她照顾莫静呢？想一想自己婚前那段名声不好的日子，她就感觉酸酸的，那时候，可没有人像关心莫静一样关心她呀！

陈铁花说，都看人家漂亮，就都关心人家。

施玄山说，还有谁关心她了？

陈铁花说，邵厂长刚关心完她。

施玄山说，邵厂长说什么了？

陈铁花说，要我多帮助她，还要重用她。施主任，我看也叫莫静到我们突击队吧。

施玄山说，她不适合到突击队，突击队的活太重，她的身体肯定吃不消。

陈铁花说，看不出施主任还是一个怜香惜玉的人呢！

施玄山说，别瞎说，我是主任，这是应该的。

和陈铁花跳过舞后，邵振军没有再和别人跳舞，他悄悄溜出舞厅，一个人回家了。清凉的月光下，他细长的影子显得很孤单。

第二天，邵振军把电话打到了本体班，叫莫静到他的办公室来一趟。莫静迟疑地问，是公事还是私事？邵振军说，都有吧，当然，来不来是你的自由，我不勉强。撂了电话后，邵振军的心情很不平静，对莫静来不来也没有多少把握，他叼着烟，在房间里来回走了很多圈，有一个要汇报工作的中层干部来访，被他推说有事，拒绝了。

时间不长，莫静还是来了。看着她那双深不可测的大眼睛，邵振军觉得自己很无助，他苦笑着摇摇头，让莫静坐下。

邵厂长，你到底有什么事？莫静说。

也没什么事，只是想和你说几句话。邵振军说罢，自己也坐下来，掐了手中的烟头，说，我不希望你像现在这样。

你希望我怎么样？莫静说。

我希望你阳光一点儿、健康一点儿。邵振军说。

我怎么不阳光了？怎么不健康了？莫静说。

我指的是你的生活。邵振军说。

我的生活怎么了？你是厂长，你说话要负责任，要有根据。莫静说。

我当然有根据，有一些同志反映，说你经常和人约会。邵振军说。

我是未婚女子，我有权搞对象吧？约会怎么了？犯法了吗？莫静说。

你别激动，我是出于好意，我想，想……邵振军说。

想什么，还想跟我搞对象吗？莫静说。

我不是那个意思，我……邵振军语无伦次，觉得自己的嘴好笨。他本来是想劝莫静注意点儿影响，别让人说三道四，但话出口意思就拧了，也难怪莫静情绪激动，很难接受他的劝告。

气氛相当尴尬。就在这时候，有人敲门，进来的是施玄山。莫静趁机站起身来对邵振军说，如果厂长没别的事，我回去了。邵振军挥挥手，让她走了，然后一只手重重地拍在桌子上。施玄山吓了一跳，连忙问，邵厂长，您怎么了？邵振军叹口气说，我没什么，你来干什么？

我来汇报达标的事。施玄山说。

达标要从一号机组开始，你们分厂的情况怎么样？邵振军说。

大部分设备状态良好，只是支撑主轴的轴瓦质量一直不过关，这种轴瓦

目前国内又不能生产。

这你放心，我们已经汇报到部里了。部里的领导说，已经得到了中央首长的支持，听说已经通过国际友人从法国进口轴瓦了。邵振军说。

这太好了，这我心里就有底了。施玄山说。

跟你说点儿莫静的事。邵振军放低声音说，告诉你手下的人，别总瞎嚼舌头，莫静毕竟是个女同志嘛！

施玄山点了点头。

还有，她是技术人员，要大胆重用嘛。邵振军说。

施玄山又重重地点了点头。

雌性的瓦

有关长门厂的技改工作，孟良林做了一套详细的方案，方案很快在厂党委会和厂办公会上通过。邵振军问他，完成这套方案，是不是就意味着我们的机组已经达标？孟良林回答得有些犹豫，他说，理论上讲，应该是的。邵振军有些不高兴，说，什么理论不理论的，说得实在一点儿。孟良林也有些不高兴了，他提高声音说，我做这套方案，完全是为了顾全大局，我自己对搞达标是有保留意见的。你问我是否达标了，我即使回答是，也是战战兢兢的。邵振军轻蔑地瞥了他一眼，说，你这人虽然有知识，但缺少魄力。干革命难免会有风险，既然决定了的事，我们就该大刀阔斧地干才行。

从会议室走出来，邵振军故意放慢脚步，等到和孟良林并肩的位置时，压低了一些声音说，跟你透露个消息，中央领导要到咱们厂视察。孟良林问，哪位领导？邵振军说，不管是哪位领导来，都是对我们达标工作的重视，我们没理由不努力呀！孟良林说，越是这样，我就越是紧张。邵振军说，紧张个屁，把紧张变成动力，那就没有不成功的。

一号机组的技改是从一只轴瓦开始的。这可不是一般的轴瓦，它的体积大，分量大，作用也大，是机组运行的重要部件。因为以前的轴瓦质量一直不理想，所以制约着机组满负荷运行，这一次，孟良林的方案中重要的一条就是要换掉轴瓦。新轴瓦哪里来呢？当时国内还生产不出这种轴瓦，而我们国家又与能生产这种轴瓦的国家没有贸易关系。值得高兴的是，这种轴瓦还是如期运到了厂里。当时大家的传闻是，这是周总理通过柬埔寨西哈努克亲王从法国运来的。

在这个春天的一个上午，一只轴瓦摆在了汽机分厂的一间屋子里。与此同时，施玄山亲自主持召开了全分厂的检修会，主要议题就是更换这只轴瓦。施玄山红着脸，像喝了很多酒，说起话来声音极大。他身边坐着的是新上任的分厂党支部书记葛洪波。

施玄山说，大家都可能听说了，一号机组的轴瓦要换，新的轴瓦是从法国进口的，它价格昂贵是一方面，更重要的是它的无可替代性。什么叫无可替代？就是它绝无仅有，我们只有这么一只。这就要求刮瓦尺寸一定要掌握好，而且要刮得精……

施玄山讲了一通后，请身边的葛洪波讲话。葛洪波是第一次在汽机分厂的职工面前亮相，他腰杆拔得溜直，两只眼睛闪闪发光。当团委副书记的时候，他有过许多在众人面前讲话的经验，所以话讲得很好，用词得当，音调也抑扬顿挫。他说，能在这种时候来汽机分厂上任，于我绝对是难忘的经历，我以前在团委就一直羡慕生产一线的工作，还有什么比能亲手为祖国发出电来还光荣的事？！能和各位领导、各位师傅一起做这件光荣的事，我感到肩上的担子的确是太重了。讲到这里，他恰到好处地停顿了片刻，待大家为他鼓过了掌，他才又说，刮瓦是项艰巨的任务，虽然是生产任务，但我们却要当成政治任务来完成。由谁来亲手完成这个任务呢？

我报名！台下的人群中有人高喊了一声。葛洪波吓了一跳，要说的话一下子咽了下去。众人循声望去，发现喊话的是本体班的洪天良。这小子有一身的好手艺，还有尤大海的徒弟这块牌子护身，劲头一直冲得很，只是风头一直被陈铁花压着，似乎总憋着一口气。这次有一展身手的机会了，他就有

些按捺不住了。

我也报名！又有人喊了一声。众人又循声望去，发现这次喊话的居然是本体班班长崔大力。按理说，他作为一个班长，是不该这么冲动的，但大家都猜得出他此时的心情。以往有这种重要的活，都是尤大海当仁不让，他这个徒弟是没有份的，一般的时候，他也甘心看着师傅露脸。但他毕竟是本体班班长，是全厂最年轻的八级工，偶尔显示一下手艺是必要的。况且这不是直轴，而是刮瓦，他也是全厂有名的刮瓦高手呀！

葛洪波看了看身边的施玄山。施玄山说，都别忙着争，这么重要的活要交给谁干，我们还需要好好研究一下。葛洪波赶紧接茬说，施主任说得对，这活太重要了，不是一个人能说了算的，应该由分厂党支部集体决定，散会！

众人眼睁睁看着几个支委随着施玄山去了分厂办公室。散开的时候，陈铁花有意看了看尤大海，她发现尤大海的表情十分平和，他哼着小曲，一副与世无争的样子，似乎对徒弟们的争强好胜毫不在乎。陈铁花想，看来他是重要的活干得太多了，已经很难让他为此再兴奋起来了。陈铁花刚才虽没站出来请战，但心里的渴望一点儿也不比他们弱，她知道，最强大的竞争对手不是崔大力，也不是洪天良，十有八九还是师傅尤大海。

在这个平常的上午，汽机分厂很多人的心里是极不平静的，干活时依然有一些人在议论着这件事。一个多小时过去了，几个工人中的支委陆续回来干活。陈铁花发现洪天良拦住了章玉闻，挂着一脸讨好的笑容，问她这活到底交给了谁。

到时候你就知道了。章玉闻说。

这又不是什么秘密，先告诉我吧！洪天良说。

章玉闻不理洪天良，走到陈铁花跟前，问今天干什么活。陈铁花本也想打听党支部的决定，但见章玉闻的脸色很冷淡，就把要问的话咽了下去，说了声照旧。自从青年突击队成立，他们就脱离了班组，直接归分厂领导了，突击队嘛，就是哪里需要往哪里去。章玉闻是青年突击队的党小组组长，干活上要听队长陈铁花的，而政治思想方面，陈铁花则要听她的。

决定是在下午由葛洪波宣布的，陈铁花的预想果然成了事实，刮瓦的任务没有交给崔大力，也没有交给洪天良，还是交给了技术权威尤大海。尤大海在技术上的声望太高了，把活交给他，也就等于交给了更让人放心的人。

但是，葛洪波随后宣布的一项决定却令众人十分惊诧。葛洪波说，为了更好地完成这个任务，党支部特别为尤大海师傅选派了两个助手，一个是专职技术员莫静，一个是青年突击队的队长陈铁花。

陈铁花瞪大眼睛看了看人群中的莫静，莫静也瞪着一双惊愕的眼睛看了看陈铁花。其实，瞪大眼睛的绝不只是她们两个，一大片的眼睛都瞪大了，他们不明白党支部为什么会这么安排。

陈铁花清楚，大家的惊诧不是对她，而是对莫静。莫静是技术员，是干部，又不是工人，让她参加刮瓦有什么用呢？况且莫静又是一个被人议论颇多的单身女子，让她参加如此重要的工作，能让人放心吗？陈铁花还看到，崔大力和洪天良等一些人脸色很不好看，一副挺失落的样子。

众人散开后，葛洪波把陈铁花叫到了他的办公室。陈铁花跟在他的身后，一进门，他就迅速把门关上了，神色近乎诡秘。他压低声音说，是我主张你做尤大海助手的。

那莫静呢？陈铁花说。

也是我提议的。葛洪波说。

不会是为了旧情吧？陈铁花说。

看你说的，那是过去的事了，现在我都结婚了，哪能还有那种想法？葛洪波说。

那为啥？陈铁花说。

不理解，是吗？其他支委也不理解，就连施主任也不理解，但最终我还是说服了他们，因为我的理由很充分。葛洪波说。

啥理由呀？陈铁花说。

挽救。莫静的名声不太好，但她毕竟还是我们工人阶级队伍中的一员。

再说了，她政治上也没什么污点，只是生活作风上有点儿问题，我们不该往外推她，而应该往里拉。我想借交给她重要任务的机会，用信任感召她，让她自信起来，走好以后的路。葛洪波说。

葛洪波一脸庄重地说着这些，显然是动了感情的，把陈铁花也给听感动了。本来她对葛洪波的这种做法是反感的，人家莫静怎么了，还用挽救？但仔细一听，又觉得葛洪波说得也不无道理，毕竟他是真诚的，毕竟莫静的名声不太好，能够让一个人走正路，的确是一件功德无量的事情。她是莫静的好朋友，她也有义务帮助莫静嘛。

但是，这次任务太重要了，无论是对尤大海，还是对莫静，我的心里都没有十分把握。作为党员，我们都不能放松警惕呀！葛洪波说到这里压低声音对着陈铁花的耳朵说，你的任务不单要协助刮瓦，还要起到监督作用，你是党员，我的意思你明白吧？

陈铁花点了点头，她又不傻，她当然明白葛洪波的意思。

第二天，刮瓦的工作正式开始，那间放置轴瓦的屋子则成了临时的车间。尤大海、陈铁花和莫静都穿着整齐的工作服，在一大堆人的簇拥下，隆重入场。回头望一望众人，尤大海皱起了眉头，冷着脸对施玄山说，夹这些人做什么？刮瓦本来是件很普通的活，这么兴师动众的，反而会影响我们发挥。葛洪波凑过来说，怎么能说是普通的活呢？我们的态度都要端正才行。施玄山拉住葛洪波说，听尤师傅的没错，我们都撤吧！葛洪波无奈，只好跟着施玄山等人退了出去。

屋子里只剩下三个人了，阳光从宽大的玻璃窗透进来，把那只大大的轴瓦照得亮亮的。陈铁花发现尤大海的眼睛更亮了，他一会儿瞧瞧轴瓦，一会儿扭头看一看莫静。陈铁花幡然梦醒，尤大海可是有名的色鬼，面对容貌出众又有些绯闻的莫静，他怎么会不心猿意马呢？一股厌恶涌上心头，她真想说尤大海几句，但一想到大局，怕破坏了尤大海的情绪影响刮瓦质量，就强压火气，忍住了。

读书人也能给我这个工人当助手呀！尤大海盯着莫静，戏谑地说了一句。

莫静翻了翻眼皮，一声未吭。陈铁花还是忍不住，戗了他一句说，师傅，别臭美了，还是干活吧！尤大海瞪了陈铁花一眼说，别没大没小，我毕竟是你的师傅，虽然……

之后的话尤大海没有说出来，但陈铁花还是听得出其中的含义。他们毕竟有过肉体的关系，尽管这种关系已成往事，但有意无意被提及时，陈铁花还会有一种很强的屈辱感。她怕莫静笑话，嘴唇动了动，没有反击。

但真正干活了，尤大海的神情立即庄重起来，对谁都严肃得很。对待手艺，他可从来都不含糊。他用衣襟擦了擦手，把轴瓦固定住，然后轻轻坐在它的跟前，一双眼睛死死地盯住了它，与此同时，右臂伸出去，掌心向上，冲着轴瓦说，刮刀。

莫静疑惑地看看尤大海，又看看陈铁花。陈铁花对尤大海的做派和习惯十分熟悉，她马上用双手递过了刮刀。就在尤大海要下刀的一瞬间，陈铁花突然说了一句令自己都很惊讶的话。

陈铁花说，尤师傅，我记得你说过，大轴是雄性的，轴瓦却是雌性的。

尤大海手中的刮刀停在了半空，他把眼光从轴瓦上拔出来，歪着头看陈铁花，又扫了一眼莫静，然后笑了两声，说，不错，我是说过，这没啥不对吧？

陈铁花说，既然轴瓦是雌性的，就不应该由男人来刮，而应该由女人来刮。

尤大海说，你应该明白，同性相斥，女人怎么能把雌性的瓦刮好？只有男人才能镇住雌性的东西，才能刮好轴瓦。

陈铁花说，两头都叫你堵上了，直大轴时你说女人不行，女人只能刮瓦，现在你又搬出这种理论来。

尤大海说，上回我说错了，男人就应该刮瓦，女人直轴去吧！

陈铁花被他气得几乎喘不匀气，噘起嘴来不吭声了。尤大海也适可而止，重新把注意力集中到轴瓦上。他双手持刀，刀尖在轴瓦上轻轻一挑，一条小巧的铁屑就飞了出去，而轴瓦上则留下一只展翅飞翔的大雁。他手上节奏均匀，铁屑翻飞，轴瓦上一排排的大雁就站好了队。一旁观看的莫静也忍不住啧啧称奇，小声对陈铁花说，敢情刮瓦还挺富有诗意呢！

刮瓦是慢功夫，是熬时间的，尤大海看上去是一个挺粗鲁的汉子，但刮起瓦来，却有十足的耐心，活像那个传说中非把铁杵磨成针的老太婆。干活时，爱说话的尤大海是不说话的，两位助手又帮不上什么忙，只能耐住性子观战。陈铁花对尤大海的感觉是复杂的，尊敬归尊敬，讨厌归讨厌，但毕竟有过肌肤之亲，感觉就很难放在正常的位置。虽然那肌肤之亲不过是蜻蜓点水，点几下就过去了，可那种复杂的感觉却是很难抹去的，是需要克制和调整的。其实，陈铁花这个助手看似没什么事情，实则做得挺辛苦，她必须努力驱赶杂念，起到应该起的监督作用。

中午很快就到了，尤大海停止刮瓦，对两个助手说，我先出去吃饭，我回来后你们再出去吃饭，好不好？陈铁花说，好，这样这间屋子就不会离开人了。

尤大海一走，陈铁花和莫静都长出了一口气。莫静一边活动着手臂，一边说，还是当工人好，瞧尤师傅刮瓦，多专注、多简单呀！其实我向往的就是简单的生活。陈铁花说，你要以为工人的手艺简单，那就大错特错了。

莫静赶紧解释说，我不是那个意思，我是说……

陈铁花打断她的话，说，我们还是谈点儿正事吧，你知道是谁推荐你当助手的吗？

是葛洪波吧？莫静说。

这说明什么呀？说明人家很信任你，很重视你呀！陈铁花说。

我觉得很别扭。莫静说。

为什么这么说人家？陈铁花说。

他凭什么推荐我当助手？他这么做就是把我放在了一个特殊的位置上。知道吗？我讨厌这种特殊。莫静说。

可他是一片好心呀！陈铁花说。

我讨厌这种好心，我看不上他。莫静说。

看莫静越说越激动，陈铁花心里怪怪的，觉得莫静的性格也变了，变得比以前尖锐挑剔了。想一想，她还是觉得过去的莫静好，过去的莫静沉静如水，任你起多大风也不会掀起大浪来。可眼下的莫静却死水变活水了，虽然依旧看似平静，却深藏着无法言说的危险。

莫静你变了。陈铁花说。

不，铁花，是你变了。莫静说。

可能我们都变了。陈铁花说。

时间不长，尤大海就回来了。他用手抹着沾了油的嘴巴，对陈铁花说，你先出去吃饭，等你回来，莫静再去吃。陈铁花犹豫了一下，还是听话地出去了。

权威检测仪

轴瓦刮好后，就到了质检的程序。质检，就是质量检查。负责对这只轴瓦质检的人是厂生产技术科派来的施其山，他手里拿着检测仪，表情相当严肃。知情人都知道，这台仪器是进口货，是当时长门厂最高级、最权威的检测仪。它测量过大大小小的轴瓦，以及数不胜数的其他零件，虽然它已服役多年，但却毫无旧锈之态。施其山将它置于轴瓦旁，在很多人眼里，仪器和轴瓦均无光自灿，发出耀眼的光芒。

参加质检的人不少，汽机分厂的有关人员几乎都到场了。施玄山见人到得差不多了，就示意弟弟施其山开始。这么多人看着，施其山难免有些紧张，他用袖子擦了一把额头，然后两手交替撸了撸袖子，再然后，开始测量。测过一遍之后，他又测了第二遍。施玄山问怎么样，他没有回答，而是测了第三遍。第三遍测完了，当大家的目光都集中在他的脸上时，都吃了一惊。施其山的脸像猝然被抽光了血，惨白如纸。

轴瓦被多刮了一毫米。施其山说。

施其山的话令在场的人都愣住了。大家都知道，以尤大海的技术水平把轴瓦刮多了一毫米，简直是不可想象的。别说是尤大海，就是有一点儿检修

经验的人，也不会这样。你可以刮得质量不好，接触面精度不够，但怎么会多刮了一毫米呢？对于精密工件而言，一毫米可是不小的数字呀！但事情就这样发生了，不容人不信。也在现场的陈铁花脱口而出，不可能。她当时的第一感觉是，一定是施其山在借机报复，毕竟尤大海占有过他的未婚妻。陈铁花毫不犹豫地冲上前去，用那台检测仪也测了一遍，可是结果令她非常失望，她测得的结果和施其山测得的结果是一样的。接着，又有许多人用这台检测仪测量了轴瓦，他们均证实了施其山的测量，轴瓦的确是被多刮了一毫米。这等于说，这只轴瓦报废了。

这件事情的严重程度谁都知道，在当时，它绝不会仅仅是一起生产事故。尤大海当时就傻了，那股不可一世的傲气顿时烟消云散，他直着眼，连一句话也说不出来。几个小时后，尤大海被厂保卫科的人带走了，隔离了。接下来，有关部门开始了对这件事的调查。

各种议论和猜测如厂房里的噪声，充满了整个汽机分厂，人们交头接耳，说什么的都有。因为细节与陈铁花和莫静有关，人们看她俩的眼神就有些特别。陈铁花心里很乱，一时理不出头绪来。莫静倒是很镇静，走路依然昂着头，从神态上看，她似乎与这件事毫无关系。

洪天良显得有些幸灾乐祸，他凑到陈铁花跟前，用一种挑衅的口吻说，有的时候，好事不见得是好事，坏事也不见得是坏事。像我，虽不被重用，可无事一身轻呀！陈铁花狠狠剜了他一眼，用鼻子哼了一声，没搭理他。他继续说，凭咱师傅的技术水平，绝不该出这么大的差错呀！陈铁花忍无可忍了，回击道，你啥意思？你是说尤师傅有意搞破坏吗？洪天良搓了搓手，说，我可没说尤师傅搞破坏，不过，阶级斗争可没熄灭，说不定，还真有人搞破坏呢。陈铁花嚷道，你把话说清楚，到底谁在搞破坏？洪天良说，我也说不清谁在搞破坏，我们都得相信组织，组织上一定会把这件事弄清楚的。

保卫科的人分别找了陈铁花和莫静，向她们了解情况。之后，分厂的施玄山和葛洪波也分别找她们谈了话。葛洪波找陈铁花谈话的时候，神态相当诡秘，把门窗都关上了。陈铁花发现他的脸色灰灰的，可能是没睡好觉的缘故吧，他的眼圈泛着一层青紫色。

你不会忘了吧，你的任务不单单是做助手，还要监督他们。葛洪波说。

我没有忘，干活的时候，我的眼睛瞪得比尤师傅还大呢！陈铁花说。

你真的没发现啥问题？葛洪波说。

真的没发现。陈铁花说。

刮瓦过程中，你离开过吗？葛洪波说。

中午吃饭的时候离开过一小会儿。陈铁花说。

是莫静和你一起出去的吗？葛洪波说。

不是，是我自己出去的。陈铁花说。

你把她自己留在屋里了？葛洪波说。

也不是，我们三个是轮流出去吃的饭。陈铁花说。

也就是说，尤大海和莫静两个人在屋子里待过？葛洪波说。

是这样的。陈铁花说。

谈话结束后，葛洪波把情况反映给保卫科。当天下班之前，莫静也被隔离了。对于她是否与尤大海联手作案，她坚决予以否认，尤大海也一口否认。问她只有她和尤大海在屋时尤大海是否有反常举动，她还是一口否认。再问尤大海，莫静有什么反常举动时，尤大海翻了脸，大骂保卫科的人无事生非。调查就这样陷入僵局。

发电机组不能没有轴瓦，这只重要的轴瓦报废了，机组的达标怎么办？好在通过西哈努克亲王进口的轴瓦并不止一只，只是当初没有告诉大家罢了。一只报废，另一只便火速被运抵汽机分厂。只是这一次大家都采取了敬而远之的态度，主动请战的场面没有再次出现。

这只轴瓦与报废的那只轴瓦尺寸是相同的，当然也需要刮瓦处理。这一次，由谁来刮呢？施玄山和葛洪波都伤透了脑筋，他们定的第一人选是崔大力，但崔大力推说自己的手腕干活时扭了，不敢接这么重要的活。于是定了第二人选洪天良，可一心想出风头的洪天良也退缩了，说自己近日状态不好，怕把活干砸了。再找第三人选，那个人也畏首畏尾的，连说话也带着颤音。

不等他拒绝，施玄山主动就把他给否了。刮这么重要的瓦首先要精神饱满，精气神都不足，他还能干好吗？葛洪波说，咱分厂就这几个刮瓦高手了，这几个人都不行，可就麻烦了！施玄山说，没办法，叫陈铁花上吧。葛洪波说，陈铁花也是三个出事故的人之一呀，叫她上，不太好吧？施玄山说，没啥不好的，她又不是该负主要责任的人。葛洪波说，那再出事怎么办？施玄山用少有的强硬态度拍了一下桌子，气呼呼地说，出了事我负责，就叫陈铁花干！葛洪波被他的气势镇住了，什么话也没说。

就这样，陈铁花带上那台权威检测仪，再一次走进了那间屋子。这一次，助手依然有两个人，一个是突击队的党小组组长章玉闻，另一个是厂生产技术科的专职工程师施其山。陈铁花和施其山搭档，虽然觉得有些别扭，但一摸刮刀，她就全神贯注了，很快把施其山放在了脑后。其实，更觉得别扭的是施其山，看着陈铁花，他总会情不自禁地想起烤土豆的香味，但这种香味很快就被尤大海丑恶的嘴脸所覆盖，变成一堆剪不断的乱麻。但别扭归别扭，工作是马虎不得的，每当陈铁花刮去一层瓦，他就会用检测仪测量一下，陈铁花也会自己测量一下。他们都认为，如此刮下去，绝对会万无一失的。

瓦终于刮完了，顺利地到了质检程序。这次质检，又是好多人用这台检测仪检测了轴瓦。检测过后，大家一致颔首，认同合格。这只轴瓦是在施玄山和葛洪波的亲自护送下被运到检修现场的。谁也没想到，接下来发生了一桩怪事，这只符合尺寸的轴瓦安装后，竟然无法正常与轴配合，而换上那只尤大海刮过的轴瓦，却状态良好，各项指标都符合要求。这件事把在场的人都搞蒙了。

后来，陈铁花怎么想怎么觉得事情像一个玩笑。其实，当时也没用多长时间就弄清了其中的原因，原来差错出在质检用的仪器上。谁会相信呢？那台检测过无数零件而万无一失的检测仪，竟然在毫无预兆的情况下，出现了那么大的偏差。

大 会 战

陈铁花注意到，大会战期间，邵振军到汽机分厂的次数明显增加了，只要他一来，莫静的神情就会出现隐秘的变化。

"大会战"是那个年代的常用词，为了加快社会主义建设，各条战线都在搞大会战。长门厂的大会战是波澜壮阔的，是要形式有形式、要内容有内容的。大会战期间，全厂上下齐动员，连家属也被动员起来，无条件地进厂支援，给一线的工人送水送饭，有很多小故事，算得上是可歌可泣了。

大会战的主战场就是汽机分厂的厂房，这里早已是彩旗飘飘，气氛渲染得不亚于时下的选秀节目现场。厂院里的高音喇叭一直在播放着高亢的音乐，音乐一停，口号呀誓言呀就会响彻云霄。现场干活的人们大都汗水淋漓，一个个像上足了劲的发条，不知疲倦地运转。人们的行头也都壮观、整齐，清一色柳条编制的安全帽，清一色的劳动布工作装，即使出了一身汗，也都整整齐齐地穿着，很少有人违反纪律，出现敞胸露怀的邋遢相。

在这方面，邵振军是以身作则的，只要是下现场，他的工作服总是穿得一丝不苟，工装没有风纪扣，但他还是将纽扣扣到顶，连袖子上的纽扣也扣上。曾有一个干部下现场没戴安全帽，被安全科的人逮住了，记下了名字，那个干部不服，骂了安全科的人。邵振军知道后，把那个干部叫到办公室，狠狠地骂了一顿，还责令他写了检讨书，在全厂职工大会上做检讨。其他人吸取教训，很少有人在着装上不守规则。

邵振军到汽机分厂，通常是先到办公室来坐一坐，听一听施玄山或者葛洪波的汇报。有的时候施、葛两个人都不在，他就顺势走进技术组的房间，和分厂的几名技术人员聊上几句。只要有别人在，莫静一般是不讲话的，她侧过身子，干自己的事情，好像不认识邵振军似的，等他走了，才又会坐正身子。

当然，碰到屋子里只有莫静一个人时，她还是会和邵振军说话的。有一

次，邵振军忽又动了感情，对莫静说，你瞧瞧你，这么大了，还孤身一个人。知道吗？女人不禁老的。莫静一听动了气，说，我就是一个老姑娘了，关你什么事？邵振军说，怎么不关我的事？我也是孤身一人，我们毕竟还相处过一段。莫静也觉得自己的口气有些过火，低下头去不说话了。

　　对于莫静，邵振军总是无法安然，更确切地说，是无法忘怀。要是找老婆，凭他的条件，十个也找了，刘斌等人也曾给他物色过不少人选，但都被他又拖又冷地给弄黄了。细究一下，还是潜意识里有这个先入为主的莫静。有的时候，夜里难以入睡，他就想莫静那张美得不能再美的脸，直到第二天起床，穿上了衣服，才会为昨晚的事感到有些脸红。

　　我们是不是应该好好谈一谈？邵振军说。

　　还有这个必要吗？莫静说。

　　你怎么老跟我用这种腔调说话？要知道，在长门厂除了你，是没人敢跟我这么说话的。邵振军说。

　　可我只会这么说话。莫静说。

　　算了，我也不挑你，我就再问你一句吧，还能不能和我相处？邵振军说。

　　恐怕不能了。莫静说。

　　为什么？邵振军说。

　　莫静又不吭声了，她站起身，拿起一顶安全帽扣在头上，由于扣得太猛，鬓角的一绺发丝挂在了帽边的柳条上，疼得莫静一咧嘴，样子有些滑稽，也有些可怜。邵振军忍不住伸出手去帮她整理帽上的发丝。就在这时候，施玄山走进来。两个人都有些尴尬，莫静晃了晃头，出去了。

　　邵振军慢慢坐下，点了一支烟，狂吸起来。施玄山站在他的对面，一时不知说什么好。过了一会儿，邵振军对施玄山说，一号机组的技改到了关键阶段，你们可不能松懈。施玄山说，那是当然，大家的干劲都很高呢！邵振军问，达标试验之前，还有什么重要的工作吗？施玄山说，就是找平衡了。要想机组达标，机组运行时的振动值必须要降下来，要想降振动值，找平衡就是最关键的环节了。邵振军说，找平衡是尤大海的三大绝技之一吧？施玄山点头称是。邵振军说，那就告诉他，一定要把这个平衡给我找好。施玄山想说什么，却欲言又止。邵振军灭掉烟头，没再说什么，拔腿就走了。

　　邵振军自己去了一号机组检修现场，这里很热闹，这种氛围正是邵振军想要的，大会战嘛，就得热热闹闹的。汽轮机已经解体，十几个工人正在轮番上场打螺丝。螺丝是小盆那么大的，精壮的检修工们手舞大锤，打得极具观赏性。邵振军看了一会儿，身上就出了汗，很快忘掉了烦恼，手痒痒的，真想也冲上去抡上几锤。周围观战的人也不少，有技术人员，也有各级领导，大家都瞪大眼睛看着，像啦啦队似的，兴奋时还会喊一喊加油。令邵振军眼睛一亮的是，竟有一个女工上场了，她接过一个走下场来的男工的大锤，三步并作两步，就到了大螺丝的跟前。

　　这个女工是陈铁花，也只有陈铁花敢藐视性别，干只有男工才能干的活。陈铁花上场之前就看见邵振军来了，她也不是想在厂长面前出风头，但作为突击队队长，她又觉得有必要显示一下自己的实力。上场之前，她还敏锐地发现，观战人群中的莫静见了邵振军，脸上掠过一丝乌云状的东西，坚持了一会儿，还是转身走开了。陈铁花顾不得多想，工作要紧，该出手时是绝不能犹豫的。

　　看女工打大锤当然比看男工打大锤要刺激，邵振军和大家一样，都提起了精神。陈铁花打起大锤十分流畅，速度、力量一点儿也不比男工们差，还没看够呢，大螺丝已经被打松动了。她扔下大锤下场的时候，赢得了一片掌声。

　　邵振军把她叫到身边，忍不住夸赞，真是女中豪杰呀！陈铁花笑道，这算啥呀，小菜一碟！陈铁花的脸蛋被汗水一泡，红扑扑的，十分生动，邵振军就忍不住多看了几眼。陈铁花见他不说话了，就想躲开，但突然想起了一件事，赶紧开了口，说，邵厂长，一号机组就要找平衡了，我想来挑这个大梁。邵振军说，口气不小。陈铁花急了，说，你不相信我有这个实力？邵振军被她逗笑了，说，我不是这个意思，找平衡太重要了，到时候还得跟你师傅尤大海商量呀！陈铁花噘起嘴，不吭声了。

　　第二天，找平衡的问题就上了厂里的工作会。会上，施玄山汇报了汽机

分厂拟定的人选，当然又是尤大海。理由就不用说了，如此重要的活，不用他用谁呀？邵振军在会上对施玄山说，一定要跟尤大海讲清这项工作的重要性，找平衡成功了，一号机组的达标也就问题不大了。施玄山点头称是，坐在他身边的葛洪波站起身来插话道，是不是再给尤大海安排两个助手？这样既可以协助他，又可以起到监督作用。邵振军一听就变了脸，冲葛洪波发了火，说，疑人不用，用人不疑，刮瓦你派助手了吧，可事故不照样出了？找平衡是大场面的活，那么多人瞧着呢，用不着监督。葛洪波吐了一下舌头，不敢再说什么了。邵振军扭头问孟良林道，孟总工程师，你还有什么看法吗？孟良林说，这次搞达标和上次搞达标是不同的，上次搞达标我持反对意见，但这次搞达标我是赞同的。时过境迁，设备的零部件、许多技术指标都已经达到了可以一试的程度，所以，我的主张是全力一搏。孟良林是专家，他这么说令大家都受到了鼓舞。邵振军大手一挥，说，时机到了，是总攻的时候了，谁要是敢拖后腿，我一定饶不了他。

半 边 天

找平衡的活又派给了尤大海，陈铁花难免失望。学手艺为了什么，还不是为了能派上用场吗？可每每有了机会，总会有尤大海挡着。她对尤大海虽然是敬畏的，但这并不等于她总是甘居人后。尤大海是师傅没错，但也不能总不让徒弟露露手艺呀！

陈铁花思来想去，觉得不能就这样等着，机会永远是等不来的。这一天晚上，她抽空去了一趟尤大海的家。除了最初学徒时去过他家，这两年她没登过他家门，因为避嫌还避不过来，哪还能主动去找麻烦？见她来了，尤大海和他老婆都很惊讶。对于她跟尤大海的事，风言风语的，他老婆也是知道一点儿的，所以见了她，他老婆的脸色就很不好看，说起话来也阴阳怪气的。陈铁花不和她一般见识，依然"师母""师母"地叫，把她叫得不好意思了，就也和缓了脸色。陈铁花刚进屋时，尤大海正蹲在地上擦一双三接头的皮鞋，鞋是牛皮的，黑色，但接头处却加了一小块考究的棕色皮子，做工极为精致，价钱很高，在当时的人看来，绝对是奢侈品，长门厂不会有超过十个人穿得起这种皮鞋。陈铁花打趣道，尤师傅把鞋擦得这么亮，是做要紧事时穿吧？尤大海咧了咧嘴说，我要做的事都是要紧事，天天穿这双鞋，早穿坏了。说罢抬起头打量了一下陈铁花，问，你是有啥要紧事吧？没事你是不会到我家来的。陈铁花说，瞧你说的，你是我师傅，没事我也应该来的嘛！

尤大海其实是个少言寡语的人，和老婆又有一些矛盾，两个人热热闹闹说话的时候就很少。陈铁花爱说笑，她和尤大海的老婆东一句西一句的，很快就把气氛挑起来了，说到高兴处，她就夸张地笑，连一向不爱笑的师母也被带动起来，时不时会附和着笑上几声。陈铁花觉得时机到了，就一转话题对尤大海说，师傅，你说咱们厂有些事是不是做得不太地道？用你的时候怎么都好，可一出事，就不信任你了。就说上次刮瓦吧，本来是仪器坏了，却还怀疑你，还把你给隔离起来了，我一想就心寒，这都什么事呀！尤大海老婆马上接话说，你说得在理，我也跟他说过，别叫你干什么你就干什么，你毕竟是权威，得端点儿身架。尤大海放下皮鞋，挺直身子说，都是为干革命工作，端什么身架？陈铁花说，还是尤师傅觉悟高，革命工作是不能端身架的。尤大海出去洗了手，转回屋时说，不过话说回来，上次的事是挺让人气愤的，我在保卫科那两天就想过，下次再让我这么干，我还不干了呢！陈铁花说，别呀师傅，在咱厂，重要的活你不干谁干呀？尤大海越说越气，他提高声音说，谁愿干谁干，干不成才好呢，我得让他们知道我的价值。说到这里，他似有所悟，眯起眼睛盯住陈铁花说，不会是你想干吧？陈铁花笑道，不会不会，我听您的，您要是不让我干，我决不会干。

之后，陈铁花又有意聊了一些其他的话题，这才告辞。第二天，事情果然发生了变化，当施玄山把找平衡人选的决定告诉尤大海时，他马上翻了脸，说，别拿我当傻子用了，别忘了我是被隔离过的人。施玄山劝道，事情已经清楚了，又没你的事，还提它干什么！尤大海说，敢情隔离的不是你，要是你，

你就不能这么说了。施玄山说，现在是工作需要，你到底做不做？尤大海说，我没说不做，但我现在的身体不好，状态极差，找平衡出了差错怎么办？施玄山也犯了难，就把这情况汇报给了邵振军。邵振军一听就火了，说，现在不是没他不行的时候了，会找平衡的大有人在，他不干就算了，让陈铁花上。施玄山脱口说，陈铁花能行吗？邵振军说，咋不行？不亲自干，永远不行。

就这样，陈铁花终于挑起了大梁，担起了一号机组找平衡的大任。找平衡的现场也是很壮观的，那么多人听她的指挥，那么多人看着她。她果然也不负众望，找平衡找得极为成功。当她挂着一脸的汗水走下来时，青年突击队的队员们一拥而上，把她抬了起来，向空中抛了好几次。

尤大海虽然摆出一副满不在乎的样子，但他的心里是绝对不会舒服的。事情过后，他找到了陈铁花，责问道，你劝我不干，可你咋干了？陈铁花说，我和你不一样，你不干有不干的道理，因为给你的待遇不公平。我就不同了，领导信任我这个年轻人，我没道理不干呀！气得尤大海直咽吐沫，连句完整的话也说不出来。

大会战期间，青年突击队是起了大作用的，哪儿需要人，哪儿就有他们的身影。由于连续作战，有好几个人吃不消，晕倒在现场。施玄山见状，连忙告诉陈铁花，别这么没命地干了，该休息就得休息。陈铁花说，放心吧，主任，我们心里有数的，死不了人。施玄山又加重口气说，马虎不得，特别是那些女队员，别让她们和男队员一样干，毕竟女人的身子骨不行呀！陈铁花一听不高兴了，抢白道，施主任你怎么重男轻女呀？连毛主席都说男女一样，妇女能顶半边天呢！施玄山连忙解释说，我不是那个意思，我是看女人挨累，于心不忍。陈铁花说，这就是重男轻女的思想在作怪，施主任，你应该做自我批评了！施玄山见说不过她，连连告饶，说，好好，算你对，我不管了。转身撒丫子撤了。

青年突击队里，女性占了一半，而且队长和党小组长又都是女的，的确是占了上风，做贡献的也是女性居多。就说找平衡，没有陈铁花行吗？这样看来，女队员的作用就超过了男队员。男队员自己也不敢贸然和女队员比，有陈铁花在那儿撑着，你怎么比也是比不过的。

在突击队里，陈铁花是有绝对权威的，她的能力摆在那儿，不容你不服气。在业务上，章玉闻也是服陈铁花的，但在思想工作方面，她不但不服气，还觉得陈铁花差得太多。陈铁花只知道干活，政治上却稀里糊涂，多次占用学习时间干活，根本没把政治学习放在眼里。她不止一次和陈铁花谈心，指出她思想上的问题，但每一次陈铁花都极不耐烦，说不上几句，就推说有事，躲开了。章玉闻曾把这种情况反映给葛洪波。葛洪波说，陈铁花是厂里的先进典型，我们说话都得慎重，懂吗？章玉闻不懂，但又不便和葛洪波争辩，只好暂时忍了。

一号机组的活终于干得差不多了，收尾工作用不了那么多人，该休息的也就开始休息了。陈铁花也开始有了回家的时间，这天下午刚刚过了下班时间，她就回家了。于志刚一副惊讶状，问她咋回来了。她一听就生了气，冲着于志刚嚷道，这是我的家，我咋就不能回来呀？于志刚说，你都好多天没回家了，这冷不丁一回来，怪不适应的。陈铁花问，于小雨呢？于志刚向里屋翘了翘下巴，陈铁花就赶紧奔里屋去了。

于小雨是女儿的名字，由于连续加班，她都好几天没见到女儿了。于小雨此时已经三岁了，每天去幼儿园均由于志刚接送。于志刚也是大企业的工人，但为了支持陈铁花的工作，只能放弃了一些加班进步的机会，下了班就风风火火赶回家来照料女儿。陈铁花一进里屋就看见于小雨一个人坐在炕上，正在摆弄着一副积木。积木是莫静回南方探亲的时候带回来送给陈铁花的，于小雨非常喜欢，一个人能安静地玩上很长时间。见了陈铁花，于小雨并不怎么惊喜，只抬头看了她一眼，就又埋下头去摆弄积木。陈铁花脱口道，都是你爸爸遗传的，木头人似的。没想到这句话被尾随进来的于志刚听见了，他气愤地说，你平时管几天女儿？跟你不认生，不哭，已经算不错了！陈铁花想一想，也觉得不无道理，就不吭声了，一下子躺在炕上。此时，她才开始感觉腰酸腿疼，一种疲惫感不可遏止地爬上身体。

没躺多久，于志刚就把晚饭做妥了，可陈铁花一摊泥似的，赖在炕上不

肯起来。于志刚伸手硬拽，才算把她弄起来。在厂里干活时也没觉得怎么累，怎么回家反而不行了呢？陈铁花想，还是意志力的问题，你松一松，精气神就溜掉了。她强迫自己打起精神，先去用凉水洗了把脸，照镜子时吓了一跳，原本圆乎乎的脸竟然瘦了一圈，成长脸了。她回过头来问于志刚，你没看出我瘦成长脸了吗？于志刚说，看出来了，可有什么法子，我又挡不住你去加班。陈铁花说，几天没见，你倒比以前爱说话了。

接下来就是吃饭，于志刚和于小雨话都不多，陈铁花要是不说话，气氛就相当沉闷。陈铁花看着女儿埋头吃，忍不住说，小雨，你活泼一点儿好不好，别像你爸似的，半天撑不出一个屁来。显然话说得太损了，于志刚终于忍无可忍，放下筷子，瞪起眼睛说，谁的屁多你就跟谁去，我又没拦着你！陈铁花歪着头看他，说，你真是出息了，还跟我顶嘴。于志刚说，你又不是皇帝，我凭什么不能顶嘴呢？别忘了，我也是工人，不是用人，我也有工作的。

于志刚不生气的时候，陈铁花会经常性地忽视他的存在，一旦他生气了，陈铁花就没法忽视他了，想一想自己的话是有些过分，就努力软下来，把筷子递给他说，好好，是我不对，别绝食就行了。于志刚接过筷子，见好就收，又埋头吃起来。

第二天，就是一号机组达标试验的日子。由于睡了一宿好觉，精气神又回到了陈铁花的身上，脸变得生动了，走起路来也是飞快。她走进厂院时发现许多人在忙乎，有拉标语的，有捧着红纸做的大红花的，还有三五成群早早赶过来看热闹的，最绝的是，由家属组成的秧歌队也进了厂院。据说，上级领导也要来视察一号机组的达标试验，这对所有人来说是一种无形的鼓舞。大家的情绪都鼓胀着，个个像即将飘起来的气球，私下猜测着是哪位首长来，各猜各的，争论不休。

这一天对长门厂来说无疑是个特殊的日子，如果一号机组成功达标，就意味着其他机组也将成功达标。那时候，长门厂就将成为亚洲最大、世界上也数得着的超大型的火力发电厂了，也就是说，邵振军和许多职工的理想即将成为现实。

对于这一天，厂里是做过精心部署的。厂院里的庆祝活动由工会主席老罗组织，一号机组的试验现场则由总工程师孟良林指挥。

为了保护首长的安全，市公安局和厂里的保卫科在厂内外都做了安排，走来走去的安保人员为厂子增添了一份神秘感。陈铁花作为青年突击队的队长，也有幸走进了一号机组的主控室。这里的气氛相当紧张，人来得不少，但说话声却很少，大家几乎都屏住呼吸，眼睛盯在前面的一排仪表盘上。离试验时间还有半小时，邵振军陪着首长走进主控室，所有人起立、鼓掌，都激动得不行。好一会儿，气氛才恢复了平静。陈铁花发现邵振军比指挥试验的孟良林还紧张，他表情凝重，穿得不多，额头上却挂着一层汗珠。陈铁花还发现，他的鬓角已经有了些许的白发，被室内强烈的灯光一照，显得十分扎眼。

有人向孟良林报告，所有设备检查完毕，机组已处于启动状态。孟良林扭头看了看邵振军，邵振军很坚定地点了点头，孟良林就坚定地发出指令：启动！他的声音一落下去，机组运行的强大声响就骤雨一般从天而降，攫住了所有人的心。

接下来，身边不断有人向孟良林汇报机组的运行情况。一个小时很快过去了，这台五万负荷量的机组已经带了四万八的负荷，这是这台机组平时所带的最高负荷。又一个小时很快过去了，机组已带满了五万负荷，这是这台机组从来没有带过的负荷量。又一个小时很快过去了，机组运行参数稳定，状态良好，人们悬着的心慢慢落了下去。

成功了？邵振军问。

成功了。孟良林说。

成功了！邵振军高喊了一声，主控室即刻沸腾起来，众人一起高喊，成功了！过了一会儿，邵振军叫大家安静，说首长要讲话。首长发表了热情洋溢的讲话后，大家再一次热烈鼓掌。有人把成功的消息通知了厂院里的老罗，厂院里顷刻间鞭炮齐鸣，等得有些焦躁的人们爆发了，长门厂陷入一片欢腾之中。

几天以后，长门厂在俱乐部召开了庆功大会，一大批技改达标的功臣佩戴着大红花，走上主席台接受网局领导亲手颁发的奖状。第一个登台的是陈铁花，第二个登台的是孟良林，他们分别代表一线工人和工程技术人员。邵振军让陈铁花给大家讲几句话，面对台下一大片脑袋，陈铁花冲着话筒一时竟讲不出话来。在邵振军的催促下，她突然想起一句剧中的台词，就放开喉咙，大声喊道，谁说女子不如男！又觉得不过瘾，于是又临场发挥添了一句，妇女能顶半边天！说罢，在掌声和笑声中，逃似的离开了主席台。

猪 下 水

这一年国庆节，厂里给每个职工分了五斤猪肉。汽机分厂负责分肉的是党支部书记葛洪波。肉分到最后，剩下了一大堆猪下水，葛洪波犯了难，对施玄山说道，这堆猪下水可咋办？施玄山想了想说，给你给我都不是个事，我看还是奖给有功之人吧。陈铁花是达标的功臣，这堆猪下水就奖给她吧。葛洪波也觉得施玄山说得有理，就派人把猪下水给陈铁花送到了家。

此时，这堆猪下水就摆在陈铁花家的厨房里，面对着它，陈铁花和于志刚都有些头疼。他俩从来都不吃猪下水，就是再没油水，就是煮清汤喝，他们都不愿碰这堆猪下水。于志刚说，要不，咱们送人吧。陈铁花说，送谁呀？把分厂奖励你的东西送人，施主任能高兴吗？于志刚说，送给你家，别人不会有什么话说吧。陈铁花说，算了，我爸我妈也不爱吃。于志刚说，那怎么办，总不能扔掉吧？陈铁花想了想，有了主意，说，对，还是送给施主任吧，他就爱吃一些特别的东西，想当年我送泥鳅给他，把他高兴得不得了呢！

这天晚上，陈铁花拎着猪下水去了施玄山家。施玄山看着这一大堆猪下水说，这是我奖励给你的，你怎么反送给我了？陈铁花笑道，咱分厂最累的人就是你了，送给你补补身子最合适。施玄山蹙起眉头说，这不合适吧？陈铁花说，没啥不合适的，再说我家都不吃猪下水，你总不能让我扔了吧，浪费有罪呀! 施玄山这才展开眉头,说,猪下水是最好的吃食,知道不? 吃东西也是讲品位的,会吃猪下水就是有品位。这样好不好,你留下一起吃我烹制的猪下水。陈铁花讲了一堆好听的话,但还是告辞了。

陈铁花没有直接回家,而是先去了独身宿舍,敲开了莫静房间的门。连日来忙着达标的事,很少有和莫静聊天的机会,不聊天了,关系也就疏远了。陈铁花不想失去这个朋友,就觉得有必要来和她聊一聊。一进屋,见莫静正在梳头,就凑过去想帮她梳,被她拒绝了。莫静说,我不习惯别人给梳头。陈铁花只好算了,退到一旁,她发现莫静依然用着当初那把牛角梳,想一想自己那把心爱的木梳已经丢了,心里就涌起一种很惆怅的感觉,觉得许多事已恍如隔世了。

莫静梳好了头,指着一旁的床铺说,看这张床,就像你昨天还睡过一样。陈铁花把深有感触的目光投过去,她看见那张熟悉的床铺上没有物品,但却铺着干净的床单,想必是莫静有意为之。莫静仍然住着她的上铺,宁可空着下铺,也没有搬下来。对面的铺位依然空着,上面只有草垫子,没有床单,显然还没有人住。其实宿舍的床位已经开始紧张了,但莫静说过,这是有人替她跟管后勤的领导说过话。那个替她说话的人是邵振军吗? 陈铁花没有问,莫静也没有说。

陈铁花的目光还是回到自己曾经住过的那张床上,床单是浅粉色的,是一种让人舒服的暖色调,床沿处有一些细小的皱褶,显然是被人的屁股压过。这压过它的人除了莫静,还会有谁呢? 陈铁花的视线自然下滑,落到了床铺的下面。下面是空的,水泥地面被擦得很干净,没堆一点儿杂物,那么一大块地面只放置着一双皮鞋。也正因为没有杂物,那双皮鞋就显得十分扎眼。皮鞋很精致,三接头的,黑色,接头处镶了一小块棕色的皮子,居然是一双男式的皮鞋,居然是一双熟悉的男式皮鞋。陈铁花瞪大眼睛,马上想起了尤大海,据她所知,在长门厂只有屈指可数的几个男人有这样的皮鞋,尤大海、孟良林、施玄山,好像她只看见这三个男人穿过这样的皮鞋。听尤大海说过,这双皮鞋要一百八十元呢,这在当时绝对是天文数字了,除了几个工资高而

且爱玩些小情调的人，谁能买得起或者舍得买这种皮鞋呢？

莫静发现陈铁花直了眼，下意识地瞥了床下一眼，脸上掠过一丝慌乱。

一种顺理成章的联想令陈铁花不寒而栗，这个男人难道是这三个人之中的一个吗？施玄山正人君子一个，显然不可能打莫静的主意。孟良林倒是和莫静有相投的地方，但莫静说过，他们只是师生关系，莫静是不会和她撒谎的。除去这两个人，只剩下尤大海了，尤大海那么好色，而莫静又那么漂亮，他是很有可能来招惹莫静的。陈铁花忍不住脱口而出，莫非和你好的那个人是尤大海……

莫静说，你不要瞎猜。

陈铁花说，我可不是瞎猜，他的鞋都在这儿，还不说明问题吗？

莫静沉默了，低下了头。陈铁花有些想不明白了，莫静怎么能和尤大海搅在一起呢？想当初她跟了尤大海，那是为了学到绝技，莫静又不需要学他的手艺，怎么会和他有染？

陈铁花说，你不该让人占便宜呀！

莫静说，你别说了好不好，我不想听。

陈铁花说，可我还是要说，他到底哪儿吸引了你，是他的手艺吗？

莫静说，我不是你，别拿你的标准来衡量我。

两个人都急了，都红着脸看对方，都不知下一句该说什么，不期然间，都有了切肤的痛感。

第二天，陈铁花找到了尤大海，要他放过莫静。起初尤大海做出一副不解的样子，皱着眉头问，我怎么放她，她又不是一只小鸡被我抓住了，用得着我放吗？陈铁花说，你别跟我装糊涂，你是我师傅，你是啥人我最清楚了，我劝你还是积点儿德，放过莫静吧。尤大海似乎明白了什么，突然放声大笑起来，笑够了，歪着脑袋对陈铁花说，你别给人家莫静脸上抹黑了，我是真的想跟她，可她太漂亮了，有点儿像圣女，我都不敢下手。我说铁花，你别跟那些爱嚼舌头的人学，说莫静是烂女人，我第一个反对。

我可没说莫静是烂女人，但为了防止她成为烂女人，我必须警告你，放过她。陈铁花说。

尤大海斜着眼睛看着陈铁花，阴阳怪气地说，放过她嘛，可以，不过，你得再陪我一次。陈铁花听了真想打他一个嘴巴，手伸出去后又收了回来，只用鼻子哼了一声，就气呼呼地走了。

也就在这一天，出了大事。经有关部门审查，供应科的马科长在购进技改用的零件时贪污了一万元钱。一万元钱，在那个艰苦的年月里不算小数目了，邵振军二话没说，把他送进了检察院。为此，厂里还开了职工大会，邵振军在大会上慷慨陈词，一个多小时的讲话，多次赢得大家的掌声。邵振军说，长门厂是社会主义的发电厂，在这个厂，不但要人人有饭吃，有衣穿，还要人人平等，任何人都不得搞特权。如果发现谁搞了特权，谁占了公家的或者个人的便宜，请立即向厂党委汇报，我们决不会姑息，绝对会严肃处理……正是从这一天开始，陆续有人被揭发，陆续有人受到了处分。

令陈铁花没想到的是，施玄山也遭到了揭发，并受到了厂里的警告处分，被揭发的原因居然就是他收受了陈铁花送的猪下水。陈铁花为此很不安，她特意去了厂长的办公室，找到了邵振军。

猪下水是我送的。陈铁花说。

我知道是你送的。邵振军说。

要怪可以怪我，咋能怪施主任呢！陈铁花说。

他收下了，就是他的错。我曾在大会小会上说过无数遍，长门厂既要成为亚洲最大的发电厂，也要成为一块人人平等的净土。干部收受工人送的东西，就是不平等，就是违反了党的纪律。邵振军说。

又不是他主动要的，是我主动送的。陈铁花说。

这都不重要，重要的是他收下了。邵振军说。

只是一堆猪下水，又不是什么贵重的东西，至于这样吗？陈铁花说。

贵重不贵重也不重要，重要的还是他收下了。邵振军说。

陈铁花没想到，这个看上去平易近人的厂长竟然如此固执与强硬，她急了，扯开嗓子喊道，是谁这么阴损，把这屁事也给汇报了？邵厂长，你告诉

我是谁！邵振军说，我们会为检举者保密的，你就别问了。说罢便再不理睬陈铁花了。

陈铁花想哭，但还是忍住了。往回走的路上，她一直在想告密者是谁，她送猪下水的时候也没遇见什么人呀，别人怎么会知道这件事呢？她想不通，就直接去了分厂办公室。

施玄山正坐在自己的办公桌边吸烟，他阴着脸，十分沮丧的样子。见了陈铁花，他弹了弹烟灰，一声未吭。陈铁花想一想平日施玄山对自己的好，就愈发内疚，嘴一咧，终于忍不住哭了。

哭什么，让人看见不好。施玄山说。

我对不起你，施主任，早知道这样，打死我也不会送你猪下水的。陈铁花说。

是我不该收，怪不得你，怪我自己。施玄山说。

是哪个缺德的家伙告的密？陈铁花说。

不要问了，我也不想打击报复。施玄山说。

这时候，葛洪波推门走了进来，见陈铁花在抹眼泪，他的脸上就掠过一丝不易察觉的轻蔑神情。施玄山问葛洪波有什么事，葛洪波看了看陈铁花，又看了看施玄山，说，正好陈铁花也在这儿，大家商量一下也好。有人反映，说最近莫静好像又和人有过幽会。施玄山突然大发脾气，冲着葛洪波吼道，人家和谁约会是人家的自由，你管得着吗？我劝你还是少管闲事。施玄山是个脾气温和的人，陈铁花从来没有看见过他如此大动肝火，就有些发愣。葛洪波倒是不甘示弱，说，施主任你这么说就不对了，这咋能叫闲事呢？莫静是我们分厂的职工，出了事我们是有责任的。施玄山不耐烦地挥挥手说，我只管生产，你是书记，这事你愿意咋办就咋办吧。葛洪波也有些发急，说，既然如此，那我就全权负责这件事了。

第 五 章

干群关系

那个年代，干群关系不是很紧张，尤其在长门厂，应该说干群关系是比较融洽的。因为邵振军提倡人人平等，平等了的干部和工人就不会有太大的矛盾了。

当然，小矛盾还是有的，干部毕竟是领导，工人呢，毕竟是接受领导的，领导者与被领导者之间闹些小矛盾，是在所难免的。发生干群纠纷时，邵振军大都会倾向工人一些，他觉得对干部严格要求准没有错。

一号机组的达标给邵振军增添了无穷的信心。他知道，全厂达标已经是指日可待的事情了，也就是说，他的梦想即将成为现实。现在要做的，就是加快脚步，让这个日子尽快到来。

许多人知道，除达标之外，邵振军还有一个梦想，那就是把长门厂建成一个理想的小社会。在这个小社会里，人们不愁吃穿，不愁工作，甚至不愁爱情，不必为任何事情发愁。这里当然人人平等，有福同享，大家都是为了建设社会主义而工作和生活。这里也不会有欺诈、偷盗、通奸、强暴等事件发生。当初他参加革命，不就是为了建设一个这样的社会吗？

可是谈何容易，就在他掌控的这一小块土地上，竟然出现了马科长这样的败类。犯了罪的虽然只有马科长一个人，但类似的事情却屡见不鲜，比如他很欣赏的施玄山，虽然收受的只是一堆猪下水，不值多少钱，但此

风滋长起来，问题就严重了。处理施玄山的时候，他的感觉和挥泪斩马谡差不多。

邵振军也知道，自己的理想是有些脱离实际，不说别的，就说最简单的爱情，就很难做到不愁。比如他自己吧，他喜欢莫静，可莫静就是不买他的账，他虽然是长门厂的最高领导，却一点儿办法也没有。

有一次，邵振军和孟良林单独在一起吃饭，因为彼此都喝了一点儿酒，说出的话就都很直。邵振军说，工厂是国家的就是好，要像旧社会一样，都是个人的，大家干起活来哪有那么大的积极性呀！孟良林先是不接茬，邵振军一再让他说说看法，他才开口道，依我看，不是国家的才会有更大的积极性，现在企业都是国家的，连个竞争都没有，更别说市场了，哪还有进步的动力呀！邵振军立即板起面孔，正色道，你这纯粹是资产阶级的论调，要是头些年，你不是反革命也是右派了。孟良林说，要不是有你保护我，我恐怕早就被抓起来了，我感谢你，信任你，才敢于说一说真正的看法。邵振军说，你可别拿我的真诚当保护伞，这种论调还是不说的好。孟良林说，今天也是话赶话，不吐不快了。如果长门厂是我个人的，我是绝对不会这么管理的，当然，这种达标也是不能搞的。邵振军瞪起眼睛说，你还是对搞达标存有偏见，不过你也别痴心妄想，这长门厂是永远不会回到资本家手里的。

话不投机，也就没有深入聊下去。若干年后，当长门厂与外商合资并由外商控股的时候，邵振军会不会想起这段谈话呢？当然，到那时候，长门厂已经不是邵振军的时代了。

干群矛盾依然是不可避免的。有一天，邵振军正在办公室看一份文件，电话铃骤然大响。电话是章玉闻打来的，她用急切的口气说，不好了，邵厂长，我们葛书记和一个工人打起来了，打得可凶了。邵振军问，动手了吗？章玉闻说，动手了，葛书记还打了人家一拳呢！邵振军皱起眉头说，你们汽机分厂怎么搞的，主任刚出过事，书记也来凑热闹了？说罢狠狠地把电话撂了。

邵振军立即起身，去了汽机分厂。此时正是下午两点多钟的光景，葛洪波办公室的门口聚集着一群浑身沾满油污的工人，往里看，办公室的地上洒了好多水，一只暖水瓶的残骸躺在一堆碎玻璃片上。一个满脸是血的汉子正发狂地指着葛洪波臭骂，要不是有人拦着，他几乎就要扑到葛洪波身上了。葛洪波躲在自己的办公桌后面，表情有些呆滞，见邵振军来了，他苦着脸摇摇头，一声不吭。这时，章玉闻挤过来，详细地说了一遍情况，邵振军才弄清是怎么一回事。

事情原来是这样的：因为是大会战，中午厂里就免费供给一顿午餐，每个班组按照人数到食堂去领，然后平均分给大家。青年突击队这天应该有十八个人吃饭，可领来的饭却只有十六份，这样，分到每个人碗里的自然也就少了一些。大家都有些不悦，但都没说什么，只有洪天良趁机向队长陈铁花发难，问她为什么会少领两份饭。陈铁花也不知道为什么会少了两份，可能错在自己，也可能错在食堂，但经洪天良一问，心里就有些不是滋味，就没好气地说，谁都有失误的时候，多了就多吃，少了就少吃，总不能因为吃的去找人家，多丢人呀！洪天良来了犟劲，就和陈铁花顶上了牛，他冲着陈铁花说，这不是多吃一口少吃一口的问题，共产党提倡实事求是嘛，明明十八个人，怎么就给了十六份饭呢？弄不明白，这饭吃着就别扭，就不香。陈铁花知道这个师兄一贯和自己过不去，听他这么说，气就更大了，也冲着他嚷道，你什么意思，难道还是我贪污了这两份饭不成？洪天良说，我没说你贪污，我只是想弄明白，为什么会少了两份。陈铁花说，要想弄清，你自己去食堂吧，不去的不是男人。洪天良被反将一军，索性真的去了一趟食堂，可食堂的人说什么也不承认少给了两份。这一下洪天良就抓住理了，陈铁花反而说不清楚了，气得她出了一身的汗，抓住洪天良的一只胳膊，去分厂办公室找施玄山评理。施玄山不在，他们俩就去了葛洪波的办公室，要葛洪波给评评理。葛洪波听了他们俩的陈述后，不耐烦地说，为了达标，大家都忙得不可开交，你们却因为少吃一口饭闹起来，太不像话了！陈铁花争辩道，现在已不是一口饭的问题了，已经关系到我的名誉问题了，不弄清是不行的。葛洪波也觉得理在陈铁花这一边，就训斥洪天良道，知道不，你们队长可是达标的功臣，是技术状元，是劳动模范，破坏了她的声誉，这责任你负得起

129

吗？洪天良不服气，当时就翻了脸，指着葛洪波的鼻子说，你这是官官相护！葛洪波说，什么官官相护，向情向不了理嘛！洪天良说，不是官官相护，也是私情相护！谁不知道，陈铁花帮你追过莫静，你欠人家的情，所以你才向着她。葛洪波被戳到了痛处，整个人一下子从椅子上弹了起来，他凑近洪天良说，你别瞎说好不好？洪天良也是在气头上，说话没遮没拦，继续挖苦道，要不是莫静瞧不起你，说不定你早和她成一家了，也不会像现在这样，总给人家小鞋穿。葛洪波说，你血口喷人！洪天良说，你说我血口喷人我就血口喷人了，你又能把我怎样？由于吐沫星子喷到了葛洪波的脸上，葛洪波用手一抹，有根手指就碰在了洪天良的鼻子上。洪天良鼻子一酸，伸手就推了葛洪波一把。葛洪波以为洪天良要打他，下意识地就出了一拳，正好又打在洪天良的鼻子上，鼻子里的血即刻汹涌而出，染红了洪天良的半张脸。洪天良不干了，扑过去和葛洪波扭打在一起，办公桌上的水杯和暖水瓶一起被撞到地上，发出了噼里啪啦的爆裂声。要不是迅速赶到的人们把他们拉开，凭洪天良的身材和力气，非把葛洪波揍扁了不可。

乱弹琴！邵振军说。

洪天良叫邵振军给评评理。邵振军瞪起眼睛说，现在不是评理的时候，你先去卫生所处理一下，然后等候处理决定。邵振军的威慑力是不容置疑的，洪天良果然停止吵闹，乖乖地去了卫生所。其他围观的人也知趣地散开，办公室里只剩下邵振军、葛洪波、章玉闻和陈铁花。葛洪波自知闯了祸，低下头去不吭声。

让我说什么好呀？施玄山刚刚挨过一个处分，你又出事了。邵振军说。

这事不能怪葛书记，都怪我失误少领了两份饭，更怪洪天良这小子太张狂、太混蛋了。陈铁花说。

我说一点儿意见吧，我觉得不管是啥原因，我们党员干部都不能和群众斗，更不该动手打架。章玉闻说。

小章说得对，不管什么原因，党员干部都不能和群众斗殴。党员干部是什么？是为群众服务的。动手打群众，那我们还是共产党员吗？邵振军说。

不是葛主任先动手的。陈铁花说。

不必争辩了，都等着厂里的处理决定吧。邵振军说。

不容别人再说什么，邵振军拂袖而去。

几天以后，处理决定就下来了，对洪天良只是提出书面批评，而对葛洪波却是撤职的处分：调出汽机分厂，到供应科去做一名普通管理员。这完全出乎大家的预料，都觉得对葛洪波处理得重了一点儿。但想一想这件事，又都觉得十分感动，厂子毕竟是把工人放在第一位的，毕竟对干部的要求要严格得多。这样，当工人的就都有了自豪感和自信心，当干部的也引以为戒，做起事来更加小心了。

突击队队长

青年突击队虽然是临时性的队伍，但却是要多重要有多重要的队伍。各分厂的突击队队长和班组长是平级的，但开会念人名的时候，却总是要把突击队队长放在第一位，这充分显示了这个职位的重要性。陈铁花也知道这个职位的重要性，厂里那么多年轻人，能当突击队队长的又有几个？陈铁花怎么想怎么觉得自己是有大出息了。她做事向来都是有计划的，唯独当这个队长是个例外，她想都没想过要当这个队长，可得来却全不费工夫。看来人要是走顺了，挡都挡不住。

那个年代，企业里党政领导的排序是党支部书记在前的。突击队里没有党支部，只有党小组，也就是说，没有书记，只有党小组组长，排序的时候，陈铁花这个队长就理所当然排在了第一位。党小组组长章玉闻很不服气，可又说不出什么来，就暗暗和陈铁花较上了劲。不管队里做什么决定，章玉闻总是和陈铁花唱反调，这儿有问题、那儿有问题的，决定就很难做出来。陈铁花越来越反感章玉闻了，就暗自打定主意，一定要想办法整治整治她。

二号机组技改的时候，三号机组的给水泵坏了，水泵班的人员都投在

二号机组的技改现场，人手不够，就向青年突击队求援，突击队的性质就是哪里需要往哪里去。分派人手时，陈铁花故意给章玉闻戴高帽，说，咱突击队能干这种大活的就是你和我了，要是多一些像你这样的队员就好了。章玉闻不知是计，顺杆往上爬，得意地说，人才总是少数，要都是人才，人才也就不叫人才了。陈铁花马上说，今天我已经答应崔大力去帮他们刮瓦，这修给水泵的活，只能你带人去了。章玉闻不好推辞，便想带高手洪天良。陈铁花摇摇头说，洪天良也已经派出去帮本体班干活了，有你这高手带队，去两个手差一点儿的也不会有问题吧？章玉闻无奈，只得带了两个新手去修给水泵。

陈铁花知道，章玉闻的强项是耍嘴，是搞活动，干活的手艺却不高，修给水泵这种活她是很难干好的。事情也果然不出所料，当陈铁花陪着施玄山和几个分厂里的人去验收时，章玉闻弄了一脸的油污，活却没有干好，还把解体的给水泵搞得乱七八糟的。施玄山问她怎么搞的，她支支吾吾，一句完整的话也说不出来，样子十分狼狈。陈铁花开心极了，她当众出手，没怎么费力，就把给水泵给修好了。

作为突击队队长，与各班组长之间的关系是很难达到你好我好的。帮得多了，自然人家说你好；帮得少了，就难免落埋怨。与分厂领导的关系也很难做到你好我好，毕竟突击队有一定的机动性，任务不是硬性的指标，这样，派往各班组的力量就很难均衡，也很难与分厂的领导达成统一。二号机组技改时就发生了矛盾。陈铁花因为和崔大力是师兄妹，又相处得不错，加上她以前是本体班的人，本体班又是最重要的班组，她就把突击队的大部分力量都投入了本体班。于是，其他班组就有意见了，就反映到了施玄山那里。施玄山也觉得陈铁花做得有失公平，他亲自赶往现场去找陈铁花。

中午时分，陈铁花和队员们与本体班众人扎在一堆吃饭。施玄山赶来，他一屁股坐在陈铁花的身边，看了看对面的崔大力，又看了看身边的陈铁花，说，突击队和本体班好像合二为一了。崔大力笑道，那样最好，我们的力量增强了，达标任务也一定会提前完成。施玄山皱起眉头说，好什么好？就知道顾自己的班组，这是本位思想，要不得的。转而又对陈铁花说，我得批评你几句，你们是分厂的突击队，不是本体班的，要把其他班组兼顾好。陈铁花放下手里的饭盒，盯住施玄山问，请问施主任，这大会战，哪个班组分量最重？施玄山转了转眼珠，但还是毫不犹豫地说，当然是本体班。陈铁花说，这就对了，突击队，突击队，就是哪里重要往哪里去，这还有错吗？施玄山说，我也不是说不对，就是怕别的班组有意见，不好。陈铁花就是瞧不起知识分子的这种软弱劲，她轻蔑地冲着施玄山一撇嘴，大声说，要怕我就不当这个队长了，谁愿说什么谁就说呗！施玄山脸上有些挂不住，他站起身来，狠狠说道，反正话我说完了，至于怎么做，你看着办！说罢拂袖而去。

不要小瞧施玄山的拂袖而去，正是从这里开始，陈铁花在突击队，甚至在本体班的威信赫然树立起来。大家都觉得陈铁花不光手艺高超，还是个敢于抗上的有魄力的人，跟着这样的人干，有意思，不会有亏吃。

过后，陈铁花觉得有些对不住施玄山，毕竟欠着人家的，还这么当众顶撞人家，有点儿不像话了，就单独找到他，赔了礼。

每天早晨上班后的第一件事，就是开班前会，每个班组都是如此，突击队也不例外。众人围坐在休息室的长条桌边，听队长训话，布置一天的工作。大家坐的都是长条凳，每个凳子能坐三四个人的那种，只有陈铁花一个人坐着一把嘎吱嘎吱响的单人椅子。这把椅子本身没什么了不起，甚至还不如那些长条凳结实，但这把椅子对陈铁花却是重要的。只有坐在这把椅子上，她才会觉得自己是群龙之首，是了不起的。起初坐这把椅子还有些不习惯，但坐着坐着，就习惯了。有一次章玉闻抢坐在这把椅子上，令陈铁花几乎半天没喘匀气。

当然，这把椅子不是坐着玩的，上面的人是要干事情的，最起码，要把一天的工作井井有条地分配下去。分配别人干什么活，很考验领导才能，陈铁花似乎天生就不缺少这种才能，做这种事是得心应手的。队里除了章玉闻和洪天良外，几乎没有谁不服气，对她分配的活，也都能用心去完成。

当然，队长的职责绝不仅仅是分配别人干活，还有许多杂事需要管。有

一次，突击队的两个女工在一起聊起莫静的生活问题，你一句我一句的，把莫静给妖魔化了，说到开心处，就咔咔地笑。恰巧尤大海路过这里听见了，他脸一拉，冲着两个女工破口大骂，臭娘儿们，就知道嚼舌头，人家莫静怎么也比你们强，瞧你们那模样，白让人上也不会有人愿意上！两个女工虽然对尤大海有些惧怕，但被骂到这份上，也就不怕了，都敞开嗓门与他对骂，骂尤大海是看上莫静了，才会心疼她。有人赶紧把情况汇报给了陈铁花，陈铁花赶到时，两边舌战正酣，骂出的话简直没法听了。陈铁花冲过去，训走了两个女工，转回身对尤大海说，尤师傅，好男不跟女斗，你跟两个女的吵什么呀？尤大海愤愤地说，我最瞧不起背后讲人家闲话的人！莫静怎么了，不就是长得漂亮点儿，打扮得时髦点儿，还是个单身吗？人家和别人约会碍着谁了，那是人家的自由，人家爱和谁约会就和谁约会！陈铁花说，尤师傅，我也觉得你说得有道理，但还是不要和别人吵，这样会影响你这个权威的名声的。尤大海说，名声是名声，道理是道理，有理不讲还算什么人呀！

这件事发生后，章玉闻找到陈铁花，问这件事应该怎么处理。陈铁花说，两个女工我已经批评教育了，进一步的思想工作，由你这个党小组组长去做吧。至于尤大海，他不是咱们突击队的人，我就没办法管了。章玉闻说，他总归是汽机分厂的人吧？陈铁花见她这么说，就顺势将了她一军，说，你是分厂的支委，你应该管得了他。说罢心想，连施玄山都让尤大海三分，看你章玉闻有什么办法。令陈铁花意外的是，章玉闻并没有知难而退，而是挺着腰杆引用了邵振军的一句话，她说，在长门厂是人人平等的，尤大海手艺再高，也不能例外。他的生活作风问题，早就该解决了，这种大是大非的问题，我们绝对不能再妥协了。说到这里，她突然压低了声音，凑到陈铁花的耳朵根底下说，风传莫静和尤大海之间也说不清楚，我看就用整治尤大海的机会把莫静也牵出来，达到教育她的目的。

陈铁花说，莫静又不是突击队的，这事我管不着。

章玉闻说，你是党员，是党员就推卸不了责任。

陈铁花没话说了。

章玉闻说，你和她是朋友，这件事你应该清楚吧？

陈铁花没吭声。

章玉闻说，我希望得到你的配合，你也有责任配合我的工作。

捉　奸

陈铁花觉得章玉闻为人越来越刻薄了，同住一个宿舍时她是很随和的，没想到此时会变成这样。章玉闻是个很积极的人，难道人一积极上进了，性格就变刻薄了？陈铁花怎么想怎么觉得别扭。

但别扭归别扭，她还是要支持章玉闻工作的，章玉闻毕竟是突击队的党小组组长，还是分厂的支委，她没理由不支持她。只是一想到莫静的处境，她就有些头疼，替莫静捏了一把汗。

陈铁花知道，章玉闻已经派了一个积极要求进步的青工对莫静实施了跟踪。也就是说，莫静的私生活已经被人家窥视了。那个年代，陈铁花还不懂得私生活是属于自己的，她和章玉闻一样，觉得每个人的私生活是与大家分不开的，是应该接受群众监督的。尽管如此，她还是留了个心眼，悄悄把这件事透露给了莫静。

陈铁花没想到，莫静把这件事告诉了施玄山，施玄山找到章玉闻，冲着她大发脾气。当时陈铁花也在场，她从没见施玄山这么暴怒过，本来文质彬彬的他居然说了好几句粗话，都语无伦次了。章玉闻红了脸，也急了，尖刻地反击道，我盯梢怎么了？我是为了挽救她，你犯得上这么反感吗？施玄山说，这叫挽救吗？这叫把人家往死里整。你这么做太卑鄙了。章玉闻说，到底是我卑鄙还是她卑鄙？我看你是站错了立场。我一定要把这个情况汇报给厂党委。

事情过后，章玉闻悄悄对陈铁花说，看来施主任的立场有问题，这件事以后我们就不用向他通报了，有情况由我直接向厂里汇报。陈铁花点了点头，

没有吭声。

陈铁花心里是想帮莫静的，怎么帮呢？总不能帮着她学坏，去为她的生活问题打掩护吧！帮也只能是正面地帮，比如赶紧帮她找个对象，有了对象，成个家，她也就不会再乱找男人了。这个想法令陈铁花振作起来，说做就做，只用了几天工夫，就通过于志刚在铁合金厂确定了人选。这个人叫夏秋发，是一名工程师，文化程度与莫静十分相配，只是有过短暂的婚史，但没有孩子。结婚仅仅半年，他的老婆就死于工厂里的一次事故，他受到的打击太大了，一颗心跟着老婆一起死了。整整八年，他没有考虑再婚的事情。陈铁花跟着于志刚去做了大量的思想工作，才算把夏秋发的一颗心唤醒，他把自己草草地打扮一番，就随着陈铁花和于志刚登上公共汽车，来到了长门。

事先，陈铁花是跟莫静打过招呼的，尽管莫静一口回绝，但陈铁花依然觉得这事有门儿。当宿舍的门被敲开，莫静的表情很惊讶，也很无奈，她还算给陈铁花面子，没有当面拒绝。夏秋发被莫静的美丽所震撼，只看了一眼，脸就红得不成样子。陈铁花对莫静说，夏工程师和你都是知识分子，你们在一起一定会有共同语言的。莫静冲着夏秋发尴尬地笑了一下，然后恶狠狠地瞪了陈铁花一眼。陈铁花只当没看见，兀自哈哈地笑。

夏秋发显然是相中了莫静，他不停地说话，看得出，他是在极力地表现自己。他讲了一些自己读大学时的事情，又讲了一些铁合金厂的事情，他说，我们冶金系统和你们电力系统一样，都是国家支柱性产业。那话外之意连陈铁花都听懂了，两个人都是大学生，又都是国营大型企业的工程技术人员，彼此条件是相当般配的。莫静平时话就不多，不高兴时就更不愿说话。整个过程都是夏秋发和陈铁花在说话，莫静像是一个走神的听众，即使眼睛看着人，也是一副心不在焉的样子。

送走夏秋发，莫静就开始埋怨陈铁花，说陈铁花不应该在她还没同意的情况下就把夏秋发带来，这让人很不好受。陈铁花说，你们这些文化人就是臭讲究，什么好受不好受的，你们门当户对，赶紧成一对算了。莫静说，这件事，我还是希望你别管。陈铁花有些不高兴了，板起脸说，我是在帮你。知道吗？只要你成了家，谁还敢对你指指点点呀！莫静说，我不怕。陈铁花说，不是你怕不怕的事，而是你不能再这样下去了。

见自己说不通莫静，陈铁花就想找别人帮着说一说，找谁呢？平时莫静很少和人联系，一般人的话她是不会听的。对了，何不找分厂里说话分量最重的施玄山，要是施玄山肯出面，说不定莫静会听他的话的。

主意打定，陈铁花就找到了施玄山，把事情原原本本说了一遍。施玄山面露难色，说，我跟她说，合适吗？陈铁花说，你说最合适了，你是她的领导，我看得出，她对你还是很尊重的，你的话也许她真的能听。施玄山沉吟片刻，长叹了口气说，好吧，那我就试一试吧。

陈铁花不知道施玄山是怎么和莫静说的，效果令她十分惊喜，莫静果真听从了施玄山的劝告，答应和夏秋发相处了。陈铁花找到章玉闻，对她说，别再监督人家莫静了，莫静已经有对象了，她不会再和其他人约会了。章玉闻说，那可不见得，我们还是不能掉以轻心。

接下来的盯梢一无所获，莫静除了和夏秋发走动，和其他人几乎没有任何往来。章玉闻见状，也失去了信心，停止了对莫静的监督。陈铁花也如释重负地松了一口气。

日子飞快地流逝，转眼三个月过去了。这三个月里，长门厂已经有四台机组达标了，莫静和夏秋发的关系，也在这三个月里有了突飞猛进的发展。据说，他们已经开始谈婚论嫁了。

可是，就在这时候出事了。有人向章玉闻汇报说，有一天晚上，又看见莫静和一个男人爬上了厂房的"十四米处"。由于那个男的戴着安全帽，穿着每个人都穿的工作服，而且还戴着口罩，没法看清是谁，但莫静是看得清楚的，她的秀发和身段，是工作服所无法掩盖的。章玉闻一听就急了，立即把这件事告诉了陈铁花。很显然，这个男人绝不会是夏秋发，那么他是谁呢？不管他是谁，莫静的错误是不可原谅的，都快和人家结婚了，居然还去会野

男人。陈铁花也气愤了，她怎么也想不通，文静似水的莫静怎么会变成这个样子。

章玉闻说，看来我们只能采取新的措施了。

陈铁花问，什么措施？

章玉闻说，捉奸！

陈铁花说，这不好吧。

章玉闻说，这没什么不好，捉奸不是目的，我们这么做是为了挽救莫静，警示大家。现在你怎么跟莫静讲也是无济于事的，让她出了丑她才能醒悟，以后才不会再这么做，这叫置之死地而后生。

要命的是，此时陈铁花也觉得章玉闻的话不无道理了。就这样，一个捉奸的计划很快拟订好了，参与拟订计划的不过四五人，没有通报施玄山，由支委章玉闻牵头，行动前保守秘密。秘密也的确保守得不错，连陈铁花也没有向莫静透露半点儿风声，但到实施的时候，这个消息还是像长了翅膀，一下子飞遍了整个厂房。

陈铁花心里明白，那个男人十有八九是尤大海，除了尤大海，谁还能如此不要脸呢？根据盯梢所掌握的情况，时间被锁定在一个下午，行动的时候，好多人奔走相告，兴高采烈的表情从一张脸迅速传向另一张脸，整个厂房几乎都被一种亢奋、狂热的情绪所笼罩，氛围一点儿也不亚于全厂性的技术比武。不知就里的似乎只有两个当事人，也许他们被自己酿造的酒给灌醉了，在秋日明朗的阳光下，他们变得麻木而又弱智。

"捉奸"在那个年代绝对是个诱人的字眼，这个字眼在一大群患了娱乐缺乏症的人当中，焕发出了一种超出寻常的力量。他们像是去看一场精彩的文艺演出，脸上皆泛出一种急不可耐的光芒。有人甚至高喊，走啊，捉奸去！巨大的诱惑使这个声音迅速得到回应，捉奸去！声音越来越壮大，整齐划一，口号般响彻厂房，可与巨大的机器噪声一争高下。

一支捉奸队伍从青年突击队的屋子出发，走在最前面的是章玉闻和洪天良，陈铁花也去了，但并不靠前，只是夹杂在人群中间。队伍走在厂房的过道上，厂房的窗户都开着，秋风汹涌而入，大家的头发和衣服被秋风吹着，发出旗帜一样的猎猎之声。这支队伍越走越壮大，其他分厂的人听说要去捉奸，都情不自禁地加入了这支队伍。章玉闻几次劝告，要大多数人回去工作，别凑这份热闹，但几乎没有人听她的，大家兴奋得快飞起来了。

当"十四米处"的一间小库房的门被强大的队伍撞开的时候，陈铁花仿佛听到了一种暖水瓶落地的声音，那碎片像水花一样迅速绽放，在碎片的反光中，她看见了莫静那张惊惧到极点的破碎的脸。喧嚣的队伍刹那间安静下来，他们瞪大眼睛，除了看见衣冠不整的莫静外，还看见了一个衣冠不整的男人。令他们更加惊讶的是，那个男人居然不是尤大海，而是分厂主任施玄山。

一场秋雨

这一年秋天，长门一带下了一场大雨，不是那种来得猛去得也快的大雨。初下时人们并没怎么当回事，它不猛烈，不像瓢泼，下得不紧不慢，一整天了，也没见停的迹象。东北地区向来秋天少雨，这回算是补上了。转天早晨雨依然没停，地面上到处是水，厂区也发河了，厂房门口又堆起了防水的沙袋。人们出出进进都一溜小跑，撑起的伞被风一吹便走了形，伞帽翻到上面去，撑伞的人样子便十分滑稽。工人们大都做好了准备，一旦厂房进水，便会自觉赶来，奔赴第一线抗洪。

这场雨下了两天一夜，树上残留的叶子几乎全部被浇掉了，树枝光秃秃的，随着风东摇西摆。家属区的房子有好些开始漏雨，人们用盆盆罐罐接着，屋子里滴滴答答倒是添了许多生机。

雨是在晚上停的，没有什么预兆，哗哗下着的雨说停就停了。排水沟能力有限，厂区的几条道路上积满了水，厂房防护得很成功，始终没有进水，

看来是接受了上次水灾的教训，防水防出经验了。趁着还没天黑，人们走出屋子，蹚着积水，说着感受，说真是邪门，这季节了，下的哪门子雨呢？

厂房虽然没有进水，但房顶却有不少漏雨的地方，有一个工人去"十四米处"查看，刚走到捉过奸的那个小库房门口，眼睛就直了，嗷的一声惨叫，掉头就往回跑，找到人说，吊死鬼，我看见吊死鬼了！见他吓得那个熊样，不由得人不信，五六个人凑一起又上了一趟"十四米处"，果然证实了那个人的话，的确有一个人吊死在库房门口。那个人不是别人，正是汽机分厂主任施玄山。

施玄山是在这场大雨中走的，毕竟是厂里有头有脸的人物，承受不了被捉奸的羞臊，就选择了这种非正常的走法。对此人们议论纷纷，有惋惜的，也有说活该的，平时看他道貌岸然的，谁想到他会和人通奸，不死天理不容。只可怜剩下他老婆年纪轻轻的却守了寡，两个孩子孤零零地没了父亲。

悲痛的除了施玄山的老婆孩子，还有他的亲弟弟施其山。发送了哥哥后，施其山找到突击队，把陈铁花堵在屋里，一双眼睛紧紧瞪住她说，听说捉奸的组织者还有你？陈铁花白了脸，说话都颤抖了，说，要知道男的是施主任，打死我我也不会去呀！施其山说，我哥哥是被你们给害死的。陈铁花想再辩解，但嗓子像被噎住了，一向快嘴快舌的她反而说不出话来。

施其山被别人拽走了，陈铁花却依然戳在原地发呆发了好长时间。这件事对她的打击太大了，她怎么也想不到会发生这种事情。莫静的做法是可以预料的，可施玄山的出轨谁想得到呢？看来世事真的是难料呀！有人在一旁说，哥哥是搞破鞋死的，弟弟觍着脸来问罪，真不要脸！陈铁花扭头吼道，放屁，你才不要脸呢！把那个人吓了一跳，赶紧躲开了。

施玄山死后，莫静给厂里打了个报告，要求调到老家江苏，没有被批准。她没有迟疑，写了封辞职书留下，什么手续也没办，就一个人悄悄地走了。有人把辞职书送到邵振军手上，邵振军无话可说，唏嘘不已。

汽机分厂不可无头。厂党委会上，有人提议让章玉闻担任党支部书记，说她思想觉悟高，处处走在大家的前面，担任党支部书记再合适不过了。邵振军当即插话表示反对，他闷闷地说，要不是她瞎搞，施玄山也死不了，这人太毛躁，不能胜任书记一职。那人又说，不能当书记，那就叫她当主任吧。邵振军狠狠瞪了那人一眼，说，乱弹琴，主任应该是个技术尖子，她哪门技术服众呀？那人看出了邵振军的好恶，不敢再提章玉闻。孟良林说，从生产技术科调过去一个工程师当主任倒是合适的。邵振军摇摇头说，还是从内部产生更合适，我看本体班的崔大力手艺好，人品、能力都不错，又当了好些年的班长，有经验，就让他当主任吧。邵振军这么一说，其他人都表示同意。崔大力就这样当上了汽机分厂主任。

达标工作继续进行，而且进展顺利，很快就剩下最后一台机组了。胜利在望，长门厂即将成为亚洲最大的火力发电厂了，不光是邵振军兴奋，那段日子，长门厂所有职工的心都是鼓胀的，充满了前所未有的激情。然而，就在这个时候，长门厂与全国的每一个角落一样，迅速卷入一场从天而降的政治风暴中。"文化大革命"开始了，在陈铁花眼里，它远比那场意外的秋雨还意外，给她带来的震撼简直无法言说。

达标工作被迫停止了，长门厂骤然出现了巨大的变化。厂房的墙壁，厂院的墙壁，住宅区的墙壁，铁壳的机器，甚至每一扇房门，都贴满了花花绿绿的标语和大字报，其气势盖过了以往任何一场大会战。职工们响应号召，迅速行动起来，走出家门，走出班组，狂热地投身到运动当中。长门厂的第一次大规模游行是由章玉闻组织的，也正是从这次游行开始，章玉闻脱颖而出，成为显赫一时的人物。刚走出厂房时，队伍不过一二百人，喊了一阵闷雷似的口号后，队伍就已经逾千人了。众人随着章玉闻一路向前走，每走几步，都会有新的力量加入，走到家属区时，许多家属也挤了进来。陈铁花被裹在队伍当中，她懵懵懂懂，显得有些迟钝，以往的聪明劲不知跑到哪儿去了。她瞪大一双惊奇的眼睛，看着一张张同样惊奇的脸，当这些惊奇的脸变得喜气洋洋的时候，她也就喜气洋洋了。她觉得这简直就是从

天而降的狂欢节。

　　只是这节日延续了太长的时间，在这个节日里，许多规矩土崩瓦解，许多想都没想过的事情接踵而至。邵振军、孟良林、刘斌、葛洪波等被揪斗，接着是孟良林自杀，邵振军等被关押。起初，陈铁花只是一个看客，后来居然也被揪斗了，同她一起被揪斗的是工人中的技术权威尤大海，他俩胸前的牌子上都写着同样的大字：臭权威，大破鞋。

下　部

第六章

喇 叭 裤

对于陈铁花来说，上个世纪八十年代又是一个开始。对于这个开始，陈铁花有些措手不及。首先，是容貌上的变化。有一天她照镜子，镜子里的那张胖胖的大圆脸令她产生一种恍如隔世的感觉。这就是我吗？额头、眼角的皱纹像压在箱底的衣服上的皱褶，扎眼而又自然，拂之不去。陈铁花回想，那时候她不过才四十出头，却无可奈何地显出了老相。如果这种老有足够的过渡期，她或许还能够平静地接受，问题是她几乎没有感觉到过渡期的存在。以往照镜子，她更多关注的是头发顺不顺，眼角有没有眼屎，脸上是不是有脏东西，越来越深的皱纹反而被忽略了，在更重要的心事中被视而不见。这一次照镜子，更多的心事退潮，皱纹、胖瘦等东西便显现出来，在猝不及防中告诉她，她的脸的确有些老了。

其次，是女儿于小雨的长大，也令她有一种猝不及防的感觉。以往看于小雨，她总是用看孩子的眼光，看她这儿不合适，指点一下，那儿不合适，训斥一句。也是有一天，陈铁花再看于小雨的时候，突然就发现她长大了，她的身高已经超过自己大约一巴掌了，她的胸脯、臀部也悄然翘了起来，有了成年人才有的味道。陈铁花就想，自己真是一个感觉迟钝的人，每天都在眼前的变化怎么会视而不见呢？

144

　　于小雨和陈铁花一样，也长着一张圆脸，当然是小圆脸，这样的脸形虽然不能使她太漂亮，但却可以使她顺眼耐看。她的眉眼为脸形提供了足够的支持，称得上是眉清目秀，关键是和脸部肌肉配合起来，有一股妩媚之气。八十年代的女孩子已经开始学习打扮自己了，这和六十年代时的陈铁花有所不同。六十年代是不可以大张旗鼓地打扮自己的，好看与不好看，要全凭自己真实的长相。于小雨就不同了，学习打扮就是学习扬长避短，圆圆的脸蛋配上一头直直的披肩发，那脸蛋就不显得怎么圆了。于小雨原本身材不错，这一点随了她的父亲于志刚，再穿上一件紧身的衣服，那腰条、那胸脯就都充分显示出来了。当时正流行喇叭裤，裤脚宽约一尺，裤长及地，走在路上可以当扫把了，陈铁花看着这种裤子就皱眉，就恶心，可于小雨偏偏喜欢穿这种裤子，这种裤子也使她的身材显得更高挑、更夺人的眼球。无论陈铁花怎么阻挠，她都不折不挠地穿，一向作风硬朗的陈铁花也毫无办法。

　　于小雨没有考上高中，初中毕业便参加了厂里的招工考试，入厂当了一名工人。她本来是想进母亲所在的汽机分厂的，但陈铁花觉得母女在一个分厂不合适，就没有替她说话。这样，她就进了工作条件要比汽机分厂差许多的锅炉分厂。为这件事，于小雨没少埋怨母亲。

　　措手不及终究是短暂的，惊讶和些许的遗憾过后，便是兴奋与美好。无论什么时候回想，陈铁花都觉得，八十年代是个值得回忆的美好时代。八十年代的太阳好得很，天空也蓝得很，每天传过来的大都是好的消息，这种好是完全可以令人把身体的衰老抛在一边的。百废待兴，与时间赛跑，有好多事情等着她去做呢！

　　这天早晨，陈铁花起得比往常早了许多，早早地吃罢早饭，便坐到镜子前开始梳头。她用的仍是一把木制的梳子，但质地和做工比当年母亲给她的那把木梳差多了，梳在头上的感觉也不可同日而语。想当年，她是多么喜欢用那把木梳梳头呀！后来呢，梳头不过是例行公事罢了，草草梳几下就完事了。十年"文革"，陈铁花的头发一直剪得很短，八十年代初开始留长发，不到半年，她的头发就已经长得很有规模了。她用木梳蘸水，把头发梳得润

145

润的、顺顺的，她好像很多年没有这么认真地梳过头发了，此时这么梳头，的确令她再一次有了开始的感觉。

头发梳好了，是那种看似朴素、实则时髦的马尾式。然后她穿好衣服，拎上手包。手包是于小雨给她买的，拎上有点儿资产阶级的味道，但她还是拎了，新时代就得有点儿新时代的样子。陈铁花是个跟得上时代的人，时代的脚步加快了，她的脚步也就没有不加快的理由。

离上班时间还早呢！于志刚说。

于志刚的面孔几乎还像十多年前一样年轻，但是他的声音却明显苍老了，不看面孔，只听声音，仿佛出自一个六七十岁的长者。这与陈铁花正好相反，不看面孔，只听声音，谁都会以为她还是二十几岁的年轻人。陈铁花觉得这与人的性格有关，也与心态有关，于志刚人未老，心先老了，而她是人见老，心依然年轻。

我有事，得先走。陈铁花说。

不容于志刚再说什么，陈铁花已经走出家门。此时离上班时间还早，但家属区的几条小路上已经走着一些厂人了，他们和陈铁花一样，脸上都挂着朝气与喜气，好像内心都藏着一件值得庆贺的事情。陈铁花走得很快，除了偶尔有骑自行车的人超过她外，步行者几乎没有超过她的。她走进本体班时，还是有人比她先到了，这个人是洪天良，正躲在屋角抽烟。

陈铁花进屋后没有理洪天良，洪天良也没有理她。她先把所有的窗户都打开，好让烟气出去，新鲜空气进来，然后躲到更衣室换上了工作服。当她再次出现在洪天良的眼前时，洪天良掐灭烟头，斜着眼睛看着她说，恭喜你呀，当本体班班长了。

这一天，的确是陈铁花走马上任当班长的日子。"文革"期间，青年突击队被解散，陈铁花回本体班当了一名普通的女工。此时能当班长，完全是拨乱反正的结果，邵振军、葛洪波、崔大力等都已经官复原职了。此时洪天良是什么心理，陈铁花是猜得出来的。洪天良是本体班班长的有力竞争者，两个人都曾在汽机分厂的办公会上被提过名，但最终被确定下来的还是陈铁花。洪天良就免不了有既生瑜何生亮的感慨。

洪天良酸味十足地说，还是你厉害，能力不减当年。陈铁花笑了笑说，要怪就怪我们老是在一起掺和，你要是在别的班组，早就当上班长了。洪天良也笑道，这辈子，我的克星可能就是你。陈铁花想挑些尖刻的话打击一下他，但见其他人进来了，怕影响不好，就把要说的话咽了回去。

八点整，分厂的党支部书记葛洪波和主任崔大力走进本体班，参加了这次不同寻常的班会。这之前，班长一直是崔大力在当，也就是说，"文革"期间，崔大力被免了分厂主任后，又回本体班当了班长。这次崔大力又当了主任，陈铁花才能坐上班长的位子。当葛洪波宣布了分厂的决定后，大家热烈鼓掌，掌声比当年陈铁花就任青年突击队队长时还响亮。

你得讲一讲。葛洪波说。

陈铁花点点头，清了清嗓子说，我是得讲一讲。今年是个官复原职的年头，咱邵厂长官复原职了，葛书记也官复原职了，崔主任也官复原职了，我以前是队长，现在当班长，也算是官复原职吧。官职可以复原，日子能复原吗？我说不能，我们要大踏步往前走，快发展，把十年"文革"的损失夺回来。陈铁花讲到这里，扭头问葛洪波，葛书记，我说得对不对？葛洪波愣了一下，然后说，对，对极了，你当上班长后，要带领大家往前走，把失去的时间夺回来。

散会后，葛洪波把陈铁花叫到屋外，很郑重地对她说，"文革"前，我们都做过一些错事，比如对待莫静，我们的看法很可能是错误的。陈铁花的脸一下子阴了下来，一提莫静，就不可避免地想起施玄山，那是一个多么好的人呀，可是……她的内心隐隐作痛起来。葛洪波接着说，咱不提过去了，正像你在会上讲的，咱得往前看。知道吗？尊重科学、尊重技术的时代又回来了，尤大海老了，都办退休手续了，而你正当盛年，可不能让那些绝技失传呀！陈铁花一听绝技，眼睛就圆了，问，葛书记，你啥意思？葛洪波说，不是我的意思，是邵厂长的意思，他特别提过，要让你带几个徒弟呢！陈铁花听了，浑身热乎乎的，立即就有了一种跃跃欲试的冲动。

当班长，陈铁花是得心应手的，分配别人干活，她早在十多年前就已经熟练了。虽然有十多年没管人了，但管起来还是井井有条，就像一个会骑自行车的人，虽然多年没骑车了，但再骑时只有片刻的生疏，便又驾轻就熟了。此时本体班的阵容是强大的，处于历史上的鼎盛时期，全班共有五十余人，相当于一个小厂的人数了，八级工就有四位，而且还有两位是尤大海的高徒，技术力量没的说。在这样的班组当班长，陈铁花觉得相当自豪。

选什么样的人做徒弟，陈铁花是用了心的。班组里有八个学徒工，但她只看中两个。这两个小青年，一个叫孙兆伟，这小伙子虽然身体条件不是很好，人又瘦又矮，但人实诚，谦虚好学，悟性极好，教他的东西，往往只一遍，他眼珠一转就明白了，就会了，这样的人绝对是学手艺的好料。另一个叫施大伟，对这个小伙子，陈铁花的心态颇为复杂，因为他不是别人，而是施玄山的大儿子。这小伙子生得和他父亲相似，要身材有身材，要长相有长相，而且智力超群，学什么都非常快。高考的时候，他因为意外的骨折，错过了机会，他的母亲和叔叔施其山都让他复读再考，但被他拒绝了，他说条条大路通罗马，不上大学他一样会有出息。就这样，他不顾家人的反对，入厂当了工人。陈铁花想，不论从哪方面讲，收施大伟为徒都是不错的选择。

八十年代的小青年已经开始赶时髦了，施大伟和孙兆伟也不例外，就在于小雨穿上喇叭裤不久，他们也相继穿上了喇叭裤。看着他们肥大的裤脚扫过班组的地面，陈铁花就忍不住开口道，要扫地还是用扫把，别用裤脚，扫不干净的。施大伟笑道，不管干净不干净，总比不扫强！陈铁花走近他，冲着他的耳朵吼，小子，别跟我耍贫嘴，只知时髦，不知学手艺，是不会有出息的。

下　部

长　门

　　长门村的变化比长门厂的变化还要大，实行包产到户后，长门村的土地变得热情而又安静了。热情的是家家户户开始使出全力，在属于自己的土地上撒欢劳作；安静则是心理的，干活再不用耍心眼藏奸，心安理得地为自己就是了，这种心态当然是安静的。庄稼地在八十年代的阳光照耀下，散发出一种安逸的气味，令人喜气洋洋。

　　虽然是为自己家劳作，但村人并没有拿出废寝忘食的劲头。村子的田地越来越少，分到家里那点儿地，悠悠闲闲地种也来得及，况且家家都有人在发电厂挣工资，吃粮和零用钱都不用太操心。

　　长门厂的占地面积越来越大，八十年代的长门厂已经不是六十年代的那个长门厂了。一九七八年开始，国家就有计划地为长门厂的发电设备更新换代，以前容量为五万千瓦的机组都已经拆除，取而代之的是容量为二十万千瓦的机组，一共安装了六台，都是国产的。这样，新的长门厂就又一次成为当时全国最大、全部是国产机组的火力发电厂了。

　　官复原职的邵振军在这个春天里经常一个人在厂区转来转去，他的这个习惯在中断十多年后又卷土重来。他有些老了，脚步远没有六十年代时那么轻快，每走个把小时，他就不得不停下来歇一会儿。争创亚洲第一、世界第一的雄心已经不复存在，此时摆在他面前的问题是怎么样把青年一代带起来。

　　邵振军的家依然住在离厂不远的家属区，所不同的是，这里的平房已经全部变成了楼房。长门厂的变化不光是厂房和机组，还有家属区，清一色的六层住宅楼拔地而起，远看一大片，要多壮观有多壮观。邵振军住在一个三居室的单元房里，同样有显著变化的是，房间里有了一个女主人，她叫谢兰，比邵振军小了近二十岁。她不是厂人而是村人，邵振军"文革"期间下放到长门村劳动时，得到了这个村中妇女的庇护和照顾。当时她是个年轻的寡妇，一次邵振军病在村里，要不是她不顾一切地送他去医院抢救，邵振军的命就

149

保不住了。谢兰长得和其他村中妇女一样,健壮而又粗糙,当然无法与莫静相比,但邵振军还是选定了她。就在他官复原职回厂的前一天,他和谢兰办了结婚手续。

邵振军还是会时常想起莫静,人之常情嘛,这是件没有办法的事。他很清楚,包括死去的前妻,他这一辈子最爱的人其实还是莫静,但他们的缘分太浅,浅到只能单恋。此时莫静毫无消息,对他来讲,莫静这个人已经永远消失,这是现实,也是命运。

谢兰是个不错的女人,是个适合做老婆的女人,每天热汤热饭地伺候他。况且,谢兰还是个比他小了那么多的女人,她丰盈的身体是足以令邵振军销魂和得到安慰的。谢兰从村里来,没有工作,已经升任党委副书记的刘斌提议,破格把她安排到厂里当工人。邵振军当即拒绝,他说,我们是有严格的用工制度的,不可能什么人都进厂当工人,这个口子一开,你也进,他也进,厂子岂不成了收容所?刘斌见状,也就不再多说什么了。

邵振军一贯反对特权,他的理想主义并没有因为十年磨难而消亡,他认为,社会主义是不应该允许某个人有特权的,当年参加革命,为的就是人人平等嘛,他要用自己的行为为厂人树立榜样。榜样的力量是无穷的,他都没有特权,在长门厂,谁还敢有特权?

但绝对的平等是没有的,拿邵振军自己来说,他的特权就没法消灭。他是厂党委书记兼厂长,厂里的大事小情最终都得由他来拍板,这不是特权是什么?好在他为自己的特权做了一个准确的定位,他的特权将是公事上的特权,私事上,他绝对不允许自己有特权。

在临近离休那几年里,邵振军想得最多的还是接班人的事情。本来,这个问题是用不着他操心的,人事任免,自有上级组织部门来决定,他不过起一个推荐的作用罢了。但他知道,自己的作用不容小觑,他也有这个责任,找一个作风正派、有能力、更能承继他的管理思想的人来担当大任。

厂人们也都知道,对于未来的长门厂第一把手的人选,邵振军的意见要多重要有多重要。于是,有远大抱负的人开始蠢蠢欲动了,比如频繁找邵振

150

军汇报思想，谈工作，谈生产，也谈理想，都想给他一个好的印象。

对于这些人，邵振军并不是很看重，他看重的反而是一些不太爱表现自己的人。他认为，那些不太爱表现自己的人反而会是实干家。邵振军着重提拔了一批这样的人，这其中最具代表性的是葛洪波和施其山。"文革"前，葛洪波其实是很善于表现自己的人，当汽机分厂党支部书记时，他的表现欲是很强的，每搞一次活动，他的风头都要盖过比他资历深得多的主任施玄山。也许是接受教训了吧，八十年代初，他变得实在多了，话尽量少讲，事却尽量在多做。他以自己的实际行动赢得了邵振军的赏识，不久就被调回汽机分厂继续担任党支部书记。他做了书记以后，有一件事对邵振军触动很大。有一次，有一个叫刘桩子的青年工人与他发生争执，动手把他推了个趔趄。按一般人的想法，一个小青年和书记动手，简直就是犯上作乱，理应对小青年严肃处理。分厂主任崔大力提议要给刘桩子一个警告处分，提案报到厂部的时候，葛洪波竟主动找到厂里，检讨了自己的缺点，替刘桩子说了许多好话，硬把这个处分给刘桩子压住了。邵振军觉得葛洪波成熟了，高尚了，有了容人雅量，能对工人高看一眼了，这样的干部不正是他所要寻找的吗？不久，葛洪波就被破格提拔到厂级领导的岗位上，做了副厂长。

对施其山的提拔顺理成章，却并不一帆风顺。顺理成章的是，施其山是"文革"前的大学毕业生，年富力强，属于紧俏人才，八十年代是重视知识分子的时代嘛，施其山被重用是谁都能想到的。况且他不善言谈，属于埋头苦干那一种，也符合邵振军的选材标准。所谓不一帆风顺，指的是把他调回汽机分厂当副主任时，受到一些人的反对。这些人认为，他的哥哥施玄山就是在汽机分厂主任这个位置上出的事，此时把他弟弟也放在这里，有些不合适。邵振军力排众议，说，什么合适不合适，现在最需要的就是人才，他哥哥的事与他有什么相干？施其山就这样做了汽机分厂的副主任。

也有人认为，只提拔施其山当个副主任，职位低了一点儿。邵振军对此有自己的看法，施其山以前只是一名技术人员，没当过领导，要重用也得一步一步来，而基层分厂就是最锻炼人的地方。许多人也看得出来，施其山虽

然只是副主任，但凭他的资历和能力，他的前途不可限量。邵振军当然也是这么看的，在他的心里，他是把施其山当成第二个孟良林来培养的，要把长门厂做大，就得培养出大人才来。

那也是个打破禁锢的时代，在职工文化生活方面，邵振军也颇有建树。老俱乐部被拆除了，在原址上建起了一座新的俱乐部，外形比以前的壮观多了，内部设施也和以前不可同日而语。里面还专门建了一个舞厅，由工会负责管理，每天晚上都要举行舞会。这一年，社会上正兴起跳交际舞，参加舞会的都是些新潮青年，但在长门厂的舞厅里，参加者却老中青都有。邵振军以身作则，常常去舞厅跳舞。看厂长都去了，一些原本舞技不错的老职工便按捺不住，纷纷效仿。长门厂的舞厅是个绚丽多彩的地方。

每次去跳舞，邵振军都会不自觉地想起莫静、陈铁花、章玉闻……除莫静外，这些人的个子好像都比以前矮了一些，眼角和额头都出现了或多或少的皱纹，唯有莫静远在天边，留在脑海里的永远是她年轻的样子。因此，邵振军也就更加怀念她，偶尔也会情不自禁地多看几眼年轻时髦的女职工，身上难免生出些异样感来，但这只是瞬间的事，他会强迫自己镇静、自律，避免对她们产生什么非分之想。

邵振军的非分之想依然存留在当年的莫静身上。有一天晚上，谢兰在卫生间洗过澡后，有意赤裸裸地在邵振军跟前走过。谢兰才四十多岁，由于常年从事体力劳动，她的身体既结实又饱满，应该说是不无性感的。但令邵振军惊讶的是，面对她，他居然没有什么反应，这恐怕不是年龄的关系吧。谢兰上床，邵振军也脱衣上床，邵振军觉得此时是应该做点儿事的，但身体的反应却很微弱。他闭上眼睛，搂紧谢兰，用力地搂，同时努力地想莫静的样子，嘴里含糊不清地说了一句，喜欢我这样吗？谢兰在他的怀里说，喜欢，不喜欢我就不会跟你了。

这样的回答令邵振军的心河荡漾，他喜欢这种顺从，当年莫静要是这样顺从的话，事情就会是另外一个样子。

下　部

铁　花

　　在陈铁花眼里，八十年代是一个无忧无虑的年代。厂院里建筑比以前高大了，壮观了，上下班时进进出出的人流也比以前汹涌了，就是厂房里的噪声，也比以前响亮了。噪声其实是发电厂的心声，发电厂壮实不壮实，听一听噪声就清楚了。那强大无比的震耳欲聋的噪声是足以把初次走进厂房的胆小之辈吓得屁滚尿流的。

　　陈铁花还一直认为，八十年代的快乐是空前绝后的，无论是走在熙熙攘攘的马路上，还是在噪声鼎沸的厂房里干活，厂人的身上都涌动着幸福的暖流。他们说话粗喉大嗓，无遮无拦，在工作中嬉戏，在嬉戏中生活。

　　那段时期，班组的氛围也是喜悦的，因为无须竞争，大家的心情总是处在一种松弛状态，感觉不到有什么心理压力。班组里人手多，有限的工作，众人在说说笑笑间就完成了。

　　陈铁花选徒曾是长门厂的一件盛事，事情是由汽机分厂主任崔大力亲自主抓的，各班组也都非常重视。选徒是开放式的，范围不限于本体班，全分厂的适龄青年均可报名参加选拔。用什么方式选拔呢？当然是技术比武的方式。轰轰烈烈的选徒过程，也是陈铁花迅速提高身价的过程，一路选拔下来，她就已经被推上了工人中的技术权威的位置，很有些"文革"前尤大海的感觉了。陈铁花对此又满意又自豪。

　　为选徒举行的技术比武是陈铁花人生中的一大亮点，随着岁月的流逝和人生的暗淡，这个亮点便越来越亮。当时，比武是在傍晚举行的，地点就是以前曾多次比武的老地点——厂房的侧面。场地上拉了好几根电线，悬吊了好多盏电灯，天麻麻黑，正是人声鼎沸的时候，灯光骤然亮起，照得每张脸都亮堂堂的。由于大家都相当兴奋，场地好半天安静不下来，几乎听不清谁在说什么。最先登场的不是选手，而是施其山，作为汽机分厂的副主任，他担当这次选拔赛的主持人。想当年，担当此类比赛主持人的大都是施玄山，

此时施其山担当主持人，陈铁花就陡然生出许多感慨。

施其山宣布比赛开始，请主任崔大力讲话。由于太嘈杂，人们几乎没听清崔大力都讲了些什么，直到选手们上场了，人们才稍稍安静下来。但安静是短暂的，比赛到了精彩处，自然少不了喝彩。上场的清一色是二十出头的小伙子，他们比打手锤，比用锉刀。年轻人火力旺，身体壮，打起锤来不管不顾，大开大合，大鼓大噪。用锉刀要慢工出细活，神态、动作都需几分文静，但这些小伙子用起锉刀来，虽然也是敛着声气，但表情和动作都是夸张的，看着让人忍俊不禁。最有看点的不是动手，而是动口，陈铁花精心准备了一些问题让选手回答，因为选手们对这些问题大都不摸门儿，答起来五花八门，往往一个选手一开口，就能引起众人哄然大笑。

办了退休手续的尤大海也来助阵，他被人们恭敬地请到前排就座。坐在他左边的是崔大力，坐在他右边的是施其山。陈铁花是尤大海的徒弟，陈铁花选徒弟，也就等于他选徒孙，他当然是高兴的。八十年代依然是一个崇尚技术的时代，尤大海也依然是厂人口中的传奇，他往那儿一坐，分量是绝不比厂长轻多少的。那个时候，比赛还不时兴设评委，但尤大海却比评委还像评委，某些选手的晋级与淘汰，往往靠他的一两句话，就一锤定音了。

陈铁花看得出，施其山虽然坐在尤大海身边，但却始终没和尤大海说一句话，显然他心里的阴影是没有散开的。其实做陈铁花选徒比赛的主持人，他也是不得已的，是在主任这个位置上的无奈之举。但陈铁花并不怪他，谁叫自己伤害过他呢，谁叫她参与了令他哥哥自杀的那场捉奸呢？！陈铁花每次和施其山对上眼神，施其山都会以最快的速度躲开。

一番厮杀下来，场上只剩下四位选手。第一名是柳桩子，他是本体班的老工人柳非的儿子。柳桩子的性格和他的父亲相似，老实厚道，不爱说话，但身体却与他的父亲反差极大。他虽然身材不高，但生得结实，有一膀子力气，而且心灵手巧，活干得极为漂亮。他得第一，也算众望所归。第二名是施大伟，这小伙子有力气，手锤打得好，还极为聪明，是选手中回答问题发挥得最出色的，作为施玄山的儿子、施其山的侄子，也算没有给自己的父辈丢脸。决出第三名时出了点儿麻烦，有两个选手旗鼓相当，一个是孙兆伟，一个是一名副厂级领导的儿子。孙兆伟又瘦又矮，打锤的成绩自然要差一些，但其他项目却名列前茅。领导的儿子打锤的成绩要比孙兆伟好，但回答问题等方面要比孙兆伟逊色一些。陈铁花当然是偏向于孙兆伟的，但崔大力和施其山都在替领导的儿子说好话，陈铁花有些犯难了，只好把求助的目光投向尤大海。尤大海可不管谁是谁的儿子，他板着脸说，学手艺最重要的不是身体，是悟性，姓孙的悟性好，我看是个好材料！又是他一锤定音，孙兆伟得了第三名。

几天以后，厂里为陈铁花举办了一个隆重的拜师仪式。入选的三个徒弟披红戴花，在众人注视之下向陈铁花行鞠躬礼。然后陈铁花发表讲话，她脸上泛着比阳光还灿烂的光彩，说，当年尤大海师傅有三个徒弟，这三个徒弟都是工人中的尖子，现在我也有了三个徒弟，我也要让这三个徒弟都成为尖子。但有个事实我不能不说，虽然是跟一个师傅学徒，但最终三个徒弟的手艺一定会有差异。我希望你们三个都要争当最好的那一个。陈铁花说这些话的意思，一是表达自豪感，二是想激励三个徒弟比着学习，都争当第一。那时国人的竞争意识相当薄弱，陈铁花说这些话时的意识显然是超前的。

这些话赢得了热烈的掌声，但参加拜师会的人中，有两个人听了这些话是反感的，这两个人就是陈铁花的师兄崔大力和洪天良。两个人都想，要不是师傅偏心，要不是性别差异，技术最好的那个也不见得是你。崔大力因为身份的关系，不便把情绪表现出来。洪天良就不一样了，他嘴一撇，对身边的三个年轻人阴阳怪气地说，学得好不如学得巧，要想当最好的，必须得想法子讨得师傅的欢心才行。陈铁花恶狠狠地瞪了他一眼，心里难免掠过一丝阴云。

拜过师后，原本不在本体班的柳桩子调到了本体班，与原本就在本体班的施大伟和孙兆伟一起干活了。学徒嘛，当然要在一个班组才方便。陈铁花是班长，事务多，不能总带着徒弟干活，平时三个徒弟和其他人一样，是随

着大帮干活的。教徒，陈铁花要特别挤出时间，把他们带到僻静处言传身教。人永远都是高矮不齐的，一段时间下来，三个人在陈铁花心目中已经分出了高下。

三个人中，陈铁花最喜欢的是孙兆伟，别看这小子其貌不扬，悟性却好得很，技术上的问题一点就透，学习态度也不错，学什么都专心。柳桩子是三个人中最肯吃苦的，脏活、累活抢着干，练功所用的时间比谁都长，就是悟性差一些，对手艺中一些抽象的东西理解力更差。这种人练功初期会占些优势，往高处走，就难了，有的高度可不是肯吃苦、肯用功就能达到的。最让陈铁花头疼的是施大伟，这小子也是悟性极好，学东西快，但显然用心不够，精神不够集中，干活的时候时常走神，太容易被新鲜的事物所诱惑了。陈铁花总想狠狠训斥他，但想一想他父亲施玄山，她的心就软了，有些话就说不出口。

有一次，施其山来到陈铁花家拜访。这么多年，施其山还是第一次来到陈铁花家。陈铁花也知道，要不是施大伟拜她为师，施其山是不会到她家来的。施其山落座，于志刚为他沏了杯茶，因为知道陈铁花和他的过去，于志刚递过茶杯后知趣地退了出去，这样，屋子里就只剩下了他们两个人。

陈铁花抢先说，大主任到我这个工人家里，可是稀客呀！施其山苦笑了一声说，这么多年，你可一直比我风光。陈铁花说，现在不同了，你是副主任，我只是班长，你是我的领导呀！施其山说，你是工人中的技术权威，还是你厉害。说罢他环顾了一下房间，叹了口气说，要不是当初你拜尤大海为师，这屋子里的男主人可能是我呢！陈铁花自知理亏，嘴动了动，没吭声。施其山又说，要不是我哥哥死得早，我现在也不会这么为大伟操心了。一提施玄山，陈铁花更觉理亏，更是无话可说。施其山又叹了口气说，过去的事就不提了，还是说说现在吧，大伟能拜你为师是他的造化，我希望你能好好教他。提及学手艺，陈铁花的精神头就来了，她说，这是为人师的责任，我当然会好好教他，只是，这孩子有些不太专心。施其山说，我知道他的弱点，所以才求你对他严格一点儿，这对他只有好处，没有坏处。陈铁花突然想起什么，就问，你和他爸爸都是知识分子，你真的愿意让他当工人？施其山说，我当然不想让他当工人，可他命运不济，还是当了工人，我也没办法。陈铁花瞪起眼睛说，你还是瞧不起我们工人，工人咋了？把工人当到尤大海的份上，照样是有出息的。施其山也瞪起眼睛说，别提尤大海，一提他我的心就疼。话说到这里就僵住了，要不是于志刚走进来打破僵局，两个人还不一定会闹到什么程度呢。

这以后，陈铁花还是对施大伟严格要求了，该说她就说，绝不手软。有一次，她教三个徒弟刮瓦，施大伟耐性差，刮得十分潦草。陈铁花毫不姑息，他刮了三次均未通过，还是叫他从头再刮。施大伟咧着嘴，一脸苦相地说，要知陈师傅你这么严格，当初我就不参加选拔赛了。陈铁花狠狠瞪了他一眼说，可你毕竟已经是我的徒弟了，后悔来不及了。她转而问孙兆伟，你也有这种想法吗？孙兆伟看了看施大伟，又看了看陈铁花，迟疑了一下说，大伟肯定是开玩笑的，当工人，谁不想学一身好手艺？能做陈师傅的徒弟，这本身就是一种荣誉呀！孙兆伟的话比较顺耳，陈铁花和施大伟听了，脸色都由阴转晴，露出了受用的表情。

八十年代的爱情

年轻人追求时尚，于小雨也不例外。这时尚一是观念上的，二是形式上的，对于那个年代的年轻人来说，形式上的东西更多一些，比如爱穿奇装异服，就是纯形式的东西。胆子大的敢于穿别人还没穿过的时髦衣服上街，胆子小的虽不敢穿，但那望过去的眼神却是羡慕的。其实，不管是什么时代，人群中总会分出这两大类来。于小雨属于胆大的那一类，这一点倒是随了陈铁花。于小雨曾是长门一带第一个穿喇叭裤的人。

陈铁花不反对观念上的时尚，但反对形式上的时尚，对于小雨的那条喇叭裤，她更是横竖看不顺眼。说过多次，于小雨总是不服，小雨的嘴皮子要

比陈铁花厉害，你用一个理由来反对，她会用十个理由来辩解。陈铁花说，你瞧瞧咱们这么大的家属区，有哪个姑娘穿这种裤子？于小雨说，妈，咱别做井底之蛙好不好，别总盯着长门厂这个弹丸之地，看一看市区，看一看全国，看一看世界，看看到底有多少人穿这种裤子。

有一天，于小雨把自己最要好的女朋友洪小敏带到家来，这个洪小敏也穿了条喇叭裤，打扮得和于小雨差不多。陈铁花知道这洪小敏是洪天良的女儿，因为自己与洪天良不和，看洪小敏就有些别扭。可于小雨不听话，和洪小敏好成了一个人。洪小敏和于小雨在一个班组里当焊工，干活的时候不得不穿千篇一律的工作服，但一出厂房，两个人就摇身一变，成了时髦女郎，成了好多人眼里的妖精。

妈，你说小敏她打扮得好看不？于小雨说。

不好看。陈铁花说。

妈，你咋这么不会说话呀？于小雨说。

我实事求是。陈铁花说。

陈姨，我知道你看不上我们这种打扮，我爸我妈和你一样，可我们自己看着舒服。这叫什么？这叫代沟。洪小敏说。

洪小敏走后，于小雨对陈铁花说，告诉你一个秘密吧，这小敏正急着找对象呢！陈铁花皱了皱眉头说，她才多大，急哪门子呀？于小雨说，你瞧她那副尊容，着急算她聪明，要是我，当然不用着急了。于小雨说罢，咯咯地笑起来。陈铁花也笑了，洪小敏的容貌是差了一些，可也不至于如此吧，也就是眼睛小了一点儿、个头矮了一点儿而已。于小雨又说，和她一起走，我俩是不是反差特大？陈铁花心头一动，问道，你不会是为了这个才和她交朋友的吧？于小雨笑道，瞧你说的，我可不是那么有心计的人。

陈铁花也觉得是自己多疑了，自己的女儿自己最了解，于小雨虽然喜欢标新立异，但绝不是一个有心计的人，这一点女儿反而不如她。其实，于小雨更多的是单纯，对于一个女孩子来说，单纯是优点，也是缺点，关键看单纯在什么方面了。不知为什么，陈铁花对自己的女儿总隐隐存有一份担心。

至于担心什么，她一时也说不清楚。

　　于小雨不急于找男朋友，男朋友却主动找上门来。陈铁花怎么也没想到，第一个追小雨的居然是徒弟施大伟。施大伟要相貌有相貌，要才华有才华，但接纳他为自己的女婿，陈铁花却毫无心理准备，想想与他们家的恩怨，一时间心里就很不是滋味。

　　三个徒弟都经常到她家来串门，来得最多的显然是施大伟。施大伟口才好，善聊，来了往往是先和陈铁花聊，聊着聊着，对象就变了，不是和陈铁花聊，而是在和于小雨聊了。于小雨和母亲相近，聊天是从不吝啬语言的，因和父母有代沟，聊起天来总难尽兴，和施大伟彼此差不了几岁，聊起来自然畅快得多。两个人你一句我一句的，聊得十分投机。

　　有一个星期天，施大伟不知从哪儿借了一辆面包车，非要拉上陈铁花一家，去距长门一百里的一个鱼塘钓鱼。对于这次出行，陈铁花没有过多考虑，徒弟孝敬师傅，很正常的事嘛。那天的天气出奇地好，天空蓝得不能再蓝，几片薄薄的白云飘浮在天空，像画上去的，几乎令人质疑它的真实性。鱼塘水平如镜，很适合垂钓。四个人以年龄分成两个组，陈铁花和于志刚坐在一起，施大伟和于小雨坐在一起。两个小组之间隔着一块大石头，这块大石头的大小正好使两个小组互相看不见。陈铁花因为心无杂念，并没在意这块大石头，但施大伟心里显然复杂得多，这块大石头，恰到好处地为他营造了一个"施展才华"的绝佳空间。

　　陈铁花和于志刚已经连续钓了五条鱼，欢呼声一波又一波地从石头那边传过来，石头这边却毫无动静。由于两个人挨得很近，彼此的气息相互缠绕，早已你中有我，我中有你了。两个人的眼睛虽亮亮地盯着水面，注意力却大都在对方身上。于小雨越来越觉得施大伟的气息是带刺的，是软软的那种刺，刺在身上痒痒的。施大伟的感觉要比于小雨的感觉强烈得多，小雨的一只胳膊正好闯进他的视野，他看似盯着水面，实际是盯着这只胳膊。小雨的胳膊没什么特别，但在施大伟的眼里，却是一道美景，是一条不比彩虹逊色的波浪线。波浪滚动，在阳光的照耀下，小雨的肌肤和水面的反光一起射着他的

眼睛。光线太强烈，他不得不眯起眼睛，当波浪滚动到他的身上时，他也滚动了，猝然出手抓住了小雨的胳膊。小雨并没有太惊讶，她轻轻甩了甩，没甩开也就不甩了。通过这只胳膊，施大伟成功地将小雨拽到怀里，把滚热的嘴唇贴在了小雨的嘴唇上。

一个美妙的深吻，是足以确定两个人的恋爱关系的。吻过之后，彼此看对方的眼神就不一样了，软软的，是水一般淌过来的那种。施大伟轻声问于小雨，你真的想当一辈子工人吗？于小雨诧异地看着他说，不当工人又当啥？施大伟说，人活一世不容易，我当然不想当一辈子工人。于小雨说，我妈常说你聪明，是个学手艺的好材料呢！施大伟一本正经地说，你没看出来吗？现在越来越重视知识分子、重视文凭了，以后没文凭的人是当不了官的。于小雨说，你还想当官？施大伟说，我没刻意想过当官，但如果有机会，我也绝不会拒绝当官。于小雨笑道，看来你是个野心家。施大伟说，不想当将军的士兵不是好士兵，不想当厂长的厂人也不是好厂人。于小雨说，可你并没有文凭呀！施大伟说，这对我不是难事，考个电大、函授什么的还不成问题。那一年，电视大学、函授大学等刚刚兴起，这给没有文凭的年轻人提供了机会。

两个小组，两只水桶，钓鱼结束时，陈铁花和于志刚的水桶里所获颇丰，于小雨和施大伟的水桶里却所获无几，桶底只有几条小鱼在欢快地跳跃。

第二代厂长

八十年代初是一个充满希望的时期，也是一个吃大锅饭的时期。每个人都有一个铁饭碗，每个人都在无忧无虑地生活。对于这种状态，邵振军是满意的，也可以这么说，这正是他多年来追求的一种理想状态。想一想当年参加革命时的理想，除了自己吃饱肚子，也要让天下人都吃饱肚子；把境界再升一些，就是要人人平等，人人都有尊严地活着。在邵振军看来，这样的理想，至少在八十年代的长门厂，基本上实现了。

这一年，邵振军就要离休了，选择接班人的事情也已基本完成。有一天，他把葛洪波找进办公室，与他单独谈了一次话。他问，如果让你领导长门厂，你打算咋做？葛洪波毫不犹豫地回答，您以前怎么做，我就怎么做。邵振军摇了摇头，说，别这么说，这样没出息。葛洪波只好又想了想，说，以前的优良传统还是要坚持的，比如不搞特殊化，人人平等，让大家工作起来都轻松愉快等。当然，我也是有远大抱负的，现在我们这六台新的发电机组虽然每台额定功率是二十万千瓦，可还是老厂的老病，技术上不过关，带不了满负荷，我的工作目标里就有达标这一项，我想这也是您的一个理想吧。邵振军点了点头，说，你的想法很好，达标其实一直是我的一个梦想，在老长门厂我壮志未酬，在新长门厂就看你的了。有人说我当年争当亚洲第一是冒进，反思起来，我也觉得当年的提法存在一些问题，并给国家造成过一定的损失。现在我想跟你说的是，有远大抱负没错，但必须要慎重，否则，遭受损失的必定是国家呀！葛洪波很庄重地点了点头，说，您的话我记住了。

邵振军向网局强力推荐了葛洪波，本来网局领导打算另给长门厂派一个新厂长的，但经过一番考虑，最终还是接纳了邵振军的建议，任命葛洪波为新的厂长，只是没有让他党政一肩挑，而是把副书记刘斌扶正，任命为新的党委书记。

邵振军办理了离休手续后，就带夫人谢兰离开了长门，迁居省城养老去了。葛洪波、刘斌等一班人极力劝阻，想留下他当顾问，被他拒绝了。他说，我不走，你们就放不开手脚，有我碍手碍脚的，工作还怎么开展？我走了，才是负责任的做法。众人听了，也不好再说什么。邵振军走的那天，长门厂有近千人送行，没有人组织，都是自发的，场面十分感人。

一代厂长的激情演出就这样谢幕了，长门厂也由此进入了一个新的时代。

新任厂长葛洪波搬进了邵振军的那间办公室。有人要把室内的东西统统换了，被葛洪波制止了，他说，都是能用的东西，换掉太浪费了，老厂长艰苦奋斗的精神不能丢。他坐到邵振军的那把椅子上，尽管有个新的海绵垫垫

着，还是有点儿硌屁股，但刚刚说过什么都不用换，就只好将就着坐了。明媚的阳光照在办公桌上，也照在他的身上，暖洋洋的，十分舒服。想一想以后自己将是长门厂的厂长了，他就难免心跳加快，激动得不行。除了"文革"期间的革委会主任，长门厂不过才经历了两任厂长，荣幸呀！怎么样开创长门厂的新局面，将是他要考虑的一个主要问题。

以往，邵振军有事没事都爱在厂里转转，像猛兽巡视自己的领地似的，尽职尽责，威严不可侵犯。葛洪波没有这种习惯，他觉得当最高长官就要有最高长官的样，不必事必躬亲，小事放手让别人去做，大事才由他来定夺。

人事是头等大事，葛洪波是必须要抓的，但党委领导一切，人事权实际掌握在刘斌手里。跟刘斌比，他其实是二把手。这就有了如何跟刘斌搞好关系的问题。不仅要和刘斌搞好关系，与一些重要的部下的关系也要弄明白，否则，这厂长就不好当了。在自己的办公室坐上一阵后，葛洪波走出来，敲开了隔壁党委书记办公室的门。刘斌见他进来，平淡地笑笑，用手指一指旁边的沙发。葛洪波没有坐，而是走到窗前向外望了望，适当地沉默了片刻。葛洪波知道，刘斌比他资格老，这次邵振军离休，刘斌是想党政一肩挑的，但邵振军没有看好他，总觉得他生产上是外行，刘斌的心里当然是不会太平衡的。葛洪波目前要做的，就是要设法让刘斌意识到他们目前彼此身份的合理性。

刘书记，以后我们就是搭档了，长门厂的好坏就看咱俩的了。葛洪波说。

不单单要看咱俩吧，广大职工的作用更重要。刘斌说。

葛洪波头一句话就被噎住了，他皱紧眉头，但很快眉头就舒展开了。他回过身来，面对着刘斌说，你说得没错，从广义上讲，当然是广大职工的作用更重要了。我刚才那么说，指的是我们领导班子。

葛厂长放心好了，需要党委管的事我会责无旁贷。刘斌说。

刘书记也请放心，该厂长费心的事我也一定会努力去做。葛洪波说。

刘斌的那句话有一点儿霸道，但葛洪波的话也是寸步不让的，语气虽有些软，但软中带着骨头。刘斌听了哈哈大笑，说，咱们都这么自律，以后的工作就好开展了。葛洪波也笑了，说，是呀，难得如此，还是我最先说的那句话，以后就看咱俩的了。

从刘斌的办公室出来，葛洪波又去了施其山的办公室。邵振军离休之前，破格把施其山提拔为厂里的副总工程师。对于施其山的能力，葛洪波是知道的，他想当好厂长，就必须有一批得力干将做心腹，施其山就是很合适的人选。

施其山对葛洪波毕恭毕敬，见葛洪波来了，赶紧递烟倒茶。葛洪波说，现在你这种人才可是紧俏货，不应该仅仅做副总工程师的。施其山笑道，厂长您别这么说，厂里已经够重用我的了。葛洪波摇摇头说，不，我对你还有新的考虑，老总工就要退休了，我可是把你当成未来总工看待的。施其山受宠若惊，一时不知说什么好。

其山，依你看，我们厂目前面临的最大问题是啥？葛洪波说。

我看最大的问题不是生产和技术，而是管理。施其山说。

我们不谋而合了，快说说你的看法。葛洪波说。

现在职工的工作作风太散漫，太不认真了，干工作马马虎虎的，小毛病不断，照这样下去，非出大事故不可。施其山说。

是的，看来是得加强管理了。你有什么好的建议吗？葛洪波说。

管理要严，要来真格的，要赏罚分明，光靠批评教育恐怕不行。施其山说。

怎么赏，怎么罚，总不能扣工资吧？葛洪波说。

扣工资就影响到饭碗，我也说不清楚了。施其山说。

葛洪波上任后，只找过一个工人谈话，这个人就是长门厂赫赫有名的陈铁花。陈铁花也向他反映了工作作风的问题，她说，现在你进厂房看看，跑、冒、滴、漏的现象到处都有，本来一个水管接头你多拧几扣就不漏了，可偏偏有许多人不愿多拧这几扣。你再看看拉出厂的废铁，不用费劲，就能找出一堆还没用过的崭新的螺丝、接头、焊条……照这样下去，厂子的效益能好吗？

你说，怎么样才能提高工人们的责任心呢？葛洪波说。

依我看，那就得把工作和收入挂钩。陈铁花说。

怎么挂？葛洪波说。

这我也说不清楚。陈铁花说。

大锅饭

吃大干饭，是八十年代工厂里的一景。大干饭说白了就是大干快干时吃的饭，"大干快干"是一种口号，意思就是干急活，一般加班都是干急活，也就都有大干饭。因为大干饭是免费供给的，就有了不吃白不吃的味道。

在长门厂，六十年代就有大干饭一说了，到了八十年代，大干饭发展到了鼎盛时期。六十年代与八十年代的大干饭是有区别的，六十年代的大干饭比较简单，管吃不管饱，参加大干的人只能视饭菜总量的多少每人分得一些，或多或少，是形式大于内容的，吃到就高兴了，是吃不饱的。八十年代的大干饭已有了本质的不同，饭菜已经非常丰盛了，不但管饱，而且管好。好到什么程度？是可以和过年时的饭菜媲美的。主食、副食都是多样的，可以按照自己的口味自行挑选，有的时候主管领导高兴，还可以搬来几箱啤酒。吃大干饭也就成了一种享受，一种欢聚。

本体班活多，加班也就多，吃大干饭的机会也就多。开夜餐的时候，十几个人围成一个大圈，面对着一大片的饭菜，精神焕发地吃。有一次吃包子喝热汤，一个工友拍着洪天良的肚皮说，刚才我们俩去领包子，洪师傅在路上就吃了十八个。十八个呀！那个人举起手指在大家面前夸张地晃了晃，大家的目光便都集中到洪天良的肚皮上。此时的洪天良已经发福了，他技术好，已经是新一代的八级工了，也是工资比别人高吧，营养好，就率先胖了起来，肚子大得像怀了孩子。洪天良笑道，那算什么，十八个不过塞塞牙缝而已。大家都忍不住哈哈大笑。

陈铁花对自己的这个师兄一向没有好感，她觉得洪天良太自私，太小气，算不得真正的男子汉。她面带几分鄙夷地笑着，一直注视着洪天良，看已经吃了十八个包子的他，还能怎么吃包子。果然开眼，一个茶杯口那么大的包子，只在洪天良的嘴前打一打晃就消失了。再看其他人，吃相并不比洪天良好到哪里，是清一色的狼吞虎咽。包子吃得差不多时，大家开始捧起海碗喝汤，每个人都把脸扎在碗里，稀里呼噜地喝。有人讲笑话时，就从碗沿翘起一张紫脸，嘻嘻哈哈笑几声，然后接着喝。受这种气氛熏染，连平时食量小的人也会胃口大开，吃上很多。吃完饭，有好几个人竟然挺不直腰，就那么弯着腰走，形象十分滑稽。

　　再干起活来，每个人脸上都紫光洋溢，豆大的汗珠顺着面颊往下淌。这不是累得出汗，而是热汤的效应。年轻的孙兆伟凑近陈铁花，低声问，陈师傅，你说洪师傅怎么那么能吃呀？陈铁花顺嘴说，贪小便宜呗！孙兆伟又眨了眨眼睛，说，也不光是洪师傅，我看大家都太能吃了。陈铁花说，免费供给，不吃白不吃，当然胃口就大了。说罢她突然意识到了什么，盯住孙兆伟的脸说，你小子啥意思？孙兆伟挤眉弄眼地说，没啥意思，顺嘴问问而已。

　　不管怎么说，孙兆伟的问话对陈铁花起到了一个提醒作用，细想一想，这大干饭是什么？不就是大锅饭嘛？在那个皆大欢喜的时代，意识到了问题的陈铁花，开始有意识地注意一些事情了。

　　陈铁花开始对大锅饭进行分析，她觉得大锅饭最大的问题就是分配不公平。干好干坏一个样，谁还愿干好呀？出力多与出力少一个样，谁还愿多出力呢？手艺好与手艺差一个样，谁还肯吃苦学手艺呢？八十年代初，长门厂已经恢复了奖金制度，但每个人发到手的奖金数额是一样的，不分等级，这就难免使一些手艺好、出力多的人愤愤不平，说一些牢骚怪话。陈铁花就想，农村都开始包产到户了，工厂是不是也该采取些措施呢？分配不公，一定会阻碍生产力的发展。

　　有一天，身边只剩下一个孙兆伟，陈铁花就试探着问他，说，你是不是对吃大干饭有看法？孙兆伟迟疑了一下，想了想说，我不是对吃大干饭有看法，而是对加夜班有看法，有的活白班是可以干完的，明摆着大家在拖工，是想加夜班。陈铁花说，这不还是对吃大干饭有看法嘛，这帮人加班的目的

就是吃大干饭。陈铁花说罢叹了口气，又说，我也想少加些班，可这是大家都习以为常的事，不好办。孙兆伟说，有什么不好办的？谁偷懒就整治谁，大伙就不敢偷懒了。陈铁花问，咋整治？孙兆伟狡黠地一笑，说，陈师傅您是班长，您想咋整治就咋整治呗！陈铁花用鼻子哼了一声，笑道，就你鬼点子多，我算看出来了，你小子要是当了官，保准要多狠有多狠。孙兆伟连忙摇头道，我可当不了酷吏，我的心肠比您还软呢！

陈铁花这么问孙兆伟，其实是想先探探徒弟们的看法，徒弟们接受了，估计其他人也一样会接受。问过孙兆伟，陈铁花又找了施大伟和柳桩子。施大伟当即表示了对吃大锅饭的反感，说，人就得分出三六九等来，你好我好他好，到最后都不好，我可不想做不好的，要做就做最好的。这小子可没他父亲施玄山谦虚，是个锋芒毕露的人。柳桩子和他父亲柳非一样，是个老实人，对这个问题，他也直言不讳地谈了自己的看法。他说，按理还是应该多劳多得，这样才公平嘛！连柳桩子都这么说，陈铁花的主意就更坚定了。

选个不错的日子，陈铁花敲开了分厂主任崔大力办公室的门，把一份熬了无数个晚上才写成的建议书交给了他。建议书洋洋洒洒写满了九页稿纸，崔大力一边翻看一边偷眼看陈铁花，眼神十分复杂。陈铁花知道自己这个师兄的脾气，他性格稳重，不愿涉险，这样的人你让他墨守成规行，你让他开拓创新，难了。

崔大力看了个大概后，脸上渗出一层细汗来。他皱着眉头说，你的建议好是好，可把收入拉开档次，这帮家伙能接受吗？

只要办法好，只要能实行，就由不得他们接受不接受了。陈铁花说。

这符合咱社会主义的分配原则吗？崔大力说。

我觉得没啥不符合的。陈铁花说。

这么大的事，我可做不了主。崔大力说。

你是主任，你不做主谁做主呀？陈铁花说。

我看还是保持稳定好，这样的事，以后再说好不好？崔大力说。

不好。陈铁花说。

陈铁花说罢，气呼呼地走了。她没有回班组，而是去了厂办公大楼，既然分厂主任做不了主，那就找厂长好了。

陈铁花急匆匆敲开了葛洪波办公室的门，一进屋，见施其山也在，眼神里就打了个愣。葛洪波说，陈铁花你来得正好，我和施总工正说着二号机组大修的事。我问问你，这二号机组的大修质量咋这么差，毛病究竟出在哪儿？

陈铁花说，出在责任心上。

葛洪波说，看来是需要严格管理了。

陈铁花说，咋管理？光喊口号能行吗？要拿出实际办法来。

陈铁花说罢，将自己的建议书递了上去。葛洪波接过来简单地看了看，眼睛眼见着就亮起来。施其山想告辞，被葛洪波拦住了，他说你也看看，这陈铁花还真有办法。葛洪波把建议书又交给施其山，施其山看了一会儿，眼睛也亮了，说，这倒真是个好办法，据说，南方有的企业已经开始试行这种办法了。葛洪波说，这对我们下一步的管理也是一种启发呀！施其山说，我们不妨也试一试。葛洪波点了点头，说，不过，步子不宜迈得太快，可以先拿本体班做个试点嘛。我看这样，陈铁花你回去和全班的人商量商量，看大家究竟能不能接受，如果能接受，就可以试行了。

施其山说，葛厂长，我看没必要让大家讨论吧，管理嘛，是需要一定强制性的，大家能接受的办法也未必是好办法。

葛洪波说，讨论还是有必要的，大家接受了，试行起来才会更顺利。陈铁花，你说呢？

陈铁花说，那就讨论呗。

陈铁花的建议书虽然写了九页之多，但内容其实很简单，用两个字就可概括，那就是"竞争"。陈铁花建议在厂里实行竞争机制，把收入拉开档次，多劳多得，计件计酬。这种措施在日后实在是太普遍、太普通了，但在还没有实行企业改革的八十年代初，却不同凡响，它体现了陈铁花的超前意识。至少在这一点上，陈铁花与施其山是不谋而合的。当走出葛洪波的办公室时，

彼此看对方的眼神都有些不一样了。

施其山主动帮忙，让厂办的人刻钢板，把陈铁花的建议书翻印了好多份，这样，陈铁花在班会前，就能给每个人发上一份了。班会真正召开的时候，陈铁花的心情是复杂的，兴奋、担心、自信、恐惧……什么感觉都有。那个时代的工人脾气大，是企业的主人，惹火了他们，把你臭骂一顿，绝对是一件再正常不过的事情。令陈铁花没想到的是，大家看完建议书后，都拍手称快。一向与陈铁花唱反调的洪天良率先表态，说，这才叫公平，这才能激励人好好工作呢，我支持！施大伟附和道，早这么做，企业效益早上去了。接下来，大家纷纷表态，都赞同在本体班试行这套方案。

陈铁花长舒一口气，这才知道，原来人们骨子里都渴望竞争呢！

先 驱 者

后来，陈铁花想，说自己是企业改革的先驱者一点儿都不过分，是她于八十年代初在汽机分厂本体班率先打破大锅饭，实行分配改革的。由于历史的局限性，当时没有涉及工资，只涉及奖金，月奖金按每个人在工作中的表现来分等级。由谁来分？就是由她这个班长来分，这样一来，班长的权力就大了。能掌握别人的收入，这权力是要多大有多大的。

因为陈铁花的改革得到了大家的支持，试行起来就很顺利。当然，班长的权力也是有限制的，前提条件是要公正，要一碗水端平。陈铁花对大家说，我有一个具体的办法，就是采取打分制，以每天的工作量、工作态度、技术水平等为参数，每天为每个人打一次分，每个月累计分数，以此为依据给每个人发放奖金。大家热烈地讨论了一番，最后少数服从多数，办法在班会上得以通过。

权力大了，工作量也随之增加了不少，陈铁花真正成了忙人。给每个人记分打分是件既麻烦又琐碎的事情，她一个人实在忙不过来，就拉上徒弟施大伟帮着记分。施大伟做了个鬼脸说，这是班长才有的权力，让我记分，我不也成班长了？陈铁花说，别耍贫嘴，让你记你就记，这打多少由我说了算，用不着你操心。施大伟虽然不愿干这个活，但师傅的指令不好违背，也就只好硬着头皮做。

在最初的几个月里，陈铁花的打分制推行得相当顺利，由于每个人得的每一分陈铁花都能讲出道理来，大家也就都没有什么异议。为了争得最高分，几乎每个人都憋足了劲，干活时充满了激情。这种情形令其他班组的工人们都十分羡慕，纷纷要求各自的班组也学本体班，开展竞争，多劳多得。

这种大好局面在本体班维持了半年之久。半年后，事情发生了令陈铁花无奈的变化。在班组里，洪天良率先站出来发难，指出陈铁花在评分过程中有不公平行为。洪天良举了两个例子。第一例，偏袒自己的徒弟。有一天，孙兆伟半天没在现场干活，可这一天他却得了高分。第二例，压制对立面。有一天，洪天良在现场干了整整一天活，刮好了一只很重要的轴瓦，可那天他却得了低分。陈铁花奋起反击，她对洪天良说，当初你是支持打分制的，现在你又跳出来整事，啥意思？洪天良梗着脖子说，你办事不公平，我当然是要说话的。陈铁花说，说话要有理有据，拿你举的这两个例子看，都是歪理。第一例，那天兆伟虽然有半天没在现场干活，但他没闲着，是我派他去练功房练基本功的，学手艺也是工作，学好手艺是为了更好地工作，当然要得高分了。第二例，那天你为什么得低分你自己心里有数，你虽然在现场干了一天活，可却出工不出力，别人不知道你，我还不知道你吗？别人刮那只瓦用一天是正常的，你用一天却是不正常的，凭你的手艺，半天就够了。洪天良紫涨着脸，使劲嚷道，陈铁花，你这是强词夺理！群众的眼睛是雪亮的，如果你认为自己是正确的，你敢不敢让大家来评评理？陈铁花气往上冲，也使劲嚷道，有理走遍天下，怕你我这班长就不当了。

陈铁花特意开了个班会，叫大家都发言，为此事评评理。第一个发表看法的是一个叫王胖子的年轻人，这个人一向以敢说话著称，说话锋芒毕露，

没老没少的。王胖子从人堆中站起来，眼睛亮亮地盯住陈铁花说，竞争没有错，错在这个打分制上，权力都在一个人手里，难免要出问题的，这本身就不公平。人嘛，都有个亲疏关系，这一个人打分怎么能打得公平呢？

第二个发表看法的是一个老工人，这个人说话不太利索，吭哧吭哧的，但意思大家都听懂了，也是反对打分制，说这样不公平。接着又有第三个、第四个人站出来，纷纷反对打分制。这样一来，局面有些失控，陈铁花赶紧宣布散会，不等众人站起来，自己率先离开了会场。

陈铁花去了分厂办公室，找崔大力评理。崔大力让她坐下，还亲手为她倒了一杯茶。崔大力说，本体班这些人我了解，都是刀子嘴豆腐心，你别生他们的气，你是班长，是他们的领导，宰相肚子里能撑船嘛！陈铁花说，你别和稀泥，这是大是大非的问题，究竟是我错了，还是他们错了，你要拿出明确的态度来。崔大力笑道，什么大是大非呀，"文革"早过去了，别用这么严重的词行不行？打分制是新生事物，对与错很难说清楚，只能让实践来回答。陈铁花说，实践的结果是，有一伙人开始反对了。崔大力说，这我们就得反思一下了，问题是不是出在我们身上？陈铁花一听就急了，说，听你的话音，这问题好像出在我的身上，你这个当主任的怎么能不支持我呢？崔大力也有些急，但依然用柔和的语气说，当初我就对这种做法没有信心，看，还是出问题了吧！陈铁花气呼呼地说，既然你话说到这份上，这打分制就到此为止了。陈铁花不容崔大力再说什么，袖子一甩就走了。

这天夜里，陈铁花失眠了。按她的脾气，她是不会把崔大力的几句话当回事的，崔大力不支持她，她完全可以去找施其山，去找葛洪波。但转念一想，有厂长的支持又能怎样？本体班的人不支持，再好的方案也是实行不下去的，如果真到了不可收拾的地步，难看的岂不还是自己？倒不如趁早刹闸呢！

于志刚的鼾声响亮，听得陈铁花心烦，她忍不住踹了他一脚。于志刚稀里糊涂地抱怨一声，又翻身睡去了。

第二天，在班组的早会上，陈铁花宣布取消打分制。众人你看看我，我看看你，谁也没吭声。陈铁花的班组改革就这样草草收场了。

这一年，"文凭热"刚刚兴起，长门厂也搞了函授大专班，年轻职工们报名相当踊跃。因为名额有限，又要不影响生产，在报考人选上就有所限制，一个班组最多只允许一个人报考。本体班一共有五个年轻人报名，这五个人中居然有两个是陈铁花的徒弟，一个是施大伟，一个是孙兆伟。两个人征求陈铁花的意见时，被毫不犹豫地拒绝了。打分制的失败令陈铁花十分沮丧，只有教徒弟们手艺时，她的心情才能由阴转晴，她怎么能让徒弟们半途而废，转而去读什么文凭呢！

陈铁花把两个人叫到跟前，由于心情不好，她的脸一直阴着，说话时语调也相当严肃。她几乎一字一句地说，都忘了吧，能当上我的徒弟是不容易的。

哪能忘呀，要不是比武大赛得了第二，我怎能当上您的徒弟？施大伟说。

就是。孙兆伟说。

那么，你们为什么还不专心学手艺，还要报考什么函大？陈铁花说。

为了充实自己呗，多学知识，才能为实现四个现代化做贡献嘛！施大伟说。

学好手艺，一样能做贡献。陈铁花说。

我也知道这个理，但函授学习毕竟是利用业余时间，学手艺呢，是上班时间，两者并不矛盾。兆伟，你说对不对？施大伟说。

对。孙兆伟说。

不对！陈铁花怒吼了一声，一股火气冲上脑门。学手艺是容不得三心二意的，想当年自己学手艺，那是上班学，下班也学，连吃饭睡觉也想着学手艺的事。手艺，是一个工人的本钱呀！她对二人说，学什么东西都要专一，要么学手艺，要么读文凭，两者只能选其一，你们自己选吧！说罢，也不容他们回答，气呼呼地走了。

几天以后，厂里开始统计报考人选，每个班组一个名额。陈铁花在五个人的名单上划掉了四个，只剩下一个，那个人就是施大伟。

消息传开后，施大伟高兴得脸都变形了，逢人就说，我要考函大了。见

到陈铁花，他更是一个劲地说好话。陈铁花笑而不语，她之所以把这个名额给了施大伟，是有她自己的打算的。自从带了徒弟，她越来越觉得施大伟心浮气躁，不是学手艺的料，既然如此，还不如忍痛割爱让他去读文凭，他毕竟是知识分子的后代，这样也算给了施其山一个人情。教徒弟不在多，而在精，有孙兆伟和柳桩子认真地学徒，也就足够了。

第七章

手艺与文凭

听说本体班报考函大的人选是施大伟，孙兆伟的脑袋嗡嗡山响，他坐不住了，拔腿就去找陈铁花。

那时陈铁花正在厂房里干活，孙兆伟则在厂房外的一块空地上练手艺。厂房外的环境要比厂房里好多了，远离机器的强大噪声，又没有人看管，相对来说是个自由世界，练功累了，是可以停下来歇一歇的。孙兆伟练功的时候总会揣上一本书，休息的时候就坐下来翻看一阵。看书是不能让陈铁花发现的，那样的话陈铁花会生气。能给徒弟们争取到这样的练功环境，她是不容易的，是需要顶住一些压力的。厂房里有着永远干不完的活，他们脱产练功，难免有人会有意见。孙兆伟知道师傅的良苦用心，也希望自己能有一身好手艺，但毕竟时代变了，有了好手艺并不见得能有一个好前途。随着"文凭热"的兴起，并不迟钝的孙兆伟已经嗅到了一种新的味道，他知道，要想有个好前途，有张文凭是必要的，没有文凭，以后恐怕连提干的资格都没有。

孙兆伟在厂房里找到了陈铁花，劈头就提了报考的事。陈铁花盯住孙兆伟的眼睛问，这么说，你还是想考函大? 孙兆伟说，当然了，我并不觉得自己比施大伟差。陈铁花说，正因为你比施大伟强，我才没把这个名额给你，我是想全力以赴地培养你呀! 孙兆伟说，可我也想考呀! 陈铁花说，学手艺就这几年的事，而考函大的机会以后有的是，这件事就这么定了，是不能更

改的。孙兆伟急得出了一头汗，不知该说什么好。

没过多久，函大的录取名单就公布了，施大伟以高分上榜。看着得意扬扬的施大伟，孙兆伟心里很不是滋味。

孙兆伟和施大伟虽是师兄弟，但两个人的关系并不融洽。一方面是性格的原因，施大伟过于张扬，又满身傲气，一向谨小慎微的孙兆伟就显得与他反差太大；另一方面是相处的时候施大伟有些看不起孙兆伟，有意无意间会表露出来，自然会引起孙兆伟的不满。日积月累，两个人之间就竖起了一道墙。论各方面的条件，孙兆伟的确是有自卑感的。施大伟来自知识分子家庭，叔叔施其山又是厂里的总工程师，算得上是有背景的人；而他孙兆伟的父母只是普通的工人。施大伟外形伟岸，那份与生俱来的潇洒是足以令任何人嫉妒的；而孙兆伟其貌不扬，很难引人注意。孙兆伟有时自己也想，人家施大伟看不起他，其实是件很正常的事。

陈铁花是按比武大赛的名次给他们师兄弟排序的。柳桩子比武第一，是大师兄；施大伟第二，是二师兄；孙兆伟第三，只能屈当三师弟了。不过，三个人都没把这种排序当回事，毕竟是同一天拜师，这师兄弟的排序也就有些名不副实，没了应有的分量。师兄弟之间，一门心思学手艺的只有柳桩子，柳桩子生性和他父亲柳非相似，不善言谈，平时只是埋头干活，三兄弟里他的技术学得最踏实。技术学得最差的是施大伟，平时用功少，学的东西当然也就少，学手艺可是藏不得奸的。能和柳桩子在手艺上一比高低的，当属师弟孙兆伟，孙兆伟虽然不及柳桩子用功，他把一半精力都用在读书上了，但聪慧的天资帮助了他，事半功倍的学艺效果，令他一直深得师傅陈铁花的器重。

是学手艺有前途，还是考文凭有前途？这是孙兆伟不用思索就能回答的问题。社会上越来越重视文凭了，厂里也越来越重视文凭了，施其山就因为是大学生，在两年内三级跳，从分厂副主任到总工程师，再到主管生产的副厂长，很快成为厂里的重要人物。还有一个叫潘仲元的人，也是因为有文凭被厂里重用，把他从一个边缘分厂的边缘班组抽出来，调到重要的汽机分厂当上了副主任。想一想施大伟不久也将拥有一纸文凭，孙兆伟就气不顺，感觉自己已经落在人家后面了。

有一次，三兄弟在厂房外练习刮瓦。练了一会儿，施大伟甩下刮刀就不练了，悄悄溜走找人聊天去了。再练一会儿，孙兆伟也放下了刮刀，从怀里掏出一本书，坐在一块石头上读。孙兆伟读的书可不是消遣读物，而是报考函大的复习材料。一旁继续刮瓦的柳桩子看不过眼，就忍不住开口说，兆伟，练功不吃苦，能练出好手艺吗？孙兆伟反问道，练出好手艺，你又能怎样？柳桩子惊讶地说，你怎么会有这种想法，不想学好手艺，参加比武大赛干什么？孙兆伟说，此一时彼一时，时代变化太快了。柳桩子说，时代咋变，这手艺总不会没用吧？

孙兆伟刚想说什么，一抬头，看见陈铁花居然出现在眼前。要是早一点儿看见，孙兆伟会把书藏起来的，可现在来不及了，他愣愣地看着陈铁花，书就摊在膝盖上。

我是挤出时间让你们来练功的，可你却在这儿偷偷看书，你对得起我吗？陈铁花说。

我……孙兆伟说。

施大伟呢？陈铁花说。

不知他到哪儿去了。柳桩子说。

他干什么去我不想多管，他在读函大，他志不在此了，但你们俩我一定要一管到底。陈铁花说。

完全出乎孙兆伟的预料，陈铁花突然出手抓住了他膝盖上的那本书，两手用力，咔哧咔哧就把书撕了。孙兆伟想抢回来，已经来不及了，他瞪大眼睛，大吼一声，陈师傅你……

陈铁花把满手的碎纸漫天一扬，狞笑道，我撕了，你想怎样？

孙兆伟嘴唇动了动，没有再说出话来。

继续刮瓦。陈铁花说。

孙兆伟颓然而坐，看了看柳桩子，又看了看陈铁花，然后拿起刮刀，一下一下又刮了起来。

手艺与爱情

二十岁左右，正是恋爱的年龄。孙兆伟虽然没有恋爱，但心里看中了一个人，她不是别人，正是陈铁花的女儿于小雨。

徒弟常去师傅家串门是件很正常的事，孙兆伟因常去陈铁花家，就有了接触于小雨的机会。于小雨明丽可人，那双大眼睛瞅一瞅谁，谁都难免心生波澜。孙兆伟被瞅得多了，心里也就波澜壮阔了，也是被美色冲昏了头脑，对自己的条件就视而不见了，觉得自己应该有追一追于小雨的条件和权利。

有一个星期日，孙兆伟去的时候正赶上施大伟也去了，陈铁花就留下他们俩一起吃饭。孙兆伟、施大伟、于志刚三个男人都喝了酒，施大伟谈笑风生，于小雨和他说的话要远比和孙兆伟说的话多，这令孙兆伟心里酸溜溜的。他本能地察言观色，这一观察发现问题大了，于小雨的目光总是往施大伟的脸上跑，施大伟的目光也总是往于小雨的脸上溜。当然，两个人的目光也常常是相对的，而且都很亮，是男人与女人眼神相撞时的那种亮。孙兆伟随即有了一种不祥的预感。

要是柳桩子也来就好了，你们师兄弟可就凑齐了。陈铁花说。

柳桩子不善交往，你们三个就他来得少。陈铁花又说。

他是忙人，说不定这时候正偷偷练功呢！施大伟说。

星期天练功，脑子进水了！于小雨说。

施大伟和于小雨一起哈哈大笑，笑声中明显带着一种讥讽的味道。陈铁花嗔怪道，不许笑话你们师兄，你们师兄的脑子虽然没你们灵，但人实在，学手艺的劲头可比你们大多了。施大伟收住笑，说，我的劲头也不差，上班时要学手艺，下班了还要念函大，吃的苦可一点儿不比柳桩子少。说到这里，施大伟岔开话题，又把目光紧紧盯在于小雨的脸上，说，今年流行牛仔裤，市区里已经有很多年轻人穿上这种裤子了。于小雨兴奋地说，是吗？有空我也去买一条穿。施大伟说，小雨你的身材好，腿长，穿牛仔裤一定特别漂亮。于小雨被夸，得意之情溢于言表，她一边嚼着什么一边说，大伟哥的腿更长，穿上牛仔裤一定更帅气。

孙兆伟的脸色越来越不好看，特别是提及腿长与牛仔裤，等于揭了他的短，他的心就像被锐器狠狠地捅着，一种疼痛感几乎使他不能自抑。他敏锐地认为，施大伟是在有意打击他，他想还击，可一时又找不到适当的理由，就只好低下头，一言不发。

不爱讲话的于志刚似乎看出了什么，主动端起酒杯对孙兆伟说，来，喝酒喝酒。孙兆伟一仰脖，把杯中酒全干了。

孙兆伟不想坐以待毙，他要找于小雨坦率地谈一谈，表明自己的心迹。不管是成功还是失败，他觉得这都是必要的。第二天中午吃罢午饭，他鼓足勇气，去于小雨家找她。当走到那个熟悉的楼口，就见于小雨匆匆地出来，问她干什么去，她只说有事，头也不回就走了，弄得孙兆伟根本没有开口的机会。

整个下午，孙兆伟都是在焦躁不安中度过的。好不容易下了班，勉强吃了点儿饭，他再一次奔于小雨家去了。又是在她家楼口，他看见于小雨被一个骑摩托车的小伙子接走了，那个小伙子不是别人，正是施大伟。

可怕的预感似乎已经成为现实，孙兆伟茫然地敲开陈铁花家的门，脸色非常难看。陈铁花问他怎么了，他没有回答，而是明知故问，小雨呢？陈铁花似有所悟，笑道，被大伟接走去参加舞会了，今晚俱乐部有舞会。想一想于小雨将被施大伟搂在怀里跳舞，孙兆伟就不禁打了个寒战。

孙兆伟坐下后，陈铁花一个劲让他吃苹果。他苦着脸吃，一句话也不说。整个晚上几乎都是陈铁花一个人在说话。她埋怨现在的年轻人懒惰，学手艺不刻苦，还说现在的领导浮夸、虚荣。她越说越激动，把孙兆伟失常的情绪完全给忽略了。

陈铁花还谈到了直大轴，她说自己当年为了学到这门绝技付出得太多了，三个徒弟，尤大海本来是一个都不想教的，但她凭着一股坚韧不拔的劲，硬

是把这门手艺学到了手。陈铁花说到这儿停顿片刻，然后盯住孙兆伟的眼睛，突然问道，你想学直大轴吗？孙兆伟脱口说，不想。陈铁花厉声问道，为啥？孙兆伟不假思索地说，弯轴是很难见到的事故，几年也遇不到一次，假如真的弯了轴，也会返回生产厂家去直，这门手艺已经没什么用武之地了。陈铁花气得直哆嗦，一迭声说，你，你怎么能这么说？孙兆伟见陈铁花反应强烈，就低下头，继续不说话。

我知道，你们这帮年轻人已经瞧不起工人的手艺了。陈铁花说。

你说话，是不是？陈铁花又说。

不是的。孙兆伟说。

你们就要出徒了，也就是说，学艺已到了关键时刻。知道吗？当年尤大海师傅有三门绝技，刮瓦、找平衡、直大轴，一般是不教人的，可我已经把前两项教给你们了，只有这直大轴还没有教。我知道，有些人你教他，他也学不会，所以宁缺毋滥。你们三兄弟中，我只想教一个人，你知道我想教谁吗？陈铁花说。

孙兆伟摇摇头。

我想教你呀。你们三个人当中，我最看好的就是你。桩子悟性差，虽然肯用功，顶尖技术恐怕也难学会。大伟心浮气躁，根本不是学手艺的料。只有你，各方面的条件都适合，可我没想到你会说出这种话来。陈铁花说。

孙兆伟知道直大轴对师傅陈铁花意味着什么，她能把这项绝技传给他，说明对他是相当器重了。想一想，他也觉得自己刚才的态度有些过火，就尽量缓和语气说，陈师傅，刚才我是顺嘴说的，不算数。陈铁花赌着气说，刚才我也是顺嘴说的，不算数，你想学，我还不一定教呢！

气氛就这样滞涩了，直到孙兆伟告辞。

对陈铁花的三大绝技，孙兆伟的确没有太当回事。如果说学徒之初厂里还十分重视手艺的话，到了即将出徒之时，厂情已经悄然发生了变化，在"文凭热""经商热"的冲击下，厂人对手艺看得越来越淡。此时孙兆伟对手艺的看法发生变化，也是情理之中的事。

日子过得飞快，直到出徒，陈铁花再没有提及教直大轴的事。这一段日子，孙兆伟经历了他人生中颇为灰暗的时光，初恋的失败是难以承受的。更令他窝心的是，对他来说，这也许还称不上初恋，充其量只是暗恋而已，还没来得及表白，事情就已经明朗了，也就是说，他基本没机会了。上班的时候，他拼命干活，累得抬不起手臂了，还继续干活。下班后，他先不回家，总会在公路上疾走一阵，实在走不动了才掉头往回走。他是用自虐的方式排遣心中的痛苦呀！

时间是良药，当这一年深秋的寒意袭来的时候，孙兆伟的痛苦已经被另一种东西成功地取代了，那个东西就是自强。他在一个风很大的星期日去了一趟城里，买回了一包成人高考的复习资料。回到长门时，天色渐暗，他抱着一堆资料踽踽地走，快走到他住的独身宿舍门口时，被路边一块宣传牌下边露出的一双皮鞋吸引住了。孙兆伟是从宣传牌的正面看过去的，穿这皮鞋的人则站在宣传牌的背面，也就是站在宿舍楼的玻璃窗前。孙兆伟所看到的不过是一双鞋和穿这双鞋的人的小腿部分。这是一双女式的高跟皮鞋，白色瓢形的，脚面上有一条小巧的横带，横带上镶着一朵紫色的小花。看到这双皮鞋，孙兆伟的眼睛一亮，他对这双皮鞋太熟悉了，是于小雨的。于小雨怎么会到这儿来，莫非是来找我的？孙兆伟迫不及待地绕过宣传牌，宣传牌后面的女人扭过头来，冲着他莞尔一笑。他愣住了，他没想到这个人不是于小雨，而是陈铁花，是陈铁花穿了女儿的鞋。

陈师傅，咋会是你？孙兆伟说。

我找你有事。陈铁花说。

啥事？孙兆伟说。

有件事憋了很久，早就想跟你说。陈铁花说。

怎么不在上班的时候说呀？孙兆伟说。

上班时不方便。陈铁花说。

孙兆伟发现陈铁花的脸上浮现出一种神秘的神色，这使他十分困惑。他半张着嘴，一时猜不出陈铁花要说什么。

你是不是喜欢小雨？陈铁花说。

陈铁花这句话令孙兆伟猝不及防，他一时涨红了脸，什么话也没说。

你说话呀，是，还是不是？陈铁花说。

孙兆伟本想赌气说不是，但终究拗不过自己的真心，咬咬牙，说了声是。

陈铁花一脸的严肃，继续问，那么，你愿意娶她为妻了？孙兆伟想，我当然愿意，可一切都晚了，她已经和施大伟好上了。一想到这些，孙兆伟的心就缩紧了，他没好气地说，愿意又咋样，不愿意又咋样？陈铁花说，我只要你说愿意还是不愿意。孙兆伟叹了口气，说，陈师傅你也知道，小雨已经和施大伟好了。陈铁花说，我没问你施大伟的事，我只问你愿意还是不愿意！孙兆伟迟疑了一下，还是说了愿意。陈铁花说，这样就好，如果你答应铁下心来跟我学直大轴，我就答应把小雨嫁给你。

这……孙兆伟说不清自己是一种什么感觉，天色一点一点黑下去，四周的一切开始模糊，有点儿像梦。

小雨能听你的？孙兆伟说。

她必须听我的，但你也必须郑重回答我，你答应不答应？陈铁花说。

我答应，我当然答应。孙兆伟说。

烤 土 豆

陈铁花搞了一次模拟直大轴，地点就在厂房外一个僻静的角落，时间是下午下班后。当然没有一米粗的大轴来直，只能找了一根十多厘米粗的小轴来替代。直小轴和直大轴是不一样的，直小轴靠的是锤子，直大轴靠的是温度和起重设备，所以，这次模拟只要神似而不是形似，把加热的火候和每一道工序搞明白了，也就算可以了。

参加者当然只有两个人，陈铁花和徒弟孙兆伟。尤大海年事已高，陈铁花自己也终将变老、退休，如果没有了传人，这项绝技很有可能将在发电厂失传。陈铁花不想这样，就只好勉为其难地选一个传承人，孙兆伟能否不辱使命呢？

　　这之前，孙兆伟已经掌握了直大轴的基本要领，此时他只需体验一下实际的操作氛围就可以了。冷风袭来，吹得不知是什么东西在不远处啪啪地响，陈铁花看一看身边的孙兆伟，这个矮瘦的小伙子脸红扑扑的，竟然沁着一层汗珠。天色渐暗，夕阳正在收敛它最后的影子，有几缕血丝样的东西正在西边的天际流淌。这里没有电灯，天黑下来，照明只能靠从厂房的玻璃窗渗出来的些许光亮。真正直大轴的场面是何等壮观，可此时呢？陈铁花并没有因此而草率行事，每一个程序、每一个动作都做得像模像样，一丝不苟。

　　最初，陈铁花一直在不停地说话，具体说了些什么她自己都不清楚，也许只是在用说话来掩饰紧张的情绪吧。后来到了关键阶段，她不说话了，连孙兆伟问她话她也不答，她知道自己已经全身心投入了。此时的气氛有点儿像一只被吹得很大的气球，她必须凝神屏气，她真怕用力太猛或者声音太大把它震破。

　　啊！陈铁花突然大叫了一声，把孙兆伟吓了一跳。陈铁花并不理会孙兆伟的诧异，她兴奋地说，看见了吧，大轴已经被我们直过来了。说罢，她长舒一口气，问孙兆伟，如果下次让你自己直，你会不会？孙兆伟勉强地笑了笑，说，差不多吧。

　　收拾完工具，本来应该各自回家的，就在孙兆伟转身要走的时候，陈铁花叫住了他，用一种很特别的口气问道，你吃过烤土豆吗？孙兆伟愣了一下，困惑地摇摇头。陈铁花笑道，一会儿我就请你吃烤土豆。

　　是去饭店？孙兆伟说。

　　陈铁花摇摇头，看了看手表，说，你跟我走吧，小雨她可能已经到了。说罢，陈铁花在前，孙兆伟在后，走出厂院，走向通往厂房背后的一条土路。孙兆伟在后面追问，陈师傅你说什么，小雨她也来吗？陈铁花说，到时候你就知道了。此时夕阳已经完全退去，天已经黑透了，但令人惊奇的是，这条没有路灯的土路却很明亮，月光和厂院里溜出来的灯光联手帮了忙，他们毫

不费力地走出了这条土路。往前看，是一片收割后寂寞的田野，往后看，是高耸的厂房、烟筒和水塔。陈铁花想一想当年在这里给施其山烤土豆时的情景，心跳的节奏就乱了，二十余年倏忽过去，情状已经发生了令人难以想象的变化。

陈铁花用命令的口吻叫孙兆伟抱柴，不一会儿，干柴就堆起老高。陈铁花掏出火柴，背着风划着了，小心翼翼地点燃了柴堆。火苗晃了几晃，转瞬就蓬勃起来，把黑暗烧毁了一大片，烧出了一块亮得耀眼的空间。孙兆伟对着火堆轻呼一声，好漂亮！就在这时候，于小雨赶到了，她也冲着火堆说了一句相同的话，好漂亮！继而又问，妈，你在开篝火晚会吗？陈铁花说，就算是吧。于小雨看了一眼孙兆伟，孙兆伟的脸即刻控制不住地红了起来，好在有篝火映着，不至于太尴尬。

陈铁花把一兜土豆倒在地上，孙兆伟抓起几个就要往火里扔，被陈铁花制止了。她想起二十多年前的那个傍晚，施其山也是这么猴急地要往火里扔土豆，他们都不明白，这样会把土豆烤煳的。

于小雨说，妈，你就是让我来吃烤土豆的吗？

陈铁花说，不全是。

于小雨说，那还要干吗？

陈铁花说，一会儿再跟你说。

火苗渐渐弱下去，冒出的烟气却越来越浓，顺着风向朝北边的天地飘去。陈铁花这时候才拿起一根树枝，把土豆一个一个捅进灰烬里。

我们需要等待。陈铁花说。

孙兆伟和于小雨都坐在地上，黑烟从他俩的脸前掠过，使他俩的表情变得有些模糊。这段日子里，陈铁花虽然有意给他俩制造了一些见面的机会，但小雨对孙兆伟的态度总是平平淡淡，和见平常人一样。陈铁花是个说话算数的人，既然答应了孙兆伟，她就想把这件事办好。她一直觉得孙兆伟是个靠得住的人，把女儿交给他，是不会有错的。

等待的过程中正好说事，陈铁花用眼睛盯住于小雨，问，你和施大伟是不是黄了？于小雨不耐烦地说，妈，你提这个干啥？陈铁花说，我提就有提的道理，我希望你如实回答。

于小雨瞥了孙兆伟一眼，然后冲着陈铁花说，是黄了。陈铁花发现孙兆伟的眼睛顿时亮了，她暗自好笑，但脸依然绷着，说，黄了好，你和大伟不合适，大伟心高气傲，时间长了靠不住的。于小雨说，我和他黄了，也不是靠得住靠不住的问题。孙兆伟忍不住插了一句，问，那是啥问题？于小雨没有理孙兆伟，而是对母亲说，我没想那么多，我只看感觉，感觉对了就处，不对了就散，没什么的。陈铁花说，你这种态度不对，这不能靠感觉，感觉能靠得住吗？还是得靠理智。妈今天叫你来，可不是光来吃土豆，而是要郑重告诉你一个靠得住的人，他就是你兆伟哥。

于小雨发了片刻呆，然后哈哈大笑，说，我和兆伟哥，怎么可能呢？孙兆伟红着脸低下头，一言不发。陈铁花说，兆伟，你表表态吧。孙兆伟这才抬起头，冲着陈铁花说，师傅，我一辈子都会对小雨好的。于小雨收住笑说，算了吧，兆伟哥，别说了，我们不合适。陈铁花厉声道，小雨，兆伟不合适谁合适？你别瞎说，听妈的，你们的关系就这样定了吧。于小雨没给母亲面子，她站起身来冲着母亲哼了一声，拔腿就走。任凭陈铁花怎么喊她，她也没回头。

陈铁花应该早就想到会有这种局面发生，小雨是她的女儿，女儿的脾气她怎么能不了解呢？正因为了解女儿的脾气，她才没有事先征求女儿的意见，她是想营造一种能使事情顺利的氛围，但还是失败了。她尴尬地看了看孙兆伟，讪讪地说，你也别着急，她是我的女儿，她终究会听我的话。孙兆伟叹了一口气，有些失落。

陈铁花用树枝拨出一个土豆，用嘴吹了吹沾在上面的灰，递给孙兆伟说，吃吧。孙兆伟接过土豆，胡乱扒了扒，一口就把它吞了进去。

好吃吗？陈铁花问。

好吃。孙兆伟说。

舞 会

到了于小雨这一拨人迷上跳舞的时候，长门厂的舞会已经很难觅到中老年人的影子了。以前有老厂长邵振军带头，一批"文革"前的老舞迷就顺理成章担起了交际舞的复兴大任。邵振军一离开，长门厂的厂情也就发生了变化，主宰舞会场面的是些二十岁左右的年轻人。在一大片奇装异服中，中老年舞者渐渐淡出，到了八十年代中后期，舞会已经成为年轻人的天下。

舞会照例是在俱乐部的舞厅里举行，音箱里播放的舞曲已由过去舒缓的音调毫无过渡地变成了急促得如鼓点一样的音调，迪斯科的流行风也刮进了长门。变幻莫测如流星雨般的灯光下，脑袋和屁股晃动得如同通了电，舞者之间已经看不清谁是谁，大家都在各自发挥，毫无顾忌地释放着憋在骨子里的疯狂。

有一天，洪小敏来家里找于小雨。这之前，陈铁花刚刚和女儿吵了一架。这一架的结果使陈铁花产生了一种极度无奈的感觉。起因是搞对象的话题，陈铁花左说右说，苦口婆心了，就是想让于小雨接受孙兆伟。可于小雨就像一个没削皮的冬瓜，不管你撒了多少盐，就是不能入味。陈铁花气急败坏地嚷，我是你妈，是过来人，有经验。于小雨说，恋爱怎么能和经验联系起来？恋爱是一种感觉，不是经验。陈铁花问，当初你是怎么看上大伟的？于小雨说，凭感觉呀！陈铁花又问，那你们现在怎么又吹了？于小雨说，还是凭感觉，这没啥矛盾呀！陈铁花吼道，感觉是靠不住的，你不要拿婚姻大事当儿戏。于小雨说，正因为我不把它当儿戏，所以才这么跟您较真。陈铁花放低了声音说，可我已经答应人家兆伟了。于小雨气呼呼地说，又不是您恋爱，您凭什么答应人家？陈铁花说，凭我是你妈。于小雨说，什么时代了，难道您还要包办婚姻不成？陈铁花被噎得说不出话来，顺手操起一个茶杯，奋力摔在地上。

茶杯的碎片溅了一地，于志刚一手拿笤帚，一手拿撮子来收拾。他一边收拾一边埋怨陈铁花，说，孩子大了，有自己的主见了，没必要事事为她做主。陈铁花怒吼道，翅膀硬了，父母的话就可以不听了？于志刚挺起身子，直直地看了一会儿陈铁花，说，如果换你是小雨，你妈让你跟一个不喜欢的人结婚，你愿意吗？于志刚这句话倒真把陈铁花给问住了，换位思考，陈铁花的气一下子消了大半，情绪也由气愤变成了无奈。正唏嘘呢，洪小敏来了。

洪小敏的到来打破了抑郁不欢的气氛，她甜脆的声音上下翻飞，使于小雨很快忘记了刚才的争吵，又开始说说笑笑了。

洪小敏是来找于小雨一起参加舞会的。盯着洪小敏那张并不十分顺眼的脸，陈铁花突然眼睛一亮，心里立即打开一扇窗，亮堂了。

陈铁花的脸上随即浮现出与刚才截然不同的表情，她下了床，坐到洪小敏跟前，主动和她聊了起来。于小雨则去收拾自己，为参加舞会做必要的准备。陈铁花问洪小敏要选什么样的对象。洪小敏笑道，也没什么标准，喜欢就行。

陈铁花站起身来，趁洪小敏不注意，把于小雨拉到外面，轻声对她说，把小敏介绍给孙兆伟，你看咋样？于小雨瞪大眼睛想了一会儿，说，你还真别说，他俩还真般配。陈铁花说，既然如此，你就跟她提一提。于小雨点头同意了。

于小雨和洪小敏花枝招展地参加舞会去了。她们前脚走，陈铁花后脚也出来了，她直奔独身宿舍去找孙兆伟，叫他和自己一道也去参加舞会。孙兆伟笑道，陈师傅今晚兴致咋这么好？陈铁花说，小雨她们去参加舞会了，所以我也想去看看，你不想看看吗？孙兆伟有些尴尬，一时说不出话来。陈铁花不容他多想，硬拉上他就走。

到了俱乐部，进了舞厅，里面的音乐已经很响亮了。由于刚开场不久，播放的舞曲还没有那么急促，里面来了不少人，或站或坐，大都在圈外，只有几个在圈里跳舞，跳的是华尔兹，却错了节拍，转得极为别扭。有人给陈铁花让了个座位，她也不推辞，坐下后拉着孙兆伟站到自己的身边。由于人太多，一时还没看见于小雨和洪小敏的身影，她扭过头看看孙兆伟，见他也

正瞪着眼睛在人群中寻找。就在为找不到而焦虑的时候，于小雨自己浮出水面，她拉着洪小敏走进圈内，两个女孩子居然跳起了双人舞。于小雨是经过刻意打扮的，鲜亮得夺人眼球。陈铁花的眼睛立即就觉得有些痛：于小雨肥大的外衣敞着怀，露出能充分显示体形的羊毛衫，两只不大却十分坚挺的乳房被勾勒得十分明显，下身是瘦得和大腿融为一体的牛仔裤，身材的优势一览无余。两个人一上场，就吸引了全场的目光，当然这目光几乎全是冲于小雨去的，洪小敏成了不折不扣的陪衬。陈铁花不得不承认，自己的女儿是很出色的，这让她不由得想起了昔日的莫静，心里随即就忽悠了一下。

一曲终了，陈铁花高声叫于小雨过来，洪小敏自然也跟了过来。陈铁花一手拉住洪小敏，一手拉住孙兆伟，眼神把意思表露得相当清楚了。孙兆伟显得有些不自在，洪小敏也显得有些不自在，于小雨笑道，都别扭扭捏捏的，该说什么就说什么。

又一首曲子响了起来，陈铁花让洪小敏陪着孙兆伟跳舞，洪小敏没给一点儿面子，她说还有别的舞伴等着她，转身躲开了，把孙兆伟弄了个大红脸。陈铁花见状，只好叫于小雨陪孙兆伟跳。于小雨有些无奈，正要向孙兆伟伸出手去，不料侧面早伸出一只手，有人插上来邀请于小雨跳舞了。于小雨迟疑了一下，还是接住了那只手。

邀请于小雨跳舞的是厂长葛洪波的大儿子葛军。葛军生得高高瘦瘦，面部棱角分明，有股子帅气，又是电力学院的毕业生，在长门厂是很惹人注目的。陈铁花注意到，跳舞时，葛军一直在和于小雨说话，他们的眼睛对视着。那么近距离的对视会产生什么样的后果呢？陈铁花的心有些乱，她斜过目光看了看孙兆伟，她发现孙兆伟的脸阴得快下雨了。

又一曲终了，陈铁花示意孙兆伟主动去邀洪小敏。孙兆伟向前走，但他并没有邀洪小敏，而是去邀于小雨。于小雨没有拒绝孙兆伟，舞曲再响起来的时候，两个人就旋转在了一起。陈铁花又注意到，洪小敏主动去邀葛军，被葛军拒绝了。葛军没有再跳舞，他就默默地站在圈外，目光跟着于小雨移动。一种预感渐渐爬上了陈铁花的心头。

舞会到了后半段，舞曲肆虐起来，鼓点几乎比厂房里的噪声还要让人焦躁。场上的男男女女分开身子，开始自由摇摆，不分你我，如火如荼，令人眼花缭乱。陈铁花受不了这个，起身走出舞厅，到门口心烦意乱地等。好不容易等到散了场，她于人流中一把抓住孙兆伟，问他洪小敏怎么样。孙兆伟说，就那样呗！陈铁花说，你怎么这么笨呀，知道吗？我要把小敏介绍给你当女朋友。孙兆伟说，您可是答应把小雨介绍给我的。陈铁花苦着脸说，小雨这丫头不听话呀。不过，小敏也不错，你说呢？孙兆伟说，我看不怎么样，陈师傅，您就别费心了。说罢，孙兆伟甩开陈铁花，自己先走了。

回到家，陈铁花问于小雨，你跟小敏说了吗？于小雨说，说了，可小敏她看不上孙兆伟，我也没办法呀！陈铁花摇了摇头，自言自语道，两个人都不愿意，这才是真没缘分呢！

金童玉女

厂办主任高凌远到锅炉分厂来找于小雨。高凌远是长门厂的少壮派，年轻干练，对厂情人情颇为精通，他原来只是基层分厂的一个副主任，是葛洪波发现了他，把他破格提拔起来。他干事既认真又灵活，领导交办的事均做得极为妥帖，深得葛洪波的赏识。他亲自来找于小雨，说明要办的事是重要的。

于小雨被叫到分厂主任的办公室，分厂主任躲了出去，只有高凌远和于小雨两个人留了下来。于小雨一时不知有什么事，愣愣地看着高凌远。高凌远微笑着让她坐下，先是和她聊了几句家常，当说到于小雨还没确定恋爱对象的时候，高凌远立即切入主题，说要给她介绍对象，这个人不是别人，就是葛洪波的儿子葛军。于小雨的心忽悠了一下，葛军是厂里惹人注目的小伙子，她对他是有好感的，然而搞对象，她还是觉得有些突然。她低着头，满头秀发垂下来，遮了半张脸。在高凌远的一再催促下，她才低声说，我还小，

不想这么早就搞对象。

有些事是需要赶早的，像葛军这种条件，许多姑娘想贴都贴不上。命运靠自己把握，有些机会一辈子才有一次，错过了就错过了。高凌远说。

也不用急着表态，先处处再说好不好？高凌远又说。

于小雨想了想，最终还是答应了。

回到家，于小雨就把这事跟母亲说了。陈铁花想了想说，这小伙子是不错，两家也是知根知底。只是葛洪波是厂长，和他做亲戚好像我们攀高枝，有些别扭。于小雨说，那就回绝他算了。陈铁花又想了想说，葛洪波对咱家一直不错，就这么回绝人家有些不妥，我看你们还是先处处再说吧，如果真的处得来，也算没错过一个好机会。于小雨觉得母亲说得有理，就点头同意了。

葛军的条件对于小雨的确是有吸引力的，能和葛军谈恋爱，会受到厂里许多姑娘艳羡。反过来说，葛军能找于小雨，也会受到厂里许多小伙子艳羡。两个人金童玉女，相当般配。于小雨是个招风的女孩，当初和施大伟处朋友时，仍然有许多小伙子不管不顾地追她，施大伟是个傲气十足的人，受不得这些，两个人的关系就渐渐淡了，最后分了手。这次和葛军是新的开始，于小雨就下了决心，尽量远离其他男青年，以免生出不必要的麻烦。

第一次单独约会，实际上是高凌远给约的，地点就在厂俱乐部门口。那是个星期日的下午，于小雨赶到时葛军早候在那里了。因为早就认识，又跳过一次舞，说起话来就很顺利。两个人从俱乐部出发，沿着公路向远方走。这天天气不错，天空蓝得很纯净，有一丝丝白云飘浮着，看上去像一团团的棉花糖。于小雨边走边说边偷偷地打量葛军，越看越觉得葛军是出色的，况且人家既是厂长的儿子，又是时下最受器重的大学毕业生呢！于小雨问葛军为什么会相中她，葛军笑了笑，很腼腆地说，因为你漂亮。于小雨说，就因为漂亮？葛军说，也不全是，是啥，我也说不清楚。于小雨觉得葛军挺好玩，就呵呵笑了起来。

葛军虽然有些羞涩和小心翼翼，但于小雨还是看得出来，他不留神间仍会流露出某种傲气和优越感来。于小雨并不反感，反而认为这是他独特的魅力，谁叫人家条件好呢！

不知走出多远了，两个人都累得出了汗，这才开始踅回。第一次约会波澜不惊，在回到俱乐部门口时结束了。

第二次和第三次与第一次没什么两样，第四次则有了突破。那是个晚上，夕阳刚刚落山，天要黑还没黑的样子，两个人肩膀挨着肩膀坐在长门厂外的大田地上。周围很静，偌大的世界好像只有他们两个人。他们已经在这里坐了整整一个下午了，于小雨本想说我们该走了，可说出口的却是另外一句话，这使于小雨自己都感到十分惊讶。

于小雨说，把你的手伸出来让我看一看。

葛军说，你会看手相？

于小雨说，我不会看手相，但我听我妈说过，从一个男人手上能看出他是不是个好丈夫。

葛军说，那你就看一看我会不会是个好丈夫。

于小雨接过葛军的一只手，用手轻轻抚了一下他掌心的纹络。她知道自己对掌纹毫无研究，看手相其实只是突发之举，是一种连自己也说不清楚的举动，握着这只手，她该说些什么呢？

葛军说，那你就好好看看我会不会是一个好丈夫。

这以后，他们的恋爱才算真正开始，恋爱期间该演的节目他们都演了。葛军对于小雨很热心也很用心，他常常送一些小礼物给她，比如发卡、衬衣、女孩子都爱吃的巧克力等。每次约会，他总是首先把他的礼物先拿出来，献给小雨。这种细心是施大伟从来没有给过她的，不期然间，于小雨就对他另眼相看了。葛军对于小雨的关照是全方位的，不久，于小雨就被调出了班组，调到了厂教育中心做了干事。很显然，这是葛洪波的力量。一时间，于小雨和葛军的恋爱也被大家传为美谈。

最羡慕于小雨的就是好朋友洪小敏了，她跟于小雨说，我将来的男朋友要是有葛军一半好，我就知足了。于小雨笑道，我看孙兆伟就不错。洪小敏

说，瞧他那两根短腿，瞅着多不舒服呀，快别提他了！说到这里，她压低声音，把嘴巴凑到于小雨的耳朵根说，你们那个没有？于小雨说，什么那个？洪小敏说，别装蒜了，就是睡了没有！于小雨狠狠打了洪小敏一拳，然后两个女孩就笑成一团。

到底那个没有？洪小敏说。

没有。于小雨说。

我不信，你那么前卫，守得住？洪小敏说。

当然守得住。于小雨说。

那葛军守得住吗？洪小敏说。

有我严密防守，这道城墙还是很难攻破的。于小雨说。

事实也的确如此，每当两个人独处一室，葛军要解于小雨的衣服时，于小雨总会拨开他的手，她羞涩而又坚定地说，还是把这美妙的第一次留给新婚之夜吧。

没有等到新婚之夜，于小雨和葛军的事就出了岔头。事情的起因是这样的：某高校有几名学生到长门厂实习，教育中心的于小雨负责接待工作，人手不够，她就叫来洪小敏帮忙。学生们的实习期限是两个月，由于天天接触，彼此就混得相当熟。学生中有个小伙子叫董刚，人生得高大英俊，性格随和，说话又幽默，于小雨和洪小敏都愿意和他在一起聊天。聊到兴奋处，董刚总会率先大笑，他明朗的笑声使周围的一切都变得明亮起来。

董刚看人的时候目光专注，这使他显得既自信又富有魅力。于小雨和他说话时，他的目光总是定定地看她，使她觉得很舒服。但她怎么也没有想到，这双明亮的眼睛后面竟然潜藏着令她措手不及的危险。

事情是在实习期快结束的时候发生的。洪小敏看上了董刚，可又不好意思和他直接挑明，就把自己的心事告诉了于小雨。于小雨反应快，当然明白洪小敏的用意，于是就爽快地拍着胸脯说，这事包在我身上了。当于小雨把洪小敏的意思转告给董刚时，没想到董刚竟说了句令她十分吃惊的话。董刚说，我心里有人了，这个人不是洪小敏而是你。在这之后的几天里，董刚开始向于小雨展开攻势，于小雨只能回避。这种情况于小雨显然无法和洪小敏讲，就极力与洪小敏避开这个话题。眼见着实习期结束了，洪小敏觉得自己再不和董刚讲就没机会了，于是鼓足勇气跟董刚讲了。董刚给她的回答同样令她惊讶不已。董刚说我已心有所属，这个人就是于小雨。洪小敏觉得自己受到了于小雨的愚弄，就在教育中心的办公室里，她和于小雨吵了起来。

这件事情没有不在厂里传开的理由了。

于小雨到葛家去找葛军，迎接她的是葛军母亲的一顿臭骂。于小雨没有和她争吵，跑回家趴在床上大哭了一场。

一连三天，葛军没有来找她，这在以前是不可想象的。她接连失眠，直到第四夜才勉强睡着。也是熬得太久了，她这一觉一直睡到翌日上午十点多钟，连班都没有上。要不是有人咚咚敲门，她说不定会睡到什么时辰。

于小雨睁开眼睛看了看表，她以为来人会是葛军，但她猜错了，来人不是葛军，是陈铁花。她揉了揉惺忪的睡眼，说，妈，刚上班咋就回来了？

陈铁花没有回答，她绕开于小雨的身体走进屋来，这才气呼呼地说，你咋不上班？你咋还有心思睡觉？

我凭啥没心思睡觉？于小雨说。

你，你简直气死我了！陈铁花大声嚷道，刚才葛军他妈找过我，把你干的好事都跟我讲了，人家不要你了。

不用多说什么，于小雨一瞬间什么都明白了，她一屁股坐到床沿上。葛军他妈的为人和脾气她再清楚不过了，出了这种事，她是不会放过自己的。

你就不怕？陈铁花说。

怕有什么用。于小雨说。

葛军这孩子挺好的，你怎么会……你傻了？陈铁花说。

这事又不是我挑起来的，根本由不得我。于小雨说。

不管怎样，人家待咱不薄，你的工作也是人家给调的，你这样怎么收场呀？陈铁花说。

　　于小雨不吭声了，事情明摆着，如果葛军和她吹了，她在教育中心的位置也将受到冲击，一着急，泪水就涌出了眼眶。陈铁花说，找葛军认错吧。于小雨抹了一把泪水，说，我有什么错呀？陈铁花说，你有什么错你自己知道，赶紧去找葛军解释一下，总比这么闹下去好。

　　陈铁花说罢又上班去了，于小雨收拾打扮一番，也上班去了。走进办公室的时候，她发现大家都用一种异样的眼神看她，这又给她的心河添了波澜。

　　于小雨终于忍不住给葛军打了个电话，把他约了出来。

　　就在办公楼外面的一个角落里，两个人见面了。于小雨说，别人不相信我，难道你还不相信我吗？葛军阴着脸说，这不是相信不相信的问题，我们家毕竟有头有脸的，出了这样的事，你叫我和我爸的脸往哪里放？于小雨拖着哭腔说，这事能怪我吗？葛军说，你别演戏了，董刚把什么都告诉我了。于小雨急着问，他告诉你什么了？葛军咬牙切齿地说，他，他说你们有关系了。

　　于小雨顿觉自己的脑袋像气球一样被吹大了，她不再跟葛军辩解，掉头就走，而且越走越快，就像飘起来一般。

　　她不知道自己是怎么飘进独身宿舍的，她用一双红红的眼睛盯住董刚，屋里其他几个人见此情景，都躲了出去。于美人气急败坏地问，你为啥和葛军说那种话？

　　还不是因为爱你，我那么一说，他才能够放开你呀！董刚说。

　　血往上涌，于小雨甩手就给了董刚一个耳光。董刚捂着半边迅速肿胀起来的脸，喃喃说，我做的一切都是为了一个"爱"字，我真的爱你呀！话音未落，葛军闯了进来，他呆呆地盯着他俩看了一会儿，什么也没说，掉头离开了。

　　望着葛军的背影，于小雨预感到一段爱情的结束，她没有再抱怨董刚，默默地也走开了。

　　两天以后，大学生们的实习就结束了，董刚带着遗憾离开了这里。但他和于小雨的故事却在长门厂引起了不大不小的轰动，而一度被人们认定为金童玉女的葛军和于小雨，他们的关系也彻底崩溃了。对于这件事，厂人们谈论了很长时间，免不了添油加醋，免不了节外生枝。这个故事越来越丰满了，生动了，于小雨在故事里也越来越风流，越来越富有传奇性了。

这件事的高潮是葛军的调走，他显然经受不住这种打击，想彻底逃离。葛洪波动用了自己的关系，把他调去省电力局做了一名科员。不久，教育中心的负责人冷冷地通知于小雨，说科室要精简，你学历低，只能回车间了。于小雨什么也没说，对此她是有心理准备的，作为这个故事的主角，这也许是她应该得到的一个结果。

女 焊 工

于小雨回锅炉分厂重做焊工，陈铁花并没觉得怎么失落，踏踏实实地学一门手艺，是做工人的正道，没什么大不了的，只是想这件事的前因后果时，难免会心生惆怅。

这回，不许你再疯了，好好给我学手艺。陈铁花说。

于小雨回到焊工班，高兴的是一些男工——又有机会接触漂亮风骚的于小雨了，他们当然没有不高兴的理由。于小雨是在有些人的嘴里变风骚的，对此，于小雨本人竟浑然不觉。也就是从这里开始，有些男工打起了于小雨的主意。

一天深夜，于小雨上完夜班往家走，刚走到工厂大门口，身后就追来一个红着眼睛的男焊工，张口就要于小雨的奶子，气得她失声高叫，惊动了门卫。闻讯赶来的经警把那个男工和于小雨一起带到了厂保卫处。

经警说，你半夜追女工，这不是在耍流氓吗？

男工说，我没耍流氓。

经警说，你张嘴就要人家的奶子，不是耍流氓是什么？

男工说，别误会，是这么回事，今天我上夜班，不小心让电焊的弧光打了眼睛，你看你看，都肿得睁不开了。我眼睛疼得没招，这才追她。

经警说，你眼睛疼追人家女孩干什么？

男工说，我们焊工都知道，如果让电焊光打了眼睛，只要往眼睛里滴上几滴人的奶水就会好的。我疼得没招，才追着她要点儿奶水。

原来是这么回事呀！经警笑了笑，转身对一旁的于小雨说，看来真是一场误会，他要点儿奶水只是想治他的眼睛。于小雨跳脚骂道，放他娘的狗屁！我还是姑娘，哪儿来的奶水呀？说罢，哭着跑出了保卫处。

经警这才似有所悟，瞪大眼睛对那焊工说，这你咋解释？那焊工摆出一副怪相说，她说她是姑娘，谁信呀？说不准昨天才做完小产。逗得经警也跟着怪笑起来。

第二天上班，于小雨满脸的倦意，她进屋后谁也不理，换了工作服就往外走。班长老张把她叫住，说，我还没分配谁干什么活，你出去忙什么呀？于小雨强忍心中不快，她停住步子往门口的墙上一靠，等着老张分活。老张见她等，却并不急于分她活，而是张三李四地给别人分活。等其他人的活都分配完了，老张才对于小雨说，有一份仰焊的活，你去干吧。

众人哄堂大笑，都用好事的目光看于小雨的反应。所谓仰焊，其实强调的是焊活的姿势，因为和"养汉"谐音，就经常被大家用来开玩笑。采用仰焊的姿势，大都是不得已而为之，有些焊口就在不足一米高的空间里，而且是在上方，这种焊口你不躺着身子仰着焊是不行的。此时尽管老张说得一本正经，但于小雨还是从他那欲盖弥彰的表情中看到了一股邪气。于小雨感到又厌恶又委屈，心想这人怎么都这么势利眼呀，要是她没有得罪葛家，借他个胆子他也不敢这样！于小雨本想破口大骂，但话在嗓子眼滚了几滚又咽了回去。她忍住眼泪，强迫自己做出一副笑脸，冲着屋子里的人说，仰焊的活的确适合我干，以后仰焊的活我全包了。

众人收住笑，一时反被她这种气势给镇住了。谁也没有再笑，都绷着副怪相走了出去。

仰焊的感觉并不像人们想象的那般难受，仰躺着干活，于美人反而觉得很舒服。金属焊口在熔化，人心中的疙瘩怎么融化呢？想起自己和葛军的纠葛，想起葛军的那只手和那条光滑温暖的鱼，泪水就忍不住滚落下来。

在相当长的一段时间里，于小雨大都在干着仰焊的活，她不管别人怎么看，她干起这种活总是显得很平静。这种心态为她很快掌握焊工技艺提供了帮助。面对挑剔的验收者，于小雨焊的焊口总是令他们无话可说而又不得不说些什么，说什么呢？他们说，瞧人家焊的这活，跟人家的长相似的，就是靓！

这样的评语是于小雨这段焊工经历中的一道亮光，它很快使郁郁寡欢的于小雨找到了一种倾注激情的方式，这就是练习技艺。此时的厂情是，青工们不眼热手艺，而是眼热文凭，眼热走关系。处处能得好处的，是那种八面玲珑会搞关系的人，这种人不会干活却大多能占显眼的位置，还能被提干。这样的厂情下，前卫的于小雨逆水而行，引起了许多猜测，说什么的都有。

只有于小雨自己知道，她这也是被动而为，是一种逃避的方式罢了。点点焊花中的色彩、线条、明暗、轻重，可以任由她组成各种图案，她以一种孤芳自赏的态度读着自己的作品，不期然间，就入迷了。

于小雨当焊工的最好成绩，是得过一次全厂技术比赛的焊工状元。对此，厂人们既惊讶，又觉得在情理之中。惊讶的是，在这样一个时代，一个漂亮女孩居然能在工人的技术比赛中夺魁，怎么说也该算是一件新鲜事。但想一想，于小雨毕竟是陈铁花的女儿，对手艺的悟性是遗传的，是与生俱来的，就又觉得不奇怪了，觉得是件情理之中的事了。

对于小雨的这种变化，陈铁花是持欢迎态度的。她也知道，这与那个事件有关，要是没有那个事件，要是不受一些打击，于小雨是断然不会对手艺入迷的。这样一想，她倒有些感激那个曾令她恨得咬牙切齿的事件了。

这段日子里，孙兆伟曾找过于小雨几次，但于小雨都躲开了。她也不是瞧不起孙兆伟，她总觉得这种时候接受孙兆伟，等于把自己放在了处理品的位置，自尊心是不允许她这么做的。

一天，老张在厂房里找到于小雨，说要单独和她谈一谈。于小雨把焊帽往身边一撂，就地坐下很平静地说，谈吧。老张也在她的身边坐下，挨得很近，于小雨的屁股立即挪开一些，老张难看地咧了咧嘴，说，有句话不知当

讲不当讲。于小雨说，都是工人，用不着文绉绉的，想讲什么就讲什么呗！

那我就讲了。有句话不是说"识时务者为俊杰"吗，你是聪明人，你应该知道眼下的形势。老张说。

什么形势？于小雨说。

一线班组就要精简了，也就是减人，减下去的只能到后勤部门去干杂活。老张说。

你什么意思，是不是想减我呀？于小雨说。

你若答应我，我敢保证你会永远留在焊工班。老张说。

你让我答应你什么？于小雨说。

答应，答应……老张的眼睛里露出一股绿光，他有些口吃地说，答应做我的小蜜。

这一年，社会上刚刚流行"小蜜"这个词，所谓小蜜，就是情人的意思。想不到老张也想赶时髦，也要弄个小蜜。于小雨哈哈大笑，把老张笑得直愣神。好一阵，于小雨才收住笑，轻蔑地说，你一个小班长也配养小蜜，也不撒泡尿照照自己的模样，掂掂自己的分量。老张的脸立即涨成了猪肝色，他慌忙从于小雨的身边爬起来，落荒而逃。

这天下班，于小雨回家就冲着母亲嚷道，这个班我不想再上了。陈铁花问，出啥事了吗？于小雨说，这个老张太不像话了。陈铁花说，他是不是欺负你了？如果是的话，我饶不了他。打狗还看主人呢，我是谁呀？是陈铁花。于小雨知道母亲的脾气，要是如实和她说的话，她一定会去把老张臭骂一顿，那样的话，丢人的还是自己。于小雨努力压住火气，说，也谈不上欺负，妈，你就别掺和了。

于志刚对陈铁花说，要不你去找葛洪波解释解释，说不定会对小雨有利。陈铁花说，事情在那儿摆着，解释是没用的，小雨当个工人，把手艺练好了比啥都强。于小雨暗忖，事情可没这么简单，照这样下去，怕是工人也干不长的。

第八章

两份建议书

席卷全国的企业改革，给长门厂带来了新的生机，一度静如湖水的厂区又呈现出六十年代才有的紧张气氛。在这年春天，中央首长来到长门厂视察。首长的到来轰动了长门厂，大家奔走相告，比过节还兴奋，连家属都拥到厂门口来一睹风采。

首长对长门厂给予了高度评价，肯定了长门厂的历史地位，还提出了一些希望，希望老厂顺应形势，焕发新生机。陈铁花的嗅觉异常灵敏，从首长的讲话中她隐隐感到一场翻天覆地的变化即将来临，尽管她对此也存有许多疑虑，但内心深处升腾起一股压制不住的火焰般的渴望。

这就是陈铁花，没有新的渴望，也就不是陈铁花了。

陈铁花翻出被她压在箱底的八十年代初写的那份建议书。如果没有企业改革，这份建议书也许会永远睡在箱底。陈铁花翻找它时心跳加快，通体充满了一种年轻人才有的激情。她用了两个晚上把这份建议书做了缜密的修改，这样，一份新的建议书就诞生了。她揣上它，没有去找分厂主任崔大力，而是直接去了厂办公大楼，把它交给了厂长葛洪波。

葛洪波坐在宽大的写字台后面，像几年前一样，很认真地看了她的建议书。陈铁花就坐在一旁的长沙发上等。自从于小雨和葛家闹翻，陈铁花就没有再和葛洪波直接接触过，于小雨被调回班组，受了那么多的委屈，她都没

有来找他。但这次她来了，毕竟是为了公事，她没什么可顾虑的，也正因为是为了公事，她才义无反顾，表情从容。

陈铁花注意到，厂长室越来越阔气了，房间新装修过了，办公用品也变得高档多了，写字台居然宽大得令人惊讶，写写字用得着这么宽大的桌子吗？只是葛洪波的头发变稀了，中间的部分已经露出了一小块头皮，而且鬓角也花白了，额头上的皱纹深得如同核桃纹。看来，葛洪波是变老了，那么自己呢？自己和葛洪波是同一代人呀！陈铁花忍不住朝墙上的一面镜子望过去，她清楚地看见，镜子里的自己也明显不是从前的自己了。

不错。葛洪波说。

葛洪波终于从建议书上抬起头来，有些兴奋地说，陈铁花，看来你没有老，是跟得上形势的。葛洪波并没有因为儿子的事慢待陈铁花。他接着说，就要实行厂长责任制了，啥叫厂长责任制？就是要确立、强化厂长在企业中的地位，也就是说，在企业里，厂长要有绝对的权力。下一步，厂里就要引进竞争机制了，你这份建议书里已经有了竞争，不错，但还很不够，以后还要实行层层承包制，实施减人增效，有的企业已经开始搞了嘛！陈铁花脱口说，这么说，我的建议书也没啥新意了？葛洪波说，也不能这么讲，通过这份建议书，最起码看得出你的思想是和时代同步的，也给其他的职工做出了表率。

陈铁花先是有些失望，但葛洪波的后一句话还是恰到好处地安慰了她。如果说，八十年代初这份建议书能使她成为先驱者的话，那么到了八十年代中后期，这份建议书也就只能表明她还不落伍罢了。她有些不好意思地笑了笑，说，早知葛厂长有这些新思想，我这建议书就不拿来了。葛洪波说，还是拿来好，我把它留下，用它去启发那些观念跟不上趟的职工。

几天以后，在全厂职工大会上，葛洪波果然拿出了陈铁花的那份建议书，他一边用手晃动着它，一边说，大家都要向陈铁花同志学习，要更新观念，要有改革意识。几千束目光都投向了陈铁花，几乎把她照得通体透明了，她心里美滋滋的，又有了当年成为比武状元的那种自豪感。

198

　　散会往外走的时候，迎头碰见了章玉闻，陈铁花对她点了下头，便抢步走到她的前面。一想到"文革"当中的那些事，她对章玉闻便恨得不行。"文革"结束后，章玉闻曾被定为"文革中的三种人"，一直下放在不起眼的水塔班做工人，算是个落魄的人了，陈铁花觉得已没必要再和她较劲了。她刚走出几步，没想到章玉闻竟追上来，冲着她说，铁花，还是你跟得上时代，不像我，总是慢半拍。陈铁花还是忍不住回击道，那要看什么时代，"文革"时期谁也没有你跟得上时代呀！章玉闻苦笑道，别哪壶不开提哪壶，我说的是现在。陈铁花说，现在咋了，你难道不看好企业改革吗？章玉闻叹了口气说，我可不敢说不看好改革，不过，说句心里话，按这种思路改革下去，贫富差距一定会拉得很大，如果真是这样，这还是不是社会主义了？

　　陈铁花瞪起眼睛说，现在不是"文革"时期了，你咋还上纲上线！章玉闻似有所悟，连忙说，算我胡说，算我胡说。说罢躲开陈铁花，窜进人流溜开了。

　　本体班的大屋子里乱糟糟的，议论起竞争，个个都兴奋得不得了，谁会想到呢，在他们平淡的生活中竟会出现这样的机会。竞争，是一定会使一部分人脱颖而出的，大家可以去竞争班长的职位，竞争分厂主任的职位，甚至去竞争副厂长的职位。这脱颖而出的人会是谁？可能是他，是她，当然也可能是自己。这么想下去，每个人的眼里就都焕发出神奇的光芒。

　　陈铁花给大家泼了一盆凉水，她说，都别忘了，竞争的结果是啥？有被重用的，就有被弃用的，被弃用的要占大多数，不好好干活、没有好手艺的人，都有被弃用的可能。陈铁花的话显然具有一定的威慑力，吵嚷声即刻弱了下去，大家都拿出自己的工具出屋干活去了。

　　屋子里渐渐静下来，陈铁花没有出去，她坐在自己的那把椅子上，她需要安静地想一想。既然那份建议书并没有起到实质性的作用，何不再开动脑筋，想出一个新的具有震撼力的办法呢！可是，什么样的办法才会具有震撼力呢？葛洪波说过岗位竞争，顺着这条思路往下捋，对了，自己何不先走一步，率先在本体班试行岗位竞争呢？想到这些，她的心跳加快，她知道，她

又要在长门厂掀起波澜了。

这天晚上，陈铁花没有按时睡觉，而是躲到厅堂，伏在电视柜前开始起草另一份建议书。她一直开着那盏落地灯，手握钢笔沙沙地写，撂下笔时，窗外的天都麻麻亮了。整整写了一夜，竟然洋洋洒洒写满了十页稿纸，仔细看，这十页稿纸上大多是时下流行的语句，实际内容几句话就可概括。但陈铁花还是觉得有必要写满这十页稿纸，只有这样，才能充分显示这份建议书的分量。她在这第二份建议书中大胆提出，本体班要做竞争的试验班，为此她将主动让出班长位置，让其他有志者前来竞争。

陈铁花真的不想当班长了？质疑者肯定大有人在，只有陈铁花自己知道，她是真的不想当这个班长了。当了这些年的班长，操心费力，失去的其实比得到的多。她是八级工，当班长和不当班长都比一般人工资高。当班长虽然满足了领导欲，但压力大，杂事多，挤去了大部分钻研技术的时间，要知道，手艺人也是需要"拳不离手，曲不离口"的。尤大海当年给个主任都不当，就是这个原因。此时的陈铁花，已经觉得自己不比当年的尤大海差到哪里了，她就是不当班长，也照样不会被人小瞧。主动让出班长位置，也许是以退为进，再赢得个轰动效应，得到的会远比失去的多。

第二天吃罢早饭，陈铁花刻意梳了梳头发，由于一夜未眠，镜子里的自己显得有些憔悴，脸上像挂了一层灰。她多抹了些雪花膏，觉得脸色不那么难看了，才揣上这第二份建议书，胸有成竹地走出家门。

陈铁花又一次敲开葛洪波办公室的门，把这第二份建议书递了上去。当时葛洪波正在和高凌远说话，他顺手把建议书搁在桌子上，说，你先回去，等我看完了再说，好不好？陈铁花只能说好。往回走的时候，她的心情难免忐忑，撂下两家的积怨不说，只说工作，人家葛洪波已经是厂长责任制下的厂长了，大权集于一身，可谓日理万机，自己却三番五次越级递建议书，怎能不引起他的反感呢？回到班组时，陈铁花已经相当抑郁了。

但这种抑郁并没有持续多长时间，没过多久，事实说话了。葛洪波对陈铁花的建议书十分重视，又把本体班作为一个改革的试点，如果成功了，这个试点的经验将在全厂推广。竞选是竞争的具体体现，也是民主管理企业的一种尝试，拥有绝对权力的厂长葛洪波，觉得自己同意这么做是体现胸襟的一个办法，适当的民主是不错的选择。

葛洪波批准了陈铁花辞去本体班班长职务的请求，这是本体班能够进行竞选的前提条件，没了班长，才能让大家竞争嘛！但让陈铁花只做一名普通的工人又似乎不妥，于是，葛洪波想了个折中的办法，责成崔大力速办，把陈铁花调到汽机分厂所辖的一个边缘性班组，也就是不太显眼的水塔班去当班长。这样，也算给了她个体面的退路。

从一个令人瞩目的位置到一个不显眼的位置，失落感是难免的，可毕竟是主动退出，失落的同时便又有了些许的安慰。做了水塔班的班长，工作量大减，清闲了，省心了，一个年逾五十的女工，能得到这样一个位置，应该知足。但这显然不符合陈铁花的性格，大半辈子她都处于风口浪尖，此时的主动退却，其实是以退为进，是让平地起波澜，能够再一次引起全厂的关注，她的目的其实已经达到了。

陈铁花的退却是成功的，谁能否认这次轰动整个长门厂的班长竞选不是与她有着直接的关系呢？也就是说，她再一次成功地成为焦点人物。这种感觉对陈铁花是重要的，当年冒天下之大不韪跟尤大海学绝技是这样，此时以退为进也是这样。

一个阳光明媚的上午，在本体班的大屋子里，竞选班长的序幕拉开了。已经调任水塔班班长的陈铁花被请回来担当评委，评委中还有厂办主任高凌远、分厂主任崔大力和副主任潘仲元。参加竞选的候选人有三个，他们是洪天良、王胖子和孙兆伟。评委们面对大家坐，三个候选人则坐在大家的前面，和评委是面对面，崔大力是主持人。按程序，首先是三个候选人依次发表竞选演说，然后由评委发表意见，最后再由本体班全体人员投票产生新任班长。

以前的班长都是由分厂任命，这次别开生面的竞选令大家感到十分新鲜，整个过程大家都瞪着眼睛，几乎和候选人一样兴奋。对于这三个候选人，陈

铁花当然是倾向孙兆伟的，一方面孙兆伟是她的徒弟，另一方面她觉得孙兆伟的潜力无限，无论是手艺还是领导能力，这小子都是出众的。更何况他此时已经如愿以偿地读上了函大，马上就要拿到厂里非常重视的那纸文凭了。但平心而论，和另外两个候选人比，孙兆伟并不占有太多的优势，论资历，论技术，论能力，更占优势的当然是洪天良。王胖子也占着一项优势，他平素爱打抱不平，说话总是站在底层的角度，在工友中有着一定的威望。这三个人竞争起来，结果是很难说的。

第一个演讲的是洪天良，他讲了自己的过去，也讲了自己当上班长后的打算。他说，假如我当上了班长，我丰富的工作经验将是最大的保障，我要搞好班组建设，带领大家学好手艺，完成分厂交给的工作任务。最重要的是，我会让全班每个人都开开心心地工作。洪天良的演讲四平八稳，中规中矩，赢得众人一阵掌声。

第二个演讲的是王胖子，这家伙说话言简意赅，两分钟就讲完了，中心意思就一个，适应当前形势，带领大家一起致富。怎么致富？就是在完成分内工作外，他还要积极外联，承揽一些分外的工作。大家对他报以更热烈的掌声。

轮到孙兆伟演讲时，众人的情绪已经被调动起来了，大家交头接耳，都在议论前两位的演讲，反而对正在演讲的孙兆伟采取了忽视的态度。演讲本来就不是孙兆伟的强项，下面乱糟糟的氛围更助长了他的慌乱，他说得磕磕巴巴，几乎前言不搭后语。

陈铁花见状，赶紧挺起身子，冲着大家吼道，静一静好不好？人家孙兆伟还在演讲，你们都说话，能听到人家在讲什么吗？错过了最好的班长，吃亏的可是你们大家。经陈铁花这么一吼，众人都住了嘴，重新瞪大眼睛，听孙兆伟讲。

有了一个间歇，孙兆伟有些混乱的思路重又变得清晰起来，再讲话时，也镇静了许多。他说，如果我当上了班长，我首先要和大家一起更新观念，要让每一个人都能适应新的形势。改革嘛，以后一定会出现许多我们意想不到的新生事物，如果我们不适应，就跟不上形势，就会被时代所淘汰，所以我说更新观念是最重要的。有了足够的精神准备，不管以后发生什么，我们就都能够从容应对了。其次才是如何圆满完成本职工作的问题，对于已经具有了工作经验、具有了一定技术的我们来说，这个问题也就算不上什么问题了。

　　掌声虽然不是很热烈，但孙兆伟的话别开生面，令大家感到十分新鲜。挨着陈铁花坐的高凌远轻声说，这小伙子有水平。陈铁花得意地说，他爱学习，脑瓜好，工余的时候总是看书；检修手艺也是一流的，别看他年轻，连直大轴他都会。高凌远好奇地问，真的？陈铁花说，当然真的，他是我的徒弟嘛。高凌远忍不住笑了。

　　接下来是评委发表意见。崔大力倾向洪天良，他们毕竟是师兄弟，这种倾向也在情理之中。潘仲元的态度有些含糊，他既倾向洪天良，觉得他资格老，有经验，又觉得王胖子和孙兆伟各有特点，都是不错的候选人，他的评价等于没评。陈铁花当然旗帜鲜明地支持孙兆伟。孙兆伟和洪天良的支持率成了一比一。这样，还没发表意见的高凌远就举足轻重了，他说，几个候选人当然都有特点，但我更支持孙兆伟，他观念新，又年轻，发展潜力极大，做这个班长应该是最合适的。企业改革将会有很多新举措，大家可以想一想，如果观念跟不上能行吗？那是肯定会被时代淘汰的。高凌远的话起了大作用，众人听后都沉默了。等到举手表决时，孙兆伟得的票数是最多的。

　　就这样，孙兆伟成为长门厂最年轻的班长。

班　长

　　陈铁花和孙兆伟师徒俩几乎是同时上任的，陈铁花任水塔班班长，孙兆伟任本体班班长，两个班长分量不同，却同样引起了厂人的关注。

　　孙兆伟是兴高采烈上任的，少年得志，没有不高兴的理由。陈铁花也是

兴高采烈上任的。水塔班虽然是不起眼的班组，这个班长却不是不起眼的班长。她是谁呀？是大名鼎鼎的陈铁花。有了她这个班长，不起眼的水塔班也会变得引人注目起来。

陈铁花在上任的班会上说，改革开始了，企业一定是要精减人员的，这是大势所趋，是谁也挡不住的事。要想不被减掉，就得认真工作，别让人抓住小辫子，抓住了，你只能认倒霉。众人都瞪大眼睛看着她，认为这是她给大家的下马威。

水塔班不过十几个人，和近五十人的本体班不可同日而语。人员呢，又大多是老弱病残，是从主力班组淘汰下来的人。面对这样一些人，有过多年大班组经验的陈铁花就有了一种杀鸡用牛刀的感觉。

但很快，陈铁花就受到了打击。几天下来，她发现自己最初的判断是错误的。由于这些人大都是其他班组淘汰下来的，自然也就个性鲜明，什么脾气秉性的都有，摆弄起来也就费力得多。比如分配谁去干活，这个人不是慢慢吞吞，就是跟你磨牙、讲条件。陈铁花哪容得了这些，几天下来，已经和好几个人吵过架了。已经在这里待上好些年的章玉闻，虽然表面不哼不哈，但嘴角流露出的那丝嘲笑，陈铁花是看得出来的。

紧随陈铁花调到水塔班的还有洪天良。竞选失败后，他觉得无颜再在本体班待下去，要他接受小辈孙兆伟的领导，难免心里有障碍，就也要求调班。老师傅了，能调到哪儿去？和陈铁花一起去水塔班养老吧！接受陈铁花的领导总比接受孙兆伟的领导好受一些，他没迟疑，就到陈铁花这儿报到来了。这下可好，一个章玉闻，一个洪天良，都是令陈铁花头疼的老对手，这以后的麻烦还少得了吗？

按着班组的建制，水塔班也配有一名技术员，是一个叫侯勇的小伙子，人生得眉清目秀，白白嫩嫩的，中专毕业。平时他不多言多语，但到了关键时刻敢于挺身而出，帮陈铁花说过一些公道话。因此，陈铁花很喜欢这个小伙子，只有两个人时便会和他说些心里话。侯勇也是一样，和陈铁花说话是不带水分的，有些不能和别人说的话，他却能自自然然地和陈铁花说，短短的时间能处成这样，不易了。

侯勇曾跟陈铁花说过，您管水塔班和管本体班肯定是不一样的，我看您用不着那么认真，宽松一些反而会更便于管理。陈铁花问，以前的班长管得就很宽松吗？侯勇说，以前的班长是个马大哈，啥事都稀里糊涂，你好我好大家都好，大家也就不和他较真，处处给他一些面子。陈铁花笑道，看来我也得稀里糊涂了。侯勇也笑道，难得糊涂嘛。陈铁花觉得这个小伙子挺世故的，就问他的年龄。侯勇说，不小了，都二十八了。陈铁花问他有对象没有，侯勇摇摇头说，不着急。陈铁花突然想起洪小敏，总觉得于小雨欠人家的，如果帮她找个对象也算是种补偿吧。这样想来，就打定了主意。

陈铁花找到洪天良，说要给他女儿介绍对象，洪天良鼻子里哼了一声，没好气地说，如果没有你家小雨，小敏她早就搞上对象了。陈铁花说，过去的事就别老提它了，要往前看，这次我可是真心想帮小敏的忙。说罢，陈铁花压低声音说，你看侯勇这小伙子怎么样？洪天良想了想说，不错是不错，就怕他们谁也看不上谁。陈铁花说，这你就别多管了，你只负责做通小敏的工作就成。

陈铁花又找到侯勇，说要给他介绍对象，她没说女方是洪天良的女儿，以免事情不成双方尴尬。陈铁花把洪小敏说得天花乱坠，果然把侯勇说动心了，答应要见一见。陈铁花和洪天良敲定了时间，要去通知侯勇时，正好孙兆伟打来电话。孙兆伟先说了些本体班的事，刚刚上任，肯定会遇到一些新问题，请教一下师傅也是件情理之中的事。说着说着，孙兆伟就扯到了搞对象的事情上，他说，又有人给我介绍对象了，真烦人，我相过的对象已经有一个排了，可我一个都没看上。陈铁花说，你老大不小了，别再耍小孩子脾气，等再大一些，恐怕你想找也找不到了。孙兆伟说，找不到就找不到，一个人过也不坏嘛！陈铁花说，你都是班长了，想事情要成熟一些。孙兆伟说，这与当班长无关。陈师傅，其实你最了解我，我喜欢什么样的你还不清楚吗？陈铁花顺嘴就说，那我把洪小敏介绍给你，你干不？孙兆伟很干脆地回答，不干。陈铁花说，你不会是还惦着小雨吧？孙兆伟沉默片刻，然后很坚定地

说，没错，我是还喜欢小雨。

陈铁花没再多说什么就把电话撂了。按理说，小雨正是落魄期，让她重新考虑孙兆伟，她是应该考虑的。可陈铁花还是不敢再轻易承诺什么了，小雨的脾气和她一样犟，她是万难做得女儿的主的。

这天晚上，就在水塔班的值班室里，洪小敏和侯勇见面了，第三者只有一个陈铁花。陈铁花给他们俩做了介绍，然后就东一句西一句地聊起来。洪小敏虽然对于小雨充满怨恨，但对陈铁花一直是过得去的。陈铁花可没亏待过她，母亲是母亲，女儿是女儿嘛！整个相亲过程，洪小敏一直低着头，但脸上一直保持着一丝微笑，陈铁花看得出，她对侯勇是满意的。侯勇也是面带微笑，但笑得有些勉强，显然对洪小敏不太中意。陈铁花想，两个人的外表虽然有一定的差异，但有她两边相牵，她还是有信心促成这件事的。

洪小敏告辞后，陈铁花悄悄问侯勇，你是不是没相中她？侯勇说是。陈铁花笑道，我就知道你会以貌取人的，这可不可取，找老婆还是找长相一般点儿的好。红颜薄命，想当年咱们厂有个非常漂亮的女性，好多男人都相中她了，可结果怎么样，是悲剧的。你要能听我劝，就跟洪小敏处一处，我保你不会后悔。侯勇也是不想卷陈铁花的面子，勉强答应先处处再说。

两天以后，侯勇和洪小敏有了第一次约会。不管他俩的前景如何，陈铁花都以媒人的角度奠定了与侯勇的亲密关系，也就是说，侯勇不折不扣地成了她的人，这对她以后对水塔班的领导将起到至关重要的作用。

说媒，成了陈铁花上任后做的第一件大事。孙兆伟上任后做的第一件大事又是什么呢？那就是他选中了潘仲元做靠山。无论从哪个角度讲，孙兆伟做的这件大事都是超过师傅的，青出于蓝胜于蓝，孙兆伟可不是个令人失望的人。

当上本体班的班长，孙兆伟的心气也壮了，在抱负上有了一个飞跃，他暗暗发誓，一定得干出点儿名堂来。对于此时的孙兆伟来说，所谓的干出名堂就是升职，这已和师傅辈的抱负有了明显的不同。没办法，世易时移嘛！孙兆伟在长门厂不属于子弟派，他是考入厂的，家在市内，父母都是普通的工人，在长门厂没有任何背景，要想进步，除了苦干加巧干，几乎没有别的选择。

孙兆伟是个肯吃苦的人，苦干难不倒他。当上班长后，他依然坚持下去干活，哪个活脏，哪个活苦，他就干哪个活。在班组中，他对老师傅有着足够的尊重，对和自己平辈的也是热情相待，从不摆班长的架子。工作之余，大家都扎堆喝茶抽烟唠荤嗑，他则一手握个手电筒，一手捏个笔记本，在厂房纵横交错的设备中钻来钻去。本体班所管的设备他要精通，不归本体班管的设备他也想精通。这样一来，时间就显得相当金贵。

一度难倒孙兆伟的是所谓的巧干。他知道，即使自己有文凭，即使自己的技术水平再高，本职工作做得再好，没有一个赏识自己的上司，也是很难进步的。陈铁花帮着他登上了班长的位置，再往上去，陈铁花就爱莫能助了，只能另觅蹊径。怎么样才能赢得上级领导的赏识呢？他不是一个善于溜须拍马的人，或者说他还是一个很要面子的人，在领导面前低三下四，他怕大家瞧不起他，况且大大小小的领导那么多，他也拍不过来。他知道他这种人是需要机会的，机会哪里来？一靠等，二靠找，一旦机会来了，他绝对不会轻易放过。

巧干的机会终于出现了。汽机分厂副主任潘仲元和主任崔大力不和，崔大力是工人出身，手艺好，却没什么文化；潘仲元是技术人员出身，有文化，业务水平又高，有的时候就没把崔大力当一回事。崔大力当然很不舒服，他对潘仲元寸步不让，两个人的矛盾逐步升级，很快就公开化了。当时，潘仲元拍板的事，拿到崔大力那里往往会遭到否决，崔大力一改以往温和的工作作风，对来人一瞪眼珠，说，这事不行，他定算什么，我是主任，我定的事情才是算数的。由于崔大力是多年的分厂主任，树大根深，分厂里的人当然知道孰轻孰重，就开始疏远潘仲元，本该他管的事大家也不找他，而是直接去找崔大力请示。这使潘仲元的处境一度显得十分尴尬。

孙兆伟对潘仲元比较熟悉，他念函授班的时候，潘仲元曾是被聘请的面授教师，他听过好多次潘仲元讲的课。他知道潘仲元的水平是一流的，对电

力生产有着独到的见解和丰富的经验，年龄又正是往上走的时候。崔大力呢，虽然是技术权威尤大海的徒弟，但毕竟是工人出身，这种出身在此时已经很不时髦了，况且他已经五十多岁，在主任岗位上的时间屈指可数。两个人相比，看似崔大力占着上风，实则潘仲元才潜力无限。孙兆伟看清了这一点，他牙一咬，暗下决心，大胆地把宝押在了潘仲元的身上。

一次分厂里开检修会，崔大力在会上武断地否定了潘仲元的检修方案，自己提出了另一套方案，让大家讨论。参会的都是各班组的班长和技术员，都知道孰轻孰重，都争相表态拥护崔大力的方案。就在一片赞同声中，孙兆伟逆流而上，挺身对崔大力的方案提出质疑。孙兆伟的发言条理清楚，对崔大力方案中的一些缺欠进行了有理有据的剖析，然后话锋一转，又把潘仲元方案中的优势阐述了一番。孙兆伟此举令大家十分惊讶，就连潘仲元自己都觉得孙兆伟有些反常。崔大力恼火透了，暗暗恨上了孙兆伟。这件事令潘仲元十分感动，尽管最终采用的依然是崔大力的方案，但潘仲元和孙兆伟的关系开始不一般起来。

美女的价值

长门厂开始实行减人增效，这是厂长责任制后推行的一项新措施。第二代厂长葛洪波是这项措施的热衷推行者。

当时曾持疑虑态度的是党委书记刘斌，他在厂务会上说，把正式职工减回家去，这会引起混乱的，不利于安定团结。副厂长兼总工程师施其山当即表态支持葛洪波，他说，前些年厂子盲目进人，造成现在人员庞杂，现在咱们厂多少人了？快四千了。你再看看国外同等级别的企业是多少人，不过几百人而已。不减人，企业的效益怎么能够上去呢？刘斌说，国情不同，不能一味地拿国外的企业和我们的企业比，我们毕竟是社会主义国家，我们毕竟是国有企业，职工的饭碗我们不能不考虑。两边各不相让，争论得很激烈。

葛洪波最后发言，他没有给老资格的刘斌面子，强硬地说，企业不是慈善机构，妇人之仁不可有，经济效益是办企业的中心，一切都得围绕这个中心运转。减人增效势在必行，现在我们讨论的不该是减人不减人的问题，而是应该怎么减人的问题。葛洪波的一番话把刘斌噎得说不出话来。厂长责任制嘛，厂长是第一把手，葛洪波的话当然也就一锤定音了。

为了顺利地推行自己的改革措施，葛洪波在省局的支持下，对厂子的领导机构做了大幅度的调整。他把不支持他观点的一些干部调出了重要的岗位，重点提拔了一批属于自己的新生力量。他的心腹高凌远是这次调整的大赢家，由厂办主任一跃成为主管人事与物资的副厂长。许多人不服，可又无话可说，改革嘛，一切都被打破了，当然不能拿常规的眼光来看问题了。汽机分厂的领导机构也有了变动，崔大力已接近退休年龄，被调出了分厂，到了一个不太重要的科室做了负责人，潘仲元得到重用，成了汽机分厂的新主任。长门厂的新时代轰轰烈烈拉开了帷幕。

第一轮减人，就减到了于小雨的头上，这显然是老张在打击报复，于小雨有足够的理由认定这是一个不公平的结果。在那个灰暗的下午，她就穿着焊工的白帆布工作装怒气冲冲地闯进厂办公大楼，去找葛洪波评理。

葛洪波办公室的门坚固得像块岩石，于小雨急雨一样的敲门声并没有使它张开一丝缝隙，显然葛洪波并不在屋。正当她失望想走的时候，她发现隔壁的门开了，一张熟悉的脸从门口闪现，让她进来。她迟疑了一下，但还是走了进去。

这个人就是高凌远，他曾是于小雨和葛军谈恋爱的介绍人呢！按理说，高凌远对她是应该有抱怨情绪的，但令她意外的是，他没有怪她，而是很热情地接待了她，还亲手给她倒了一杯茶水。

有啥事你就跟我讲吧，老熟人了，不必拘束。高凌远说。

我想找葛厂长评评理。于小雨说。

你认为葛厂长会听进你的话吗？高凌远说。

不管他听得进还是听不进，我都得和他评评理。于小雨说。

评什么理？高凌远说。

难道就因为我和他儿子的事，就一定要打击报复我吗？于小雨说。

我劝你还是想开一些，有些事糊涂一些会更好。高凌远说。

我都被减掉了，我还咋糊涂？于小雨说。

减掉就减掉，用不了多久，你还会回来的。高凌远说。

这怎么讲？于小雨说。

我希望你能信我的话，耐心在家待上一段日子，你一定会回来的。高凌远说。

为啥？于小雨说。

我也说不清为啥，也许当初是我做媒害了你，我想做个补偿吧。高凌远说。

于小雨虽然困惑，但高凌远的话还是给了她足够的安慰和希望，她没再多说什么，转身向外走。高凌远送她出来，走到门口时，高凌远叮嘱了一句，今天我说的话，你不用跟任何人讲。于小雨点了点头，默默走了。

下岗回家，于小雨做的第一件事就是大哭了一场。这样的结果也是陈铁花没有料到的，她的第一反应就是去找锅炉分厂的主任评理，欺负到她的头上了，这还了得！就在她真要去的时候，于志刚说，我看你找锅炉分厂是不管用的，主任肯定要支持班长的工作，这样的决定很难推翻，我看你不如直接去找葛洪波，凭老关系，他也不会把事情做得太绝。陈铁花停住步子，也觉得于志刚说得在理，就不想去找锅炉分厂的主任了。不过，她也没有去找葛洪波，为孩子的私事去找厂长，她总觉得有失自己的身份，于是就赌气冲着埋头痛哭的于小雨说，脚上的泡是你自己走的，如果当初你不惹一身臊，现在谁敢让你下岗呀？

于小雨没有反驳，经母亲这么一说，她的哭声反而弱了下去。下岗就下岗呗，还有高凌远说的话嘛，看高凌远不是说话不算数的那种人，也许不远的将来，她真的还能回厂上班呢！

半年以后，长门厂发生了重大变化，企业深化改革，厂变为公司了。葛洪波作为企业改革的有功之人，被调到省局担任要职。刘斌则年龄已到界，光荣退休。担任长门电力公司总经理的是年富力强的高凌远，他是总经理和党委书记一肩挑，大权在握，成了长门厂新一代的掌门人。

一天，高凌远总经理把人事部部长叫到自己的办公室，明知故问道，以前教育中心是不是有个叫于小雨的干事？

是的。人事部部长说。

这是个很有能力的姑娘，让她再回教育中心吧。高凌远说。

她已经下岗了。人事部部长说。

让她回来。高凌远说。

您可能知道吧，她曾是葛厂长儿子的对象。人事部部长说。

让她回来。高凌远说。

人事部部长愣了一下，还是知趣地说，好，那就让她回来。

第二天，通知便下达到于小雨的手里。于小雨兴奋极了，高兴得在屋子里跳了起来。陈铁花和于志刚也很高兴，但陈铁花很快就敛住笑容，蹙起眉头说，让回班组就不错了，为啥又让回教育中心了？于小雨说，人家高总器重我呗！陈铁花说，你又不是啥人才，凭啥器重你呀？于小雨阴下脸来说，就您是人才，我咋就不是人才呢？于志刚也说，替小雨高兴还来不及呢，你咋净泼冷水？陈铁花说，我不是泼冷水，我只是觉得这事有点儿奇怪。

奇怪归奇怪，奇怪是挡不住于小雨迈开新步伐的。新的机遇来临的时候，女性总愿意以崭新的容颜面对，于小雨当然也不例外。她特意去城里买了一件心仪已久的衣服，然后又去了一家著名的发廊，在那里烫了直板。再走在街上，于小雨就觉得自己的头发如一根根情丝，渗满了莫名其妙的冲动。

于小雨当然知道自己的贵人是谁，上班第一天，她没有直接去教育中心，而是敲响了高凌远办公室的门。门被推开的一刹那，她的眼睛突然湿了，她声音颤抖着说，谢谢您，高总。

不要这样。高凌远从他那宽大的写字台后面走出来，他满脸慈祥，神态居然像一个父亲。但于小雨知道，他不过四十多岁，他的慈祥绝不是父亲式

的，那又是什么式的？于美人一时也想不清楚。

高凌远说，一切都过去了，一切也刚刚开始。

于小雨说，是吗？

高凌远说，当然是的。

于小雨说，谢谢您。

高凌远说，我只是兑现一个诺言而已。

高凌远又说，你是个有潜力的姑娘，现在企业都在走市场，企业需要你这样的人才。

于小雨说，我是人才吗？

高凌远说，你当然是人才，以后你就会知道你自己的价值了。

从高凌远的办公室出来后，于小雨迅速调整了一下自己的情绪，然后走向昔日的工作地点——教育中心。当重新走进那间熟悉的办公室时，她的神态已经相当平静了，既没有失而复得的狂喜，也没有抱怨一切的冷漠，她嘻嘻哈哈地和大家打着招呼，那样子仿佛是旅游或出差归来。在人们惊愕、猜疑的目光中，于小雨开始了新的工作和新的生活。

几天以后，恰巧省局的一个会议在长门公司召开，晚上为与会者举办舞会，公司专门挑了一些年轻漂亮的女职工充当舞伴，于小雨也在其中。那天晚上，于小雨打扮得十分显眼，她上身穿红色的圆领背心，下身穿蓝色牛仔裤，脚蹬白色的平跟皮鞋，身上有一股并不强烈但又能使人确切闻到的香味。这种看似普通的打扮实则是费了心机的，是普通里透着时髦的，配上她匀称的身材、姣好的面颊和一双亮晶晶的圆眼睛，效果十分好。她一上来就吸引了舞场上几乎所有的目光，许多人邀她跳舞，她来者不拒，自然而又大方。

其实，此时于小雨最想找的舞伴是高凌远，她欠人家的人情，她老想找个机会向人家表示一下，跳舞也许算个机会吧。间歇的时候，她终于摆脱了那些献殷勤的人，凑到高凌远跟前，主动邀他跳舞。高凌远十分高兴，于小雨发现，他那双眼睛热热的。

一曲快要结束时，高凌远低声对她说，省局的汪主任对咱公司很有用处，你多陪他跳一跳。

　　于小雨虽然有些失望，但还是心领神会。其实她早就发现，那个被称作汪主任的中年男人，目光一直像一只讨厌的苍蝇围着她转。一曲终了，于小雨迎着这只苍蝇走过去，邀其跳舞。汪主任笑脸相迎，脸上的皱纹都开了花。

　　于小雨和汪主任一共跳了三曲，汪主任舞步娴熟，两个人合作得看上去天衣无缝。舞会散场的时候，汪主任对高凌远说，这女孩舞跳得好，实在是好！说罢，两个人一起哈哈大笑。

　　这次舞会成了于小雨人生的一个转折点。打这以后，公司的迎来送往就多了于小雨的身影。没多久，高凌远一句话，干脆把她从教育中心调到了总经理工作部，专门负责起接待工作。用大多数厂人的话说，于小雨成了厂花。对于这种结果，于小雨自己都有些措手不及，这一切来得如此顺理成章，她几乎连拒绝的机会都没有。

　　迎来送往的，你这叫啥工作呀？陈铁花说。

　　好工作呗！于小雨说。

　　我看还是当工人好。陈铁花说。

　　妈，我不想平庸地过一辈子。于小雨说。

　　我也不想平庸地过一辈子，但我选择的是学手艺，可你呢，这叫啥？陈铁花说。

　　我这也是工作，只不过是抛头露面而已。于小雨说。

　　我看挺危险。陈铁花说。

　　我不怕，我对能够发生的一切已经有了足够的心理准备。于小雨说。

　　你真的是我的女儿，连缺点都一样。陈铁花说。

　　当然了，这才叫血缘嘛！于小雨说。

　　可我还是觉得你和我不全都一样，你有点儿像你莫静阿姨，别忘了，红颜薄命。陈铁花说。

　　妈您别瞎想了，我这么大了，啥不明白呀！于小雨说。

　　于小雨嘴上说得轻松，心里却是沉重的。她知道母亲说得没错，自己的

确是在走一条很危险的道路。但换个思维，这危险就不是危险，而是机遇了。高凌远为什么对她这么好？还不是有一份特殊的喜欢在里面？这就是她的价值所在，懂得利用自己的价值，才算是个聪明人。人一想得开，就会无畏，就什么都敢做。此时的于小雨已不是一个天真的女孩子，她知道，世界上不会有免费的午餐，她更知道男人的天性是什么，所以她理智地认为，有件事早晚是会发生的。想这件事的时候，她是下了狠心的，她把自己的嘴唇都咬出了血。

不久，那件事情就发生了。无论是对于小雨，还是对高凌远，那都是件水到渠成的事。

初露锋芒

高凌远当上总经理后，长门厂发生了前所未有的变化。首先是名称上的改变，厂变公司，科室变部，分厂主任改名为分厂厂长。其次是对领导机构的调整，绝对称得上大刀阔斧，该撤的撤，该并的并，人员也得到了空前的精减。凡是高凌远看不顺眼的人，均被他调离重要岗位，原来的几个副厂长，他只留下施其山一个人继续做副总经理。各个部室及分厂的头头也都做了较大的调整，有一批像崔大力那样年龄偏大的人被调出领导岗位，厂里给些优厚条件，让其提前退休了。很多人有意见，吵嚷着要上告，高凌远不为所动，说他所做的决定决不更改。人们私下议论说，高凌远当厂办主任时温和得像只羊，怎么当了老总就变成一头狼了呢？

在葛洪波推行的第一轮减人增效的基础上，高凌远又搞起了第二轮减人增效。这一次减人要比上一次狠得多，高凌远给每个分厂都定出了硬性指标，减下来的人就得下岗，就得回家。一时间，长门公司的空气空前紧张。

各分厂给每个班组也定下了下岗指标，本体班为三个人。这可是一件比生产难上百倍的事情，各个班长都头疼了。孙兆伟也头疼，但更多的是兴奋，他觉得越是难办的事，越能显示一个人的能力，这对他来说，就是一个机遇，他是没有理由不抓住这个机遇的。

孙兆伟动了脑筋，一连失眠了好几宿，终于想出了一个办法，那就是拿老的开刀。对不起，按着年龄来，老的把工作机会让给年轻的，也是说得过去的一种办法。他首先找到一位只差一年就到退休年龄的老师傅谈心，让他带头下岗。那个老师傅一听就火了，指着孙兆伟的鼻子吼道，老了怎么了，老了就不中用了？老子入厂的时候你还穿开裆裤呢！孙兆伟并不着急，依然不紧不慢地说，正因为您资格老，才想让您带个头，就算您支持我这个晚辈的工作了，好不好？那个老师傅继续吼道，不好，我本来就快退了，你这叫乘人之危、落井下石。孙兆伟笑了笑，递给他一支烟，替他点着了，接着说，您是老师傅，有丰富的经验，无论是从工作上讲，还是从感情上讲，我都舍不得让您回家，但现在就这个形势，改革嘛，咱也不能不响应号召。年轻人的路还长，如果让他们下，可能就毁了他们一辈子。老师傅毕竟快退休了，提前一些回家，也算是早一点儿休息吧，不就少开那点儿奖金吗？可我怕老师傅们想不通，才找您，想请您带个头，看您都下了，谁还有理由不下呀？这个老师傅说，我要是硬不下呢？孙兆伟还是笑着说，那我也没办法，我是尊重您的意见的，只是怕厂里也是这种政策，到时候我也不好说话。

孙兆伟的话显然是软中带硬，这个老师傅不吭声了，闷闷地抽完了一支烟，孙兆伟赶紧又给他续了一支，又给他点着，烟雾把两个人的脑袋缠在一起。老师傅自知大势已去，硬顶不如顺坡下驴，就叹了口气，说，算你小子狠，下就下呗！孙兆伟大喜，说，我就知道您肯定支持我的工作，您是谁呀？您是前辈嘛！

有了这位德高望重的老师傅主动下岗，按年龄选定的其他两位下岗者也就无话可说了。就在别的班组为此闹得不可开交的时候，本体班的减人问题已经顺利解决。这说明什么？说明班长有能力呗！潘仲元把本体班的结果上报给了高凌远，高凌远在公司的干部会上表扬了孙兆伟，说这个年轻人有魄

力，有办法。

这天晚上，孙兆伟去潘仲元家串门，路上意外地遇见了施大伟。施大伟函大毕业后就被调到了生产技术科当技术员，生产技术科此时叫生产部，施大伟已经是助理工程师了。这对师兄弟的关系一直不是太融洽，对施大伟，孙兆伟是有一些嫉妒情绪的，无论是事业还是爱情，施大伟总是先他一步。考函大是这样，追于小雨也是这样，孙兆伟至今没有得到过于小雨的青睐，施大伟却是长门厂第一个和于小雨谈恋爱的人。好在自己的事业总算有了亮色，这使孙兆伟腰杆硬了许多。

恭喜你当班长了。施大伟说。

班长也是工人，你是工程师，是干部，我应该恭喜你才对。孙兆伟说。

我当干部也不是一天两天了，不必恭喜，师兄弟嘛，就应该比着进步。施大伟说。

比着好，我们都年轻，可以比好多年呢！孙兆伟说。

两个人都笑了，然后各走各的。到了潘仲元家，两个人谈及减人。潘仲元叹了口气说，看来最不顺利的就是水塔班了，那些刺儿头都在水塔班，减谁谁也不干，还老是来分厂闹，那个王胖子还扬言要去和高总理论呢！孙兆伟说，陈师傅是能人，她应该有办法对付他们的。潘仲元摇摇头说，陈师傅这回是遇到真神了，水塔班远比本体班难摆弄。我不想因为一个班组影响了分厂减人增效的进度，事情闹大了，高总肯定会怪罪到我这里。

孙兆伟理解潘仲元的担心，高凌远一直很看重潘仲元，调整中层干部的时候，有那么多分厂换了头儿，潘仲元却十分安稳，他当然不想破坏这种良好局面。孙兆伟觉得应该是替领导分忧解愁的时候了，于是眼珠转了转说，潘厂长，您看这样行不行，我去找陈师傅谈谈，给她出点儿主意。潘仲元的眼睛一亮，说，我看行，你小子点子多，你办事我最放心了。记住，千万不要让王胖子那些人闹到高总那儿去。

孙兆伟说做就做，从潘仲元家告辞，就直奔陈铁花家去了。

到了陈铁花家，果然见陈铁花正在为这事发愁，于志刚照例为孙兆伟沏了杯茶，就躲进里屋去了。孙兆伟有意向于小雨的房间看了看，见门开着，里面空空的，并没有小雨的影子。此时天色已很晚了，她能到哪里去呢？联想到有关她的传闻，孙兆伟的心不禁缩紧了。他努力控制住自己的情绪，提起了减人的事。

陈铁花说，水塔班的情况要比本体班还复杂呀！

孙兆伟说，不管怎样，总要有人下岗呀。

陈铁花说，下岗回家，就只给开基本工资了，收入少了一大块，一般家庭很难承受的。

孙兆伟说，回家还可以再就业，如果找正了路子，说不定还能发财呢！

陈铁花说，哪儿有那么轻松的事，下岗不单单是一个人的问题，是一个家庭的问题呀，咱们得慎用手中的权力呀！

孙兆伟说，这好像不是您的性格。

陈铁花说，这怎么就不是我的性格呀？

孙兆伟不好回答，也就没回答，盯着陈铁花那张胖胖的圆脸，生出了许多感慨来。陈铁花可不是多愁善感的人，她的魄力几乎是他无法相比的，看来她的确是老了，人老了心肠就会变软，就会想得太多，也就不果断了，这样反而更容易出事。孙兆伟想到这里，把脑袋凑近陈铁花说，陈师傅，我看您不如也采取和我一样的策略，按年龄来，谁老谁回家。

陈铁花说，一刀切？

孙兆伟说，一刀切。

陈铁花说，这公平吗？

孙兆伟说，让别人无话可说，就是公平。

陈铁花说，水塔班不是本体班，水塔班最老的就是洪天良，他能甘心下岗吗？

孙兆伟说，他的"女婿"不是班上的技术员吗？让他做"老丈人"的工作，您不就省劲多了？

陈铁花想了想，也觉得孙兆伟的话不无道理。第二天，她就找了侯勇，

把办法跟他讲了。侯勇皱起眉头说，陈师傅，你也不是不知道洪师傅的脾气，我跟他说，能行吗？陈铁花说，如果这件事办得顺利，我就去找潘仲元给你请功。这可是你展示能力的机会，只要潘仲元高看你一眼，以后你的前途就会光明多了。侯勇不吭声了，显然是在犹豫。陈铁花知道他是个极想往上升的人，他不会不干的。果然，经过一番思量后，侯勇接受了任务。

几天以后，水塔班的下岗名单就确定下来了，几个人都是老师傅，洪天良和章玉闻的名字都在其中。因为有洪天良带头下岗，本想吵闹的章玉闻就没了理由，只能黯然接受这个结果。陈铁花十分兴奋，这样的结果简直太令人满意了。她私下里问侯勇，是怎么做的工作？侯勇笑了笑说，这不是我一个人的功劳，没有小敏，我是说不通他的。

与其说是陈铁花完成了任务，不如说是孙兆伟完成了任务。在潘仲元眼里，孙兆伟的分量更重了。

腐败分子

陈铁花觉得自己有些跟不上形势了，随着日子一天天过去，奇奇怪怪的事情也越来越多。长门厂变了，长门村也变了，长门厂的老厂人在一天天减少，长门村的乡亲也一天天变得陌生起来。进入九十年代后，她的父母相继去世，她回长门村的次数也少得可怜了。村子这些年正逐渐富起来，日子过得已经不比厂人差多少了，大部分人家盖上了独立的二层小楼。有一个晚上，她去哥哥家串门，走了两条胡同，居然走错了方向，便又折了回来，重新回到路口，站了一会儿，想了一会儿，才又选择一个方向，走下去。

长门厂的院子萧瑟了许多，和这个季节一样，令人的心空落落的。这年深秋，院子里的树木落着叶子，凉风从身边刮过，她身上和树叶似的，发出沙沙的声响，脚踩在落叶上，软绵绵的，苍白的阳光落在身上，虽增加些暖意，但很短暂，进了屋子就消失了。厂人少了，无疑助长了这种萧瑟。从心里讲，陈铁花是喜欢热闹的，早年的技术比武是何等热闹，机组达标的大会战又是何等热闹，如今却繁华难觅。改革进行得热火朝天，人心都长了草，可外表却都出奇平静。厂院里平时没几个人走动，就连发电机组也好像老实了许多，出的毛病越来越低级，普通的检修工几乎都能对付，陈铁花的一身本领似乎很难有用武之地了。

最令陈铁花奇怪的，是长门公司的新贵高凌远，拿过去的厂长与之比较，高凌远几乎就是一个腐败分子。想当年邵振军是何等俭朴，吃的、住的、用的比工人也好不到哪儿去，讲的是人人平等。葛洪波虽然比邵振军讲究一些，派头大了一些，但比起高凌远就小巫见大巫了。高凌远当上老总后，彻底丢掉了艰苦奋斗的传统，他注重形象，公开号召职工们要注重穿戴，生活上要讲究一些，至少在形象上不要给公司丢面子。他也以身作则，出入厂区总是坐着他那辆高档的、给长门公司赚足面子的黑色奔驰车，身上则穿着名牌服装，据说他那身西服是在英国买的，花了好几万元呢！

最令陈铁花不能容忍的是，高凌远居然有了小蜜，而且不止一个。最最令陈铁花不能容忍的是，这小蜜中最惹人注目的就是她的女儿于小雨。这还了得，这等于在众人面前打她的嘴巴、扒她的衣服。听到这样的议论后，她回家揪住小雨的头发，把她狠狠地暴打了一顿，直到筋疲力尽了，她才瘫坐在地上。整个过程是一边倒，于小雨没有丝毫的抵抗，甚至连躲一躲也没有，就那么让出正面硬挺着，以至于她的脸、胸、胳膊多处挂彩。陈铁花吼道，你不躲，是不是因为理亏？于小雨披头散发，含着泪说，不是。陈铁花问，那为啥？于小雨说，因为您是我妈，因为是我让您丢脸了，但我并不觉得理亏，我做的一切都是有理由的。陈铁花说，做小蜜也是有理由的吗？于小雨说，有理由，没有理由的事我不会去做。陈铁花又要动手，幸亏于志刚赶回来，才将她拉住。

陈铁花叫于小雨不要去总经理工作部上班了，她要小雨回焊工班，如果不回焊工班，就到她的水塔班也行。但她的命令显然是不会得到执行的，于小雨摇了摇头，又一如既往地去办公大楼上班了。陈铁花气得抓起女儿的东

西，推开门扔到了楼道里。

于小雨就这样从家里搬了出去，住进了独身宿舍的一个单间里。

对于这个结果，陈铁花后来后悔了，觉得女儿的悲剧正是从此开始的，但在当时，她又实在找不出理由阻止自己这样做。

人们对高凌远的评价，也不全与陈铁花一样，都九十年代了，衡量一个人也有了新的标准。一个老总的好与坏，与他有几个小蜜无关，与他住什么样的房子、坐什么牌子的汽车无关，只与企业的经济效益有关，与这个企业职工的收入有关。高凌远当上老总后，长门公司的经济效益节节攀高，对他的评价，职工们说好说坏的都有。

然而好景不长，职工们得了一段时间高奖金后，奖金数额突然开始直线下降，只几个月的工夫，就到了开不出奖金的程度。长门公司怎么了？陈铁花当然清楚这其中的原因，六台发电机组停了三台，等于半个公司瘫了，那经济效益能好吗？这是个令所有人都郁闷的问题，陈铁花当然更是痛心，像她这种以公司为家的人，能影响公司的任何风吹草动都牵动着她的神经。后来陈铁花想，这应该是一段令电力企业汗颜的时期。这段时期，东北的电力企业遇到了与以前截然相反的问题，那就是发电容易卖电难。新时期以来，东北地区上马了一大批发电企业，而一大批大中型企业却倒闭了，造成用电量锐减，也就是用电量远远小于发电能力。电能的特点是不能储存，只能需要多少发多少，这样，各发电企业的生产就受到了限制，省局给你多少指标，你就发多少电。这对每个职工来说，都是件痛苦的事。

陈铁花特意去了一趟办公楼找施其山。在施其山的办公室里，陈铁花开门见山，劈头就问起了这件事。施其山对此十分感慨，私人的事陈铁花从没找过他，没想到为了这件事，她竟然找到了办公室。施其山苦笑了一声，说，你还是老样子，要是现在的年轻人也都像你一样关心厂子就好了！陈铁花没搭他的话茬，继续直奔主题，问公司采取什么新措施没有。

能采取啥措施？还不就是加大公关力度嘛！施其山说。

公关？陈铁花说。

对，公关。现在有些电厂为了能多发电，都各显神通去活动，争取多弄一些指标。近来咱公司的指标偏小，高总为这伤透了脑筋。施其山说。

这就叫公关？陈铁花说。

对，这就叫公关。咱公司也派人去活动了，可是收效甚微呀！施其山说。

时代真是变了，以前只是抓生产、多发电就行了，现在咋多出这么些讲究！陈铁花说。

施其山用一种很特别的眼神盯住陈铁花，压低了声音说，听说高总已经下了决心，准备让小雨出马呢！陈铁花摇了摇头说，小雨算什么呀，她去有什么用！施其山笑道，可别小看了小雨，也许她这一出马，事情就真的办成了。陈铁花似乎听出了话外音，瞪起眼睛说，你瞎说什么，你把小雨看成啥人了？她又不是公关小姐。施其山苦笑了一下，说，你回去问问小雨，不就什么都清楚了嘛！

陈铁花等不得下班回家了，从施其山的办公室出来，就去找于小雨。都在同一层楼，走几步就到了总经理工作部，她把小雨叫到走廊，没好气地问，高总是想让你去公关吗？于小雨点点头说，是的，我也只能去试一试。陈铁花说，你这样，不成公关小姐了吗？于小雨说，妈，为了公司的利益，为了大家能拿到奖金，当公关小姐也没什么嘛！陈铁花说，不管咋说，你要是还认我这个妈，就别这么做。

铤而走险

高凌远的奔驰车奔驰在通向省城的公路上。

高凌远坐的是副驾驶的位置，他身后坐的就是于小雨，司机小杨身后则是新上任的总经理工作部副主任施大伟。高凌远很欣赏施大伟的口才和能力，所以才把他从生产部调了过来。因为曾经的关系，施大伟和于小雨两个人在一起都显得有些不自在。也因为此行责任重大，几个人都感到了肩上的分量，

彼此说的话也就很少。

　　这天晚上，高凌远在省城的一家豪华酒店设宴，宴请的都是省局调度中心的人。汪主任显然是这伙人中最重要的，不单他那一伙对他唯命是从，就是高凌远，也一口一个汪主任地叫，恭敬得不得了。汪主任和高凌远坐在中间，于小雨紧挨着汪主任坐，由于她和汪主任跳过舞，算是熟人了，说起话来就多了些随便。

　　这一晚，于小雨的打扮是很隆重的，披肩长发上扎了一条红色的发带，十分显眼，身穿似乎在舞台上才会穿的那种长及地面的裙子。汪主任见了她眼睛就有些发黏，一脸灿烂的笑容。当然，于小雨的笑容比他的还要灿烂，她的笑容既是刻意做出来的，又是天生丽质行云流水般自然流淌的，大家看了都很舒服。

　　高凌远敬第一杯酒，他站起身来，举着酒杯说，我们这次来有三个原因：一是联络感情，多日没见，我还真想汪主任了；二是征求意见，各位在省局，站得高，看得远，都别吝啬语言，多多为我公司出谋划策；三是寻求帮助，望各位伸出援手多给我公司些发电指标，我代表长门电力公司感谢各位了。

　　高凌远连敬了三杯。三杯过后，服务小姐给大家斟酒的时候，于小雨突然起身要过了服务小姐手中的酒瓶，亲自给大家斟起酒来。她给汪主任第一个倒，她的手将瓶轻轻一倾，就扯出一条不绝如缕的细流来，刚好平了杯口。汪主任仰着脸看于小雨的脸，于小雨的目光一接，两个人的目光就搅在一起了。

　　斟完一圈酒，于小雨举杯发表祝酒词。话是早拟好的，于小雨说起来朗朗上口，她说她是代表工人们来敬局领导的，敬酒角度正好与高凌远互为补充。讲完祝酒词，她一仰脖就把杯中酒干了，杯子是容量二两半的那种。众人齐声叫好，都夸她海量，是女中豪杰。

　　除了祝酒词，于小雨的话很少，她知道适当的沉默会使女人更具魅力。话讲得最多的当然是高凌远和汪主任，汪主任在调度中心多年，对下属单位这种攻势采取的是太极推手招式，嘴上应得嘻嘻哈哈，实际操作却理智得很。下属企业精心策划的攻势常常被他在不经意间轻易化解。高凌远对他十分头疼，送钱和物，他都不要，看来他是不缺，那么他缺什么呢？

汪主任说，我是真想让你们长门公司多发电呀！

高凌远说，全靠汪主任大力支持！

汪主任话锋一转，叹了口气说，可是，这么多公司，这么多台机组，而用电量就这么有限，让谁多发、让谁少发，那么多眼睛在盯着呢！有些时候，真是连我这个主任也做不了主呀！见高凌远等人的神色有些黯然，汪主任又说，不过，我们调度中心还是有权对发电指标做一些调整的。

高凌远等人的情绪随着汪主任的话做着波浪形的运动，汪主任说话的技巧实在令人叹服。

酒至半酣，高凌远趁上洗手间的机会对于小雨说，陪汪主任唱歌吧，他好这口。于小雨点了点头。

那一晚于小雨喝了很多的酒，有酒遮羞，她放得很开。于小雨走到包间的那台大电视跟前，抓起话筒说，我不会唱歌，但今晚却极想唱歌，我把这首歌献给省局调度中心的汪主任。于小雨说这话时突然有了一种三陪小姐的感觉，好在她及时调整了自己的情绪，阴影瞬间掠过，脸上又充满了灿烂的阳光。客观地说，于小雨的唱功并不怎么样，但她唱得很投入，很认真，一曲终了，自然赢得满堂彩。

接下来，于小雨和汪主任开始对唱。汪主任嗓门洪亮，底气十足，于小雨唱歌时总感觉一侧腮边有一股热气在烤着她。时下，有些干部唱歌水平不低，汪主任更是佼佼者，美声唱法，几乎是专业水平了。唱到动情处，汪主任投入地拉住了于小雨的手，于小雨则就势把身体依过去，让他的吐沫星子一粒也不浪费地全喷到自己的脸上。

于小雨一共和汪主任唱了几曲，后来她自己都记不清了，当他们停止歌唱的时候，酒桌边只剩下高凌远一个人了。汪主任问人都哪儿去了，高凌远说，都跳舞去了，这家酒店的顶层是舞厅。汪主任说，怎么不叫我？高凌远说，你和小于唱得这么来劲，别人怎么好打搅你们呢？见汪主任有些尴尬，高凌远笑道，开个玩笑，我们大家都是舞迷，只有小于和你是歌迷，我也要

去跳舞了，小于就拜托汪主任你照顾了。说罢，高凌远冲于小雨眨眨眼睛，转身就出去了。

于小雨知道高凌远留下她是什么用意，她也有这方面的心理准备，这次跑省城，她肩上的担子最重。高凌远是她的恩人，她有一百个理由为他做任何事情，况且她是为了企业的利益。尽管他们之间是那种关系，但她一点儿也不怪高凌远把她当成礼物或武器。

汪主任拿起话筒要继续唱歌，于小雨却做出一副不胜酒力的样子，她斜靠在椅子上，斜着眼睛看汪主任。汪主任问她怎么了，她大着舌头说，我喝多了，我想回宾馆，汪主任你能送我回去吗？汪主任略显迟疑，说，这方便吗？于小雨说，你不送就算了，你不送我自己走。汪主任说，别，别，我送，我当然送。

汪主任亲自开车送于小雨回宾馆。车到宾馆门口时，于美人开门下车，身子不住地晃，汪主任赶紧将她扶住，一直把她送进房间。

这是一个豪华单间，有一张双人床，还有沙发和办公桌。于小雨坐到床上，喝着汪主任倒给她的一杯水。汪主任殷勤地忙碌着，好像他是主人，于小雨是客人一样。其实，于小雨神志十分清醒，她的醉态不过是做出来的，醉是一种面具，它能使躲在后面的人毫无羞耻感地做一些超出常规的事情。

事毕，于小雨突然大哭起来，汪主任颇为不解，他盯着于小雨随着哭声一抽一抽的身子问道，你哭什么呀？

我，我酒醒了。于小雨说。

酒醒了？汪主任说。

是的，我酒醒了，我还是个姑娘，却和你做了这事，我以后咋搞对象呀？咋面对别人呀？于小雨说。

汪主任笑了，以为于小雨是惺惺作态，但接下来的事情令他大吃一惊。于小雨突然跃起，光着身子就登上了窗台，哗啦一声拉开了玻璃窗，一脚窗里一脚窗外地扭头对他说，我不想活了，我要跳下去。汪主任轻呼一声，别！一时不知如何是好。

　　起初汪主任还以为于小雨是吓唬人，不敢跳的，但见于小雨的两只脚都踏上了外边的窗台，他才真正地害怕起来。要知道这是九层楼的房间，外面的窗台不过一掌宽，于小雨背靠玻璃，迅速向另一侧移动。汪主任赶到跟前时，发现于小雨已经到了他手拽不到的位置。这么高、这么窄的地方，只要于小雨的身体稍一晃悠，就会失去平衡掉下去摔成肉饼。倘若那样，自己岂不是说不清道不明了吗？汪主任失声喊道，你回来，你快回来！

　　我不回来。于小雨说。

　　你回来。汪主任说。

　　除非你答应我一件事，否则我就不回来。于小雨说。

　　什么事你快说，只要我能办到，一定答应你。汪主任说。

　　多给我们公司发电指标。于小雨说。

　　就这？汪主任说。

　　就这。于小雨说。

　　快回来吧，我答应你还不行吗？汪主任说。

　　事情过后，于小雨才感到后怕，她也没想到自己当时会采取这么一个极端的办法。后来见到高凌远时，于小雨哭了，她把身子伏在高凌远的怀里，泪水弄湿了他的衣服。高凌远用手不停地拍着她的后背，说，你是功臣。于小雨嗫嚅道，我不想做功臣。高凌远说，当咱们公司发电量上去了，当职工们拿到丰厚的奖金了，他们会是什么样子呢？想想他们，你心里就会好受一些了。

　　于小雨顺着高凌远的话想下去，她的心果然好受多了，一种悲壮感也随之油然而生。

别　墅

　　长门公司的发电量又上去了，职工的月奖金也水涨船高。当月底人们用

手数着嘎嘎作响的票子时，自然会想到经常在长门与省城之间穿行的于小雨。他们对于小雨的私生活也大都采取了宽容的态度，极少有人说她的不是。

这种大好局面一直维持了近两年。

公司为了表彰于小雨，奖励了她一套房子，是市区里的房子，也就是两室一厅的那种单元房。公司里几乎没有几个人知道它的真实地点，它闹中取静，虽在这座城市的中心区，却是在一个很静的胡同里，一栋八层楼的第六层，不高不低，推开窗子，便可观赏城市风景。这种住宅楼的住户来自四面八方，邻里之间保持着永远的陌生，也保住了一些不可告人的秘密。于小雨喜欢这种居住环境，与住公司独身宿舍相比，这几乎就是天堂了。

这虽不是别墅，但高凌远偏爱叫它"别墅"。对于想来就来、想走就走的高凌远来说，这里的确具备了别墅的功能。其实，在任何一座城市，有这种"别墅"都算不得是新鲜事，它们是城市的秘密，也是市井议论的中心。对于里面发生的故事，人们尽可以发挥想象，做任何超现实的猜测。但对于"小雨们"来说，这里则是一个场所、一个舞台，或者说是一个象征。

于小雨成了忙人，公司、省局到处跑，怎能不忙？于小雨又是一个闲人，在公司里她并没有具体的工作，即使是上班时间，时间也是可以由自己支配的。在公司没事做的时候，她就打的士回家。回的不是父母的家，而是自己的新家。她偏爱这个新家，这个新家是按她自己的意愿和品位装修和布置的，完全称得上是她自己的作品。在这个作品里吃饭、睡觉、洗澡，甚至做爱，都仿佛是作品中的事。有的时候，于小雨简直就弄不清自己究竟是在作品里面，还是在作品外面。

由于住在市区里离父母远了，接触父母的机会也就少了。当初陈铁花撵她出来住，完全是一时之气，过了一段时间，陈铁花还是想把她叫回家去住，但被她拒绝了。不过，她也不想跟母亲闹得太僵，那样对谁都不是一件好事。于是，她偶尔也还是会回一回家，听几声母亲的唠叨。对于小雨的现状，陈铁花是牵着心的，有一次她几乎掉着眼泪说，能不能改变一下，赶紧找个对象？这句很普通的话像一根钢针，扎在了于小雨内心的一块柔软之处。她也不是没想过这个问题，每每想这件事，她的心都是疼痛的。以自己目前的处境，别说没人敢要她，就是敢要，她也不能给。恋爱对于她来说，已经变成了不敢奢望的事情。

回到"别墅"，于小雨总爱躺在床上不起来，她喜欢躺在松软得不成形状的被褥里想也不成形状的事情。这天下午，是高凌远约好要来的时间，于小雨洗了澡，裹着一身浴液的香味躺在床上静等。等到快三点钟了，高凌远还没有来。于小雨有些急躁，她拨了高凌远的电话，高凌远在电话那边说，刚才遇上点儿麻烦事，一号机组出了技术问题。于小雨说，技术上的事不是有施其山吗？高凌远说，我是老总，总不能不闻不问吧。于小雨说，那你还来吗？高凌远肯定地说，来，约好的，我当然会来。

有一天上班，于小雨一进办公室就发现施大伟正和一个女孩说说笑笑。见于小雨来了，施大伟用一种很特别的口气向她介绍道，这是小苏，苏丹，是高总刚从化学分厂选出来的，以后她就协助你做公关工作了。

施大伟把高总选出来这句话加重了语气，这令于小雨听着十分别扭，她凝视着苏丹，心里瞬间掠过一丝不祥的预感。眼前的这个女孩子长得太漂亮了，她有着和于小雨一样的身段、一样的秀发、一样圆圆大大的眼睛，所不同的是，她是越来越流行的瓜子脸形，下巴尖尖的，皮肤更白皙，年龄看上去要比于小雨小一些。

于姐，以后还请你多关照。苏丹说。

于小雨没有理她，转身走出去，气呼呼地闯进了高凌远的办公室。高凌远的屋子里有好几个人，于小雨的推门声太重，把他们吓了一跳，全部瞪大眼睛看她。高凌远当着这些部下的面有些下不来台，就皱起眉头问于小雨，有事吗？于小雨说，当然有事。说罢一屁股坐在沙发上，并没有把那几个人放在眼里。

高凌远无奈，只好问那几个人，你们都汇报完了吗？几个人心领神会，都说汇报完了。待他们出去，高凌远就拉下脸来埋怨道，瞧瞧你，进来也不敲敲门，还这种态度，你让我多尴尬呀。

你尴尬，我还尴尬呢！于小雨说。

女人一旦和男人有了肉体关系，不管他们之间级别相差多大，说起话来都会是肆无忌惮的。对高凌远，于小雨就是这样。

你尴尬啥？高凌远说。

那个新来的苏丹是咋回事？于小雨说。

咱公司的发电指标又降下来了，没办法，只能增派公关人手。高凌远说。

那我马上和汪主任联系。于小雨说。

没用了，汪主任已经被调出调度中心了。高凌远说。

于小雨霍地从沙发上站起来，她的脑袋仿佛瞬间被抽出去了什么，一下子空了一大片。

换了别人，我照样会拿下他。于小雨说。

很好，不过，还是增强一下力量更好。高凌远说。

于小雨不知自己是怎样走出高凌远办公室的，汪主任调走，等于她用心和身体搭建的一座桥梁轰然倒塌，再想过河，就必须搭建新的桥梁。可是，谈何容易呀！

躺在"别墅"的双人床上，于小雨开始失眠了。

于小雨很快发现，高凌远到"别墅"来的概率开始降低了。以往他隔几天就会来一次，渐渐地，是一周来一次了，然后是十天才来一次。到了后来，几乎只有于小雨主动叫他，他才会来。这令于小雨感到十分痛苦，也十分屈辱，她不知道该如何应对这种变化，她只能把这一切归咎于苏丹的出现。有一次，高凌远来，她本想和他大闹一场，但最终还是忍住了，虚与委蛇，渐渐便也平静了。

第九章

"长门双雄"

"双雄"的说法不知最先出自谁口，但一出现，很快便在长门公司传开了。所谓的"双雄"，指的是两个风头正劲、官运亨通的年轻人，这两个人一个是施大伟，一个是孙兆伟。

也有人把他们称为"长门二伟"，但比起"长门双雄"，自然是后者更贴切，叫起来也更顺嘴。施大伟被调到总经理工作部以后，深得高凌远的赏识，不到一年，就挤走了原来的主任，成为正职主任了。这个主任的位置是显赫的，是重要的，比起其他的中层干部来，权力要大得多。很多人对他的升迁颇有微词，觉得他升得太快了，除了高凌远的偏爱，还有他叔叔施其山的关系。施大伟听了这些议论微微一笑，也不辩解。

对于伯乐高凌远，施大伟满心感激，也下了决心跟定他。施大伟深知，要想在长门公司有大的发展，就必须得到高凌远的赏识。怎么样才能让高凌远一直赏识他呢？他曾跟叔叔施其山讨论过这个问题。施其山说，获得赏识是不知不觉的，刻意为之反而会适得其反，不如顺其自然，把自己的工作做好就是了。施大伟不同意叔叔的观点，觉得叔叔过于迂腐，他认为，要想弄清这个问题，就必须弄清高凌远赏识他什么。他对此做过认真的分析，很容易就弄清楚了高凌远赏识他的原因，不外乎一是看中了他的才华，二是培植自己的亲信。是高凌远一手把他扶持起来的，他岂有不忠于高凌远的道理？

看清了方向，坚定不移地向前走就是了。施大伟当上主任后，除了尽可能地展示自己的才华，就是尽量在高凌远面前表示自己的忠心。有一次开中层干部会，有一个中层干部向高凌远提出了反对意见，施大伟挺身而出，据理驳斥了那个干部，不失时机地维护了高凌远的尊严，这令高凌远十分满意。

施大伟是在当副主任的时候结婚的，老婆是市内邮电局的一名职工，长相中等，不漂亮，也不难看，人很贤惠，是个适合做老婆的人。更重要的是媒人，是高凌远的老婆做的媒，施大伟很看重这层关系。自己的老婆都是高凌远帮着找的，他不想做高凌远的红人都不行了。

为了保护这层关系，施大伟是下了一番功夫的。于小雨就在他的手下工作，低头不见抬头见，本是旧情人，又都风流前卫，只要他想再续温柔，也不是不可能的事。但他知道于小雨是高凌远的人，所以成功地控制了自己的情绪，近两年了，对于小雨丝毫不敢侵犯。

由于是年轻干部，施大伟表面上尽量谦虚，见了老干部就以晚辈自居，但内心的骄傲还是不可遏止地流露了出来。他脸上的笑容是自得的，他的脚步是轻飘的，举手投足都是少年得志的风采。有些人对他反感，但也有些人对他还是宽容的，毕竟人非圣贤。

和大多数人不同，施其山对侄子的升迁抱有不同的态度，他认为这对侄子也许并非好事。他了解侄子，大伟的心气高，又没经历过什么磨难，如此顺利地登上高位，如果不能很好地把握自己，说不定会栽跟头。他为此曾和施大伟谈过一次，提醒他要正确看待自己。施大伟笑道，您就放一百个心吧，我虽然直接的经验不多，但聪明人的特点就是会充分利用间接经验。看着施大伟得意扬扬的样子，施其山知道自己的劝告并没有起到什么作用。

总经理工作部相当于过去的厂办加党办，职责甚至比这两办加一起还多得多，比如公关，就是以前没有的。施大伟管的事也就更多更杂了，有的时候人手不够，他还有权调公司里任何一个部门的人。有一次，兄弟厂机组大修请求支援，施大伟就把调令下到了汽机分厂，让孙兆伟组织一个二十人的检修队。当时汽机分厂的活也不少，孙兆伟当然是不愿意把人手派出去的，就讲了许多困难。施大伟火了，冲着话筒吼道，我不管你有什么困难，如果检修队不按时到达兄弟厂，我让你吃不了兜着走！说罢就把电话撂了。孙兆伟果然没敢耽搁，检修队还是在规定时间内赶去了。施大伟为此很得意，觉得这个师弟不会是自己的对手。

孙兆伟是"长门双雄"的另一个，他的升迁速度并不比施大伟慢多少。就在施大伟当上主任的时候，潘仲元被提升为公司的副总工程师，成了施其山的助手，这样，汽机分厂厂长的位置就空了出来。又是潘仲元的力推，孙兆伟一跃迈过分厂副厂长的门槛，直接坐在了分厂厂长的位置上，成为长门公司又一个少年得志的人物。

孙兆伟是在当上分厂厂长后结婚的，成为他老婆的人就是洪小敏。侯勇和洪小敏搞了一年多的对象，最后还是告吹了。侯勇也是一心要求进步的人，在这方面用功多，在洪小敏身上自然也就用功少。洪小敏是个很简单的姑娘，她需要的是干柴烈火，一日不见如隔三秋，可侯勇对她总是冷冷的，令她难以容忍。她终于忍不住提出了分手。对此更痛心的不是侯勇，而是陈铁花，她狠狠埋怨了侯勇一顿，最后灵机一动，又把洪小敏介绍给了孙兆伟。

当初孙兆伟没看上洪小敏是因为心里有于小雨，后来不同了，也不是心里没了于小雨，而是于小雨成了公关小姐，成了高凌远的小蜜，所作所为太令他痛心了。或者说，直到那时，他才真正断了对于小雨的念头，而开始想找一个真正能结婚的人了。陈铁花一提洪小敏，正中了孙兆伟的心意。洪小敏当初也没看上孙兆伟，但后来的洪小敏也不是当初的洪小敏了，看看自己的长相，再看看自己的年龄，挑选的余地已相当有限。况且孙兆伟正声名鹊起，跟了他，脸上有光呢！于是，两个人一拍即合，很快就走进了婚姻的殿堂。

孙兆伟的婚礼很隆重，都是分厂厂长了，捧场的人自然很多，想不隆重都不行。潘仲元做了他们的证婚人。遗憾的是，小敏的父亲洪天良和介绍人陈铁花都没有参加婚礼。婚礼同一天，是昔日的技术权威尤大海的葬礼，洪

231

天良和陈铁花都是尤大海的徒弟,都赶去参加葬礼了。尤大海的葬礼也很隆重,一些老职工都参加了,毕竟他的名气太大了,连远在省城的葛洪波也赶了回来。

落　红

于小雨敲开一扇门,敲得相当艰难,声音不大,她却几乎使出了全身的劲。她知道,要是有其他的可能,她是怎么也不会敲这扇门的,这与自尊有关,更与心底最脆弱的部分有关。但没办法,为了搭建一座新桥,她又必须敲开这扇门。

这是省电力局职工宿舍的一扇很普通的门,里面住的是调度中心新上任的主任,他就是和于小雨有过恋爱关系的葛军。看着葛军一张惊愕的脸,于小雨极力按捺住波动的心情,脸上浮现出一丝平静的微笑。

片刻,葛军脸上的惊愕变成了嘲笑,他歪着头打量着于小雨,用鼻子哼了一声,冷冷地说,是来投怀送抱的吧?

你真的这么看我? 于小雨说。

不是我这么看你,是所有人都这么看你。葛军说。

于小雨从葛军的身边走进屋子。对于葛军的这种态度,于小雨是做足了准备的,两年多的公关小姐生涯已经使她练就了强大的抗击打能力。

这是一间独身宿舍,但布置得有了些宾馆的味道,床是双人床,有沙发,也有茶几,还有一张办公桌。只是显得很凌乱,衬衣、袜子,甚至裤衩随处可见,一看就是单身男人的房间。

于小雨打听过,葛军的确还是单身,像他这种条件,想找个好一些的姑娘应该是件很容易的事,为什么还没找,这是个令于小雨心惊胆战的问题。算起来,葛军已年逾三十,是个成熟男人了,这种男人的心基本已经变硬,有了很难撼动的心扉,她还能推动这扇门吗? 一丝天真的念头瞬间飞掠过去,于小雨觉得头有些晕,她用手按了按太阳穴,顺势坐在沙发上。

你真的把我看得那么坏？于小雨说。

你有理由改变我的看法吗？葛军说。

于小雨本能地想辩解，她嘴唇动了动，却突然懒得反驳了。这种懒实出无奈，因为只要想这个问题，她的心就会有一种强烈的疼痛感。

也许你说得对。于小雨说。

葛军坐到床上，坐在与于小雨面对面的位置。他用一种复杂的目光盯住于小雨，于小雨一时不明白那目光的含义，其实她也没特别猜想这目光的含义，她过度沉浸于对彼此过去感情的思考了。

董刚那小子真坏！于小雨情不自禁地说。她这句话引起了葛军的反感，他说，不要提他好不好？我不想听。于小雨说，那你想听啥？葛军说，我啥也不想听，咱们心照不宣，还是省去过程，直奔主题吧。于小雨嗫嚅道，啥主题？葛军说，你来不就是投怀送抱的吗？请吧！说罢，起身就拽于小雨。于小雨本来是有这个意思，但这一刹那她突然觉得有一股火气汹涌而上，她飞快地挡开了葛军的手，大吼一声，别碰我！

怎么突然冰清玉洁了？葛军说。

别人谁都行，唯独你不行！于小雨说。

那你还来干什么？葛军说。

于小雨没有回答，她愤怒地尖叫了一声，她的声音太大了，几乎把房子都震得颤动起来。

于小雨记不清自己是怎么跑出那间屋子的，满街的灯光把她脸上的泪珠映得晶莹剔透，也如灯泡一般。回到自己住的宾馆时，和她同来的苏丹像小鸟一样轻盈地飞到她的身边，柔声问事情怎么样，她没有吭声。苏丹说，是不是出师不利？于小雨依然没有理她。苏丹并没有生气，而是很体贴地说，于姐你也别太在意，明天我去试一试吧。

这个夜晚，于小雨失眠了。正如葛军所说，她的确是抱着投怀送抱的念头去的，葛军曾经那么想要，她都没给，这次如果给他，发电指标应该没问题，以后也许会比汪主任在时还顺利。但不知为什么，在关键时刻一切都逆

转了，来自心灵的力量实在太强大了。

翌日晚上，于小雨和同来的施大伟、苏丹三个人一起宴请省局调度中心的人，名目仍然是征求意见。施大伟安排于小雨和苏丹坐在葛军的两边，整个过程于小雨都很少说话，自始至终，她的眼前总有葛军的身影在晃，也就是说，整个晚宴到处都是葛军的影子。对于小雨来说，葛军就是这次晚宴的空气了。

葛军放得很开，嘻嘻哈哈的，似乎极易接近。施大伟和他都属于长门厂的干部子弟，说起话来自然有许多共同的话题。施大伟也不是不知道于小雨与葛军的往事，他也曾为他俩这种关系担心过，但于小雨既然想来，自然有她的道理，如果两个人死灰复燃，问题就简单多了。苏丹倒是很活泼，葛主任长葛主任短地套近乎，葛军也积极响应，护花使者一般，称苏丹为妹妹，连喝酒都护着她。有趁热打铁者，就说他俩是男才女貌，天生的一对。

于小雨话说得少，酒喝得多，很快便呈现醉态。醉酒的于小雨喜欢唱歌，她拿起话筒在电视屏幕前刚唱了几句，身子就摇晃起来，很像《霸王别姬》中的虞美人舞剑。施大伟见于小雨醉得不轻，就对葛军说，小雨不行了，我送她回去休息，等我回来再陪大家喝。葛军点了点头。

施大伟还从来没有看见过于小雨醉成这个样子，连车门都不会开了。他费了很大劲才将于小雨塞进车里，然后亲自驾车送她回宾馆。两个人处朋友的时候，拥抱接吻是常事，但从来没有突破最后那一关。这两年，两个人同在总经理工作部工作，在一起的机会很多，每每想到她和高凌远在一起，他难免会心猿意马，但他还是很好地控制了自己的情绪。

第二天晚上，施大伟开着轿车载着于小雨和苏丹往回返。途中，迎面开来一辆大卡车，扎眼的车灯耀得人睁不开眼睛，施大伟急忙打方向盘，可打多了，车子冲下路基竟奔一棵大树撞去。车子与大树的接触点正好是副驾驶的位置，坐在这个位置的于小雨当时就血肉模糊昏了过去。施大伟和坐在后面的苏丹则受了轻伤。当赶来的救护车把三个人送进医院时，于小雨已经断了气。

这桩车祸在长门引起了轰动。后来，人们议论这件事的时候，进行了各种猜测。有的说高凌远玩腻了于小雨，并且于小雨已经失去了公关价值，高凌远急于甩掉她，而她又总是黏着高凌远，高凌远无奈，就伙同施大伟利用这起车祸做掉了她；有的说施大伟在省城乘机奸污了于小雨，害怕于小雨回公司告诉高凌远，告诉陈铁花，两个人哪一个也够他受的，出于无奈，就设计了这起车祸；还有的说……都是猜想，没有任何证据，当然不算数。

陈铁花听到这个消息后，当时就昏死过去了。

高凌远也很悲痛，他一句话，公司为于小雨举行了隆重的葬礼。人们去了不少，有很多是自发去的。人嘛，还是要有良心的，能拿几年的全额奖金，他们对于小雨是感激的。

企业家的时代

工人不是企业的主人了，企业的主人是企业的法人代表，是我。高凌远说。

高凌远是在俱乐部的大礼堂里讲这句话的，底气十足，声音通过扩音器传出来，带着嗡嗡的回音。这句话对很多工人具有震撼作用，他们瞪大眼睛，都觉得高凌远是被冲昏了头脑。

我在这里要提醒大家，必须更新观念。高凌远说。

减人降耗，严格管理，两手都要抓，两手都要硬。高凌远套用了一句时下流行的政治语言。这是班长以上的人才能参加的会，底下黑压压坐着的都是公司的骨干。对于高凌远来说，这些人就是骨头，有骨头不愁肉，能抓住这些人，也就抓住了全体职工。

陈铁花也坐在人群当中，她的头昏昏沉沉的，对于谁说什么话，她都是一副漠不关心的样子。自从于小雨死于车祸，很长时间过去了，她始终处于这种状态。老来丧子，人生的大不幸呀，几乎一夜之间，她的头发就花白了。

但当高凌远说到工人不是企业的主人的时候，陈铁花还是瞪大了眼睛，

她用胳膊肘碰了碰坐在身边的孙兆伟，问，他说工人不是企业的主人？孙兆伟点了点头说，陈师傅您也别少见多怪，高总不是说了嘛，要更新观念。陈铁花咕哝道，不管咋说，这句话都太刺耳了。孙兆伟又说，陈师傅，您听到没？减人降耗，这降耗的担子您最重了。

陈铁花没再吭声，她知道，火力发电厂的生产原料一是煤，二是水，水塔班就是管水的，在降耗上当然应该大有作为。可说归说，做归做，节水绝不是一件容易的事，里面还有许多难以启齿的隐情呢！

高凌远说，减人，就意味着竞争，优胜劣汰，适者生存，我们的企业就是要把那些庸才无情地淘汰掉。高凌远喝了一口水，然后接着说，留下来的虽然不能说个个是精英，但起码个个都是企业的有用之人。至于收入，当然要拉开档次的，一个班长与一个普通工人的收入也许会差上一倍，甚至更多。

台下有人鼓起掌来，对这些以年轻人为主体的人来说，这是一种有形的刺激，档次拉开会使他们产生一种成就感。他们一边鼓掌一边憧憬未来，都像是被浇足了水的禾苗一样苗壮。但也有一些人心里是不舒服的，比如陈铁花，她的情绪就是抵触的，她怎么想怎么认为这是一种残忍的刺激，大家都一起上班，一起下班，收入的差距竟然如此悬殊，高收入者能理直气壮吗？低收入者能心理平衡吗？想当年尤大海那么高的手艺，收入也没和别人差到哪儿去呀！陈铁花想，改革初期自己也是推崇竞争，提倡收入要拉开档次，可此时的情绪与当初有了极大的反差。差在哪里呢？是自己还是时代？陈铁花的心里空前矛盾起来。

下班回家，陈铁花一进门就冲着于志刚说，知道不？我就要成为高收入者了。

高点儿好，正好把亏欠我的给补回来。于志刚说。

于志刚已经从铁合金厂办了早退手续，回家了。这显然不是他个人的问题，不论是哪家企业，像他这种年龄的人都是所剩无几。长门公司也是这种情况，和陈铁花同龄的人大都回家了，她算是个特例吧。她的名气大，技术水平高，是破格留用的。但她心里清楚，再怎么留，就她这个年龄，回家仍不是一件遥远的事。

那是你们厂的事，与长门公司有啥关系！陈铁花说。

都是国家的企业，一回事的。于志刚说。

不是一回事。陈铁花说。

好，不是一回事就不是一回事。于志刚说。

于志刚是拗不过陈铁花的，让了步，就平安了。吃罢晚饭，陈铁花推开窗子，望着住宅区的几条小街发呆。在她的眼里，长门公司的变化是诡异的，是叫人捉摸不透的，过去的好多情状已经消失，新的情状几乎又令人措手不及。一些事情已经发生，比如小雨的死，谁会想到那么一个活蹦乱跳的人说没就没了呢？不想这个了，看一看远处的厂房和厂院吧，厂房比以前高大多了，烟筒和水塔也比以前高大多了，壮观多了，厂区到处是绿树和花草，正像高凌远说的，长门公司已经是花园型企业了。可是，漂亮的外表下却有许多令陈铁花无法安心的东西，工人再也不热衷于学技术了，可没有手艺的工人还叫工人吗？是自动化取代了手艺，还是日新月异的观念消灭了手艺？从开始到结束，陈铁花一直也没弄清这个问题。

一辆豪华的黑色轿车从窗下滑过，陈铁花不识车牌，但她认得这是高凌远的座驾。她还认得高凌远老婆的座驾，那是一辆漂亮的白色轿车，据说是他老婆过生日的时候他送的礼物。高凌远坐的是公司的公车，他老婆不够级别，就只能开私家车了。有很多人拿高凌远两口子当模范，幻想着有朝一日也能和他们两口子一样，开着豪华车风光风光。陈铁花恨透了高凌远，觉得他就是个腐败分子，总有一天，会有人惩治"高凌远们"的。

陈铁花躺到床上后好半天睡不着，好不容易要睡着的时候，电话铃却响了起来。电话是孙兆伟打来的，说出大事了，叫陈铁花赶紧到公司来。陈铁花问出了什么大事，孙兆伟说跑水了，然后就撂了电话。陈铁花的脑袋嗡嗡山响，她丢下话筒就穿衣服，于志刚迷迷糊糊地说，反正已经跑水了，你去又有啥用？陈铁花气呼呼地说，有用没用也得去，谁叫我是班长呢！

诬　陷

陈铁花赶到水塔班时，值夜班的王胖子正和志勇在一起发牢骚。王胖子说，高总说咱工人不是企业的主人了，他胆子不小呀！工人和干部的收入差距越来越大，他就不怕影响安定团结？志勇是个青年工人，性格比较温和，以前也在主力班组干过，因为头脑反应慢，出了一次不大不小的事故，才被拨到水塔班来。志勇叹口气说，工人是被人家管的，收入再低，也不敢对人家怎么样呀！王胖子斜着眼睛看着他说，就因为工人中你这样的孬种太多了，人家才敢这么对待咱。

陈铁花走进来时，两个人正说到减人的问题。王胖子说，减人我不反对，减人为了增效嘛。可减人中的不正之风谁管呀？有些当头儿的看你顺眼你就无忧，看你不顺眼就叫你下岗……王胖子说到这里惊讶地看到了陈铁花，就说，陈师傅你咋来了？

是不是出事了？陈铁花说。

你问他吧。王胖子说。

这事能怪我吗？志勇说。

事情是这样的：今晚志勇接班后发现水塔里的水位涨得非常快，就照例打开放水门向下水井排水。干完活后，他哼着小曲沿着水塔边长满杂草的小径往回走，他是低着头走的，走着走着眼前就出现了一双大脚。他把头慢慢抬起来，这才发现来人竟是高凌远。

你是水塔班的？高总问。

志勇点点头，僵硬地笑了笑，显然他有些紧张。

现在水塔的水位很容易保持正常吧？高总问罢不等他回答，就自言自语说，若是水系统改造得再早一些就好了。

志勇一时不知如何回答，就继续傻笑。

所谓的水系统改造工程，是在高凌远的支持下于近日完成的。最初的建

238

议者就是陈铁花，但把这个建议逐步完善并形成方案的是分厂厂长孙兆伟。高凌远因此对孙兆伟十分赏识。水系统改造后把以前用过就排进下水沟的废水一股脑都排进水塔，但高凌远又做出决定，停止补用新水和往外排水，实行水塔自给自足。这个办法明显带有理想主义的味道，但很多人觉得没什么不好，只有水塔班的人知道，发电负荷加大、水位下降时，排过来的废水是满足不了需要的，必须补充新水。陈铁花想把这个情况反映给公司高层，被孙兆伟给拦住了。孙兆伟说，还是我们灵活掌握吧，建议是我们提的，我们总不能自己打自己的嘴巴吧？陈铁花怕为难孙兆伟，也就让部下们灵活掌握，水位低就偷偷开补水门补水，水位上涨时怕水漫出塔来淹了厂区，就偷偷开放水门往下水井放水。一片节水景象就这样形成了。据说，高凌远已经让人将其整理成一份材料，向省局汇报请功了！他也正是为这件事亲自来水塔边察看的。

有水下降得很快的时候吗？高凌远问。

有。志勇说。

有水上涨得很快的时候吗？高凌远又问。

也有。志勇说。

怎么处理？高凌远问。

水位低了就开补水门，水位高了就开放水门。今天水位上涨得就很快，我已经把放水门打开了。志勇说。

水系统改造后你们还这么做？高凌远问。

是，是呀。志勇自觉失言，一下子就结巴起来。高凌远皱起眉头，他真想骂娘，可他毕竟是总经理，是有身份的人，犯不上和一个工人发火。但他不能不对孙兆伟发火，随即用电话把孙兆伟臭骂了一顿。

谁让你这么说的？陈铁花用颤抖的手指着志勇的鼻子愤愤地说，我告诉你多少回了，补水门、放水门只能偷偷开，不能讲出去的。

我也不想讲呀，我第一次和高总这么大的官说话，紧张了，就什么都讲了。志勇说。

你，你叫我说你什么好呢？陈铁花说。

志勇自知闯了祸，躲到一旁做出一副窝囊相。陈铁花气得不行，身上的汗一个劲地往外冒，不一会儿，衣服就湿透了。志勇把这个娄子捅大了，陈铁花想不如索性敞开天窗说亮话，让一切真相大白，这倒符合她的脾气，不过受牵连的人可就多了，可不仅仅是孙兆伟一个人的问题，到时候一些人很可能因此而下岗，那岂不是害了他们？陈铁花从来不是一个害人的人呀！

出了水塔班，陈铁花去了分厂厂长办公室，孙兆伟也特意从家里赶来。陈铁花进去时，孙兆伟正坐在办公桌边恶狠狠地抽烟，见她来了，孙兆伟赶紧站起来，把嘴里的烟头吐掉说，志勇这个缺心眼的家伙，把咱们都给卖了，高总说他像猴子一样被人耍了，我可不想当这个耍猴人呀！

那我当好了。陈铁花说。

陈师傅，你别误会，我可不是这个意思，我找您来，是想商量一下，看怎么样才能把这事摆平喽！孙兆伟说。

你说咋摆平？陈铁花说。

我没办法了，才找您来商量。孙兆伟说。

陈铁花苦着脸想了想，一时也想不出什么好办法来。孙兆伟试探着说，要不就让志勇承认自己是说谎，是擅自开放水门放水的。陈铁花摇摇头说，不行，那样的话高总一定会让他下岗回家。孙兆伟说，那还有什么更好的办法吗？陈铁花说，这样吧，等我回家再想一想，兴许能想出更合适一点儿的办法来。

回了家，自然是失眠了一夜。天快亮时，陈铁花才想出一个办法来，这个办法显然也是欠妥的，但却能够帮许多人逃过一劫。

第二天，又是王胖子和志勇的夜班。待白班的人走光了，陈铁花把两个人叫到跟前，压低声音说，快，把你们俩上个夜班的值班记录撕掉，重新写。两个人大惑不解，都瞪大了眼睛看陈铁花。

陈铁花说，你们就一口咬定是公司管发电的领导叫你们开的放水门。

王胖子说，哪个领导？

　　陈铁花说，施大伟。

　　施大伟此时已经由总经理工作部的主任升任为公司的副总工程师了，主管着发电机组的运行，如果是他下的令，是没有哪个值班员敢不执行的。志勇听了，连忙摇头说，人家施总没叫我开呀！陈铁花把眼一瞪，说，他没叫开也得说是他叫开的，这样咱分厂和咱班才能逃脱干系。还是王胖子聪明，立即明白了陈铁花的用心，他脱口说道，陈师傅，高，您这叫大义灭亲，必要的时候，自己的徒弟也得灭。陈铁花虽然听他的话有些别扭，但并没有计较，挺平静地说，如果不这么做，咱班就有可能成为这起事件的替罪羊，说不定大家都得下岗。为了保住饭碗，只能这样做了。志勇喃喃说，这也太对不起人家施总了。陈铁花说，大伟毕竟是副总工程师，他的承受力应该比咱们强。再说他也不傻，推脱不掉时就会说是情急之下下的令，这就成偶发事件了，性质要轻得多。

　　看着志勇和王胖子开始重新填写记录，陈铁花这才长出了一口气。这也是陈铁花平生第一次诬陷人。从心里讲，诬陷施大伟是有点儿公报私仇的味道，尽管她并不知道施大伟曾经强奸过于小雨，但毕竟于小雨是坐他开的车死的，给他记下一笔账也不算过分。何况，这样做又保全了孙兆伟和水塔班，称得上是一箭双雕了。

　　第二天，首先是孙兆伟打来电话，他说话的声音都有些颤抖了，他说，陈师傅，我算服您了，我除了感谢，也不知道该说什么。陈铁花说，那就什么都别说。孙兆伟说，只是心里有点儿发虚、愧疚。陈铁花低声骂了一句，没出息，我还没发虚呢，你发什么虚呀？

　　紧接着就是施大伟打来电话，他首先找志勇和王胖子，把两个人一顿臭骂，说他们诬陷好人，等着瞧吧！志勇一声不敢吭，王胖子被骂火了，他冲着话筒嚷道，你别骂我，又不是我想往你的头上拉屎，有气找你师傅呀！陈铁花狠狠瞪了王胖子一眼，然后夺过话筒说，施大伟，我不是你的师傅，从小雨死的那天起，我就不是你的师傅了，有什么话你尽管冲我说。施大伟反而心虚了，软了腔调说，我算被你们坑苦了，我当着高总的面又是解释又是

认错，高总才相信开放水门是偶发事件。陈师傅，这也就是您，要是别人，我饶不了他。

后来孙兆伟又打来了电话，他告诉陈铁花，公司的处理决定已经下来了，施大伟虽然负主要责任，但咱们分厂和水塔班也是要负一定责任的，扣了我一个月的奖金，你们水塔班还好，只是罚了五百元钱。

五百元呀？陈铁花说。

多吗？施大伟一个人就被罚了几千元呢！孙兆伟说。

介绍经验

对于这挨罚的五百元钱怎么分配，陈铁花征求了技术员侯勇的意见。侯勇说，罚志勇和王胖子每人二百五，问题不就解决了？陈铁花摇摇头说，这事也不能全怪他俩，我也是有责任的。侯勇说，您有什么责任呀？要不是您，绝不会是罚五百元的事情。陈铁花也知道，能堵上这么大的娄子，可以说是有关人员不约而同敷衍的结果，她的心也由此隐隐有了一丝悲哀感。

陈铁花说，志勇和王胖子每人罚一百元，我也罚一百元，剩下二百元由全班人均摊，你看行不行？

侯勇说，陈师傅说行当然就行了。

陈铁花说，那就这么定了。

陈铁花并没有立即在班组里公布她的方案，她觉得在公布这个方案之前应该先办妥一件事，否则很可能会引出新的乱子来。

这天下班，陈铁花回家后第一件事就是给王胖子打电话，她用尽量和蔼的口气把罚款分配方案告诉了他。陈铁花话还没说完，电话那边的王胖子就炸开了，说，罚别人我不管，罚我，没门儿！我要找高总说说理去，我们说真话错在哪儿了？

陈铁花心里忽悠一下，心跳当即就超速了，她知道王胖子这话绝不是吓唬人，他是个说到也能做到的人，如果真的去找高总，那可就闯大祸了。陈铁花倒不怕什么，反正也快退休了，可水塔班这十几号人怎么办？势头正好的孙兆伟怎么办？陈铁花强压住火气，努力放慢语速说，我不想真罚你，对你是明罚暗不罚，罚志勇不罚你，不好向大家交代，所以名义上罚你一下，其实你不必出钱的。

明人不做暗事，陈师傅你没必要来这一套。王胖子说。

陈铁花没想到王胖子不买她的账，只好牙一咬，以一种从来没有用过的求饶似的口气说，老王，看在多年工友的分上，给我一个面子还不行吗？

我只想说句真话，有错吗？王胖子说。

我没说你有错呀？你是个讲义气的人，你应该考虑一下咱班其他弟兄姐妹的饭碗吧，你那么一捅，咱班全得遭殃。如果只是我个人的事，没说的，我认了，我犯不上跟你讲小话，但大家的利益高于一切，在大家的利益面前，我们都得让步，你说是不是这个理？陈铁花说。

电话那边出现了令人满意的沉默，显然是陈铁花的肺腑之言起了作用。她趁热打铁接着说，就算给我一个面子，名义上挨次罚吧！王胖子终于软下腔调，同意了。

撂下电话，陈铁花长舒了一口气，明罚暗不罚是权宜之计，这样既可以在众人面前保住自己的威信，又可以让不好惹的王胖子接受处罚。至于罚王胖子那一百元钱，陈铁花只好自己掏腰包了。

一向不多管闲事的于志刚在一旁忍不住说，这么退让，好像不是你的性格。陈铁花摇摇头说，我不是怕他，我怕过谁呀？为了顾全大局，有些事只能忍让一些。

就这样，开放水门的风波总算过去了，节水计划依然接着实施。但是，这种节水方式成了陈铁花的一个心病，水塔容量有限，那么多废水往里排，它总有吃不消的时候，吃不消又不许像拉屎撒尿那样往外排泄，这可怎么得了？想当初构想这套节水方案时，她怎么也没想到会有这样的后果，她的节水计划是客观的，是有限的节水，谁想到了高凌远那里就变了味，成了彻头

彻尾的理想主义的产物了。节水把陈铁花的嘴"节"出一圈水泡来。

为了安全生产，陈铁花的办法是依然如故，那就是水高了开放水门，水低了开补水门。一切均在暗地里进行，因为事关每个人的利益，水塔班众人哪个也不敢也不愿再泄露天机了。

有一天，孙兆伟急急地赶到水塔班来找陈铁花，说有急事要办。陈铁花的心立即悬了起来，问，是不是又出什么大事了？孙兆伟说，是大事，但不是坏事，是好事，明天上午有关部门要在咱厂召开一个有关节水的研讨会，公司领导要请您到会介绍节水经验呢！

我会介绍什么呀？陈铁花苦笑道，还是叫别人去吧。

陈师傅，这可是高总亲定的，您要高度重视才行。孙兆伟把脑袋往陈铁花跟前凑了凑，说，讲好了，是为咱公司也为咱分厂争光呀！

一提高凌远，陈铁花就没法不想起小雨，也没法不生气，她愤愤地说，别提高总，一提他，我还坚决不去讲了。孙兆伟连忙说，别，我不提了还不行吗？您还是要去讲的。

陈铁花说，我讲啥呀？总不能讲偷着开补水门、放水门糊弄人吧。

孙兆伟说，陈师傅您可得高抬贵手，您要退休了，您当然什么都不怕，我不行呀，我的处境是逆水行舟，不进则退。

陈铁花说，要是你老老实实地学手艺，别走这条官道多好。

孙兆伟说，时代不同了，我有自己的追求，您得理解我呀！

陈铁花没好气地说，改革是要往好了改，不是要我们说假话。孙兆伟说，这件事和改革无关，陈师傅，既然您讲到了改革，我就说几句。改革是使一部分人做出了牺牲，但总体上人民的生活水平还是不断地在提高嘛，我们现在吃的、住的，过去能比吗？陈铁花说，我没否认改革的成果，可就是有些现象让人看不惯。孙兆伟笑道，陈师傅，咱别讨论这种大问题了，说眼下吧。您又不是没见过世面，会上讲什么您心里应该有数，时间紧迫，赶紧准备吧。

这天晚上，陈铁花睡得很晚，也就是说，她为此做了一番精心的准备。第二天上午走进会议室时，她的眼睛已经布满了血丝，好在与会者并没有把注意力集中到她的眼睛上。陈铁花发言时大家听得很认真，由于外面的阳光过于强烈，会议室的窗帘拉上了，这样，室内的光线就显得有些幽暗，与会者的脸上则浮现出一种红色窗帘与阳光的混合之色。那是一种暖色，有些像印象派的画。会议室外的走廊里偶尔传来一声水滴落在瓷盆里的单调而空旷的声响，陈铁花知道，那是隔壁厕所的水箱有一处漏水点所致。

　　陈铁花是见过世面的人，讲话是不成问题的，是完全能够把这种介绍经验类的讲话演变成讲演的，即使自己想低调一些都很难做到。她情绪饱满，语调激昂而又抑扬顿挫，说到水系统改造后的好处，更是神采飞扬。她说，自从废水排进水塔，我们的水塔就自给自足了，就再也没开过补水门补水，这水是不是节约了呢？这种问句式的话令与会者精神振奋，都频频点头，表示出由衷的赞许。陈铁花觉得自己的声音好像不是从自己的喉咙里发出的，而是来自一个遥远的什么地方，她一度怀疑自己是不是在梦里讲话……

　　回到班组后，侯勇问她在会上都讲了些什么，这真把陈铁花给问住了，她几乎一点儿也记不起自己都讲了些什么。过了一会儿，孙兆伟打来电话，兴奋地说，陈师傅你讲得太好了，高总说您真是个宝贝。陈铁花一听就气往上涌，说，他是啥东西，敢这么讲我？孙兆伟说，您别误会，高总是由衷地佩服您，说您是宝贝级的人才呢！撂了电话，陈铁花又忍不住想起了于小雨，会上的兴奋劲即刻随微风飘得无影无踪了。

　　陈铁花独自出了屋子，在水塔边转了好半天，心情总算平静了，这才往回走。当她又走进屋子时，发现大家正围成一圈讲笑话。讲笑话的人是王胖子，他一只手比比画画的，讲得嘴里直冒吐沫。王胖子说，有一天晚上他和朋友去歌厅玩，老板引给他的坐台小姐竟然是志勇的老婆。志勇这一年才二十八岁，他老婆显然也是鲜花盛开的年龄，而且颇有几分姿色，用王胖子的话说，咱厂这些女职工没法和人家志勇的老婆比。有人就提出不同意见了，说于小雨不能和她比吗？话刚出口，看见陈铁花进来，自觉失言，连忙将嘴捂住。又有人说，和总经理工作部的苏丹比如何？王胖子想了想说，苏丹的美太高级了，她身上有股高贵的气质，让你很难接近；志勇老婆则不同，她的美是

通俗的，人人都能接近，也很容易接近。众人大笑。

陈铁花坐到一旁的长凳上，继续听王胖子讲笑话。王胖子说他认识志勇的老婆，而志勇的老婆不认识他，这样，志勇的老婆就顺理成章地在王胖子面前毫无顾忌。两个人在一起都做了些什么，王胖子不说大家也能猜得出来，王胖子也有意将这段细节忽略了。

不管王胖子讲的这个笑话是真事还是杜撰的，陈铁花的确是从这儿开始才知道志勇老婆做了小姐。陈铁花知道志勇的老婆没工作，孩子又小，家里困难，可怎么也没想到她会走上这条路。陈铁花在一片笑声中涌起一种心酸的感觉，她听不下去了，站起来高声说，王胖子你别乱讲了，有能耐的话，到研讨会上讲去。大家都知道陈铁花刚刚讲演归来，就都向她围拢过来，想听一听她在会上都讲了些什么。陈铁花说，我在会上讲啥并不重要，重要的是我们平常都喜欢讲啥，我们是工人阶级，讲出的话要有素质才行。

陈师傅，你就别提工人阶级了，一提我就心烦。王胖子说。

你心烦什么？陈铁花说。

就咱公司这情形，现在还是工人的时代吗？王胖子说。

不管是不是我们的时代，你自己都该把自己当人，自己都不把自己当人了，谁还能把你当人呀！陈铁花说。

这天晚上正好是志勇值夜班，陈铁花故意晚走一会儿，待白班的人走光了，只剩他们两个人时，她把志勇叫到身边，低声问道，你老婆真的做了小姐？

志勇愣了一会儿，还是点了点头。

为啥？陈铁花说。

为钱呗！志勇叹了口气说，当年我们俩是租房子结婚的，后来朝亲戚朋友借了三万元钱买了一室的房，可几年下来钱一直没有还上。我老婆没工作，凭我一个人的工资怎么能还得起？有段日子债主天天上门，弄得我都不敢回家了。我老婆就说，我去坐台吧，用不了两年，不但会还清债务，还能置一屋子好家具。我心一横，说你愿意做就做吧，就这样我老婆就做了。

做啥不行偏偏做小姐，这是好职业吗？陈铁花说。

我老婆坐的是平台，高台她是不会坐的。志勇说。

陈铁花听说过，所谓平台就是没有性接触的那种陪侍，反之则称高台。但平台和高台之间实在没有不可逾越的鸿沟，两者就是浅水深水的关系，往前走一走，就蹚到深水区了，就没有不湿身的理由了。

陈铁花狠狠地批评了志勇一顿，可志勇依然很固执地重复那句话，他说，真的，我老婆只坐平台，不坐高台。

陈铁花叹了口气，她也懒得说了，就拍了拍志勇的肩膀，走了。

复辟阴谋

一段日子以来，陈铁花和于志刚都觉得对方老了，眼前的事不提，却都爱翻一些陈年老账，翻着翻着就动了情。陈铁花总是爱对于志刚说六十年代的事，于志刚听一会儿就会打断她的话头，说，还老提它干吗！不让对方提，自己又忍不住提及，陈铁花就反唇相讥，说，都隔这么长时间了，记忆也会发霉的，你提的那些事我怎么就没印象呢？

嘴上那么说，实际上正好相反，对过去的一些记忆，陈铁花是越来越清晰，想忘也忘不掉。有一次，她找出了当年尤大海送给她的一把刮刀，反复地看。于志刚在一旁瞧了一会儿就动了气，说，那老家伙阴魂不散，你是想他了吧？陈铁花说，我想了又怎样？于志刚把手上正握着的拖布往地上一扔，厉声喝道，想他你就跟他去！年轻的时候，于志刚对尤大海的问题一直是回避的，提及尤大海，他总是会闭上嘴，什么也不说，老了老了，脾气也长了，醋性也长了。陈铁花抬眼看了看他，没有接茬。

就在这时候，侯勇登门拜访。一向待人客气的于志刚破例没有搭理侯勇，躲到里屋去了。敏感的侯勇看着于志刚的背影，说，于叔是不是和您生气了？陈铁花说，别管他，谈咱们的。侯勇这才坐下，说，厂里的减人方案下来了，给每个分厂都定了硬指标，分厂也给每个班组定了硬指标。

　　这的确是一件重大的事情，厂里已经减了好几次人，每一次减人，都是一次难以忍受的折磨。她瞪大眼睛追问道，你知道分厂给咱班定的指标是多少吗？

　　三个，也可能是四个。侯勇说。

　　这么多呀？陈铁花说。

　　侯勇点了点头。陈铁花毫不怀疑侯勇消息的可靠性，侯勇的嗅觉灵敏，部室和分厂里都有他的耳目，他对来自上层的任何消息都有着浓郁的兴趣。水塔班要减下三人或四人，这对只有不到二十人的班组来说，可不是一个小数目。陈铁花马上苦了脸。

　　不过，咱也不必担心。侯勇说。

　　为啥？陈铁花问。

　　因为有您呀，您是孙厂长的师傅嘛！侯勇说。

　　师傅又怎样，减人的事兆伟也帮不了忙。陈铁花说。

　　可有这层关系总比没这层关系强。侯勇说。

　　我也想保住大家的饭碗，可怎么保呀？难死人了。陈铁花说。

　　陈师傅，跟您说实话，饭碗对我来说是个次要问题。侯勇说。

　　啥才是主要问题呀？陈铁花说。

　　您应该知道，我是有更高追求的。侯勇说。

　　陈铁花了解侯勇，这小子极为要强，有点儿像孙兆伟，他当然是不会甘心永远待在班组技术员这个位置上的。要进步，就需要一只能托起他的大手，这大手虽然不是陈铁花，但侯勇却想通过陈铁花来牵住这只手。陈铁花想一想就烦，她摇摇头说，别提你那更高的追求，眼下饭碗问题才是最大的问题。

　　侯勇的消息果然准确，第二天一上班，陈铁花就被叫到分厂参加了班长会。会上，孙兆伟传达了公司又一轮的减人决定，并给各个班组分配了指标。水塔班的指标是减四个人。

　　散会后，陈铁花跟在孙兆伟的背后进了他的办公室，劈头就埋怨他事先怎么不跟她打声招呼。孙兆伟说，减人增效嘛，不算啥新鲜事了。陈铁花说，

248

你是当官把心当硬了，饭碗的事不是大事，还有啥事是大事呢？孙兆伟给她倒了一杯水，被她推开了，说，给水塔班定四个指标太多了。孙兆伟说，不算多的，本体班还五个呢！陈铁花说，本体班多少人，我们多少人呀？四个太多了。孙兆伟知道师傅的脾气，他对此是留了一手的，于是压低声音故作神秘地说，好，那就减去一个，给你们三个指标吧，再少我也做不了主。陈铁花缓和了脸色，说，这还差不多。

三个人不算多，可也不算少，真正让陈铁花犯难的是这三个人选谁，它关系到三个人或者说三个家庭的饭碗问题。陈铁花下意识地看了看自己的两只手，她觉得此时握在手里的权力不是权力了，简直就是一块烫手的山芋。

烫手也得吃，不吃就得饿死。可怎么个吃法，陈铁花动起了脑筋，她相信事在人为。其实，早在这次减人之前，她就已经有了一个不成形的想法，从这次减人开始，她的这个想法逐渐成形了、成熟了，可以称作一个方案了。后来，陈铁花回想这段往事的时候，不无揶揄地把这个方案称为"阴谋"。什么阴谋？"复辟阴谋"。当然，在实施这个"复辟阴谋"之前，还必须得正儿八经地弄出这三个人选来。这是燃眉之急，也是为实现"阴谋"做必要的铺垫。

陈铁花坐在窗前刺眼的阳光下，把全班十几个人在脑海里过了一遍，首先浮出水面的是两个女工——水塔班一共有三个女工，除了陈铁花，就剩两个女工了。减人，女工理应首当其冲，养家糊口，男人的负担毕竟更重一些。可除了她俩，剩下那一个选谁呢？陈铁花苦思冥想，终于想出一个主意。

这个主意就是下放权力，陈铁花要在班组搞一次民主评议，让大家自己选出减人人选来。这样一来，减谁不减谁就怨不得她了。翌日，陈铁花就开了班会。刚开始，大家还吵吵嚷嚷的，等陈铁花说出自己的主意时，屋子里一下子静下来，都被这个新奇的办法给震慑住了。

墙壁上时钟的钟声越来越沉重，大家你看看我，我看看你，突然都觉得眼前的人变得陌生起来。时空开始颠倒，熟悉的工友变成了竞争对手，这绝对是一种残酷的游戏。

你们可以提名了。陈铁花说。

就像选举劳动模范一样。陈铁花又说。

大家依然你看看我，我看看你，谁也不说话。选谁呢？谁能拿石头去砸别人的饭碗？人家恨你一辈子不说，良心上也过不去呀！

憋了好一阵，突然有人打破沉默，是王胖子，他紫涨着脸恶狠狠骂了一句，这是谁他妈出的馊主意？

有王胖子带头，众人立即七嘴八舌地议论开了，纷纷声讨出这个主意的人。陈铁花怕难以控制，赶紧宣布散会。

陈铁花怎么也没想到，接下来发生了一连串的怪事。

上灯时分，王胖子敲开了陈铁花的家门。陈铁花看见王胖子来了，心跳就有些快，她以为王胖子是来找麻烦的，因为他以前从来没来过她家。

陈铁花亲手沏了一杯茶，将茶水递到王胖子的手里，很恳切地说，减人的事，我也很为难呀！王胖子接过茶水很斯文地呷了一口，然后开始压低声音说话。他这个样子令陈铁花感到十分惊讶。

王胖子说，减人是不是应该先挑有劣迹的人减？

陈铁花说，应该是吧。

王胖子的眼睛亮了一下，接着说，陈师傅，我向你反映一个情况。记得不，去年分厂办公室的一台录像机丢了，你不知道是谁偷的吧？是志勇。那晚正好是我和他值夜班，半夜这小子出去一趟，回来时把一个帆布包塞进了自己的更衣箱，而且一脸的紧张相，见了我脸色极不自然。我敢肯定，那台录像机就是他偷走的。王胖子的描述令陈铁花产生了一丝警觉，这警觉绝不是对志勇的偷窃行为，而是对王胖子揭发这件事的本身。这个一向声称明人不做暗事的王胖子，居然也开始背后打起别人的小报告来了。这种反常现象会不会从此在水塔班无限蔓延呢？

这以后，事情的发展证明了陈铁花的担心绝对不是多余的。王胖子告辞后，登门造访的是一个女工，这个女工是由丈夫陪着来的。她也神情诡秘地对陈铁花说，有一天晚上我领着孩子在街上闲逛，无意中看见侯勇和一个女人从一条小胡同里闪出来。那个女人绝对不是和他搞对象，因为那个女人是有夫之妇。他们两个人走路时挨得很近，一副亲亲密密的样子。出了胡同口，他们叫了出租车，上车后车就立即开走了。你说说，侯勇和一个有夫之妇晚上一起出去能干什么呢？

我咋知道他们能干啥呀？陈铁花说。

这个女工这番话的重点显然不只是人们津津乐道的男女绯闻，她的真正用意不言自明。陈铁花试图将她的话题岔开，但没有成功。一旁的于志刚倒是对这个话题很感兴趣，女工绘声绘色的讲述令他十分开心。

事情就是这样开始的。第二天晚上，志勇也找上门来。志勇是由他老婆陪着来的。他老婆是一个大眼睛、大嘴巴的年轻女人，长得的确不错，只是浓妆艳抹的，让人看着有些不舒服。但陈铁花也不得不承认她是个漂亮的女人，只是可惜了，悲哀了。落座后不等志勇开口，他老婆就以密不透风的语速讲开了。他们是来揭发王胖子的，说王胖子这家伙貌似正直，其实也干了不少见不得人的事，除了好色泡妞外，还趁着值夜班的机会，撬开别人的更衣箱翻人家的衣服口袋。这样的人不减，难道减志勇这样老实厚道的人吗？

后来又有一些人登门拜访。一时间，陈铁花的家不像家了，倒像是纪委或信访办。陈铁花听到了许多以前闻所未闻的事情，连于志刚都跟着开眼了。她真是没有想到，班里这些人居然都干过一些见不得人的事情，这令她既惊讶又无奈。

陈铁花觉得自己的脑袋里塞满了乱麻一样的东西，一时无法理出个头绪。水塔班的"揭短战"发展迅速，有些人已经不满足于仅向陈铁花一个人反映情况了，他们开始向分厂、向公司递揭发材料。事情发展到这一步是陈铁花没有想到的，她隐隐感到一丝不安，她觉得必须要加快实施她的"复辟阴谋"才行。

陈铁花去分厂找孙兆伟，她想孙兆伟一定会埋怨她的，她得跟他解释一下。没想到孙兆伟非但没埋怨她，还笑容可掬地说，陈师傅，高总在办公会上肯定了这种做法，说民主评议、互相监督，这是强化竞争的好办法，应该

在全公司推广呢!

陈铁花一听嘴就咧了起来,想想全公司几千号人都互相揭起短来,顿觉一股凉风吹来,她不禁打了一个寒战。

下一步,就是要尽快将减人人选定下来。孙兆伟说。

陈铁花觉得没必要和孙兆伟解释了,她回到班组就下了通知,明天还是开班会。

第二天早晨,陈铁花刚走到工厂大门口就看见厂院地面上到处湿漉漉的,她下意识地望了望天空,见一轮红日当空,不像下过雨的样子,她的心头就掠过一丝不祥的预感。

陈铁花和其他上班的人一样,开始吧嗒吧嗒地蹚水走,走到水塔附近时,终于看见水的源头,果然是水塔水满溢流了。陈铁花一溜小跑闯进班组。

昨夜值班的是志勇,陈铁花见了他就吼道,你怎么搞的,水淹厂院,这还了得?

志勇一脸哭相说,回水塔的废水太多了。

陈铁花说,你不会开放水门吗?

志勇说,就要减人了,我也不敢开放水门呀!

陈铁花说,你呀,叫我说你什么好呢?

不一会儿,生产部的电话就打来了,他们说水塔冒水是不可原谅的过错,当事人一定要下岗。接着,施大伟的电话也打来了,他跟陈铁花说,师傅,这回您没办法了吧?陈铁花气得一句话没说,就把电话撂了。紧接着,孙兆伟的电话也打来了,问谁看的水塔。陈铁花说是志勇,孙兆伟说减人他算一个。陈铁花迟疑地说,志勇老婆没工作,一家三口全靠他的工资过日子……孙兆伟坚定地说,陈师傅您没必要袒护他。

大家全到齐了,陈铁花宣布开会,她说除了志勇为第一人选外,大家还要选出两个人来。说罢,她将一张十六开的白纸撕成近二十块,然后给每个人发了一块,叫大家无记名投票。

选票收上来时,陈铁花有些哭笑不得,她看看侯勇,侯勇也一脸苦相。

这票数除了志勇比别人多几票外，其他人的票数竟然是一样的，连陈铁花和侯勇也名列其中。陈铁花什么也没说，赶紧宣布散会了。

这天晚上，陈铁花接到志勇老婆的一个电话。

陈师傅，您知道我是做啥的吧？志勇老婆说。

知道。陈铁花说。

我们俩买房欠了很多钱，凭他一个人的工资无论如何是还不上债的，没办法，我才走上这条路。志勇老婆说。

都是为生存嘛。陈铁花说。

等还清了债，我就打算不做了，他一个人的工资也够我们过日子的了。志勇老婆又说。

陈铁花自然听得出她的弦外之音，只要志勇不被减，她的小姐生涯就会适时而止。这种因果关系很容易使人产生联想，如果谁让志勇下岗，谁就有逼良为娼的嫌疑。

这天夜里，陈铁花又失眠了，翻来覆去总是想减人这件事。为了少惹乱子，她觉得是实施"复辟阴谋"的时候了。

罗　非　鱼

说白了，陈铁花要"复辟"的就是大锅饭。"复辟"这个词似乎用大了，但除了这个词，她又想不出比这更贴切的词来。就在长门公司各个班组都公布减人名单的时候，水塔班却没有公布减人人选，水塔班的减人指标被全班人分担了，水塔班在减人增效上出了新。办法其实很简单，那就是轮岗。

当陈铁花在班会上提出自己的轮岗方案时，屋子里的空气好像一下子清新了，大家欢呼雀跃，都觉得找到了一个绝好的办法。

轮岗的全称应该是轮流上岗，三个减人指标不变，这样一来，每个月下到班组的工资总额就少了三个人的。其他班组减人后每个人都涨了工资，水

塔班则每个人都降了工资。但大家对此都毫无怨言。

这才体现出互助友爱的精神来！王胖子说。

这，这才公平呢！志勇说。

志勇仿佛找到救命稻草，激动得几乎流出眼泪。两个女工搂在一起，呻吟般不知都说了些什么。

水塔班一下子沉浸在吃上大锅饭的欢乐中，有点儿八十年代的味道了。陈铁花实施这个办法也是有很多顾虑的：一是和现代精神相违背，时下讲究竞争，轮岗显然回到老路上去了；二则她也怕工友们不接受，比如工作能力强的人收入反而减少了，他们会答应吗？目前的这种效果是陈铁花始料不及的，可这毕竟不是一个真正的好办法，陈铁花脸上露出一丝苦笑。

散会后，陈铁花去找孙兆伟汇报。孙兆伟一听就翻了脸，也顾不得师傅不师傅了，厉声说，都什么时代了，你们居然吃起了大锅饭，这不是倒退吗？

这办法看似倒退，实则是创新呢！陈铁花说。

咋讲？孙兆伟说。

党中央不是提倡安定团结吗？轮岗既达到了减人的效果，又稳定了民心，这不是创新是什么？陈铁花说。

孙兆伟用鼻子哼了一声。

咱没把负担推向社会，对国家也是一种贡献呢！陈铁花说。

可是，高总那里我咋交代？孙兆伟说。

你不上报，他咋知道？事情到你这里截住就是了。陈铁花说。

孙兆伟知道自己拿这个师傅是没辙的，就叹了口气，不说什么了。水塔班轮岗的事就这样定下来。

下班时，陈铁花一个人走，想了很多事。有些事想一想就想开了，有些事却怎么想也想不开，比如于小雨的死，能想得开吗？陈铁花下班走得晚，此时家家都在做饭，走在住宅区的小道上，她闻到了一阵菜香。进了家门，菜香愈加浓郁了，于志刚显然已经做好了饭菜。吃饭的时候，陈铁花说了以后收入要减少的事，于志刚马上埋怨道，你傻呀，减人又减不到你头上，你轮什么岗呀？

是减不到我头上，可减到谁头上谁都难过。咱不能吃着馒头不让人家喝粥。陈铁花说。

吃馒头算什么，那些吃肉的怎不想想喝粥的？于志刚说。

别人是别人，咱是咱，都一个班的，咱起码要有同情心吧！陈铁花说。

你同情别人，谁同情你？小雨没了，有人同情咱吗？于志刚说。

这一夜，陈铁花和于志刚都失眠了。于志刚显然是想小雨了，自从小雨出事后，这个老实巴交的汉子也开始有了些脾气。陈铁花当然也想小雨，但这一夜想得更多的是以后的路该怎么走，想着想着心里就亮堂了。月到中天，她见于志刚还在翻身，就推了推他，想安慰他几句。

你要干啥？于志刚背对着她说。

不干啥。陈铁花说。

不干啥你推我干啥？于志刚说。

陈铁花想于志刚一定是误会了，以为她想亲热，这个时候她哪还有那个闲心。她用尽量柔和的声音说，我会让全班的人都赚到大钱。

吹牛吧！于志刚说。

是不是吹牛，咱们走着瞧。陈铁花说。

第二天上班后，陈铁花一个人来到水塔池边，这里十分偏僻，不远处是厂院的大墙，大墙外则是一片荒地，那是公司废弃的一个养猪场的旧址。陈铁花看了一会儿池水，然后向院墙走去。水塔班有好几个人看见她走向院墙，他们接着看见五十多岁的陈铁花艰难地爬上了墙头。陈铁花趴在墙头上向外望，这一望就是半个小时。大家议论纷纷，猜不出陈铁花要做什么。半个小时后，他们看见跳下墙来的陈铁花，脸上居然浮现出少女一般的红晕。

这天下午，陈铁花把侯勇叫到了院墙根，要和他一起翻过墙去说话。侯勇用疑惑的目光盯着她说，我翻过去倒没什么，您翻墙，不太方便吧？陈铁花说，少废话，让你翻你就翻。说罢率先上墙。侯勇见状，赶紧翻过去，用

双手来扶陈铁花，看陈铁花稳稳落了地，这才放下心来。

相对厂院来说，这里就是另一个世界，前后左右除了杂草就是一些破砖烂瓦，完全是一片废墟。

这一天天气很好，天空一片蔚蓝，有几丝白云飘浮在空中，看上去有点儿像被风吹起的棉絮。杂草在他们的脚下发出让人很舒服的沙沙声，很容易使人想起一些愉快的事情。陈铁花走了几步后停下来，用很兴奋的声音问侯勇，小侯，你看这里适合做啥？

侯勇一脸的困惑，一时回答不出来。

我说这里适合建一座大鱼池。陈铁花说。

侯勇就瞪大眼睛看陈铁花。

陈铁花跟侯勇详细谈了自己的设想：她想在这里建一座鱼池，利用水塔里装不下的温水资源来养鱼。这温水可是好东西，它虽然是工业水，可并没受到什么污染，用它养热带食用鱼是再好不过了，如罗非鱼、白鲳鱼等，在市场上都能卖大价钱。

现在公司正提倡节水，能允许养鱼吗？侯勇说。

我们可以偷着养呀，这地方已闲置七八年了，不会有人到这里来的。轮岗后大家工资减少了，生活都挺难的，如果鱼养成了，大家的收入都会增加的。陈铁花说。

这恐怕需要一大笔资金，从哪儿来呀？侯勇说。

钱的问题只能靠我们自己来解决。我想在班里集资，每个人出五千元，全班就将近十万元。咱们也来个股份制，到年底按股分红。

五千元虽然都出得起，可大家却不见得肯出，他们能信得过您这个项目吗？侯勇说。

这就要看你的了。陈铁花说。

您要我做啥？侯勇问。

要你起个带头作用。陈铁花说。

如果分厂知道了咋办？侯勇说。

分厂知道了也拿我没辙，别忘了，我是孙兆伟的师傅。陈铁花说。

侯勇的眼睛亮起来，这句话对他来说至关重要。他眼珠转了转，有意朝陈铁花靠近一些，压低声音说，如果您也帮我，我就一定会不遗余力地帮您。

这回轮到陈铁花一脸困惑了。

我说过，您是了解我的，我不想一辈子窝在水塔班。凭您和孙厂长的关系，凭您和施副总的关系，他们都能拿您的话当回事的，您能帮我吗？侯勇说。

帮你做什么？陈铁花说。

帮我调到一个更适合我的位置上去。侯勇说。

你小子跟我讲起条件来了！陈铁花说。

不是讲条件，是话赶话嘛！侯勇说。

陈铁花抬头望了望天空，然后盯住侯勇看了看，说，好吧，有机会我会帮你的。

第二天陈铁花就召开了班会，向大家讲了她的养鱼构想。可以说这个构想也是她"复辟阴谋"中的一部分，如果说轮岗是上篇，那么养鱼则是下篇。这上、下篇组合在一起，才是一个完整的篇章。

这养鱼能有效益吗，会不会赔钱呀？王胖子说。

王胖子的疑问显然具有一定的代表性，大家都瞪大眼睛看陈铁花。陈铁花胸有成竹地说，咱们水、电都不用花钱，成本不过是买鱼苗和进饲料。现在市场上水产品是个什么价钱，你们心里也有谱吧，咋能有不赚钱的道理呢？

陈师傅说得对，放着这条致富的路不走，我们还想走什么路呀？侯勇说。

我愿出一万元入股。侯勇又说。

侯勇这一带头，众人都释然了，都表示愿意掏钱入股。陈铁花心里得意，嘴上却说，咱们悄悄干，千万不要声张，只要有一个人声张，我就不干了。

陈铁花是个急性子，说下的事是说干就干的，几天以后，鱼池工程就动工了，当然是在秘密状态下动工的。水塔班众人在陈铁花的带领下加班加点，挖沟、进料、砌墙的活都是自己完成的。一个月以后，鱼池就在这片荒地上诞生了。几根碗口粗的胶皮管从院墙底下插进厂院，神不知鬼不觉地把水塔

与鱼池连接起来。这样，水塔里的水就源源不断地流向了鱼池。塔池的水温在二十八九度，非常适合饲养热带鱼。这样一来，水塔容不下过多回水的情况也得到了改善，水塔溢流冒水的事件再也没有发生过。

陈铁花买进的是罗非鱼的鱼苗，这种鱼味道鲜美，长得快，好饲养。但技术工作还是不容忽视的，陈铁花叫王胖子不用值班了，专门学养鱼技术。王胖子平时就有养观赏鱼的嗜好，学养鱼技术，正对了脾气，是真下了功夫，不出一个月，就快成专家了，常见的鱼病都能治。陈铁花还指定专人负责采购饲料，自己管账，侯勇管钱，也制定了财务制度，养鱼场居然办得像模像样，无论是饲养还是管理，一切均井井有条。因为牵扯到全班每一个人的经济利益，所以大家都尽职尽责。

陈铁花准备了一架梯子，上班的时候她时常一个人爬上梯子，翻过墙去，来到鱼池边看上一阵。她望着一池碧水暗自盘算，这些鱼苗两三个月就能长到半斤重，半年就可以长成大鱼了，卖出后大家的投资就能收回，等第二茬鱼长成，就可以赚钱了。陈铁花想到这些总不免浅浅地笑上几声。

这天，她刚从鱼池边上回来，侯勇就迎上来告诉她，说孙兆伟来电话，叫她到分厂一趟。她心里七上八下，总是担心养鱼的事败露。

陈铁花不敢耽搁，三步并作两步地赶到了分厂。孙兆伟笑脸相迎，说，陈师傅，你们水塔班做得好，应该表扬。陈铁花疑惑地皱起眉头。孙兆伟又说，以前你们看不好水塔，还总是找借口，说塔池容不下那么多的回水，那么现在水都哪儿去了？陈铁花一时不知如何回答才好。孙兆伟笑道，水哪儿也没去，是你们的责任心上去了。说罢孙兆伟哈哈地笑起来，陈铁花哭笑不得，又不能和他说实情，便憋出一脸的怪相。

这次公司下发节水奖，给你们水塔班三千元！孙兆伟说。

陈铁花更是哭笑不得了。

孙兆伟还告诉她一个消息，说他明天就调出汽机分厂了。陈铁花顺嘴问道，调到哪个分厂去了？孙兆伟笑了笑，说，不是哪个分厂，是公司，高总调我当副总工程师了。陈铁花说，这么说，你和施大伟平级了？孙兆伟说，是的，平级了。陈铁花苦笑着说，瞧我这俩徒弟多出息，都当副总了。孙兆伟说，我们出息，您脸上也有光嘛！

几天以后，节水奖就下到了班组。陈铁花对大家说，这笔钱来之不易，咱们应该去庆贺一番，剩下的钱就不下发给个人了，留着投到养鱼上去，大家看怎么样？众人议论一番，都同意了。

所谓庆贺，不外乎就是吃一顿。那天下班后，水塔班众人谁也没回家，在家轮休的也被叫来了，一个不落地聚到离厂不远的一家小酒馆里。酒菜很丰盛，五十度的白酒喝了近十瓶。连一向不喝酒的陈铁花也喝了不少，并且率先醉了，当着全班人的面哇的一声哭起来。她边哭边说，我这辈子究竟算是好人还是坏人，我自己都不知道。说是好人吧，我做了那么多好人不应该做的事；说是坏人吧，我又从来没想过坏别人。你们说我究竟是好人还是坏人？有人附和道，陈师傅当然是好人，陈师傅您不是好人，那这世界上也就没好人了。陈铁花说，为了学手艺不择手段算不算好人？为了当个狗屁班长，总是违心做事算不算好人？以后你们都别拿我当好人看，都拿我当坏人看就行了。

酒后吐真言，这一番话的确是陈铁花的肺腑之言，也是一种自我批评。她的话令在场众人都很感动，连一向不服人的王胖子都说，陈师傅是好人，她事事想着大家，她就是好人。志勇也抹着眼泪哭开了，他边哭边说，我也不是人，我对大家说谎了，我老婆不是出淤泥而不染，高台她也是常坐的。

侯勇说，现在是商品社会，什么都在竞争，生存是压倒一切的重中之重。有人提议，为了生存，干杯！众人齐嚷，干杯！干杯！都喝光了杯中酒。

天要下雨

陈铁花把这一年的秋天界定为她人生中的又一个转折点。这个秋天一直闷热，盼望已久的凉爽迟迟没有出现，灰蒙蒙的天空偶尔会慢悠悠滚过几团

乌云，却仍没有下雨。

这个秋天发生了几件大事，第一件就是养鱼的事情败露了。孙兆伟偷偷告诉陈铁花，说，你们班出了内奸，这个人把这件事直接捅到了高总那里。陈铁花问这个内奸是谁，孙兆伟支支吾吾，推说实在不知道。

事情败露导致了严重的后果，那就是水塔班被解散，看水塔的活成了其他运行班组的附属工作，说白了，就是人家捎带脚就把水塔看了。对于公司而言，既减掉了一个班组，又惩治了违规的员工，倒成了两全其美的事情。养鱼的事当然是要停止的，鱼被捞出来分掉了，鱼池则被填平了。回忆这段往事，陈铁花总觉得像是做了一个梦。

高凌远也没怎么整治陈铁花，她毕竟曾是长门厂声名显赫的人，况且她已经到了退休年龄，让其顺利地办理退休手续也就了结了。对于陈铁花来说，退休，是这个秋天发生的又一件大事。

水塔班解散后，人员也四分五裂了，有的被勒令办理了早退手续，有的就是下岗，回家待业去了。全班只有两个人被重新分配了工作，一个是王胖子，因为他曾是本体班的骨干，本体班正缺懂技术的内行，主管公司检修工作的孙兆伟一句话把他调了过去。另一个是侯勇，他居然得到高凌远的重用，被调到公司生产部做了专职工程师，成了水塔班垮掉后唯一的赢家。谁是告密者，也就不言而喻了。陈铁花逢人就骂侯勇，说这个小子是个白眼狼，是最靠不住的阴险的家伙。

退休了的陈铁花心里空落落的，她想找个人倾诉一番，找谁呢？又倾诉什么呢？也没有一个准确的答案。没事做的时候，她喜欢在厂区的小道上漫无目的地走走，不知为什么，她总觉得别人看她的眼神怪怪的，有一种令人无奈的陌生感。

散步时可以遇见一些和她一样退休的人，比如也是刚刚退休的施其山，还有他的老婆王丽华，还有洪天良、章玉闻等。和这些人有的只能浅说几句，有的却可长谈半晌。施其山本来是可以作为倾诉对象的，但是一想起施大伟是他的侄子，一想起小雨的死与施大伟有关，她就不想和他多说什么了。有的时候，她也不自觉地寻找平衡，毕竟施大伟的父亲施玄山的死与自己有一定的关系，也算是一抵一，扯平了。可潜意识里总有一股顽固的力量在抵挡，对此，她自己都感觉是无能为力的。

　　这天吃罢晚饭，陈铁花一个人走进了厂院，她退休时间不长，但实实在在有了一种陌生感，无论是厂房、烟筒、水塔，还是花坛、树木、路面，在她的眼里都有了莫名其妙的陌生感，这还是那个长门厂吗？

　　陈铁花走到厂房门口时有些犹豫，她不清楚自己是否应该进去。就在这时候，有一个头戴安全帽的人走了出来，走近一步才看清楚，这个人是她的徒弟柳桩子。

　　柳桩子问陈铁花来做什么，陈铁花说，我只是随便走走，什么都不做。虽然是师徒俩，但他们平时的联系并不多，柳桩子性格内向，与人交往欠缺主动性，从师徒的感情上来说，当然要差很多。但陈铁花最清楚，从学手艺的踏实性来讲，柳桩子无疑在其他两个徒弟之上，也最有可能成为她手艺的传人，但她的绝技直大轴并没有教给他。这样一想，陈铁花就有了一丝歉疚感。

　　柳桩子说，现在三号机组正在大修，大家都在加班，陈师傅一会儿跟我去吃大干饭吧。陈铁花摇了摇头，说，我不去了，我就想一个人走一走。柳桩子走出几步后，突然又回过头来，冲着陈铁花说，陈师傅，你知道不，咱厂就要合资了。

　　合资？陈铁花愣了一下，顺嘴问道，什么时候？

　　我也说不准什么时候，反正大家都在议论，说快了。柳桩子说。

　　陈铁花没有再问，她知道柳桩子不会比她多知道些什么。柳桩子走后，她没有进厂房，而是转身往回走。对于合资，她也曾听许多人说起过，说和外商合资也是企业改革的一项措施。为了把企业做大做强，吸引外资进来是件不难理解的事，陈铁花对此是好奇多于担心的。长门公司会和谁合资？合资以后会是什么样子？陈铁花越不了解越想了解。

　　到家后，陈铁花给孙兆伟打了个电话，问起了合资的事。孙兆伟说，合资是早晚的事，但到底是什么时候，我也说不清楚。陈铁花说，你这话和没

说一样，算了，就算我没打这个电话。

这一晚，孙兆伟回来得晚，到家时洪小敏已经睡着了，他重手重脚地上床，把洪小敏给震醒了。洪小敏努力睁开睡眼，问什么事。孙兆伟说，用不了太长的时间，我就是长门公司的最高领导了。

孙兆伟是压低声音说这句话的，但这句话仍然像一块巨大的石头落进水里，即刻激起冲天浪花。洪小敏的确是没有理由不清醒了，这个消息对她来说意味着什么，她比谁都清楚，如果孙兆伟成了老总，那她就是长门公司的第一夫人。想一想高凌远的老婆走在厂区那副趾高气扬的样子，她的心就跳得快要飞起来了。她变推为拉，把自己滚热的身子紧紧贴在孙兆伟冰冷的身子上。

不对吧？洪小敏说。

咋不对？孙兆伟说。

就是高总不当老总了，还有好几位副总经理，还有总工程师，怎么能轮到你呢？洪小敏说。

这你就不用操心了，我啥时候跟你说过假话呀？孙兆伟说。

洪小敏想一想也对，孙兆伟的确没说过什么假话，也就是说，她不该质疑这个消息，她应该做的是配合孙兆伟庆贺一番。

两个人双双睡着已经是后半夜了，这显然影响了翌日的起床，要不是尖利得刺入骨髓的电话铃响，说不定他们会睡到什么时刻呢！

孙兆伟拿起电话，用极不耐烦的口气"喂"了一声，电话那边随即响起了很好听的女声，是孙总吗？

我是孙兆伟，你是……孙兆伟话刚问了一半就已经从声音判断出对方是谁，这个判断令他十分惊讶，至少在这个瞬间，他的意识呈现出一片空白，这空白正好填补了电话里出现的短暂沉默。

那你是哪位？孙兆伟镇定后明知故问道。电话那边用很轻的声音说，苏丹。

孙兆伟当然是熟悉苏丹的，升任副总工程师后，都在一座楼里办公，低头不见抬头见的。苏丹年轻漂亮，笑靥如花，是继于小雨之后高凌远最欣赏的女人。她的职务是总经理工作部秘书，公司的迎来送往中总是少不了她的身影。大家评价苏丹，说什么的都有，但有一点是有共识的，那就是苏丹的公关能力绝不在于小雨之下。使她名声大噪的那件事发生在这一年的春季，当时厂里的燃煤只够烧一个星期的，可运煤线断了。由于公司资金一时周转不灵，而煤矿那边又被三角债搞怕了，采取了不见兔子不撒鹰的政策。这可是一个每天耗煤量一万多吨的大型火力发电厂呀！停机停产的威胁令全公司上下皆如坐针毡。公司的供销人员走马灯似的往外跑，可就是不见有煤车驶来。关键时刻苏丹出马，不到三天时间，就有煤源源不断地运了过来。有很多人学着刁德一的腔调评价苏丹，这个女人不寻常！

我先把电话打到了你的办公室，你不在，手机又没开，我才拨了你家里的电话。苏丹说。

这么早找我，有啥要紧事吗？孙兆伟说。

早吗？已经九点多钟了，孙总一定是被天气迷惑了，阴天很容易就把夜晚拉长了。苏丹说。

苏丹说罢浅笑了几声，孙兆伟也跟着笑了一下，他下意识地望了望窗外，然后伸了个懒腰。

其实，我找你也没啥特殊事，只是想随便聊聊。苏丹说。

苏丹的这句话令孙兆伟产生一丝警觉，同在一个楼里办公，要想随便聊聊会有很多自然的机会，用得着这么急火火地把电话打到家里来吗？他"哦"了一声，同时他发现洪小敏也醒了，听筒里隐约传出的甜腻腻的女声令洪小敏的脸上一扫睡态，没精打采的五官立即组成了一个大大的问号。

施总今早去了南方。苏丹说。

施大伟？是开啥会吧？孙兆伟说。

不是开会，是去迎接孟老板。苏丹说。

孙兆伟的精神为之一振，刚才还有些慵懒的表情即刻一扫而光。对于孙兆伟来说，这的确是个新鲜的消息，并迅速派生出若干个疑问。第一个疑问就是苏丹为什么要把这个消息告诉他。施大伟曾和苏丹同在总经理工作部工

作过，两个人的关系不错，都知道施大伟好色，但他再怎么好色也还是不敢好色到苏丹头上。人们都知道，苏丹是高总的人，动了高总的人就等于葬送了自己在长门公司的前程。第二个疑问来自苏丹所提到的孟老板。孙兆伟知道，这个孟老板指的是香港某集团的副总裁孟跃明，公司的上层人物几乎都见过这个人。大约在两年前，孟跃明曾来过长门考察，他对与长门公司的合资经营抱有浓厚的兴趣。在随后的两年里，他与有关部门多次接触，谈谈停停，合资经营的事一直没有落实。孙兆伟也是近来才知道，合资的事情已在近期敲定，预计在不久的将来双方就将签署正式的合同。企业合资会给长门公司的发展带来新的活力，具体到人，会给许多人带来危机，同时也会给许多人带来机遇。对于上升势头正旺的孙兆伟来说，机遇显然是第一位的。时任副总经理兼总工程师的潘仲元一直大力推举他，高总昨天还曾暗示他，说未来的合资公司将是他这种年轻人的天下。但这么快孟跃明就来了，这出乎他的预料，莫非合资真的就要成功了？第三个疑问是这件事情本身。对于孟跃明的到来，同样作为副总工程师的孙兆伟居然不知道，更令他惊讶的是高总竟会派施大伟去迎接，这说明了什么呢？孙兆伟隐隐约约嗅到了一种不祥的味道。

现在叫他孟老板，还为时过早吧？孙兆伟说。

这终究是迟早的事，难道你不这样认为吗？苏丹说。

孙兆伟无话可说，他心里明白，这的确是件迟早的事情。

接下来苏丹话锋一转，竟然聊起另外一个无关痛痒的话题，孙兆伟一直被动地应答着，敷衍得十分辛苦。

撂下电话，孙兆伟的脸色已经相当难看了。洪小敏用胳膊碰了碰他说，怎么接了她的电话就像丢了魂似的，你们男人咋都这样！孙兆伟没有理她，他默默走到窗前，发现外面的天已经阴得不成样子了，隐隐约约还有闷雷的声音从远处传来，看来，天真的要下雨了。

第十章

开　会

这个至关重要的会议是在长门公司的小会议室里召开的。孙兆伟进门时，正好和往外走的苏丹走了个碰头。苏丹手里拿着一个茶叶罐，正招呼外面的几个女孩把茶杯送进来，见了孙兆伟，苏丹笑了一下，什么也没说。孙兆伟觉得苏丹的笑容很夸张，像一团经久不散的迷雾。等这团迷雾终于散开，他才看清会议室里已经坐满了人。

这是公司管理层的一个扩大会议，各个部门的头头脑脑都到了。会议桌中间的位置坐着专程从省城赶来的葛洪波，葛洪波此时已是省局的局长了，国家十分重视电力企业的改革与重组，他对长门公司的承诺是监督与支持并举。紧挨着葛洪波坐的是高凌远。高凌远的气色不错，作为公司的第一把手，企业如果合资成功，将为他在退休之前迈进省局弄个副局级职位增加一个重要砝码。对合资的期待一览无余地写在了他的脸上，也写在不少对此抱有美好期望的人脸上。

葛洪波做了重要的讲话，他说合资的重要性大家应该都十分清楚，作为企业深化改革的一条切实可行的途径，合资之路你们是非走不可的。企业要做大，要发展，一定要走好这关键一步。当前，你们的首要任务，就是想方设法促成合资的成功。

葛洪波讲完后大家纷纷表态，在孙兆伟看来，这些人的发言不过是一些

鹦鹉学舌般的废话，他的眼睛虽然瞪得很大，但一句话也没听进去，或者说那些话还不如苏丹的那个微笑令他更费些脑筋。

高凌远是在中段讲话的，这有点儿违背常规。这个时候，孙兆伟才提起精神来。高凌远的声音并不洪亮，但却具有爆炸一样的效果，孙兆伟听着听着就被震傻了。高凌远说，在迎接合资的这段非常时期，公司的生产工作由潘副总经理亲自抓，对外联络工作由施大伟来抓，为了工作上的方便，经省局同意，决定让施大伟代理副总经理职务。孙兆伟潜意识里的美好前景就是在这个瞬间被打破的，想一想前一天高凌远还暗示重用他，就觉得这几乎是一个阴谋了。施大伟的升职无疑宣布了这样一个事实，那就是，合资以后老总的人选将会在潘仲元和施大伟之间产生。明眼人一眼就能看出来，实际上的第一人选已经是施大伟了，潘仲元年龄不占优势，是无法与正值盛年的施大伟抗衡的。那么，他孙兆伟呢？他的脑袋里呈现一片空白。

接下来依然是逐个表态，轮到孙兆伟的时候，他突然有了一种迫切的表达欲望，这种欲望来得那么强烈，几乎令他无法自抑。以往他在这种场合发言，一贯是循规蹈矩的，如果主要领导的讲话是树枝，他的发言就会是树枝上长出的绿叶，摆正这种位置关系曾使他进步神速。但此时的情形显然有变，孙兆伟一开口就令大家十分意外。

孙兆伟盯住葛洪波的脸说，葛局长，资产评估将是我们合资的主要议项吧？葛洪波说，当然，这是涉及双方利益的大事嘛！孙兆伟又扭过头盯住财务部部长的脸问道，对咱们公司固定资产的初步评估好像是五十个亿吧？财务部部长点点头说，是近五十个亿。

我想提醒大家，这个估算值是在对长门公司发电设备的习惯看法上得来的。孙兆伟将目光从财务部部长的脸上移开，开始了自己语惊四座的发言。他说，咱们公司这些机组平时只带百分之八九十的负荷运行，所以我们已经习惯地认为我们的机组只有这样的能力，用这种认识评估我们的设备，这评估值当然要低得多。如果把我们的机组看作是能满负荷运行的机组，那咱们公司的资产就不是近五十亿，而是近七十亿了。

我是长门公司的老人，对长门公司的情况再熟悉不过了。自建厂以来，就存在着机组不能满负荷运行的毛病。现在这些机组虽然是八十年代初上马的，可同样先天不足，并且从来没有满负荷运行过。这几乎是宿命了。它们真的能有满负荷运行的能力吗？葛洪波说。

经过改造和调试，它们应该具有这样的能力。孙兆伟说。

众人的目光都聚在孙兆伟的身上，显然对他的这种不无偏激的说法感到不解。在大家的眼里，孙兆伟并不是一个爱出风头或者说爱冒险的人，机组达标是件没有把握的事情，合资在即，提出这样的问题无异于往手心里放一块烫手的山芋。他们不明白孙兆伟为什么会这样。其实岂止他们不明白，就连孙兆伟自己都有些吃惊。对长门公司的资产评估，他早就有想法，只是从来没想过让它浮出水面，也许是猝不及防的刺激才使它一跃而起，有了面世的机会吧。既然面世，他就顾不得许多了，就需要全力以赴实现它。

既然如此，我们就应该高度重视，牵扯到国家利益，马虎不得。葛洪波说。

关键是，我们真的能达标吗？高凌远说。

高凌远的疑问也是大多数人的疑问，也许在座众人中只有孙兆伟一个人心里是有些底的，对这个问题他思索过好久。八十年代初，长门厂更新机组，六十年代的小机组被淘汰，上马的均是从国外引进的新机组。当时刚刚打开国门，与外国人做生意还是个陌生的课题，引进这套设备就吃了亏，装机时才发现，这些居然都是不达标的设备，而且合同上欠缺理赔的条款。这次不成功的引进成了改革路上付出的代价，后来再引进设备就有了经验，类似情况再没有发生。这些机组经多次大修均未达标，但孙兆伟是个精明人，他知道，虽然是相同的机组，但当初的机组和现在的机组已经不可同日而语，这些年公司的设备不断更新，机组的一些零部件、一些辅机设备已基本更新换代，旧瓶装新酒了，如果调试得当，实现达标运行是完全可能的。这个深藏好久的构想破土而出，完全是机遇使然，如果成功，资产评估价值将再上一个台阶，这样既为国家赢得了利益，也实现了老一代厂人的心愿。孙兆伟被一股激情弄出了一身汗。

只要我们努力，一定能的。孙兆伟说。

孙兆伟发现高凌远的眉头锁得很紧，他知道自己的动议给合资增加了难度，同时也给高凌远个人增加了负担。高凌远虽然不高兴，一时又找不出足够的理由否决这个动议，因为这毕竟牵扯国家利益呀！他把目光投向潘仲元，目光的含义复杂而又简单，潘仲元见状，只好开口说话。

潘仲元说，调试设备需要时间，我们究竟有多少时间可以利用呢？

葛洪波说，三个月，只有三个月的时间，三个月后我们将正式签署合同。

潘仲元说，三个月，也许我们能搏一搏吧。

高凌远说，我不要也许，要的是肯定。

潘仲元说，可是，谁能肯定呢？

高凌远说，孙兆伟，你能肯定吗？

孙兆伟说，能。

葛洪波说，好，那就这么定了。

散会的时候，孙兆伟再一次在门口和苏丹相遇，苏丹依然送给他一个意味深长的微笑。孙兆伟还没来得及品味，就被潘仲元从后面捅了一下脊背，潘仲元用压低的声音说，到我办公室来。

孙兆伟随着潘仲元来到了他的办公室，当门嘭的一声关上后，潘仲元几乎是怒吼着说，你在搞什么名堂？潘仲元从来没有和孙兆伟发过这么大的火，孙兆伟咧着嘴，一时不知说什么才好。

你对机组达标到底有多少把握？潘仲元说。

我也没有十分的把握。孙兆伟说。

没有把握你怎么敢……潘仲元摇摇头坐下来，一脸的不解。孙兆伟是他一直大力推荐的人，他一直很欣赏孙兆伟的为人和工作能力，应该说孙兆伟是个办事让人放心的人，但今天的事情完全出乎他的意料。满负荷运行对高质量的机组是件很正常的事，但对长门公司这些机组却说多难就有多难，如果达标不成，机组反而会遭受损害。六十年代长门厂就有过这种教训呀！潘仲元本想制止孙兆伟的做法，但潜意识里又为孙兆伟找了一些辩解的理由。

事已至此，他只有全力以赴助孙兆伟一试。

看来，我们只有华山一条道了。潘仲元说。

潘仲元的话令孙兆伟感到了莫大的安慰，有潘仲元的支持，孙兆伟觉得胜率大增。他一时不知该说什么好，就把潘仲元的话又重复了一遍。

是呀，我们只有华山一条道了。孙兆伟说。

翌日上午，汽机分厂也开了一个会，是分厂全体职工的会。机组达标就是汽机设备的达标，汽机分厂这些人的精神状态至关重要。潘仲元和孙兆伟都赶来参加了会，会议由孙兆伟亲自主持，主要是动员。孙兆伟既是主持人，又是主讲人，他翻来覆去讲了有一个多小时，意思只有一个，那就是达标。

会场出现了一阵骚动，大家交头接耳，都在交流看法。孙兆伟用一只手敲了一下桌子，声音通过扩音器传出来，发出了闷雷一样的声音。大家渐渐安静下来，孙兆伟才又说，你们都给我听好了，搞达标的时间仅有三个月，这三个月要加班加点地干，有点子的出点子，有力气的出力气，用到谁，谁也不许讲条件，只有一个字——干！坐在他身边的潘仲元用胳膊肘碰了他一下，低声说，问问大家都有什么看法，集思广益嘛！孙兆伟干咳了两声，只好说，当然了，谁有什么高见也可以讲一讲嘛，谁说说呀？会场顿时静得出奇，几百人竟没有一个人吭声。一轮又一轮的减人把工人们减怕了，都不想惹麻烦，自然也就不敢发表自己真实的观点。孙兆伟又问了一句，谁说说呀？依然没人吭声。孙兆伟用无奈的表情看了看潘仲元，然后对着大家说，既然都没什么可说的，接下来就请潘总给大家讲话。他的话音未落，下面有一个人站了起来，嚷道，别忙，我有话要讲。孙兆伟一看这人，脑袋就轰的一响，因为这人不是别人，正是难缠的王胖子。

我看合资就是倒退，退到企业归资本家所有的老路上去了。王胖子说。

你这种认识太偏激了，合资是为了把咱的企业做大做强，这样对国家和我们个人都有好处。孙兆伟说。

达标要靠有高超手艺的人来调试机组，就现在工人的技术水平，难！王胖子说。

孙兆伟本想和王胖子争论几句，但他发现潘仲元的脸色相当难看，就忍住不快，尽量用和蔼的口气说，王师傅，您看这样好不好，关于您的意见，散会后咱们个别交流。不等王胖子说行不行，他马上就说，下面请潘总讲话，大家欢迎！说罢带头鼓起掌来。

谈　判

尊龙集团副总裁孟跃明住进了长门公司的招待所。

当然是住那套最高档的房间了。这套房间是留给上级领导或尊贵的客人住的，装修时参考了五星级饭店的总统套房，里外套间，各种设备一应俱全。孟跃明是第二次到长门来，第一次只是考察。平心而论，这家发电企业并没有给他留下上佳的印象，机组过于陈旧，机构过于臃肿，但集团董事长看好长门公司，这使他不得不下定决心，在考察期间与其签署了一份意向书。长门公司想发展，对合资采取的是迫不及待的态度。而尊龙集团呢？正是扩大规模的大好时机，像发电公司这种在内地有着稳定效益的企业，是很具有诱惑力的。

孟跃明与长门公司渊源很深，他的母亲就是从当年的长门厂狼狈而走的莫静。莫静的父亲是个商人，新中国成立前夕去了香港，之后再没回来。母亲怕莫静受牵连，就在内地单方面和莫静的父亲办理了离婚手续，然后带着莫静投身到祖国火热的建设中。莫静回到家乡不久，母亲因病去世，莫静作为继承人去香港投奔了父亲。父亲在香港商界奋斗多年，创建了尊龙集团。他去世后，莫静作为唯一继承人担起集团董事长的大任。莫静在香港成婚，生有两儿一女，孟跃明是她的长子。孟跃明在美国念的大学，毕业后返港，在集团里从普通职员做起，一级一级地晋升，一直做到目前副总裁的位置。这期间，孟跃明的发展也并非一帆风顺。集团的其他高管都比他年龄大，资历、业绩也是他没法比的，孟跃明要想有更大的发展，光靠母亲的支持显然是不够的，自己的实力才最重要。这次与内地发电企业合资，无疑将是他展示才华的大好时机，他是下了一百个决心的。

与长门公司合资的主意出自莫静。这里面的情结复杂而强烈，她不止一次叮嘱儿子，无论如何，要把合资的事办成，总有一天，她要风风光光回到长门。

晌午的时候，孟跃明推说要睡个午觉，总算从一大堆应酬中脱身回到房间。他坐在松软的皮沙发里，并没有一丝睡意，而是沉浸在连日来的兴奋和喜悦中。他点燃了一支烟，努力使自己的情绪稳定一些。

下午三点多钟的时候，响起了轻柔的敲门声。

进来的是一个年轻漂亮的女人，最初孟跃明还以为是服务员，脸上不自觉地露出一种客气的微笑。但这种笑容很快就改变了，因为他发现这个女人极为眼熟，长门公司高层领导接待他时，这个女人好像都在场。

孟先生您好，我是总经理工作部的秘书苏丹。她说。

苏小姐请坐。孟跃明说。

苏丹坐下来后用很轻的声音问，孟先生对我们的接待工作有什么意见或要求吗？孟跃明说，客随主便，一切都还不错。孟跃明说到这里一转话题道，苏小姐在公司里的职位一定是其他女工所羡慕的吧？

也许是吧。苏丹说。

那么，苏小姐一定是个很有背景的人了？孟跃明说。

孟先生怀疑我的能力？苏丹说。

我不是这个意思，但我知道社会上的关系网如同电厂的电网一样复杂，所以我非常相信自己的猜测。孟跃明说。

苏丹暗暗佩服这个年轻资本家目光的敏锐。也许孟跃明说得没错，在长门公司，她的确算得上是个很有背景的女人，也是继于小雨之后被议论颇多的女人。但她的背景是和她的能力重叠在一起的，她一方面有高凌远做靠山，另一方面也是一个不可多得的公关人才，且能力在以前的于小雨之上。于小雨为人感性，情绪化的东西偏多；她则是理智型的女孩，做事缜密而又工于

271

心计，属于实力派。有时连她自己也搞不清，对她来说究竟是背景重要还是实力重要。这次接待孟跃明，高凌远把日常生活方面的安排全交给了她，这项并不复杂的工作其他人也是可以胜任的，交给她其实还有另外一层意思，那就是让她发挥自己的特长，为合资巧妙地施润滑剂。对于类似的工作她一直认为自己是责无旁贷的，能者多劳嘛，她的人生价值也许就在于此。

苏丹虽然很佩服孟跃明，但对他这种说话方式颇为反感，她觉得这样聊下去自己会很被动，也很无聊。她的特点是逆流而上，以桀骜不驯激起对方更大的兴趣。对付这种过于自信和骄狂的家伙，她觉得最好的办法应该是主动出击。

于是，苏丹开始反击，她用很专注的眼神盯着孟跃明的眼睛说，如果我没有背景，孟先生会怎么评价我呢？

孟跃明说，凭你出众的容貌和口才，你就是没有背景，背景也会找上你的。

苏丹说，孟先生所指的背景是什么呢？

孟跃明说，有些事情是不需要说得太清楚的。

苏丹说，可有些事情是必须要说清楚的，比如合资，每一个环节、每一个数据都必须清清楚楚的。

孟跃明说，那倒是。

苏丹说，孟先生对与我们合资也同样有信心吗？

孟跃明说，当然，我对合资充满诚意，而吸引资金的多少也代表着贵公司一些人的业绩，双方的迫切性不相上下。如果合资成功，我方投出的二十五亿资金足以令贵公司的一些人功成名就。

苏丹说，我佩服孟先生对内地形势的深刻认识，不过据我所知，要想合资成功，投资二十五个亿恐怕是远远不够的。

孟跃明说，为什么？

苏丹说，因为资产评估还没到最终阶段嘛。

孟跃明的脸变得严肃起来，苏丹的这句话一下子捅到了他的痛处。根据以前的资料，他本以为二十五个亿是可以拿下这个项目的，谁承想这次对方

272

竟对自己的设备充满了前所未有的信心，如果按达标的机组算，他的投资金额的确会水涨船高，这绝不是他希望看到的结果。他望着眼前这个还应该叫作女孩的人，不由得暗自惊讶，一个女孩尚且如此精明，居然通晓资产评估这样的专业问题，那么其他人呢？午后和煦的阳光中，苏丹的一颦一笑变得有些朦胧，孟跃明觉得自己应该打起精神，像要审慎面对这个年轻漂亮的女孩一样，审慎面对未来的一切。

第二天上午，孟跃明与长门公司进行了实质性的谈判。起初的意向是尊龙集团投资百分之五十，双方参与管理，五五分成。但这次孟跃明坚持要投资百分之五十一以上，并以此来获取管理权，这是母亲交代过的。孟跃明的这个提议也是长门公司早就预料到的，经有关部门批准同意了。这样长门公司就获得了更多的资金，而孟跃明也如愿以偿地拿到了管理权，可谓皆大欢喜。

接下来的谈判不可避免地涉及资产评估，孟跃明依然坚持原来的意见，把设备等级压得很低，他说，根据准确的情报和以前考察的结果，长门公司的机组是不具备满负荷运行能力的。长门公司的谈判人员辩解道，机组以前不能带满负荷是受到了一些客观条件的制约，现在这些条件已发生了变化，机组已经具备了满负荷运行的能力。你来我往，莫衷一是。最后，在用事实说话的原则下，双方达成了共识，即三个月后尊龙集团将派人参加长门公司发电机组的达标试验。

中午，孟跃明参加了为他举办的午宴。酒桌上的气氛显然与上午谈判的气氛不同，参加的人员也有所不同，参加宴会的都是公司内部的高层管理人员。因为合资的内容发生了变化，孟跃明觉得自己与在座的所有人的关系也发生了微妙的变化，也就是说，他将是这些人日后的老板，他们的前途将和他的喜好有着密不可分的关系。这样一想，他就有了一种自豪与轻松。

孟跃明很快就发现，这些人对他的态度也发生了微妙的变化，大多数人由客气变得谦恭谨慎了，像前一天大家非得让他将酒喝到量的场面没有出现，虽然依旧是轮流敬酒，但是他不多喝大家也就算了，谁也没强求他。他甚至

为了区别于大家，只要了红酒，而其他人则清一色要了白酒，连这张桌上唯一的女性苏丹也要的白酒。孟跃明还有意对苏丹说，红酒也许更适合女士喝。一旁的施大伟以调侃的口气对苏丹说，孟先生的话你听明白了吗？孟先生是要你陪他喝红酒呢！苏丹没有因此而改换红酒，她用手指了一下孟跃明的酒杯说，一片白中一点红，更能显示孟先生的高贵气质，在孟先生面前，我也是甘愿做绿叶的。孟跃明哈哈大笑道，苏小姐才真正是这酒桌上的红花，从这一点上讲，我更愿意做一片绿叶。

敬酒是从高凌远开始的，到施大伟敬酒时达到了一个高潮。将氛围渲染到极致是施大伟的特长，只要他想这么做，总能找出震惊四座的语言，然后用声情并茂的方式表达出来。轮到孙兆伟敬酒的时候，气氛则变得有些紧张，就在他端起酒杯还没有开口之际，孟跃明抢先开了口。

据我所知，孙副总工程师是个责任感极强的人。孟跃明说。

一桌子的目光齐聚到孙兆伟的脸上，孙兆伟颜色颇重的脸唰的一下白了，他端着酒杯愣在那里，什么话也没说。

见气氛有些尴尬，高凌远在一旁打圆场说，我们的兆伟的确是个责任感极强的同志，他负责全公司的检修工作，设备的每一个毛病都休想逃过他的眼睛。

这么说，机组原有的一些问题也一定解决了？孟跃明说。

孟跃明的这种态度很容易令在场的人明白他的暗示，这就是：长门公司的一些内部事情是瞒不过我的，我是长门公司未来的老板，你们该怎么做你们自己心里应该有数。这是一种威慑战术，这种战术运用得好，效果会事半功倍。

孙兆伟显然没有被孟跃明的气势压倒，他用一种很坚定的目光迎着孟跃明，字字清晰地说，问题虽然还没有百分之百地解决，但我可以负责任地说，随着进一步的调试，我们的机组绝对可以达到满负荷运行的水准。

孟跃明意味深长地说，这样最好，对企业有益的事情我当然会高兴的。孙副总，我来敬你。两个人都干了杯中酒。

　　尽管喝的是红酒，孟跃明还是觉得自己喝得有些过量，这些人你一杯他一杯，有点儿车轮大战的味道了。所以一轮下来，他坚持不再喝了，酒桌上的气氛因此显得有些沉闷。施大伟建议苏丹和孟跃明跳一个舞，苏丹说还是唱歌吧，听孟先生的声音那么浑厚，唱歌一定非常好听。

　　苏丹的建议立即得到孟跃明的响应，他的确喜欢唱歌，业余的消遣也以唱卡拉 OK 为主。他站起来向苏丹伸出一只手说，可以和苏小姐合唱吗？

　　非常荣幸。苏丹说。

　　两个人一起离开座位，走到离屏幕近一些的地方站住。苏丹今天虽然穿着淡雅得体的职业女装，但在灯光的映照下依然显得十分妩媚动人，孟跃明的目光只要稍稍斜一下，就能看见她长碎发的边缘被灯光映得如一根根茧丝，晶莹剔透，她的脸俊俏光滑，白皙而修长的脖子上，蓝色的血管似乎在轻轻跳动。孟跃明没有让自己的目光过多地向侧面倾斜，他知道自己是个事业心胜过好色心的男人，此时此刻，他的注意力既应在女人之外，也应在歌声之外，他有能力使自己在喝了过量的酒之后依然保持预定的姿态。

　　苏丹率先抓起话筒说，这首歌献给远道而来的孟跃明先生。孟跃明马上接过话茬说，但愿我们的歌声会像苏小姐的芳容一样惹人注目，同样，也愿我们的合资会像和苏小姐唱歌一样轻松愉快。

　　两个人的歌声在众人的掌声中飘了起来，孟跃明果然歌唱得很好，而苏丹的歌声更是娓娓动听。此前，孟跃明真没想到苏丹除了精明漂亮之外，还有唱歌的天赋。她的歌声像地中海的海风从阳台吹进卧室，使落地的纱帘发出沙沙的摇曳之声；而孟跃明的歌声浑厚，就像落在地板上的脚步声一样。两个人合作得天衣无缝。

　　在播放歌曲的间奏时，孟跃明突然关闭了话筒，低声对苏丹说，午后可以到我的房间吗？我有事向苏小姐请教。

　　没等苏丹回答，屏幕上的歌词就出现了，孟跃明打开话筒，继续高歌下去。

三角关系

施大伟为长门公司的人际关系画出了一个又一个的三角形，对他来说，理顺这些关系比工作还要重要。换句话说，理顺这些关系就是他的一项重要工作。也不单单是施大伟，在许多人眼里，理顺关系都是比工作还重要的工作。你业务水平再高，没有良好的口碑行吗？没有领导的赏识行吗？在施大伟看来，领导的赏识当然是重于群众的口碑的，这也是他理顺关系时一直遵循的一个原则。

人过三十以后，施大伟就开始变得成熟了，特别是被提干之后，他学会了三思而后行。二十多岁的时候，他还很情绪化，出马一条枪，当年对于小雨的一见钟情就是情绪化的产物，过后才觉得彼此的吸引并不是爱情。后来找对象、结婚，他也并不觉得是找到了爱情，只是觉得找到了适合结婚的人而已。那么什么又是爱情呢？他一直觉得爱情是个很虚幻的东西，是人为地强加给一对男女的东西。看清这一点，对他后来确定某个三角形起到了至关重要的作用，也成为他成熟的一个标志。

施大伟画出的一个最重要的三角形的三条边是高凌远、苏丹和他自己。对这个三角形的把握，将是他事业成败的关键。高凌远是他的上级，是可以决定他命运的重要人物，得到高凌远的信任和赏识，当然相当重要。而苏丹是高凌远的小蜜，"枕边风"同样是相当重要的。按常理讲，处于他这种位置的人应该与苏丹保持一种不远不近的关系，远了得不到"枕边风"的关照，近了又犯了高凌远的大忌。但施大伟并没有按常理出牌，他走了一步险棋，居然把苏丹发展成了自己的情人。当然，这情人关系是在偷偷摸摸中建立，在偷偷摸摸中进行的。施大伟年轻英俊，对苏丹的吸引力显然是因为纯情欲的因素，苏丹可以在他这里得到在高凌远那里得不到的东西。对施大伟而言，他与苏丹的关系却并非是纯情欲的，他虽然喜欢苏丹的美貌与风情，但他毕竟成熟了，不会不顾一切地卷入一场可能会毁掉前程的恋情。他之所以走这一步险棋，其实更多的还是为了讨好高凌远，他想，只要处理得不留痕迹，苏丹就会成为他与高凌远之间的润滑剂。这样一来，这个三角形的关系就相当微妙与美妙了。

高凌远、潘仲元和施大伟自己构成又一个三角形。潘仲元目前是长门公司的第二号人物，自从施其山退休后，潘仲元一直主抓公司的生产与技术工作，几个副总经理中，他的位置是最靠前的，权力也是仅次于高凌远的。施大伟知道潘仲元欣赏的是孙兆伟，所谓一山不容二虎，潘仲元的山头上是容不下他的，所以他也就更加明确了自己的位置，那就是在这个三角形中，他是不折不扣地站在高凌远一边的。

施大伟还以师傅陈铁花为一个边，画出了一个三角形，另两个边就是陈铁花的两个徒弟孙兆伟和他自己。他们本来是师兄弟三个人，但不会有大出息的师兄柳桩子可以排除在外，他与孙兆伟这一对师兄弟好像天生是一对克星，竞争对手的关系是不容逆转的，这样，另一个边的陈铁花就将起到调节作用。无论从哪个方面讲，这个三角形都是不容忽视的。

老婆、苏丹和施大伟自己，又形成一个男女关系三角形。这两个女人一个是老婆，一个是情人，对他都是重要的。这个三角形如果处理不妥当，他的生活就会一塌糊涂，事业也将受到毁灭性打击。对于这个三角形，施大伟是如履薄冰的。他一方面尽量让老婆满意，想方设法不让其察觉他与苏丹的关系；另一方面又与苏丹保持着亲密的鱼水关系。在时间上，他难免亏欠老婆一些，就在金钱上予以补偿，让年纪轻轻的老婆过早地过上了富婆一般的生活。施大伟任副总工程师后，主要负责厂里的燃料与供应，这个位置令他有了不菲的灰色收入。有了钱，他从不吝啬，老婆生日的那一天，他花了几万元买礼物。苏丹在城里买房子，他一出手就赞助了十多万。

施大伟还画了一些三角形，这些三角形又衍生出一些三角形，这些三角形彼此相连，构成了错综复杂的关系网。

孟跃明来到长门公司后，施大伟的心情不错，他走在办公楼的走廊里，觉得自己的脚步出奇地轻，好像这样无休止地走下去，他就会像一片羽毛轻

盈地飞起来。施大伟被自己荒诞的感觉逗笑了，但笑容一点儿也不夸张，表现在脸上只是左边的嘴角稍稍向上斜了一斜。

他要走进自己的办公室时，迎面走来了孙兆伟，他发现孙兆伟的脸上笼罩着一层阴郁不欢的神情，这正好与他脸上的轻松表情形成鲜明的反差。两个人只点点头，什么也没说就擦肩而过。施大伟暗自一笑，随手打开了办公室的门。

此时正是午后三点多钟，外面的阳光正烈，但通过窗玻璃投到办公桌上的阳光很柔和，手抚上去，竟有一种水样的质感。这种感觉令施大伟想起了什么，他放下手里的一份文件，开始拨号打电话。

是我。施大伟说。

我也正想找你。电话那边是柔柔的女声，如小溪流水，一听到这个声音，苏丹那张可人的脸就会浮现在眼前。

那你到我的办公室来吧。施大伟说。

没有时间了，我现在要去孟跃明的房间。苏丹说。

是他找你吗？施大伟说。

是的，你说我去还是不去？苏丹说。

施大伟嘎巴嘎巴嘴，一时没有说出话来。在酒席上孟跃明和苏丹一起唱歌的时候，他曾仔细观察过孟跃明的表情，大体上看，孟跃明似乎没有什么过分的举动，但从那偶尔歪过头来的一瞥中，他还是毫不费力地读到了男人的那种目光。

施大伟沉默片刻，然后说，我觉得你还是去好，我们不排除孟跃明是个好色之徒，但他毕竟是一个大资本家，他的生活里不会缺少漂亮女人的。合资在即，我想他不会因贪色而坏了大事，所以你大可不必担心。

我也是这么想的，但还是问一问你，心里才踏实。苏丹说。

去吧，有事及时和我联系。施大伟说。

撂下电话，施大伟稍稍稳定了一下自己的情绪，然后才开始在柔和的阳光里处理文件。他此时的心情是复杂的，这么些年来，他一直努力工作，对自己的能力也一直感觉良好，况且他还有叔叔施其山的关系，发展得算很顺利了。但一想到身边有个紧追不舍的孙兆伟，他的心里就相当不舒服。孙兆伟在长门公司毫无根基，相貌、才华都明显逊他一筹，可占据的位置总是不比他差。要不是企业合资给他提供了超越的机会，这口气他还真是顺不下去。

既然已经占据了有利位置，就没理由不奋力一搏。可怎么搏呢？施大伟是加了小心的，他知道，任何疏忽大意都将葬送大好的时机。

不知过了多久，办公桌上的阳光变得炙热起来，施大伟起身拉上了浅黄色的窗帘，这样，透过窗帘的阳光就又变得柔和多了。他想，现实中的许多事情都和阳光一样，是可以调节的，关键是要掌握好火候，在该拉上窗帘时就拉上窗帘。

电话铃响了，苏丹的声音又一次令施大伟振作起来。苏丹说，孟跃明已经开始为企业合资后的管理做打算了，你知道最先进入他视野的人是谁吗？施大伟紧张地问，谁？苏丹说，是孙兆伟，其次才是你和潘仲元。

我也不知道怎么会是他。苏丹压低声音说，看得出，孟跃明急于在这种时候找一个合适的人选，他想在合资之前就开始与这个人合作。

他和孙兆伟单独见过吗？施大伟问。

还没有，所以这个机会还是你的，而且我向他推荐了你。苏丹说。

他找你就是为了征求你的意见？施大伟说。

我还没那么重要吧，他找我的目的不过是想搭个桥罢了，今晚他就要约见你。苏丹说。

结束通话后，施大伟那颗悬着的心跳得愈加快了，一想到孟跃明第一个想到的人不是他，而是孙兆伟，心里就掠过一阵难言的忧虑。他预感到，他一生中最重要的时刻即将到来。

茶　吧

这座城市的大街小巷新开了许多家茶吧，这些茶吧都装修得别有特色，或古色古香，或小桥流水，或热带风情，都一律精致优雅，是休闲品茶聊天的好去处。刚改革开放的时候，这座城市里就出现了茶吧，当时不叫茶吧，叫茶座，有音乐茶座，到那里不光可以品茶，还可以听人唱歌。后来茶座都改成了茶馆，那个时候的茶馆可和老舍笔下的茶馆不是一回事，这茶馆虽也是品茶的地方，却变了味道。一些茶馆里甚至藏有表情暧昧的女郎，有客人进来便会选上一位，带包房里去做那放荡的事，茶馆也就成了挂羊头卖狗肉的场所。再后来出现了茶吧，才使与茶有关的营业场所染上些高雅的气质，去茶吧的人是真正去品茶、去聊天的。

孟跃明在一家叫作清风塘的茶吧约见了施大伟。一个单独的包间里，两个人见面了，也算是老熟人，不用过多地寒暄，谈话很顺利地切入正题。

我现在已经开始物色合资公司未来的总经理了。孟跃明说。

孟先生有人选了吗？施大伟说。

可以说有，也可以说没有。孟跃明呷了一口茶说，这茶是纯正的碧螺春，味道确实不错，施副总喜欢吗？

施大伟下意识地拽了拽领带，说了声喜欢。

我说有，指的是我心里已有了目标；我说没有，是指彼此还没有达成任何协议。孟跃明说。

这还需要协议吗？施大伟说。

施副总不要误会，我说的协议不是书面的什么协议，是口头的，是双方心灵的默契。孟跃明说。

我看我们之间已经很默契了。施大伟说。

孟跃明笑了，他又喝了一口茶，然后说，施副总说得不错，我思前想后，觉得最适合与我合作的人就是你了。

　　能得到您的赏识我非常荣幸，但我还是得申明一下，我们的合作必须在不损害长门公司利益的前提下进行。施大伟说。

　　施大伟觉得自己的这句话是有必要说的，一味迎合只能让对方轻视，而掌握一定原则的合作，才能够让对方更加重视你。

　　接下来，两个人又谈了一些合资过程中的细节问题，施大伟有意讲了一些在自己的建议下才得以实施的措施，这些措施既会使孟跃明觉得有利可图，又不会使长门公司吃亏。孟跃明听得相当仔细，不时插话表明自己的态度。

　　最后，孟跃明还是提及了机组达标的问题，这是施大伟早就预料到的，不提这个问题，也许就没有这次会面了。孟跃明看似漫不经心地问，就长门公司这些设备，真的能带满负荷运行吗？施大伟嘴角斜了斜，意味深长地说，在试验之前，这的确是个未知的事情。

　　孟跃明狡黠地一笑，也不再多问了。在他看来，他的目的已经达到，他目前要找的正是施大伟这样的人。至于孙兆伟，绝对不会是他的什么第一人选，他之所以那么和苏丹讲，不过是耍的一个手腕罢了，目的是刺激一下施大伟，好让他更迫不及待。但是，为了给圆满的结局打通另一条捷径，他还是决定也见一见孙兆伟。

　　同样是这家清风塘茶吧，同样是这个包间，翌日晚上，孟跃明又与孙兆伟坐到了一起。

　　落座后，孙兆伟尽量不多说什么，因为尚不十分清楚孟跃明找他的动机，他采取的策略是静观其变。

　　包间布置得十分雅致，墙上有抽象派的壁画，屋角有张牙舞爪的根雕，屋顶有仿真的绿叶和青藤，椭圆形的石英玻璃茶几旁还有一缸色彩斑斓的热带鱼。孟跃明喝了一口茶后，用手指了一下缸里的一条鱼说，这条鱼漂亮吧，看它身上长了那么多红蓝相间的小点点，多像镶上去的宝石，因此，人们就给它起名叫宝石鱼。别看它好看，它的性格却很暴躁，经常会主动攻击其他鱼，所以，这种鱼只能单养而不能混养。

　　孟先生对观赏鱼也这么内行呀？孙兆伟说。

我只是喜欢而已，谈不上内行，其实喜欢任何一种东西都不会是白喜欢的，它总会在适当的时机给予你回报。比如这观赏鱼，就能给我们的人生以很多有益的启迪。孟跃明说到这里又指着一条鱼说，这种鱼叫菠萝鱼，看它的颜色很漂亮吧，有趣的是它的体色会随着环境、年龄的变化而变化，适者生存，就是这个道理。

孟先生找我来，绝不是为了探讨养殖观赏鱼吧？孙兆伟说。

这句话孙兆伟是脱口而出的，话出口后他自己都有些惊讶，他怎么能用这种不耐烦的口气和未来的老板说话呢？赴约之前，他曾和苏丹有过一段短暂的交谈。苏丹暗示了孟跃明对他的不满，至于找他会面，不外乎是认为他还有一些利用价值，只要有利，精明的资本家是不会放过任何一个机会的。

孟跃明把目光从鱼缸中抽出来，一双眼睛炯炯有神地盯住了孙兆伟说，孙副总说得很对，我的确不是约你来探讨观赏鱼的，我很想听一听你对机组达标的具体看法。

我的看法很简单，就是通过调试，公司的这些机组会在规定时间内顺利达标。孙兆伟说。

这么说，我只有增加投资额这一条路可走了？孟跃明说。

贵集团财大气粗，难道还在乎这点儿资金吗？孙兆伟说。

我是个商人，商人的目标只有一个，那就是赚钱。经商过程中的每一分钱我都是十分在乎的。孟跃明说。

孙兆伟一时竟不知说什么好，他觉得正是在这一点上合资双方存在着无法言说的差异。在这个过程中，对方只想利润，而长门公司的方方面面甚至每个人都各有各的考虑，考虑的内容也显然要复杂得多。这样想过之后，他心中除了有一丝悲哀感，更多的竟是一种使命感。何不放手一搏，干一番自己应该干的事情呢？孙兆伟在孟跃明面前挺直了腰板。

机组达标事关国家利益，所以我们也非常在乎。孙兆伟说。

能接手一套达标的设备，这对我也是有利的。不过，如果孙副总能在这方面与我合作，保证我的投资额不变的话，我会很感谢的。孟跃明说。

这好像不大可能。孙兆伟说。

好，我们先不谈这个问题，还是聊一聊个人问题吧。孙副总对合资后自己的位置有过考虑吗？孟跃明说。

客观地讲，最初的时候考虑得多一些，但现在没那么多了。孙兆伟说。

不管多少，考虑了才符合人之常情。孟跃明说。

孙兆伟喝了口茶，没有吭声。孟跃明也没再多说什么，话不投机只好节省一些语言了，做什么事情都要因人而异。孟跃明抬腕看了看表，他知道自己已经和孙兆伟没什么可说的了。

阵　痛

单独见过孟跃明后，孙兆伟觉得自己的心更踏实了一些，既然事已至此，索性就沿着这条道无私无畏地走下去，正所谓无欲则刚。不过眼下要做的事可不少，最主要的就是把机组调试到适合满负荷运行的状态。六台机组，每台停机半个月时间，时间紧，任务重，孙兆伟感到了一种前所未有的压力。

孟跃明回香港后，一号机组率先停机，一大批检修工人都拥在了这里。现场看似人多，但所能干的大都是拆拆装装的工作，真正能对达标工作起作用的人没几个。长门公司的这些机组要达标，最重要的是得解决振动问题。这是技术含量相当高的工作，既需要工程技术人员的设计与核算，也需要有高超手艺的工人来参与。可时下的工人太倚重自动化了，还有几个有手艺的呢？孙兆伟对此十分头疼。

孙兆伟找到在本体班当班长的师兄柳桩子，对他发了脾气，说，像你们这种速度，别说六台机组，我看三个月连一台机组也调试不完。柳桩子苦笑道，能真正派上用场的人太少了。孙兆伟说，想想办法嘛。柳桩子说，能有什么办法？除非把陈师傅那一拨退休的人请回来。一句话提醒了孙兆伟，他想，这倒真是一个不错的办法。

　　孙兆伟亲自登门去请陈铁花，一个多月不见，他发现陈铁花好像老了许多，不到六十岁的人，头发都花白了，圆圆胖胖的脸上绽开了数不清的浅浅的皱纹。人的衰老是有一些临界点的，退休就是一个最大的临界点，是一个陡坡，从这个陡坡往下滑，人一下子就苍老了。见了此时的陈铁花，孙兆伟难免会生出一些感慨来。

　　说明来意后，孙兆伟发现陈铁花的眼珠瞬间变亮了，她自嘲般地说，这么说，我们这些退休的老家伙还有用了？孙兆伟笑道，瞧您说的，您老什么呀！这次调试机组，最主要的就是解决机组的振动问题，而解决振动问题，找平衡又至关重要。找平衡是您的绝技，不请您出山是不行的呀！您不会不帮忙吧？陈铁花说，哪能呢，我现在就可以跟你走。说罢，起身就要换衣服。孙兆伟连忙拉住她说，别急，您一个人去人手还是不够，我想把我老丈人等一批手艺好的人都叫上。可您知道，我老丈人那人犟，他是没到年龄就退休的，有情绪，我跟他说他还不买账呢！陈铁花说，这老家伙，我最能收拾他了，这事就交给我吧。别看这些人毛病不少，但对长门公司的感情都不含糊，公司能用上他们，是他们的福气呢！孙兆伟当然高兴，他来的目的也就达到了。

　　第二天上午，陈铁花果然带着一帮退休的人赶到了检修现场。这些人的面相虽然显得苍老一些，但穿戴得都很正规，工作服、安全帽之类的装备一样不少，一点儿也不比别人逊色。孙兆伟见了洪天良，故意开玩笑道，爸，小敏请您您都不来，这回怎么来了？洪天良说，我想来自己就来，想不来，八抬大轿抬我来我都不来。陈铁花在一旁接茬道，让你来你就偷着乐吧，给年轻人打个下手，也不屈你。洪天良梗着脖子说，打下手？就凭我的手艺，现在的年轻人哪个敢比？孙兆伟说，正因为如此，才请各位师傅来，当然是挑大梁，我们这些年轻人才是给你们打下手的。

　　陈铁花他们很快就进入了角色，融入了各班组之中开始干活。孙兆伟很快又发现了一个现象：陈铁花他们倒是十分卖力，在职的工人们却缺乏应有的热情，表现得有些散漫。有一次工间休息，他无意间听到了王胖子的牢骚怪话，才算找到了症结所在。

王胖子是对一群检修工说的，因为他在本体班也算是老资格了，又处处以工人领袖自居，说话就极具煽动性。孙兆伟真的有点儿后悔，当初水塔班解散的时候，王胖子本来是应该和其他人一样下岗回家的，是他看中了王胖子的技术，才说了好话让王胖子回了本体班，没想到找麻烦的总是王胖子。

王胖子说，大家都别对合资抱什么幻想，企业成资本家的了，能对我们工人有啥好呀？

有人接茬说，合资后能涨工资，合资企业员工的收入要比国企员工的收入高许多呢！

王胖子说，你做美梦吧。那资本家精着呢，现在咱厂还有两千多人吧，合资后他能用这么多人吗？据说国外类似的企业才不过几百人，减人还没给你减怕吗？资本家不会让你过好日子的。

又有人说，明知不好，咱们又有啥法子呢？

王胖子说，咱们当然有咱们的法子，咱们虽然说了不算，但咱们可以消极怠工呀！这调试机组还不是为了合资后能多发电，能多给资本家赚钱嘛！

有人说，对，这又没我们啥好处，我们着啥急呀？我们慢点儿干吧。

这些话让离他们并不太远的孙兆伟都听见了，他知道这代表了一部分工人的心态。公司里有相当一部分人对合资有抵触情绪，也有一部分人对合资想入非非，应该说这两种情绪都有合理性。其他企业的不景气造就了电力企业职工的某种优越感，可这优越感能否在合资以后得以延续呢？对此，孙兆伟心里没有什么底。但他清楚的是，不能让王胖子继续煽动下去了，如果大家都消极怠工，仅凭几个老师傅，机组还怎么达标？孙兆伟迈开大步朝他们走了过去。

王师傅，你说这话可不对头。孙兆伟说。

我是实话实说。王胖子说。

合资是为了吸引资金，把企业做大做强，国家的政策不能算不对吧？我们现在调试机组是为了让资本家多掏腰包，这是关系国家利益的大事，你们如果都不出力，可不是在和资本家作对，而是在和资本家合作，拿国家利益开玩笑了。孙兆伟说。

我们可不懂那么多大道理。王胖子说。

那咱就往小处说。不管合资以后管理方式会有什么变化，只要我们还是长门公司的一员，那我们的命运就和它息息相关。机组调试好了就能多发电，企业效益就好，企业效益好，职工就能多拿奖金，这难道不是两全其美的事情吗？孙兆伟说。

王胖子想了想，也觉得孙兆伟的话不无道理，就不吭声了。他就是这样一个人，认为自己有理时就粗喉大嗓地说话，觉得理亏了，就会变成哑巴。众人见王胖子哑火了，也就都散开了，各自去干各自的活。孙兆伟这才安心了一些。

工人干工人的活，技术人员干技术人员的活，一些技术上的难题还得由技术人员来解决。在长门公司，解决这些难题是离不开潘仲元的，他也真卖了老命，和年轻人一样加班加点地干。有一天，孙兆伟和潘仲元一起从厂房里出来，快走到办公大楼时，潘仲元突然停住脚步，对孙兆伟说，南方有一家外资电厂派人来和我接洽，要聘我去当副总经理，年薪是四十万。孙兆伟一愣，急问，是现在吗？

如果我同意，现在就能走马上任。潘仲元说。

您怎么考虑的？孙兆伟说。

你是我的人，我不想瞒你。我心里很矛盾，这么好的待遇，对我不能不说具有一定的诱惑力。我虽然在咱公司也是副总经理，可我的年龄在这儿摆着呢，用不了多久就到站了，而外资企业是没有年龄限制的。

可是达标工作少不了您呀！孙兆伟说。

我心里的矛盾就是这个，我咋能在这种时候离开呢！潘仲元说。

事故背景

一号机组的调试工作终于在半个月内结束了，振动问题得到了解决。这天，是机组启动并试验达标的日子。对于这样的日子，厂里的老人们是再熟悉不过了，建厂以来，他们搞过无数次的达标，不管是成功还是失败，达标情结是根深蒂固的。

孙兆伟在忙忙碌碌的工人中穿行，他异常兴奋，因为刚刚运行起来的机组情况良好，这使他对达标成功充满了信心。

机组预定在上午十点半左右带满负荷，孙兆伟抬腕看了看表，此时才八点多钟，时间尚早。他跑到没人的地方打了个电话，是打给洪小敏的，叫她晚上多准备几个好菜，他要在家里喝个痛快。一段时间以来，他几乎没在家吃过饭，今晚总算是能松口气了，他真的想放松一下，再这样下去，都有些不堪重负了。

打完电话，孙兆伟没有在现场过多地停留，他向值班长交代了几句，便急匆匆赶往办公楼。九点钟有一个会议在等着他，那绝对是一个重要的会议。

孙兆伟走出厂房的时候，外面鲜亮的阳光一度刺得他有些睁不开眼睛，他是用手遮住眼睛走完这段不算太长的路的。走进会议室时，他才发现大家已经到得差不多了，他的目光迅速扫过这些熟悉得不能再熟悉的面孔，然后快步坐到潘仲元的身后。

由于高凌远还没到，会议自然不能开始，人们交头接耳的议论声成了会议的前奏曲，"合资"这个字眼则是主旋律。这个主旋律由这些中层以上干部演奏，其效果就有了一种同病相怜的味道，因为合资后企业在管理方式上将有很大的变化，谁也不敢保证自己仍能坐在现在这个位置上。

孙兆伟的心情不错，所以他和往常一样，以脖子为轴，和前后左右的人逐一寒暄。他一直很在意这种形式上的东西，他能有今天的成绩绝不单单因

为跟对了潘仲元，很大程度上也获益于此。会议室里的阳光也很明媚，被阳光照耀的一张张脸几乎都渗出了细细的汗珠。孙兆伟此时居然不无幽默地产生了一种很荒诞的想象，他想，这一个个脑袋多么像雪堆的，如果阳光再强烈一些，或许就都被晒化了，那时处在一汪大水中的自己，是随波逐流还是做中流砥柱呢？孙兆伟的嘴角露出了一丝不易被人察觉的笑容。

一号机组情况怎么样了？潘仲元问。

您放心，一切顺利。孙兆伟说。

潘仲元点点头不再说什么。孙兆伟知道潘仲元的压力也不小，他顶住高薪诱惑留在长门公司，就是为了帮助机组达标。如果成功，他自然脸上有光；如果失败，他则名声扫地，也许就此退居二线等待退休了。孙兆伟看了看潘仲元，心里的感觉是复杂的。

高凌远赶到后会议正式开始，他传达了省局的指示，上级有关部门已经批准了长门公司的合资事宜，合资后董事长由孟跃明担任。高凌远讲到这里提高嗓音说，现在只等资产评估的最后结果，对方资金一到位，企业就将正式挂牌。

会场响起了稀稀拉拉的掌声。

电力企业合资在上个世纪末还不多，电力、石油等企业是国家的支柱性企业，不存在起死回生、扭亏为盈的问题，合资不外乎是为了吸引更多的资金，用这笔钱大力发展电力工业。根据我国有关合资企业的政策，合资企业生产的电能在电价上将允许有所浮动，预计电价将涨一倍以上。这样，年底利润分红，每个人的所得不会比现在少。至于董事会成员，每人都将得到一份不菲的薪金，这是个人收入，是合法的。高凌远被纳入董事会，脸上的表情就十分生动。

对于合资，我们必须采取十分积极的态度，需要改进的地方就要改进。孟先生是个精明的企业家，我们以后的管理一定会上一个新的台阶。高凌远说。

高凌远说到这里，突然扭头问潘仲元，一号机组的达标试验怎么样了？

潘仲元下意识地歪着头看了一下孙兆伟，然后说，没什么问题，十分钟后机组就将带满负荷了。高凌远说，这是我们合资之前最重要的工作了，希望不要出什么乱子。这种时候别人是不应该插话的，但不知为什么，孙兆伟忍无可忍地插了一句话，他说，咱们机组的情况都差不多，如果一号机组能顺利通过，其他机组也不会有太大的问题。

这件事一定要做好，要让对方说不出什么来，不然人家怀疑起我们的诚意来，以后的工作就不好做了。高凌远说。

我们有达标的机组摆在那儿，那就是最大的诚意。孙兆伟说。

事情就是在这时发生了意想不到的变化，孙兆伟话音未落，厂房那边的报告就传过来了，说一号机组一带上满负荷就出了灭火事故。会场顿时哗然，灭火停机可不是一件小事。高凌远十分恼火地瞪了孙兆伟一眼，起身就走。随即整个会场人员全部出动，都跟在高凌远身后。孙兆伟被裹在其中，几乎失去了知觉，他觉得自己变成了一块木头，正在顺水漂流。

孙兆伟在现场整整忙乎了一天，总算把事情搞明白了。

上灯时分，孙兆伟走进了高凌远的办公室，高凌远还没有回家，雪亮的灯光把他的那张脸映照得惨白。孙兆伟知道高凌远对他已经大为不满，但事已如此，他也顾不得许多了。

见孙兆伟进来，高凌远的眼睛亮了一下。他当初就对孙兆伟的达标建议不以为然，"文革"前邵振军热衷于搞达标，结果劳民伤财，到后来不了了之。眼下这些机组都先天不足，一直没有达标运行过，此时搞达标，是不是有点儿哗众取宠？可他又不便反对，因为毕竟牵扯到国家利益。在高凌远看来，能否顺利合资才是最重要的，这关系到许多部门和许多人的政绩。葛洪波早就有过暗示，高凌远是可以以促成大型企业合资成功这样的成绩在退休的时候谋一个副局级的职位的，眼看就要退了，这对他来说不能不算重要。

试验不要再搞了。高凌远说。

灭火事故不是机组本身的原因，我们的机组已经具备了满负荷运行的能力。孙兆伟说。

那你说是啥原因！高凌远说。

我就是来向您汇报这件事的，已经查明，锅炉这次灭火是烧劣质煤造成的。孙兆伟说。

烧同样的煤，其他机组咋就不灭火呢？高凌远说。

其他机组带的负荷量小，劣质煤的问题就得以掩盖了，一号机组带满负荷，劣质煤的问题自然就暴露了。孙兆伟说。

高凌远沉默了，孙兆伟的话可谓一针见血，一下子就扎中了要害。入厂煤的质量和炉前煤的质量对不上号，一直是一些电厂公开的秘密，个中原因绝不单单是煤质入厂检查这一个环节的问题，而是方方面面的，牵扯的人绝不会少。一牵扯到腐败，这问题就严重了，真是一波未平一波又起。

咱厂一直是以烧优质煤为主的呀！高凌远说。

我们有的时候花的是买优质煤的价钱，进厂的却不一定是优质煤。孙兆伟说。

真的这么严重？高凌远说。

是的。孙兆伟说。

以前不是处理过几个煤质化验员吗？记得好像有一个还被判了刑。高凌远说。

那只是治了标，没有治本。孙兆伟说。

高凌远的脸色似乎更加白了，他眉宇间拧成的疙瘩令孙兆伟十分满意。煤质问题的出现，将有利于打消高凌远停止达标试验的想法。况且孙兆伟早就对企业内部的一些"煤老鼠"深恶痛绝，如果能将一些败类绳之以法，那绝对是一件大快人心的事情。他就不信高凌远胆敢掩盖煤质的问题而终止试验。

高凌远盯着孙兆伟那张态度坚定的脸，有点儿不明白了，究竟是什么力量让一个一贯循规蹈矩的人变得如此锋芒毕露呢？他真的不希望再出什么乱子影响合资，达标试验的事本来就令他担心，没想到又引出了煤质的问题，既然问题被扯出来，他就没理由捂着、盖着。而终止达标试验，似乎也难以找到具有说服力的理由。他无可奈何地叹了口气，说，煤质问题交纪委调查，如果真有违法的事情出现，就移交司法机关处理。

那么达标试验是不是应该继续搞下去呢？孙兆伟问。

搞吧，只是别再出乱子了。高凌远说。

新兴的阶层

长门公司所谓的新兴的阶层，不是社会上通常所说的中产阶层，而是职工们自己归纳的，是指企业里一部分先富起来的人。对于这些人，说他们是资产阶级好像过了点儿，人家孟跃明才是资产阶级；说他们是无产阶级，又觉得委屈了他们，他们有洋房，有汽车，还是什么无产阶级？"新兴的阶层"一经人叫出来，即刻在长门公司传开了，谁谁是新兴的阶层，谁谁快成新兴的阶层了，人们议论纷纷，有羡慕的，也有仇视的。孙兆伟认为这是改革必须要付出的代价，洪流太猛，泥沙俱下也是在所难免。

高凌远属于新兴的阶层，他是老总，有钱有车有别墅，还有小蜜，是当之无愧的。除了他，还有一部分人是新兴的阶层，比如施大伟，也过起了高消费的生活，这些人都是公司的实权派。施大伟管进煤，其中的赚头是很多人猜得出来的。当然，也不是所有的干部都是新兴的阶层。孙兆伟和施大伟的级别相同，但孙兆伟的生活却极为俭朴，他家没有私家车，住房面积也在标准线以下，因此，就很少有人把他归为新兴的阶层。

新兴的阶层成员有一个共同的特点，就是忙得很。比如施大伟，除了工作，大部分时间都用在吃饭、唱歌和洗澡上。可别小看了这三个项目，虽是娱乐，实则比工作还像工作，劳动强度一点儿也不比坐办公室轻松。没办法，世风如此，办什么事都得去吃饭，吃完饭去唱歌，唱完了歌去洗桑拿，一条龙的过程，想简化难上加难，人家会说你不懂事理，以后还怎么和人家办事？与人交往是施大伟的一个强项，长门公司的外事工作他几乎包揽了大半，想

不忙，想清净，那绝对是奢望了。

孟跃明回香港后，施大伟一直在跑合资的事，去与地方政府协调，去有关部门办理相关手续等，天天与人周旋，疲惫而又快乐。只是这次锅炉灭火牵扯出了煤质问题，开始令他伤起脑筋，纪委一查，牵扯面就大了，作为主管，他很难不受到牵连和冲击。怎么办呢？他知道自己是大意不得的。

这一天是大雾天气，施大伟的本田车像一条鱼一样在雾茫茫的公路上缓缓游动。施大伟一反常态，他没有坐在爱坐的副驾驶的位置，而是坐在后排闭目养神。昨天，孟跃明给他打来一个电话，问及机组达标工作的进展情况。他如实相告后，孟跃明说，让他们继续调试下去不是件坏事，关键是最后我要参加的那次达标试验，如果他们不成功，我将非常开心。挂掉电话后，施大伟暗暗骂了一句，他妈的！他知道孟跃明的心思是什么，把机组都调到最佳状态他才高兴呢，机组具有了达标运行能力，日后企业的效益也将随之提高；而在最后的达标试验中失败，他则既不用多投资，又得到了已经达标的设备，他当然会很开心了。

施大伟抬腕看了看手表，此时已是晚上八点多钟了。就在车子要拐进他家所在的那条小道时，他突然对司机说，把车开到金城宾馆你就可以回家了，我去会一个朋友。司机心领神会，车子一掉头，向金城宾馆的方向开去。

施大伟要会的不是什么朋友，而是情人苏丹。和高凌远共用一个情人，他既感到恶心又感到开心。在老婆回娘家的时候，他曾把苏丹接到家里偷欢过，但更多的时候是在宾馆开房间。他打一枪换一个地方，本市的宾馆已经让他住遍了。他有时也感觉到很累，他有条件为苏丹租一套房或买一套房，其实苏丹自己也是有房子的，可苏丹不想做那种被人养起来的金丝鸟。而在宾馆的幽会则有着意义上的不同，也就是说，在奔赴预订的那个房间的途中，幽会双方是平等的。

这很重要吗？施大伟说。

这很重要。苏丹说。

施大伟知道，促使苏丹如此注重形式的原因是她那极强的自尊心。在他们交往的过程中，苏丹好像从来没有向他主动要过一分钱，她买房子时，是施大伟硬把一张牡丹卡塞进她手包的。苏丹跟他，主要是爱上了他这个人，而不是爱上他的地位和钱，是他的相貌和才华令苏丹情不自禁。而跟高凌远，她则纯粹是一种依附，高凌远给她钱，她可从来没推辞过。两种态度决定了两种不同的关系。

施大伟打开房间后，简单地冲了个澡，然后坐在沙发上开始等待苏丹的到来。也没等多长时间，苏丹就如约而至。施大伟用热烈的拥抱迎接了她，分开身后，他给她倒了一杯红酒。足够的过程之后，才开始激情。

事后，苏丹伏在施大伟的身上说，公司正清查煤质的事情，你没觉得自己受到威胁吗？

小乖乖，你说话咋总是一针见血呀！施大伟说。

事情迫在眉睫，容不得回避。苏丹说。

你说得对，现在最令我担心的就是这件事，我毕竟是管这摊事的，这领导责任我怕是推脱不掉的。如果这件事影响了我的大好前途，那我的亏岂不是吃大了吗？施大伟说。

你打算咋办？苏丹说。

我打算叫孟跃明向公司提出要求，要公司把目前主要的精力都用在迎接合资上，我想高总不会不有所考虑。施大伟说。

孟跃明会听你的吗？苏丹说。

我有办法叫他听我的。施大伟说。

啥办法？苏丹说。

以后我再告诉你，不过，为了提高我这个办法的成功率，我想叫孙兆伟也跟我合作。施大伟说。

孙兆伟？他咋能与你合作呢？苏丹说。

所以我想叫你去做一做他的工作。施大伟说。

你认为我是万能的吗？苏丹说。

你不是万能的，但有时你的确又是万能的，比如这次找孙兆伟，你可以

打着我的旗号许给他许多好处。人都有自私的一面，我就不信你说服不了他。施大伟说。

　　这可不是一件好办的事。苏丹皱起了眉头。

　　好办的事我就不会叫你去办了。施大伟说，你是我最亲的人，你不帮我谁帮我呀？

　　没等苏丹说什么，施大伟又转移了话题。他说，还是说点儿高兴的事吧，我已经开始勾画长门公司未来的蓝图了。合资以后，我将严把进煤的质量关，降低生产成本，大幅度地减人增效，提高上岗人员的待遇。我既要让资本家看看我的能力，同时也要让咱们自己人看看我的能力。说到这里，他把嘴巴贴到苏丹的耳朵上，问，你相信我有这个能力吗？

第十一章

"双雄"联手

晚上七点，孙兆伟跟洪小敏说厂里有点儿急事，就急匆匆走出家门。按常理讲，他应该有很多理由拒绝这次约会，可事实上他并没有拒绝。他也没有必要跟洪小敏说谎，洪小敏是了解他的，结婚这么些年了，他从未闹出过一点儿风流韵事，但不知为什么，他还是撒了个谎。

孙兆伟官场得意，情场却是失意的。他爱于小雨，可于小雨到死都没爱过他。他本来是不喜欢洪小敏的，但最后还是娶了她。男人内心里都是喜欢漂亮女人的，这没办法，尽管他有足够的信心来保持自己的操守，但天仙一样的苏丹经常在办公大楼里晃来晃去，他难免没有一点点私心杂念。有的时候他羡慕高凌远，有的时候他也羡慕施大伟，他只能幻想的事情，施大伟却能够很轻松地把它变成现实。这是什么，这难道不是能力吗？羡慕归羡慕，孙兆伟毕竟是一个很自律的人，他不会去追求这些东西的。

孙兆伟到了厂门口时并没有进去，而是绕着厂院拐到了厂房的背面，默默地踏上了曾跟陈铁花走过的那条小径。西边的余晖正艳丽着，遍野都是植物的反光，孙兆伟闻到了一股植物与泥土混合起来的气味，这绝对是一种久违了的气味，这种气味使孙兆伟迅速兴奋起来。

苞米的叶子已经发黄了，沉甸甸的苞米十分醒目。不久，更醒目的苏丹在苞米叶子的晃动中走过来。她一头乌黑的长发被晚风吹得有些夸张，也像

295

一种植物的叶子。孙兆伟看着苏丹慢慢走近，忍不住想起了已经故去的于小雨，心里就滚过一丝怪怪的感觉。

两个人在相距一步的时候都停住了脚步，彼此凝视，表情都有点儿异样。苏丹率先开了口，笑眯眯地说，真有意思，想不到还能和孙总在这里见面。孙兆伟也笑了笑，说，可不是嘛，这些日子，我每天都像是在做梦。苏丹歪着头说，不会是桃花梦吧？孙兆伟说，当然不会，做桃花梦，我好像没那种福气。

两个人开始在小径上散步，不时有苞米叶子探出头来吻他们一下，触及之处便会有一丝麻酥酥的感觉。约会是苏丹发起的，但孙兆伟自己都觉得奇怪，他居然很痛快地应约了。对方要不是美丽出众的苏丹，他会如此吗？苏丹选择的约会地点是茶吧，但被孙兆伟否决了，这个地点是他选的。

这里真好，离厂区这么近，我竟没发现有这等好去处。苏丹说。

贵在发现嘛！孙兆伟说。

孙兆伟扭头看了看苏丹的脸，感觉有一种水似的东西迅速漫过了自己的身体，他想不到自己竟然能和这个令人心动的年轻女子在这样的场合独处。再走下去，会不会有新的意想不到呢？一种自然而然的联想令他的心脏加快了跳动。

苏丹，你应该有一个真正的男朋友。孙兆伟的这句话是情不自禁说出来的，但出口后他又后悔了，凭他和苏丹的关系，他怎么能说这种话呢？于是，他又连忙补充了一句，说，我是说，你应该成家了。好在苏丹并没有反感，挺平静地说，我虽然二十八岁了，可不想急于成家，我对家庭生活有点儿畏惧。孙兆伟喃喃地说，我是怕，怕一些谣言对你造成伤害。苏丹笑道，我的免疫力相当强大，细小的病毒是感染不了我的。说到这里，她盯住孙兆伟的眼睛问，你相信那些谣言吗？孙兆伟本想说用不着相信，那就是事实嘛，但出口却恰恰相反，竟说了不相信。

可有些谣言并不是空穴来风呀！苏丹说。

苏丹的话令孙兆伟十分意外，他没想到苏丹会这样直言不讳，这立即令他想起了高凌远和施大伟，一种本能的反感便冒了出来。也许苏丹这样说的本意是想拉近与他的距离，但适得其反，他觉得身边的女子一下子变得陌生起来。

你找我究竟有什么事呀？孙兆伟说。

长门公司最有前途的两个干部你知道是谁吗？苏丹说。

是谁？孙兆伟说。

你和施大伟呀！苏丹说。

孙兆伟撇了撇嘴，脸上露出一丝不快的神色。但苏丹似乎并没有顾及他这个细微的表情，而是按照自己的思路继续说下去。

只要你们俩联起手来，咱公司的天下还会是别人的吗？苏丹说。

孙兆伟冷笑了一声，刚才那种温馨的感觉已消失得无影无踪。他强忍不快，问，怎么联手？苏丹说，为一个目标共同奋斗，那就是让企业顺利合资，只要是不利于合资的事情，都先压下去。

孙兆伟皱起了眉头。

比如说清查煤质的事，孙总你不再强调的话，公司绝不会再追究了，谁也不愿意在这种时候搞得人心惶惶。苏丹说。

孙兆伟真想开口骂人，但他还是咬咬牙努力使自己平静下来，他想听一听苏丹还要说些什么。

还有，如果你有办法让潘总丢了面子，那么合资公司一、二把手的位置就非你们"双雄"莫属了。苏丹说。

我咋能让潘总丢面子呢？孙兆伟说。

如果二号机组没有在预定时间内检修调试完，那潘总不就丢了面子吗？苏丹说。

可达标计划泡了汤，我本人岂不更丢面子吗？你是个聪明的女孩子，你说我能这么弱智吗？孙兆伟说。

没有人挡着你达标的，如果你同意这么做，一号机组再进行达标试验的时候，锅炉里烧的一定会是山西的优质煤。苏丹说。

孙兆伟觉得天是在突然之间灰暗下来的，他有些看不清苏丹的脸了，她身上散发出的一阵阵沁人心脾的香水味道一度使他恶心。可是一想到一号机组的达标，他的心跳就又加快了。为了这个目标，暂时的妥协也许是必要的。想到这里，孙兆伟突然笑了起来，他冲着有些惊讶的苏丹说，和你在一起，我咋觉得变成另一个人了。

你变成谁了？苏丹问。

施大伟。孙兆伟说。

几天以后，一号机组再次进行达标试验的时候，果然非常顺利，满负荷运行后状态良好。苏丹没有食言，燃料部门供给一号锅炉的都是优质煤。就这样，孙兆伟与施大伟开始了心照不宣的合作。

孙兆伟本想置所谓的合作于不顾，但一想到还有机组需要达标，试验时如果燃煤得不到保证，达标依然会出问题，就又暗自咬牙，悲壮地想，为了大目标，合作就合作吧。

在二号机组的检修动员大会上，孙兆伟对工人们说，合资以后，企业的运行机制必然会发生较大的变化，落实到管理上，就是开源节流，生产成本要大幅度地缩减。怎么缩减？减人是一个重要的部分。我在这里提醒大家，要有足够的心理准备，要把技术学精，以后的岗位都是要竞争上岗的，竞争不上的只能下岗回家。

孙兆伟的话像一颗炸弹，话音刚落就在下面炸开了。工人们开始嗡嗡地议论起来，一时间说什么的都有。孙兆伟虎着脸厉声嚷道，大家都安静，谁再乱讲话，就先叫谁下岗！

议论声果然弱了下去，孙兆伟这才开始向有关分厂布置检修任务，工期短，任务急，这样的工作量是前所未有的。

这天晚上孙兆伟失眠了，窗外的杨树叶子在他的耳边沙沙地响，施大伟和苏丹两个人的影子像两条虫子，顽固地往他的脑袋里钻。直到凌晨三点多钟，他才渐渐有了些困意。可就在这个时候，啪的一声炸响，一块石头破窗而入，四溅的玻璃碎片刺破了孙兆伟的额头，洪小敏吓得嗷的一声，钻进了孙兆伟的怀里。

第二天，孙兆伟头上绑着白绷带上班了，在办公大楼的走廊里，遇见他的人都用一种诧异的目光看他。有人问他怎么搞的，他简单地说过情况以后，用无所谓的表情调侃道，谁叫我住一楼呢，我要是住得再高一些，石头就砸不到我了。

高凌远知道情况后，让孙兆伟在家休息几天。孙兆伟说，机组正在检修调试，我怎么能在这种时候休息呢？这点儿小伤没什么大不了的。高凌远见他态度坚决，也就没多劝，只是问了二号机组的情况。孙兆伟说，在潘总的主抓下，二号机组的检修应该说还是顺利的，估计可以在预定时间内完工。高凌远心事重重地说，那就好。

孙兆伟戴着安全帽，陪着潘仲元一起去了检修现场。潘仲元的注意力似乎都集中在有难度的技术问题上了，而孙兆伟却眼观六路，耳听八方。他发现检修工人们虽然都在自己的岗位上，但显然都不在状态，一个个懒洋洋的，有消极怠工之嫌。孙兆伟不动声色，心里却滚过一种难言的滋味。

潘仲元要解决的是机组的振动问题，这个问题是长门公司发电设备的老大难问题了，一般的轻微振动还好解决，但严重的振动问题十分棘手。这些问题都是从娘胎里带来的，好多年都没解决。一号机组振动问题的解决靠的是潘仲元的技术和经验，也靠陈铁花他们的手艺和经验，二号机组同样如此。孙兆伟寸步不离潘仲元，他是个细心的人，潘仲元的一招一式都逃不过他的眼睛。

预定的十天工期转眼就过去了，振动问题是解决了，可工人们该干完的活却没有干完，也就是说，二号机组的检修并没有按期完工。在公司办公会上，高凌远把矛头直接对准了潘仲元，潘仲元说起话来支支吾吾，显得很狼狈。高凌远气呼呼地说，二号机组如果在三天内完不了工，我们就要调整方案，也就是要放弃达标，按原标准合资了。

高总您放心，我们不会半途而废的，用不了三天，二号机组就会顺利完工。孙兆伟说。

那样最好，从现在起，检修工作由你全权负责。高凌远说。

高凌远的这句话等于削了潘仲元对检修的指挥权，潘仲元脸涨得像猪肝一样紫红紫红的，会还没开完，他就率先退场了。

散会的时候，孙兆伟迎头碰见了苏丹，苏丹用一种很特别的眼神看着他，低声说，孙总是个守信用的人呀！孙兆伟咧了咧嘴，算是回答，然后与她擦肩而过，径奔潘仲元的办公室去了。

孙兆伟推门进屋，他发现宽大的写字台后面，潘仲元显得十分瘦小，他默默走过去，心头隐隐掠过一阵愧疚。潘仲元抬眼看了看他，有气无力地说，坐吧。

孙兆伟坐下来，依然一句话也没说，他不是不想说话，而是一时不知说什么好。他知道是自己在检修动员大会上的讲话影响了工人们的情绪，因此延误了二号机组完工的时间。而这一切，显然都是他孙兆伟有意为之的。为了在达标试验时得到好煤，他迎合了施大伟，让潘仲元丢了面子，可以说是他对不住潘仲元。但这一切都是为了达标呀！苍天在上，可鉴吾心。

我也许真的应该考虑去南方应聘了。潘仲元说。

可咱公司离不开您呀！孙兆伟说。

地球离开谁都转。潘仲元说。

孙兆伟想了想，也觉得潘仲元的话不无道理。

振　动

这天中午，施大伟破例没去应酬赴宴，只是在食堂胡乱吃了口饭，就回到了办公室。对他来说，事情似乎正朝着天遂人愿的方向发展，有了孙兆伟的配合，一切都十分顺手。他现在也许真的应该腾出一点儿时间去考虑一下合资以后的事情了。作为一家大型合资企业的总经理，头三脚该怎么踢呢？他想在中午浓烈的阳光中好好想一想这个问题。

施大伟刚刚坐下来，就响起了轻轻的敲门声。不等他开门，门就被推开了，进来的是苏丹。

我正想你呢！施大伟嘴上这么说，心里却感到有些意外，因为他并没有叫她过来。但既然过来了，他也没有不高兴的理由。他赶紧迎上去，把苏丹拥到了长沙发上，然后又起身将门反锁上。

从我的门口走过去都没叫我，你是不是又在做什么秘密的事呀？苏丹说。

在你面前，我可是没有秘密的。施大伟说罢，嘴便开始往苏丹的脸上蹭。苏丹轻轻推开他说，慢，我有话想跟你说。施大伟只好暂缓柔情，盯着她等她说话。苏丹把他推开一些，说，我想来想去，越想越觉得你和孟跃明的合作有些不妥。施大伟皱起眉头，说，怎么不妥了，你别瞎想好不好？

他和你合作的目的是什么？不外乎是减少投资，他要让你做的是阻止六号机组达标试验的成功。苏丹说。

施大伟歪着头看着苏丹的脸，没有吭声。

还有我们和孙兆伟的合作，获利的是我们，受损失的可是国家呀！我们是不是做得有些过火了？苏丹说。

你想的是有道理的，但我们也有我们的理由呀，为了能当上总经理，有些事情我们是必须做的。施大伟说。

可是做事和做人一样，要有个底线，我们是不是越过了这个底线？苏丹说。

没有的，你不要想得太多。施大伟说。

潘仲元已经离开咱公司了。苏丹说。

这对我们绝对是个好消息，我在公司已经没有竞争对手了。施大伟说。

只是丢了一点点面子，他怎么就调走了呢？苏丹说。

有重金诱惑嘛，人都是过不了这一关的。施大伟放低声音说，知道是谁在诱惑他吗？

谁？苏丹问。

是我。施大伟说。

你？苏丹说。

实话告诉你吧，重薪聘用潘仲元的那家电力公司，孟老板是有股份的，也就是说，这个计策是我出给孟老板的。潘仲元在公司丢了面子，正好外面又有公司在重金聘用他，他能不走吗？他这一走，最终达标的试验不就成了真正的未知数了吗？施大伟说。

施大伟说罢忍不住大笑了起来，他的笑声并没有像往常一样令苏丹有一种温暖开心的感觉，相反竟有一股冷风一样的东西从她的心头掠过。当施大伟紧挨着她，把自己的嘴唇再次贴在她的嘴唇上时，这种感觉依然压过了惯常的甜蜜，以它特立独行的方式占据了主流。她甚至在施大伟热情如火的热吻中打了一个寒战。

下午，施大伟和孟跃明又通了一个电话，他代表长门公司向孟跃明通报了机组达标试验的情况，并与他敲定了最后一台机组，也就是六号机组达标试验的时间，孟跃明届时将参加这次达标试验。

公司的机组都能像一号机组那样达标成功吗？末了，孟跃明问。

走了潘总，可就不能那么顺利了。施大伟说。

但是，我还是希望每一台机组都能调试到最佳状态。孟跃明说。

我想会的，上了高速公路的车子是不会轻易停车的。施大伟说。

和孟跃明结束通话后，施大伟马上又给燃料分厂的厂长打了个电话。这个分厂厂长是他提拔起来的，是所谓的他的人，对他的话言听计从。施大伟用命令的口气对他说，你给我听好，不管如何困难，供应给二号机组达标试验的煤必须是优质的。电话那边回答得十分干脆，说，请施总放心，就是一斤一斤地挑，我也会凑足二号机组用的煤。

二号机组的检修很快完工了，接下来的达标试验也非常顺利，机组带满负荷后运行状态良好。孙兆伟总算又松了一口气。

这一口气只松了一下，他马上又紧张起来，其他机组的调试刻不容缓，时间显得更加紧张而金贵。孙兆伟又主持召开了一次检修动员大会，在这次会上，孙兆伟话锋一转说，我们现在所做的工作是为国家争利益，同时也是为我们自己争利益。如果能顺利地在预定的时间内完成任务，对方的投资额就会增加，我们也以事实证明了我们的实力，合资以后别人也就不敢小瞧我们，也不敢压低我们的收入了。有人在台下喊道，那么，减人怎么办？孙兆伟提高声音说，合资与不合资，都存在着减人的问题，但我请大家放心，我们不会置工人兄弟们的利益于不顾的，只要是有损职工利益的方案，我们都不会答应。

　　会场里爆发出一阵掌声，这掌声使孙兆伟的心稍稍踏实了一些。

　　讲归讲，工作还是得一项一项地做。在随后开始的三号机组的调试中，孙兆伟身先士卒，整天与工人们摸爬滚打在一起。虽然没有了潘仲元，凭着多年的经验和从潘仲元那里学来的东西，孙兆伟还是解决了三号机组的振动问题。接着，三号机组的达标试验也取得了成功。

　　晚上，孙兆伟在家里独自喝酒，洪小敏在一旁劝他少喝一点儿，他没理她，顾自喝下去。连日来没日没夜地忙，身心已经相当疲惫了，三号机组的振动问题在没有潘仲元参加的情况下得以解决，这对他显然意义重大。

　　三号机组终于达标成功了。孙兆伟说。

　　你已经说过七遍了。洪小敏说。

　　三号能达标，就说明四号、五号也一定能达标。孙兆伟又说。

　　那可不一定。洪小敏说。

　　你不要说丧气话好不好？好不好？孙兆伟朝洪小敏大吼了一声，把洪小敏吓了一跳。她见孙兆伟一副脸红脖子粗的样子，知道他喝多了，也就没和他计较，离开餐桌到厨房收拾去了。

　　四号机组的检修调试工作一开始就遇到了麻烦，正如洪小敏所说的那样，三号虽然成功，四号、五号却不一定成功。四号机组的振动问题显然要比三号机组严重、复杂得多，孙兆伟带着一帮技术人员忙来忙去，依然毫无起色。他这才觉得自己是高兴得过早了，此时再想起潘仲元，心里就很不是滋味。

　　眼瞧着时间一天一天地过去，孙兆伟几乎乱了方寸。

　　这天中午，孙兆伟没有去吃饭，他觉得自己实在没有胃口，就躲在办公

室里待着。阒寂无人的环境是他此时求之不得的，他很想一个人就那么坐着，什么都不想。时间一分钟一分钟地过去了，他似乎听见时间正像植物一样嗞嗞地生长着。突然有高跟鞋敲击地面的声音传了过来，而且越来越近，最后，竟然停在了他的门口。

敲门声过后进来的竟然是苏丹，这使孙兆伟感到十分意外，慵懒的神态随即一扫而光。

我发现你没有去吃饭，所以就过来看看你。苏丹说。

有事吗？孙兆伟说。

没有事就不能随便聊聊吗？苏丹说。

孙兆伟盯着苏丹那张好看的脸，这才发现她一贯充满自信的表情中似乎掺杂着一种很复杂的成分。莫非她今天登门的内容真的与以往不同？孙兆伟想，还是先听一听她要说些什么吧。

孙总，大家都说你是一个正直的人。苏丹说。

你也这样认为吗？孙兆伟说。

我也不知道我是怎么认为的，但我想有那么多人说，就一定是有道理的。苏丹说。

孙兆伟再次注意到了苏丹的脸，她的脸上虽然带有笑容，但却看得出，里面似乎有一种苦涩的成分。

我想问一下孙总，你认为我是一个聪明的女人吗？苏丹说。

这还用怀疑吗？你当然是个聪明的女人了。孙兆伟说。

也有很多人这样评价我，但我却越来越觉得自己并不聪明。苏丹说。

怎么会这样说？孙兆伟说。

我也不知道我为什么会这样说。苏丹说。

两个人突然沉默了，苏丹低下头去，孙兆伟也低下头，一时都不知说什么才好。过了好一阵，孙兆伟才率先打破沉默，说，还是说一说我们的合作吧。

我不想聊这个话题，我的联络员身份也到此终止了，我终于明白，女孩子事管得太多是会老得快的。苏丹说。

这……孙兆伟说。

你们的合作也应该终止了。苏丹说。

为啥？孙兆伟说。

就算你们合作下去，六号机组达标试验的时候你也是得不到好煤的。苏丹说。

你为啥跟我说这些？孙兆伟说。

我真想去一个很远的地方，让生活重新开始。苏丹说。

苏丹说罢起身就走，走到门口的时候突然又扭回头说，我还要告诉你一件事，聘用潘总的那家公司有很大一部分股份是孟老板的。孙兆伟眼睛一下子瞪圆了。

下午，孙兆伟拨通了潘仲元的电话，他强压住激动，先问潘仲元在那边的工作情况如何。潘仲元叹了口气说，这里的设备都是世界一流的，我这一身检修技术好像没了用武之地。孙兆伟说，这样也好，您可以一门心思抓管理呀。潘仲元苦笑了一声说，我虽然被聘为副总经理，却没有实际工作分工。孙兆伟说，潘总，您感觉到有什么不对劲吗？电话那边停顿了一会儿才说，我确实感到有些不对劲，我又没做什么工作，公司凭什么给我高薪呢？

孙兆伟放大声音说，潘总您上当了，这都是施大伟和孟跃明一手设下的圈套，那家公司有孟跃明的股份呢，他们这样做，目的就是阻止我们实现达标。

原来如此！潘仲元说。

潘总，四号机组又遇到了难处，咱们公司可是缺不了您呀！孙兆伟说。

可是，我已经没法回去了。潘仲元说。

资本家不傻，等这边合资完毕，他们就会借故解聘您的，不要犹豫了。孙兆伟说。

我不是留恋这边，我是担心咱公司还会不会要我。潘仲元声音沉重地说。

孙兆伟也愣住了，这的确是个问题，走了又回来，省局和高凌远能接受吗？他想了一下说，潘总，我现在就请示省局的葛局长。

不必了，出尔反尔并不是件光彩的事，但你放心，就是公司不要我，就

305

是没有工资，我也要立即回去，帮厂里解决振动问题。

潘总……孙兆伟哽咽了，因为潘仲元，也因为自己。

两天以后潘仲元就赶回来了，他没有办理任何手续，也没有去和高凌远等公司领导见面，他穿了身工作服就和孙兆伟下了现场。几天以后，四号机组的振动问题解决了。接着，满负荷发电试验也取得了成功。

新 气 象

终于到了六号机组达标试验的日子，这一天，无论是对长门公司还是对尊龙集团，都是意义重大的日子。虽然已届隆冬，双方表现出的热情却是空前的。

莫静听了儿子孟跃明的全部汇报后，决定亲自来参加达标试验。长门公司是她的伤心之地，也是她的魂牵梦绕之地，想重新踏上这块土地，错过这次，就没有更合适的机会了。对于她要出场，孟跃明很惊讶，他知道母亲一般是不参与跟经营有关的事情的。集团有内行的总裁，也有自己在，何劳她亲自出马？莫静看儿子不解，就说，长门公司是你妈的故地，这次我一定要回去看看。

翌日，莫静在儿子的陪同下，住进了长门公司的招待所。

重游故地，一晃就是几十年，莫静的心情是复杂的。她没带随从，一个人打听到施玄山的墓地，自己去祭拜。她伏在施玄山的墓碑上，痛痛快快地哭了一场，一下子觉得轻松了许多。她现在虽贵为集团董事长，但并没有多少成功的感觉，所以也就没有什么衣锦还乡的感觉。回来看看，更多的是满足自己的怀旧心理。

莫静回来了，这个消息像一颗炸弹在长门公司炸开，人们议论纷纷。高凌远兴冲冲地对手下人说，这下好了，莫静是长门厂的老人，对厂子有感情，以后的事情就好办了。有人说，我看不见得，咱厂对莫静造成过伤害，说不定她回来是来报复的。高凌远听了就皱了眉。

306

　　最激动的当属施大伟，他知道父亲当年和莫静的关系，这层关系无疑会对他有不可估量的帮助。莫静住下的当天晚上，施大伟就赶到招待所拜访。听说他是施玄山的儿子，莫静又一次掉了眼泪，爱屋及乌的感情一泻千里，对施大伟十分亲切。这个时候，她不像个董事长，倒像个慈祥的母亲。

　　从莫静房间出来，施大伟又进了孟跃明的房间。再次见孟跃明，他的感觉就不一样了。落座后，他抢先说，你也知道吧，从莫阿姨那儿论，咱俩的关系也不一般呀！孟跃明脸上掠过一丝复杂的阴云，说，咱不谈这个，这是老辈人的事，咱还是谈咱们应该谈的事情吧。

　　所谓应该谈的事情当然就是投资。施大伟也了解尊龙集团的一些情况，莫静虽为董事长，但并不怎么过问经营，经营有总裁和副总裁嘛！施大伟开始向孟跃明介绍公司里的情况。说起潘仲元时，施大伟有些沮丧，他说本来一切顺利，谁承想那家伙又杀了回来，硬是帮着孙兆伟把振动问题给解决了。孟跃明说，机组都处在最佳状态也不是什么坏事，换句话说，这也正是我需要的，这关系到合资后的生产与效益。但是，我现在还需要另一种情况出现，那就是六号机组的达标试验能以失败告终。施大伟当然明白，这样一来，孟跃明既可以顺理成章地保持原来的投资额不变，又获得了质量良好的机组，岂不一举两得！

　　我的设想能实现吗？孟跃明问。

　　如果缺少优质的燃煤做保障，机组是很难满负荷运行的。施大伟说。

　　你能保证明天所用的煤不是优质煤吗？孟跃明说。

　　当然能，目前厂里烧的几乎都是混合性的燃煤。施大伟说。

　　你很会办事。孟跃明说。

　　施大伟得意地笑了，他似乎已经隐隐嗅到了总经理的味道。走出招待所后，他用手机给燃料分厂厂长打了个电话，他用低沉的声音说，明天六号机组的用煤要和平常一样，用混合煤。

　　达标试验这天，六号机组的主控制室里气氛相当紧张，孟跃明一进来就和孙兆伟碰上了眼神。孙兆伟觉得对方的目光中有一种狂妄与轻视，一股血

气往上撞，他用犀利的目光回敬了孟跃明。

孙总对今天的试验有把握吗？孟跃明说。

我相信我们的机组。孙兆伟说。

据我所知，就目前长门公司的这些燃煤，是很难让机组带满负荷的。孟跃明说。

孟先生不必担心，你会看到一个圆满的结局的。孙兆伟说。

孟跃明耸了耸肩不再说什么，他被一起进来的高凌远请到后面的长沙发上落座。孙兆伟是试验现场的总指挥，他站在众人的前面，眼睛紧紧地盯着控制盘上的众多显示器。因为有尊龙集团的人参加，这台机组的试验就有了毕其功于一役的意义，现场气氛显得十分紧张。

有人向孙兆伟报告，检查完毕，机组处于待启动状态。

启动！孙兆伟的话音刚落，机组运行的巨大声响就像骤雨一样从天而降，攫住了现场所有人的心。

身边不断有人向孙兆伟汇报机组的运行情况。一个小时过去了，机组已带十五万负荷。一个半小时过去后，机组已带满了二十万负荷。两个小时过去了，机组运行的各项参数稳定良好。孙兆伟的心不悬着那是假的，但随着时间流逝，他的心慢慢落了下去，嘴角露出了一丝微笑。

高凌远凑到孙兆伟身边，情不自禁地说，看来煤质好像也没什么问题。孙兆伟说，昨天准备工作太忙，我忘了向你汇报，我们已和山西那边做了沟通，大量的优质煤已在昨天半夜运抵工厂了。高凌远点了点头。

孟跃明把目光投向施大伟，施大伟脸涨得通红，一副很不自在的样子。孟跃明把手伸向了孙兆伟，说，祝贺你。孙兆伟说，机组能以最佳状态迎接合资，我很欣慰。孟跃明撇了撇嘴，用只有两个人才能听到的声音说，你以为你个人会因此得到什么好处吗？孙兆伟很坚定地说，我只是做了我应该做的，个人的得失算得了啥呀！

就在这天晚上，莫静亲自登门去看望陈铁花。老友重逢，免不了一番唏嘘，谈到以往，两人都掉了眼泪。

擦干眼泪，陈铁花突然一脸严肃地盯住莫静，把莫静盯得直发毛。

陈铁花说，你现在是大老板了？

莫静说，别这么讲。

陈铁花说，我这么讲没错吧？

莫静说，也没错。

陈铁花说，可我们都曾是长门厂的人，这也没错吧？

莫静说，没错。

陈铁花说，这就好，我不跟你讲国家利益这些大道理，我就跟你讲咱长门厂，搞合资你可不能只顾自己赚钱，让厂子吃亏。

莫静说，不会的，我对它有感情。

陈铁花说，你也不会做不利于厂子的事吧？

莫静说，不会的，它已经和尊龙集团是一家了，做不利于厂子的事，就是做不利于自己的事。

陈铁花说，这我就放心了。

两个老姐妹一直聊到深夜。

几个月后，一个令所有职工意想不到的结果出现了，孙兆伟被合资后新组的公司董事会聘任为新的总经理。人们胡乱猜测，很多人说孙兆伟是借了陈铁花的光。其实，只有莫静心里清楚，她看好孙兆伟没有私人感情的因素，要说私人感情，她跟施大伟应该更近一些。她看重的是孙兆伟的正义感和责任感，而舍弃施大伟也是基于这方面的考虑。

合资企业挂牌后，一位首长视察了长门公司。他肯定了成绩，也讲了不足，给在岗和不在岗的人带来了又一轮美好的希望。

不久，有消息传来，省局的葛军因为经济问题被抓了起来，据说问题很严重，他那当局长的老爸葛洪波主动向纪检部门检举了自己的儿子。问题牵扯到很多人，退了休的汪主任也没能逃脱干系，同样被抓了起来。陈铁花听到这个消息后，兴奋地对于志刚说，看见没，做坏事绝没有好下场，不是不报，时候未到。

若干年后，反腐风暴席卷全国，退休的高凌远也没能幸免，被抓了起来，成为落马的腐败分子。早已到南方发展的施大伟，也因在长门公司时犯下的错被抓。当然，这都是后话。

这天早晨，天有些阴，虽然已经七点多钟了，房间里的光线却依然暗淡得很。孙兆伟洗漱完毕，站在窗前伸了个懒腰，然后眯起眼睛想心事。事到如今，最感意外的和最该兴奋的应该就是他了，可不知为什么他兴奋不起来。

手机骤响，谁会这么早打来电话呢？孙兆伟回到桌前拿起手机，一听是苏丹的声音，他的心就忽悠了一下。

我现在被困在机场候机厅，天空能见度太低，估计一时半会儿也飞不起来，闲着没事就想跟你聊几句。苏丹说。

你要去哪里？孙兆伟问。

一个很远的地方，我想告别过去，开始一种新的生活。苏丹说。

不错，你终于想通了。孙兆伟说。

你荣升总经理，我还没来得及向你祝贺。苏丹说。

沉默片刻，孙兆伟说，你是不是很失望？

你指的是施大伟没当上老总吗？苏丹说。

据说，孟老板是答应过他的。孙兆伟说。

这的确是事实，所以大伟才大骂孟跃明，大骂莫静。苏丹说。

这是他咎由自取。孙兆伟说。

如果我一直帮他，他不会败得这么惨吧。苏丹说。

得道多助，失道寡助。孙兆伟说。

请问，如果当初你处在施大伟那样的有利位置上，你还会不顾一切地搞达标吗？苏丹问。

孙兆伟一时语塞，刚才那股义正词严的感觉一下子就消散了。是的，如果当初占据有利位置的不是施大伟而是他，他还能有此番作为吗？他突然陷入一种对自己的质疑之中。

他还想说什么，苏丹那边却已经挂断了。

　　质疑是必要的，但工作还得按部就班地去做。合资公司与国企有很大的不同，领导合资公司的是董事会，由于尊龙集团占一多半的股份，董事长自然由对方担任，副董事长则由长门公司的人担任。潘仲元本来不想上班了，但在孙兆伟的一再劝说下，他接受了合资公司副总经理的聘任，继续主抓生产。合资公司的董事长孟跃明平时仍在香港尊龙集团总部，只有开董事会的时候或有重要事情的时候，他才会赶来。长门公司的管理权仍然在总经理手里。

　　多年后的一天，孙兆伟把师傅陈铁花请到了自己的办公室，亲自给她沏了一杯茶。

　　孙兆伟说，陈师傅，知道我请您来是为啥吗？

　　陈铁花说，我又不是你肚子里的蛔虫。

　　孙兆伟笑了，说，陈师傅还是那么幽默，好，我就跟您长话短说吧。有那么一段时间，企业不咋重视工人的手艺了，都在重视经营，重视市场，没办法，市场经济嘛！但现在形势变了，随着市场经济的发展，技术工人的价值越来越显现出来了。我跟你说，在改革开放的前沿深圳，一个技术工人的收入要超过一个白领呢！

　　陈铁花说，真的？

　　孙兆伟说，真的，现在国家已经开始重新重视工人的价值了。有个新提法，叫"工匠精神"，这是我们要弘扬的精神呢！

　　陈铁花听了心里热热的，像干了一杯酒。

　　孙兆伟接着说，和你们那个时代的工人比，现在的工人是有文化的工人。就拿咱们公司来讲，百分之八十的人拥有大专以上的学历，这要放在以前，都能当厂里的工程师。现在工厂自动化程度越来越高，工人大都具备起码的计算机技能，这些都是过去的工人所无法比拟的。但话说回来。现在的工人有几个具备你们那样的手艺？

　　陈铁花说，你不是说过，工人的手艺在时下已经没有用武之地了吗？

孙兆伟说，那是过去说的，现在我修正一下，过去的手艺是有一些没有用武之地了，但有很多还不过时，只要与时俱进，老手艺一定会焕发新光彩。

陈铁花说，别绕弯子了，你到底啥意思？

孙兆伟说，为了落实上级精神，公司决定举办一个工人技术培训班，名字我都想好了，就叫"工匠培训班"。我代表公司想聘请您当指导老师。

陈铁花说，我还行吗？

孙兆伟说，您当然行，您不行谁行呀？

陈铁花哈哈大笑起来。

雌性的轴

孙兆伟说话算数，培训班很快办起来了，主要对一线工人进行轮训，每次五十人，每个班办一个月。除了聘请一些外地的技师当指导老师外，几位退休或下岗的工人，如陈铁花、洪天良、王胖子等也被聘为指导老师。

培训班开班，几位被聘请的老师傅都拿出了看家本领，教得十分尽心。这些指导老师中，水平最高的当然是陈铁花，她是尤大海三大绝技的传人。刮瓦、找平衡、直大轴，样样都是高难度的手艺，仅凭一个月的培训想样样学会，显然是不可能的。陈铁花只教学员们一项绝技，那就是相对容易一些的刮瓦。

姿势、用力大小、吃刀深浅都很重要。陈铁花说。

她手里拿着一把三角刮刀，做了一通示范后，又逐个给学员矫正了姿势，直到都像模像样了才开始讲具体的操作方法。陈铁花虽然没有太高的文化，但她的语言表达能力不弱，讲起操作方法来通俗易懂，生动有趣。一向对手艺不感兴趣的年轻人，居然个个听得十分认真，有的还做起了笔记。陈铁花受到鼓舞，教起来更加卖力。

有一天，孙兆伟到培训班来视察，陈铁花找个机会悄声问他，以前教你的手艺忘光没有？孙兆伟说，咋能忘光呢，只是多年不用，生疏些罢了。见陈铁花不相信，他顺手拿起一把刮刀，找到一块轴瓦就刮了起来，一边刮一边说，陈师傅，你看我这架势还对吧？陈铁花声音不大，却是一字一句地说，我不是问你刮瓦，我是问直大轴。孙兆伟笑道，直大轴的手艺太微妙了，我始终没找到那种感觉。

这可不行，不能让它失传了。陈铁花说。

现在大轴弯曲了，都是返厂检修的，用不着咱们了。孙兆伟说。

咋会用不着呢？陈铁花嚷道，只要有汽轮机在，这门手艺就会有它的用处。

孙兆伟自觉失言，他知道自己无意间触碰到了陈铁花的痛处，于是赶紧改口说，还是您说得对，说不定哪一天大轴就弯了，咱就用上了这门手艺。

陈铁花没吭声，甩开他，转到另一处去指导学员。孙兆伟摇了摇头，放下刮刀离开了培训班。十几天以后，当四号机组的大轴真弯曲了的时候，孙兆伟就觉得他跟陈铁花说的那句话是一个不祥的预兆。

这天，莫静专程从香港飞了过来，一下飞机，就被总经理工作部主任侯勇开车接到长门公司。

车上，侯勇试探着说，没想到，您会亲自来。

莫静说，本来是跃明要来的，但我一听是大轴弯曲了，就想自己过来看看。

侯勇说，还是您对咱公司有感情呀。

一瞬间，很多往事浮现在眼前，莫静沉默了。

莫静刚刚住进招待所那套最豪华的房间，陈铁花就闯了进去。陈铁花劈头就说，我就知道你会来。

莫静说，还是你能掐会算呀。

陈铁花说，你儿子不懂得大轴的重要性，只有你懂，所以你一定会回来。

莫静点点头，拉着陈铁花坐下。

我来见你，就是要说说这大轴。陈铁花说。

一些情况我已经知道了。莫静说。

　　我跟你讲，现在公司所谓的检修，不如说是拆装。一个阀门坏了，拆下来换上一个新的；一台电机坏了，也是拆下来换上一个新的。大型设备呢？就像汽轮机大轴弯了，轻的返厂检修，重的也就报废换新的了。这是浪费，这样下去，生产成本能降下来吗？陈铁花说。

　　莫静的眼睛一下子亮了，集团的生意虽然有总裁打理，但重大事项她这个董事长还是十分关注的，特别是长门公司的事，总会牵动她的神经。发电厂的生产成本，一是煤和水的成本，二就是设备维护和检修的费用。对陈铁花所说的这种现象，她也略知一二。这种现象是快节奏生产方式使然，虽然说好说坏的都有，但主流还是肯定的。以长远的眼光看，修件暂时是修好了，可质量毕竟不如新的，再坏了再修，就要费时费工，得不偿失了。问题的关键是中国人偏好一刀切，有很多可以继续用的零件偏偏也被换掉了。莫静一贯主张具体情况具体对待，陈铁花的话没法不引起她的关注。

　　你的意见是以修为主？莫静说。

　　当然了，修总比换新的要省钱嘛。陈铁花说。

　　就拿四号机组的大轴来说，返厂检修一是时间长，二是费用高，一台机组停一天就是巨大的损失，如果就地检修，不知要省多少钱呢！陈铁花又说。

　　莫静知道陈铁花跟尤大海学过直大轴的绝技，只是这么多年过去了，不知道她还行不行。陈铁花的话让莫静心里起了波澜，有了一种跃跃欲试的冲动。但是，她毕竟是董事长，做事得沉稳。她把陈铁花安抚住，二人又聊了一阵，才让陈铁花回去休息。

　　随后，莫静把孙兆伟叫到了招待所。她有意沉下脸，说，四号机组的弯轴事故是机组搞达标的恶果，如果不带那么多的负荷，还会出弯轴事故吗？

　　也许不会，也许会。孙兆伟说。

　　这叫什么话？莫静说。

　　因为事故原因还未调查清楚。孙兆伟说。

　　如果完全清楚了，是盲目搞达标所致，你还怎么说？莫静说。

那就只能说明我们的工作还有欠缺，机组还需要进一步的调试和完善。孙兆伟说。

那我的高额投资怎么解释，我岂不是亏了？莫静说。

孙兆伟低下头，受制于人，实在是没有办法，他目前的原则是，尽量不和莫静发生正面冲突。此一时彼一时，情形已经和合资之前完全不同了。可是，如果毫无主见地退让，一定会更让莫静轻看的。这么一想，他的头就慢慢昂了起来。

作为一个有大作为的企业家，我想董事长不会如此小气的。孙兆伟说。

莫静笑了，她虽已离开内地，但身为中国人，她不能让国家利益受损，所以在确定合资公司总经理的人选时，放弃了和自己渊源颇深的施大伟，力主有正义感的孙兆伟担此重任。莫静收住笑，她重新板起面孔说，我当然不是小气的人，过去的就过去了，要不是对你高度赞赏和信任，也不会聘请你当这个总经理。说罢话锋一转，提及了想在厂内直大轴的构想。

孙兆伟面露难色，好多年了，长门公司一直没在厂内直过大轴，如果贸然而行，出了差错，把大轴直废了，那损失谁担得起呀？

你没有信心？莫静说。

是的，我不能说谎，直大轴难度太大了，现在公司里没有会直大轴的人。孙兆伟说。

有陈铁花呀。莫静说。

孙兆伟脑袋轰的一响，这之前，陈铁花也找过他，要承担直大轴的任务，但被他拒绝了。尽管他同情师傅，知道她身怀绝技却无用武之地，但她毕竟老了，而且她从没真正直过大轴，能否成功，实在是件没有把握的事。

她还跟我讲，她有个徒弟也会直大轴，这个人就是你吧？莫静说。

孙兆伟苦笑道，陈师傅是教过我直大轴，可事情过去多年，我早忘了要领。莫静说，陈铁花不会忘了吧？孙兆伟停顿了一下，然后才说，陈师傅不能忘，可她能否成功，我也不敢说。莫静倒显得比孙兆伟有信心多了，因为她更了解陈铁花。她说，这样吧，你再找一找陈师傅，如果她真的有十足的

把握，就让她试一试。

当天晚上，孙兆伟去了陈铁花家。进屋的时候，陈铁花正在看一个本子，见了孙兆伟，她居然红了脸，有些不好意思地说，这个本子是我当年的笔记，尤大海教了我啥，我都记在这个本子里了。孙兆伟望着那个有些发黄的本子，心里一时难以平静。

陈师傅，您去找董事长了？孙兆伟说。

嗯，我和她是老姐妹嘛。陈铁花说。

她已经同意在厂内直大轴了。孙兆伟说。

真的？陈铁花说。

真的。孙兆伟说。

陈铁花哈哈大笑，完全是她年轻时的气势。笑过之后，她喃喃自语道，还是莫静呀，只有她才会这么信任我。

陈铁花从沙发上站起来，来回在屋子里走了好几圈，激动得有点儿电影里将军运筹帷幄的味道了。孙兆伟还是忍不住问，陈师傅，直大轴你还有把握吗？

当然有把握。陈铁花颤着声音说，想当年尤大海说大轴是雄性的，虽教会了我直大轴，却从来不让我直大轴。直大轴的一招一式都烂在心里了，我能没把握吗？大轴是雄性的？屁话，我说大轴是雌性的才对。孙兆伟被逗笑了，陈铁花的胸有成竹也增强了他的信心，至少从这一时刻开始，他也倾向在厂内直大轴了。为了稳妥起见，他建议道，陈师傅，咱们是不是像当年那样，先来一场模拟直大轴。陈铁花眼睛一亮，说，好。

时间紧迫，说干就干。第二天下午，模拟直大轴就开始了，地点选在厂房外的一个角落，就是当年孙兆伟跟陈铁花学直大轴的地方。只是氛围不同了，当年现场只有他们师徒俩，此时却参加者众多，有关的检修人员都到场了。

人虽然多，但起关键作用的只有一个人。陈铁花站在离轴最近的位置，她表情神圣，精力充沛，整个过程眼睛都亮亮的，曾有人在中途劝她休息一会儿，都被她拒绝了。模拟直大轴相当顺利地成功了。

长　门

时间进入二十一世纪，长门村与长门厂都发生了很大变化。长门村的面积更小了，长门厂的面积则更大了，一小一大，充分显示了社会的发展趋势。村与厂之间，只隔着一条马路，村人走在马路上，已看不出多少村人身份；厂人走在马路上，也看不出与村人有什么太大的区别。

陈铁花时常会加入晒太阳的老年人的行列，和这些人不咸不淡地聊聊闲天是打发时间的最好方式了。但自从四号机组大轴弯了以后，陈铁花又变成忙人了，就要直大轴了，一些准备工作是必不可少的。这些天，陈铁花几乎天天去本体班，不管她要什么工具，要什么样的人做助手，柳桩子都会积极配合。一见她进屋，柳桩子就会起身让座，并对直着眼睛看的年轻人说，陈师傅是咱们的老班长了，是我的师傅，也是你们的前辈，陈师傅说什么，你们都得听。年轻人们嘻嘻哈哈地点头，都用怪怪的眼神看着陈铁花。

陈铁花不理会这些年轻人，也没工夫理会他们，他们怎么样与她又有什么关系？与她有关系的只有直大轴，这是她此时的主题，也是她生命中的主题。每个人的生命中都是有一个主题的，她的主题就是直大轴，说她因直大轴而生都不过分。细想一想，她这一辈子做的最重要的一件事不就是学直大轴吗？现在直大轴的机会来了，她是没法不重视的，其他的事情都退居其次，都成了不成形状的淡淡云烟。

这天上午，长门公司开了一个工作会，议题就是直大轴，莫静参加了会议。由于经济建设蒸蒸日上，电能又成了抢手货，国家电网要求长门公司在最短的时间内实现六台机组一起并网发电，如能实现，在电价上将给予优惠。潘仲元率先发言，对直大轴提出了反对意见，主张返厂检修。他的理由简单而又充足，因为这些年大型设备一直都是返厂检修的，虽然返厂的费用要比在厂内检修高一些，风险却几乎为零，厂家弄砸了那是厂家的责任，他们会按合同予以赔偿；而在本厂检修，风险则要由自己承担，如果直大轴失败，

大轴报废了，企业的损失将是惨重的。

模拟直大轴已经成功了，这说明我们是有这个能力的。莫静说。

模拟毕竟是模拟，练功和实战永远都是两回事。潘仲元说。

这应该是公司具备的检修能力吧。莫静说。

您说得有道理，但问题是这次抢修的工期有限，如果我们直大轴失手，再返厂检修就来不及了，那将错失并网发电的最佳时间，企业的损失就大了。潘仲元说。

潘仲元完全是从经济效益角度来考虑问题的，他敢想敢说的作风在合资企业里显得十分稀有。莫静虽然同意在厂内直大轴，但她现在毕竟是商人，只要是与经济利益有悖的事情，她都是不会做的。潘仲元的理由几乎无懈可击，如果直大轴失败，那种损失绝对不是她想看到的。莫静犹豫了，把目光移向了孙兆伟。

孙兆伟本来就倾向大轴返厂检修，但此时他也犹豫了，他不能不想到师傅陈铁花，如果真的返厂，他可怎么向陈铁花交代呀？

如果要返厂，就必须抓紧，时间不等人呀！潘仲元说。

那就返厂吧。莫静咬了咬牙，终于下了决心。

孙兆伟没有勇气把这个消息告诉陈铁花。散会后，他给柳桩子打了个电话，叫他把这个消息委婉地透露给陈铁花。

晚上，陈铁花就去了孙兆伟的家，大冷的天，她居然满脸是汗，脸色白得有些吓人。孙兆伟赶紧让她坐下，一边叫洪小敏给她沏茶，一边坐到她的身边。陈铁花没有接洪小敏递过的茶杯，她摆摆手说，喝什么茶，我喝得下去吗？她的声音有些沙哑，那种大家听惯了的高亢声音仿佛被罩上了一层薄膜。孙兆伟不禁打了个寒战。

陈师傅，您想开点儿。孙兆伟说。

本来说好的，怎么说变就变了呢？陈铁花说。

世事难料，何况是这点儿小事呢！孙兆伟说。

这咋是小事呢？陈铁花说。

不是小事，不是小事……孙兆伟说。

我是想为公司节约资金，这难道不对吗？陈铁花说。

没有人说您不对。孙兆伟说。

那是信不过我的手艺？陈铁花说。

不是的，有些事我们都左右不了。孙兆伟说。

你就做一回主，咱们自己把大轴直了，好不好？陈铁花说。

我也没这个权力。孙兆伟说。

你不用怕，只要把大轴直好了，莫静也会高兴的。陈铁花说。

孙兆伟实在找不出合适的话来安慰陈铁花。在孙兆伟的眼里，此时的陈铁花是膨胀的，通身像一个气球，被一种激情撑得满满的，他生怕一不留神将其捅破，那将是个很可怕的结果。陈铁花不停地问行不行、好不好，她说话时皮肤和发丝都在颤动，似乎发出了嗞嗞的爆炸前的声响。孙兆伟小心翼翼，但还是说出了"不行"两个字。

真的不行？陈铁花说。

真的不行。孙兆伟说。

铁 花

对于陈铁花来说，这是她人生的一个无奈的尾声。在界定自己的故事结束的时候，她的目光首先锁定了这个日子，这个日子之后，一切都是与结束有关的事情，时间的稻草已经燃到了尽头，该辉煌的辉煌了，该腐烂的腐烂了，可是，隐隐约约的召唤却令她欲罢不能。

陈铁花找过公司其他的头头脑脑，她耐着性子和人家陈述在厂内直大轴的好处，可人家都心不在焉，好像没听到她究竟说了些什么。她急了，发了脾气，把他们都骂了，说他们见利忘义，是败家子。潘仲元也是个不能容人的主，被她骂急了，反唇相讥道，你再能耐不还是一个退休工人吗？你手艺

是高，可手艺已经逐步被自动化生产所取代了。这句话差点儿没把陈铁花气个倒仰。

她破口大骂，骂了些什么自己也不清楚。从办公室出来后，沿着那条熟悉的马路走，腿木木的，脑袋也是木木的。有风迎面吹来，苍白的头发打在脸上，她几乎没有知觉。扬起的头发像一团悲凉的烟气，经久不散地飘在她的头上。

陈铁花不知自己是怎么回到家的，她的怪异表情令于志刚十分惊讶。她走进卧室，咕咚一声仰躺在床上，床垫被震得吱吱嘎嘎一阵乱响。她圆着眼睛盯住天棚，想一些东西，但皆不成形状。于志刚蹑手蹑脚地进屋，他像照顾一个小孩子似的，往陈铁花的身上搭了一条毛毯，又用手正了正她躺歪的枕头，还把一绺挡在她脸上的头发给顺开了。于志刚问，你到底咋了？她大吼一声，你让我好好歇会儿行不行？行不行？于志刚打了个激灵，摇摇头，出去了。

这一夜，陈铁花失眠了，她把自己入厂后的事情在脑海里过了一遍，但不知为什么，她越想想清楚哪一段，哪一段的记忆就越模糊，而不想想哪一段，哪一段的记忆又无比清晰。于志刚在她的身边不停地打着呼噜，有时还会说上一两句梦话，陈铁花想推醒他，伸出手又缩了回来，听一听呼噜声也没什么不好的，这有节奏的声音像火车行进的声音，能带走一些东西，能让人忘掉一些东西。

第二天早晨起床后，陈铁花的面容相当憔悴，但情绪好转了许多。也就是说，这一夜失眠起了作用，她已经想通了一些事情。

上午，陈铁花又开始去培训班教学员手艺。中午吃过饭后，困倦不可遏制地席卷而来，她倒在床上就呼呼睡去了，睡得相当沉，连梦都没有做。

这天上午，正是生产厂家的运输车来公司的日子，可是整个上午，厂院里都没见到那种加长大卡车的影子。快到中午的时候才传来消息，说厂家那边出了岔头，运输车要五天以后才能到达。这显然是个至关重要的情况，五天对于此时的长门公司来说，意味着工期与效益。返厂时间延迟，修好运回的时间也就会延迟，再装机、试运，按期启动就不可能了。就在这时，省局出面了，葛洪波亲自与莫静沟通，为了赶工期，也为了发挥工匠的作用，改返厂维修为就地直大轴。就这样，直大轴的机会又一次降临到陈铁花的头上。

一阵刺耳的电话声将陈铁花惊醒，电话是孙兆伟打来的，本来接电话的是于志刚，但孙兆伟没跟他讲，只叫他快快叫陈铁花来。陈铁花睁开惺忪的睡眼，有气无力地问什么事。孙兆伟说，好事，公司又决定就地直大轴了。这轻轻巧巧的一句话像一颗子弹击中了陈铁花，她愣在那里，好一阵没出声。在孙兆伟再三催促下，她才缓过神来，问是不是在骗她。孙兆伟说，我咋能骗您呢？是国家重新重视工人的手艺了，以后呀，只要有真本领，就会有施展的空间。明天您就得上场直大轴了。

陈铁花重新进入了亢奋状态，刚才还很强大的睡意一扫而光。她在屋子里来回地走圈，于志刚几次叫她停住，她都没停住。

还是咱国家好，陈铁花想。国家对咱们是公平的。陈铁花又想。

又是一个不眠之夜。

第二天，陈铁花早早起床了，天还没亮就坐到镜子前开始用木梳慢慢地梳头。她已经很久没有这样认真地梳头了，这个嗜好被她搁置了很多年后，在这个临近结束的早晨，焕发出了诱人的光彩。

临出门时，陈铁花喝了一碗自己为自己熬制的参汤。喝过参汤后，她苍白的脸有了起色，两腮开始泛红，身上也热乎乎的，连走路都变得轻盈了许多。

陈铁花赶到直大轴现场时，发现柳桩子带着人早到了，他们都在做准备工作。陈铁花这儿瞧瞧，那儿看看，鲜亮的晨光从窗外投进来，给原本凉冰冰的厂房和机器铺上了一层温暖的色调。拆开的汽轮机裸露着内脏，在阳光的照射下呈现出殷红的颜色，与厂房内的背景相配，有点儿像一幅印象派的画。

现场的人越聚越多，除了检修的工作人员外，还来了许多与此无关的人，他们中有干部，有工人，甚至还有一些像洪天良这样的退休职工。直大轴是发电厂的盛事、传奇，也是回忆，当传奇与回忆就要成为现实中的一景时，

他们当然是想来看一看的。但慑于公司的规定，他们大都不敢靠前，都躲在远远的地方观望。

不知过了多久，孙兆伟陪着莫静步入现场，在他们身后跟着一些肩扛摄像机和手拿照相机的人，他们的到来使气氛比当年尤大海直大轴时还热烈。莫静抢先一步，和陈铁花拥抱了一下，然后松开，退到一边。

直大轴开始，现场瞬间安静下来，只有其他机组的运行声从远处传过来，像一支交响乐队在伴奏。陈铁花慢慢走近大轴，她伸出一只手去，轻轻地抚摸，这个时候，她又把大轴定位为雄性的了。大轴嘛，它本来就应该是雄性的，而雄性由谁来掌握，当然是雌性。大轴本身就是一个男人，一个她钟爱一生的男人，而她此时，不过是一个等了他一辈子的老处女。她继续抚摸，觉得他熟悉而又陌生，熟悉源于相思，陌生则来自肉体，毕竟是第一次，除了紧张，就是激动和狂热。她的身体潮湿了，她的汗味像海风似的，把周围的空气吹得清新而又略带腥气。

开始！陈铁花发出指令。可是这两个字出口后，她却再也发不出声音了。她想举起手臂，可手臂重如千斤，无论她怎么用力也抬不起来，脚也像粘在地上，怎么动也动不得。她觉得这个时刻自己开始凝固。

陈师傅！孙兆伟轻呼了一声，他伸手碰了碰陈铁花，陈铁花就像一个失重的物体，轰然向后倒去。

陈铁花想，她的故事结束了。在这个瞬间，她的头脑是清醒的，她的思绪急速穿越时间隧道，回到了上个世纪六十年代初那个烤土豆的傍晚。青烟袅袅升起，在氤氲的烟雾中，她看见了许多本已模糊的面孔……在她凝固的瞳仁里，是庞大无比的大轴，还有清晰可见的一个个年轻的厂人。